**Julia Alvarez**
*Wie die García Girls
ihren Akzent verloren*

## Zu diesem Buch

Am Anfang scheint es nur ein kurzer Abstecher nach Amerika zu sein, doch dann wird er zur Flucht vor dem Regime in der Dominikanischen Republik und zum Dauerzustand. Dr. Carlos García wird schließlich nebst Gattin zum Bürger der USA, im Schlepptau die Viererbande seiner heranwachsenden Töchter. Wie finden sich Carla, Sandra, Yolanda und Sofia im New Yorker Exil zurecht, was wird aus ihren Träumen von Unabhängigkeit, von der Karriere, vom richtigen Mann? Aber vor allem – wie können sie das aufregende Leben in der neuen Welt leben, wenn die Werte und Normen ihrer reichen und adligen Familie unermüdlich eingeklagt werden, obwohl sie längst im Eimer sind? Die alte Heimat ist nicht vergessen, die Farben und Gerüche der Karibik sind nicht verschwunden und nicht die melancholisch-ironischen Stimmungen, die Julia Alvarez, selbst Kind der Karibik, in diesem Roman wieder lebendig werden läßt.

*Julia Alvarez*, geboren 1950, war zehn Jahre alt, als ihre Eltern aus der Dominikanischen Republik in die USA emigrieren mußten. Sie lebt heute mit ihrem Mann in Vermont und unterrichtet englische Literatur. »Wie die García Girls ihren Akzent verloren« ist ihr erster Roman, der sofort mit großem Beifall aufgenommen und mehrfach ausgezeichnet wurde. 1996 erschien ihr zweiter Roman auf deutsch: »Die Zeit der Schmetterlinge«.

# Julia Alvarez

# *Wie die García Girls ihren Akzent verloren*

*Roman*

Aus dem Amerikanischen
von Stefanie Kuhn-Werner

**Piper München Zürich**

Unveränderte Taschenbuchausgabe
R. Piper GmbH & Co. KG, München
Mai 1996
© 1991 Julia Alvarez
Titel der amerikanischen Originalausgabe:
»How the García Girls Lost Their Accents«,
Algonquin Books of Chapel Hill, New York 1991
© der deutschsprachigen Ausgabe:
1992 Econ Taschenbuch Verlag GmbH,
Düsseldorf und Wien
Umschlag: Büro Hamburg
Simone Leitenberger, Susanne Schmitt, Andrea Lühr
Umschlagabbildung: Tony Stone
Foto Umschlagrückseite: Sara Eichner
Satz: Formsatz GmbH, Diepholz
Druck und Bindung: Clausen & Bosse, Leck
Printed in Germany    ISBN 3-492-22275-7

■■■
*Für Bob Pack*
*und, natürlich,*
*die Schwestern*
■■■

# Inhalt

▼▲▼▲▼ I I I ▼▲▼▲▼▲▼▲▼▲▼▲▼▲▼▲▼▲▼▲▼▲▼▲▼▲▼▲▼

■ ■ ■

Besonderen Dank an
Judy Yarnall
Shannon Ravenel
Susan Bergholz
Judy Liskin-Gasparro

▼▲▼ ■ ■ ■ ▼▲▼

The National Endowment for the Arts
Research Board at the Universitiy of Illinois
Ingram Merrill Foundation
Altos de Chavon

▼▲▼ ■ ■ ■ ▼▲▼

Bill
*compañero*
durch all diese Seiten

■ ■ ■

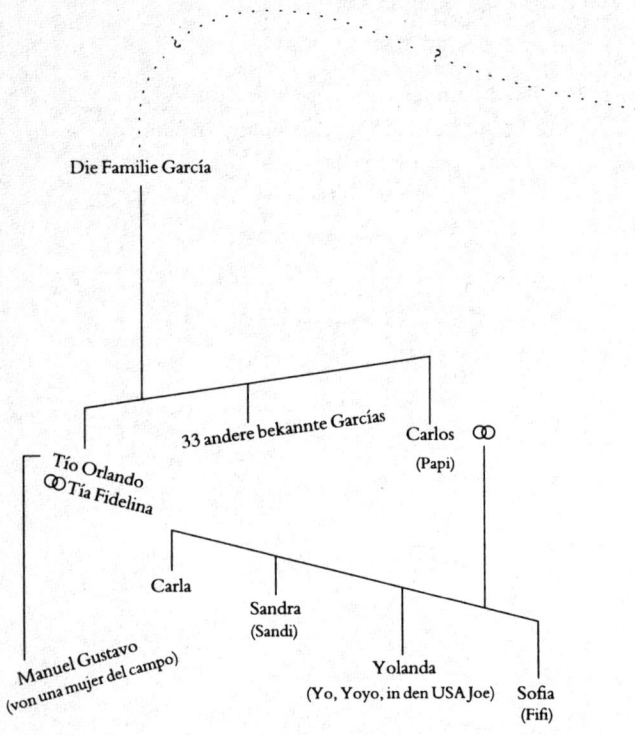

Die Familie García

33 andere bekannte Garcías

Carlos
(Papi)

Tío Orlando
Tía Fidelina

Carla

Sandra
(Sandi)

Manuel Gustavo
(von una mujer del campo)

Yolanda
(Yo, Yoyo, in den USA Joe)

Sofia
(Fifi)

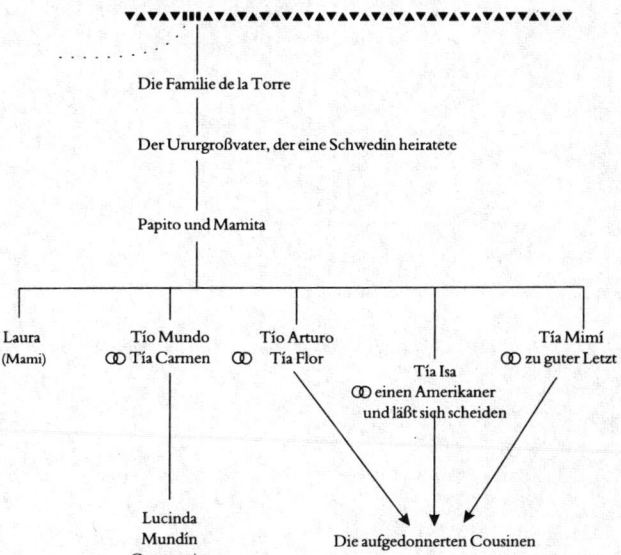

Die Konquistadoren

▼▲▼▲▼▐▐▐▲▼▲▼▲▼▲▼▲▼▲▼▲▼▲▼▲▼▲▼▲▼▲▼▲▼▲▼▲▼▲▼

Die Familie de la Torre

Der Ururgroßvater, der eine Schwedin heiratete

Papito und Mamita

Laura
(Mami)

Tío Mundo
⊙⊙ Tía Carmen

Tío Arturo
⊙⊙ Tía Flor

Tía Isa
⊙⊙ einen Amerikaner
und läßt sich scheiden

Tía Mimí
⊙⊙ zu guter Letzt

Lucinda
Mundín
Carmencita

Die aufgedonnerten Cousinen

▾▲▾▲▌▌▌▾▲▾▲▾▲▾▲▾▾▲▾▲▾▲▾▲▾▲▾▲▾▲▾▲▾▲▾▲▾▲▾

# 1989–1972

# Antojos

▼▲▼▲ ▎▎▎ ▼▲▼▲▼▲▼▲▼▲▼▲▼▲▼▲▼▲▼▲▼▲▼▲▼▲▼▲▼▲▼▲

*Yolanda*

Träge sitzen die alten Tanten in den weißen Korbsesseln, lassen ihre Fächer aufspringen und mit einem Knall wieder zusammenklappen. Wenn auch immer mehr von ihnen graue oder schwarze Witwenkleidung tragen, so scheinen sie sich doch wenig verändert zu haben seit Yolandas letztem Besuch auf der Insel vor fünf Jahren.

Zwischen den Tanten, auf den weniger bequemen Eßzimmerstühlen, sitzen wie bunte Farbtupfer die Cousinen in türkisfarbenen Overalls und enganliegenden Jerseykleidern.

Der Kuchen steht auf einem Extratisch, vor dem sich die kleinen Cousins und Cousinen drängeln und darüber streiten, wer welches Stück bekommt. Wenn das Gezänk eine Lautstärke erreicht hat, die selbst hartgeprüfte Mütter nervt, werden die Kleinen von den Kindermädchen abgelenkt, die am anderen Ende des Patios auf Hockern sitzen, eine Phalanx gestärkter weißer Uniformen.

Bevor sich irgend jemand umgedreht hat, um sie am Eingang zu begrüßen, sieht Yolanda sich mit den Augen der Anwesenden: schäbig, mit schwarzem Baumwollrock und T-Shirt, Sandalen an den Füßen, das widerspenstige schwarze Haar mit einem Band zurückgenommen. Wie eine Missionarin werden ihre Cousinen sagen, wie eines dieser Mädchen aus der Friedensbewegung, die ihr Äußeres vernachlässigen, so als würden sie damit der Menschheit schon etwas Gutes tun.

Ein Dienstmädchen späht aus dem Anrichteraum in die Halle. Es ist eine magere braune Frau in der schwarzen Kleidung des Küchenpersonals. Ihr Kopf ist mit winzigen Zöpfchen bedeckt, die zu Kringeln gedreht und mit Haarklammern festgesteckt sind. »Doña Carmen«, ruft sie zu Yolandas Tante, der Hausherrin, hinüber, »es sind keine Streichhölzer mehr da. Justo ist zu Doña Lucinda gegangen, um welche zu holen.«

»*Por Dios,* Iluminada«, schimpft Tía Carmen, »du hast doch den ganzen Tag Zeit gehabt.«

Das Mädchen hält den Blick auf seine vorgestreckten, gefalteten Hände gesenkt, eine Geste, die Yolanda, wie sie sich erinnert, schon einmal in einem Lehrbuch für Schauspieler der Renaissancezeit gesehen hat. Diese zusammengepreßten Hände befanden sich auf einer Seite mit Abbildungen klassischer Gebärden. *Geste des Flehens* hatte die Bildunterschrift gelautet. Hielt man dieselben gefalteten Hände vor die Brust, ans Herz gepreßt, war man ein *Liebender, der seine Geliebte um Gnade anfleht.*

Die Gesellschaft entdeckt Yolanda. Ihre Cousine Lucinda stimmt ein Lied zur Begrüßung an, begleitet vom falsch singenden Chor der kleinen Cousins und Cousinen. »Hier kommt die Miss Amerika!« Yolanda runzelt die Stirn und stöhnt so melodramatisch, wie man es von ihr erwartet. Der Chor kämpft sich mühsam durch die erste Strophe, und dann hagelt es Umarmungen, Küsse und – von einigen der Jungen – vorgetäuschte Karatetritte.

»Du siehst furchtbar aus«, sagte Lucinda, »zu dünn, und die Haare brauchen dringend einen neuen Schnitt. Keine Ausstrahlung.« Sie ist die Cousine, die nie ein Blatt vor den Mund genommen hat. In ihrem Designeranzug und der steifen, aufgeplusterten Frisur wirkt Lucinda wie ein Mannequin aus einer dominikanischen Zeitschrift, ein Aussehen, das Yolanda schon immer an Callgirls erinnerte.

»Mach' die Kerzen an, mach' die Kerzen an!« fangen die kleinen Cousins und Cousinen wieder an zu singen.

Tía Carmen streckt ihre Handflächen gen Himmel, ohne Zweifel eine Geste, die sie von einem ihrer geistlichen Freunde übernommen hat. »Das Mädchen hat die Streichhölzer vergessen.«

»Tja, das Personal! Jeden Tag wird es schlimmer«, vertraut Tía Flor Yolanda an und läßt ihr berühmtes Lächeln aufblitzen. Die Cousinen sprechen von ihrer Tía Flor als der »Politikerin«. Zu diesem Lächeln ist sie in allen Lebenslagen fähig. Einmal, so erzählt man sich, während weiß Gott welcher Revolution, erschienen ein radikaler junger Onkel und seine Frau mitten in der Nacht bei Tía Flor und baten um Asyl. Tía Flor empfing sie an der Tür mit ebenjenem Lächeln und den Worten: »Wie reizend von euch, mal wieder vorbeizuschauen!«

»Hört euch an, was bei *mir* gerade passiert ist«, fährt Tía Flor fort. »Gestern fuhr mich der Chauffeur in die Andacht. Plötzlich macht das Auto einen Satz vorwärts und bleibt mitten auf der Straße stehen. Ich bin natürlich besorgt, wie ihr euch denken könnt, ein großer Wagen, der ausgerechnet auf dem Universitätsgelände stehenbleibt. Ich frage: *César, was kann das sein?* Er kratzt sich am Kopf. *Ich weiß nicht, Doña Flor.* Ein freundlicher Herr hält an, um uns behilflich zu sein, überprüft alles – und sagt: *Hören Sie, Señora, Sie haben kein Benzin mehr.* Könnt ihr euch so etwas vorstellen?« Tía Flor blickt Yolanda kopfschüttelnd an. »Ein Chauffeur, der sich nicht darum kümmert, daß der Tank voll ist! Willkommen daheim auf deiner kleinen Insel!« Lächelnd klappt sie ihren Fächer auf. Wunderschöne exotische Vögel entfalten ihre silbernen Schwingen.

Auf das besitzergreifende Zerren eines der kleinen Cousins hin läßt Yolanda sich zum Küchentisch schleppen, der mit einer weißen Spitzentischdecke und gestärkten Partyservietten festlich hergerichtet ist. Sie mimt Überraschung beim Anblick des Kuchens, der genau die Form der Insel hat. »Das war Mamis Idee«, erklärt Lucindas kleine Tochter strahlend.

»Wir zünden überall Kerzen an«, fügt ein anderes kleines Mädchen hinzu. Ihr Gesicht hat gespenstische Ähnlichkeit mit jemandem aus Yolandas Generation. Das muß Carmencitas Tochter sein.

»Nicht überall«, verbessert ihr älterer Bruder sie. »Die Kerzen sind nur für die großen Städte.«

»Überall!« beharrt Carmencitas Zweitausfertigung. »Ja, Mami, überall?« Sie wendet sich an die Frau, deren alternde Züge Yolanda weniger vertraut sind als das Kindergesicht.

»Carmencita!« ruft Yolanda. »Ich habe dich beinahe nicht wiedererkannt.«

»Älter bin ich, aber nicht weiser.« Die englische Redensart verdankt Carmencita ihrem etwa dreijährigen Aufenthalt in einem Internat in den Staaten. Nur die Jungen absolvieren auch das College. Auf Spanisch fährt Carmencita fort: »Wir dachten, es wäre schön, dich mit einer Inseltorte willkommen zu heißen!«

»Fünf Kerzen«, zählt Lucinda. »Für jedes Jahr deiner Abwesenheit eine!«

»Fünf Großstädte«, ruft der kleine Besserwisser.

»Nein!« widerspricht seine Schwester. Ihre Mutter beugt sich zu ihnen herab, um den Streit zu schlichten.

Yolanda, ihre Cousinen und Tanten lassen sich nieder, um auf die Streichhölzer zu warten. Die späten Sonnenstrahlen sickern durch die Bougainvillea, die an den Mauern des Patios emporklettert, durch das Gebälk der Pergola rankt und in einem Meer magentaroter und purpurfarbener Blüten herabfällt. Tía Carmens Patio ist der Treffpunkt des Familienverbands. Sie ist die Witwe des Familienoberhauptes, also gehört ihr das größte Haus. Von ihrem Patio aus führen schmale Steinwege durch wohlgepflegte Gärten in mehrere Richtungen. Nach Kuchen und *cafecitos* werden sich die Cousinen über diese Wege verstreuen und ihre angrenzenden

Häuser aufsuchen. Dort werden sie die Köchinnen bei der Zubereitung des Abendessens für die Ehemänner beaufsichtigen, die sich nach der »Happy Hour« zu Hause einfinden. Ein Cousin besaß einmal die Unverschämtheit vorzuschlagen, diese Zeit vor dem Essen in Bordellstunde umzubenennen. Bereitwillig erklärte er Yolanda, dies sei die Zeit, in der jeder dominikanische Mann einer bestimmten Gesellschaftsschicht auf dem Heimweg zu seiner Frau bei seiner Geliebten vorbeischaute.

»Fünf Jahre«, sagt Tía Carmen mit einem Seufzer. »Wir werden sie diesmal wirklich verwöhnen müssen« – Tía hebt auffordernd den Kopf, um sich der Mitarbeit der anderen Tanten und Cousinen zu versichern –, »damit sie nicht wieder so lange wegbleibt.«

»Das ist nicht gut«, sagt Tía Flor. »Ihr vier Mädchen verkommt da oben.« Lächelnd weist sie mit dem Kinn zum Himmel.

»Also, wie geht es *euch vier Mädchen?*« fragt Lucinda augenzwinkernd. In ihrer Jugendzeit pflegten die vier Mädchen während ihres Sommeraufenthalts ihre Cousinen von der Insel mit Geschichten über ihre Eskapaden in Amerika zu schockieren.

In stockendem Spanisch berichtet Yolanda von ihren Schwestern. Wenn sie ins Englische zurückfällt, schilt man sie: *»En español!«* Je mehr sie übe, desto schneller werde sie wieder in ihrer Muttersprache heimisch, betont die Tante mit Nachdruck. Ja, und wenn sie dann in die Staaten zurückkehrt, fehlt ihr plötzlich das eine oder andere Wort im Englischen, oder sie wirft, wie ihre Mutter, gängige Redewendungen durcheinander. Diesmal jedoch ist sich Yolanda nicht sicher, ob sie zurückkehrt. Aber das ist noch ein Geheimnis.

»Und nun sag' uns ganz genau, was du alles vorhast, solange du hier bist«, sagt Gabriela, die hübsche, junge Frau Mundíns, des Prinzen der Familie. Gabrielas Gesicht, das die zarte Blässe und die dramatischen dunklen Augen einer romantischen Heldin hat, erinnert Yolanda an die vor die Brust gepreßten Hände des

Liebenden. Doch Gabriela selbst ist erfrischend direkt. »Wenn du keine Pläne hast, sitzt du nachher mit tausend Einladungen da, die du nicht ablehnen kannst, verlaß dich drauf.«

»Jedes kleine *antojo* mußt du uns verraten!« stimmt Tía Carmen zu.

»Was ist ein *antojo?*« fragt Yolanda.

Aha! Die Tanten haben also recht. Nach so vielen Jahren in der Fremde vergißt sie ihr Spanisch.

»Das Wort ist tatsächlich nicht ganz leicht zu erklären.« Tía Carmen tauscht einen ratlosen Blick mit den anderen Tanten. Wie sollte man es ausdrücken? »Ein *antojo* ist wie das unbändige Verlangen nach einer bestimmten Speise.«

Gabriela bläst die Backen auf. »Kalorien.«

»Ein *antojo,* fährt eine der älteren Tanten fort, sei ein uraltes spanisches Wort »aus einer Zeit, als man noch gar nicht an deine Vereinigten Staaten dachte«, setzt sie spitz hinzu. »In der Tat gibt es auf dem Land noch immer ein paar *campesinos,* die das Wort im alten Sinn gebrauchen. Altagracia!« ruft sie zu einer der Hausangestellten hinüber, die am anderen Ende des Patios sitzen. Eine winzige, alte Frau, das weiße Haar straff zu einem Knoten gesteckt, nähert sich den Frauen. Man bittet sie, Yolanda zu erklären, was ein *antojo* ist. Sie vergräbt ihre braunen Hände in die Taschen ihrer Tracht.

»*U'té que sabe*«, sagt Altagracia leise. »*Sie* wissen es doch.«

»Nun komm, Altagracia«, mahnt ihre Herrin.

Die alte Frau gehorcht. »In meinem *campo* sagen wir, jemand hat ein *antojo,* wenn er von *un santo* bestimmt wird, der gern etwas möchte.«

Altagracia entfernt sich rückwärts, und da man sie anscheinend nicht mehr braucht, dreht sie sich um und geht zu ihrem Hocker zurück.

»Ich kann euch sagen, was mein *santo* nach fünf Jahren möchte«, sagt Yolanda. »Ich kann es kaum erwarten, ein paar Guaven zu essen.

Vielleicht kann ich ein paar pflücken, wenn ich in einigen Tagen nach Norden fahre.«

»Allein?« Tía Carmen schüttelt schon bei dem Gedanken den Kopf.

»Du bist hier nicht in den Staaten«, sagt Tía Flor mit vielsagendem Lächeln. »In diesem Land fährt eine Frau nicht allein umher. Schon gar nicht in diesen Zeiten.«

»Es wird ihr schon nichts passieren.« Gabriela sagt es mit selbstverständlicher Gelassenheit. »Mundín wird hocherfreut sein, wenn du dir eines unserer Autos leihen möchtest.«

»Gabi!« Lucinda verdreht die Augen. »Hast du den Verstand verloren? Mit dem Volvo ins Landesinnere bei den derzeitigen Verhältnissen!«

Gabriela hebt die Hände. »Schon gut, schon gut. Aber da ist ja noch der Datsun.«

»Ich möchte niemandem Ungelegenheiten machen«, sagt Yolanda. Sie lehnte sich schweigend zurück, in der Hoffnung, endlich zu begreifen, daß es sinnlos ist, sich gegen den übermächtigen Einfluß der Tradition auf ihr Leben zu wehren und darauf zu warten, es möge doch eine der anderen Frauen treffen. Sie nimmt sich vor, die vielen »*Das tut man nicht!*« einfach über sich ergehen zu lassen und dann genau das zu tun, was sie will. Aus den Augenwinkeln sieht sie Iluminada eintreten, die Streichholzschachtel auf einem kleinen Silbertablett. »Ich werde mit dem Bus fahren.«

»Mit dem Bus!« Die ganze Gesellschaft bricht in Gelächter aus. Die kleinen Cousins und Cousinen kommen angelaufen und stimmen, erpicht darauf, am Spaß der Erwachsenen teilzuhaben, in das Gelächter ein. »Yolanda, *mi amor,* du warst *wirklich* lange weg«, zieht Lucinda sie auf. »Begreifst du nicht?« Sie lacht.

»Yoyo steigt in eine alte *camioneta,* mit den *campesinos* und ihren Kampfhähnen, Ziegen und Schweinen!«

Gekicher und Kopfschütteln.

»Ich kann auf mich aufpassen«, beruhigt Yolanda sie. »Aber was ist das andere Problem, von dem ihr dauernd sprecht?«

»Am besten hörst du gar nicht hin.« Gabriela macht eine Handbewegung, als wolle sie eine lästige Fliege verscheuchen. Sie hat lange, spitz zulaufende Finger; ihre Ehe- und Verlobungsringe sind zu einem einzigen, breiten Ring zusammengefaßt. »So ist es bequemer«, hat sie irgendwann einmal erklärt und Yolanda den Ring gereicht, damit sie ihn probieren solle.

»Es *hat* in letzter Zeit einige Vorfälle gegeben«, sagt Tía Carmen in einem bestimmten Ton, der keinen Widerspruch duldet. Schließlich ist sie das Familienoberhaupt.

Wie um ihren Worten Nachdruck zu verleihen, geht ein privater Wachmann mit klirrenden Waffen an der Seite des Patios vorüber, die auf die hinteren Gärten hinausgeht. Er trägt eine pseudomilitärische Uniform und hat ein Gewehr geschultert. Solange Yolanda zurückdenken kann, war das Anwesen von einer riesigen Mauer umgeben, einer Mauer, von der sie als Kind angenommen hatte, sie sei da, um das Meer aufzuhalten, falls es bei einem Hurrikan bis in Höhe des Hanges steigen sollte, auf dem die Häuser der Familie errichtet worden waren.

»Tja, wir *haben* böse Zeiten.« Wieder knipst Tía Flor ihr strahlendes Lächeln an. In dem Lehrbuch für Schauspielkunst aus der Renaissance würde dieses starre Lächeln vielleicht die Unterschrift tragen: *Die Dame kann ein unfreiwilliges Lächeln nicht unterdrücken.* »In den Bergen sollen sich Guerilleros versteckt halten.«

Gabriela zieht die Nase kraus. »Mundín sagt, das ist nur Geschwätz.«

Iluminada hat sich inzwischen langsam dem Kreis genähert und reicht ihrer Herrin die Streichhölzer. Im schwindenden Licht des Patios kann Yolanda den Ausdruck des dunklen Gesichts nicht erkennen.

Tía Carmen steht auf und geht auf den Kuchen zu. Sie zündet die Kerzen an und legt die abgebrannten Streichhölzer auf das

Tablett, das Iluminada ihr hinhält. Ein Licht für Santo Domingo, eines für Santiago, eines für Puerto Plata. Die Kinder betteln um die Erlaubnis, die übrigen Städte zu beleuchten, aber nein, erklärt Tía Carmen ihnen, sie dürften die Kerzen ausblasen und natürlich vom Kuchen essen. Das Anzünden aber sei Sache der Erwachsenen. Nachdem die Kerzen alle brennen, bilden die Cousinen, Tanten und Kinder darum einen Kreis und singen auf die Melodie von »Happy Birthday« ein schallendes »*Bienvenida a ti*«.

Yolanda starrt auf den Kuchen. Vor ihren Augen leuchtet die Strecke, die sie anhand der Karte herausgesucht hat, von der Stadt aus nach Norden, durch das Gebirge zur Küste. Als der Gesang zu Ende ist, drängen die Cousinen sie, sich etwas zu wünschen. Sie beugt sich vor und schließt die Augen. Es gibt so vieles, was sie sich wünscht, es fällt schwer, daraus einen Wunsch auszuwählen. Es gab zu viele Hindernisse im Lauf der letzten neunundzwanzig Jahre, seit ihre Familie die Insel verlassen hatte. Sie und ihre Schwestern haben ein so wechselvolles Leben geführt – so viele Ehemänner, Wohnungen, Jobs, darunter manch ein Fehlgriff. Ihre Cousinen dagegen: Frauen mit eigener Familie und Autorität in der Stimme. Möge sich dies als meine Heimat erweisen, wünscht sich Yolanda. Sie stellt sich die schweigende, geheimnisvolle Schar der Hausangestellten am Ende des Patios vor, Altagracia, die Hände im Schoß.

Als sie die Augen wieder öffnet, um die Kerzen auszublasen, sind ihr die Kleinen schon mit kräftigem Pusten zuvorgekommen. Es wird in die Hände geklatscht. Um die Aufteilung der Tortenstädte entbrennen kleine Streitereien: Die zwei Söhne Lucindas hätten gern Santiago, weil sie letztes Wochenende mit dem Segelflugzeug dort waren; Lucindas und Carmencitas Töchter bestehen beide auf der Hauptstadt, weil sie dort geboren wurden, aber die eine ist schließlich bereit, darauf zu verzichten, wenn sie dafür La Romana bekommt, wo die Familie ein Haus am Meer hat. Aber La Romana hat natürlich Tía Flors kleines Patenkind schon für sich beansprucht, und da das Mädchen an Asthma leidet, darf man ihr natürlich nichts abschlagen. Lucinda, deren Stimme vom Zurechtweisen der Rasselbande schon ganz heiser ist, drückt Yolanda das Messer in die Hand. »Es ist deine Torte, Yoyo. Entscheide du.«

Die Straße, die sich bergauf schlängelt, ist gerade breit genug für zwei kleinere Autos, und so nimmt Yolanda vor jeder Kurve das Gas weg und hupt, wie man es ihr gesagt hat. Unmittelbar hinter einer gefährlichen Kurve hat man einen Schrein errichtet, die Heilige Jungfrau, umgeben von drei frisch geweißten Betonkreuzen.

Sie fährt den Datsun an die Seite und genießt zum erstenmal seit ihrer Ankunft das Alleinsein. Bisher übernahm auf jedem Ausflug bald diese, bald jene zuvorkommende Tante die Rolle der Gastgeberin und präsentierte die Landschaft wie eine eigens zu Ehren ihrer Nichte inszenierte Show.

Ringsum erstreckt sich das Vorgebirge, ein endloses, dunkles Grün, der Himmel darüber mehr Helligkeit als Farbe. Ein leichter Wind erfaßt die Palmen unter ihr; das Rascheln der Zweige klingt wie Stimmengeflüster. Hier und da steigt aus einem der Berghänge ein Rauchfaden auf – ein *campesino,* der dort mit seiner Familie sein einsames Leben fristet. Das ist es, was sie all die Jahre vermißt hat, ohne sich dessen bewußt zu sein. Während sie hier in der Stille steht, wird ihr gewahr, daß sie sich nie in den Staaten zu Hause gefühlt hat, niemals.

Als sie ein Geräusch vernimmt, glaubt sie zunächst, es sei ihr eigener Motor, den sie vergessen hat abzustellen, doch dann steigert sich der Krach zu einem gequälten Röhren, als fiele der Motor auseinander. Yolanda unterscheidet ein Gewirr von Männerstimmen. Schnell springt sie ins Auto, verriegelt die Tür, biegt wieder auf die Straße und hält genau ihre Spur ein.

Ein Bus kommt ruckelnd um die Kurve und nimmt ihr die Sicht. Es ist ein alter Armeebus, dessen offizielle Aufschrift mit einem nicht ganz passenden Farbton überpinselt worden ist; er stößt einen Schwall von Auspuffgasen aus, und der Fahrer grüßt oder warnt sie mit einer Serie von Hupsignalen. Die Passagiere sehen sie erst im letzten Augenblick, dann aber lehnen sich überall auf der ihr zugewandten Seite des Busses Männer aus den Fenstern, brüllen und johlen, strecken ihr Flaschen entgegen und winken ihr zu. Sie gibt Gas und läßt sie rasch hinter sich; mühelos klettert der geräuschlose, gut geölte Datsun die gewundene Paßstraße hinauf.

Das Radio ist gestört – sein Ächzen erinnert an knirschendes Metall bei einem Autounfall; die schwache, verzerrte Stimme aus dem Äther gehört ihr selbst, die in einem Wrack eingeklemmt ist und um Hilfe ruft. Auf Englisch oder Spanisch? fragt sie sich. Dieser Dichter gestern abend auf Lucindas Party war der Ansicht, man würde bei einer heftigen Gemütsbewegung wieder in die eigene Muttersprache zurückfallen, egal wieviel man davon vergessen hatte. Er konfrontierte Yolanda mit einer Reihe imaginärer Situationen. In welcher Sprache zum Beispiel, fragte er und sah sie dabei anzüglich an, liebte sie?

Die Berge verflachen allmählich zu einem Hochplateau, und die Straße wird breiter. Rechts und links am Straßenrand tauchen jetzt Verkaufsstände auf. Yolanda hält nach Guaven Ausschau. Hoch aufgetürmt auf Holzregalen liegen Früchte, die Yolanda seit Jahren nicht mehr gesehen hat: rötlichgelbe Mangos, Tamarindenhülsen, aus denen üppig der Saft trieft, kleine Cashews, die auf Schnüre gefädelt sind, damit sie nicht miteinander in Berührung kommen. Fliegenumsurrte Fleischteile hängen in den Öffnungen der Metzgerstände. Es fällt schwer, an die Armut zu glauben, die von den Radiokommentatoren ständig beschworen wird. Hier gibt es anscheinend jede Menge zu essen – nur keine Guaven.

Nachdem sie die Obststände hinter sich gelassen hat, fährt Yolanda an einem Anwesen vorbei, das dem ihrer Familie in der

Hauptstadt gleicht. Es ist von einer hohen Betonmauer eingefaßt, die sich über etwa eine Viertelmeile erstreckt. Ein Wachmann begibt sich auf seinen Posten an einem eisernen Gittertor. Hinter den Blumen aus Schmiedeeisen sieht er aus wie ein Mann, den man in ein seltsam prächtiges Gefängnis eingeschlossen hat. Die schattige Auffahrt hinter ihm führt zu einem dreistöckigen Landhaus, das ringsum mit einer breiten Veranda versehen ist. Vor der Tür parkt ein schokoladenbrauner Mercedes. Vielleicht haben sich die Eigentümer auf ihren Landsitz zurückgezogen, um den Unruhen in der Hauptstadt zu entgehen. Wahrscheinlich sind es Verwandte von ihr. Das Dutzend reicher Familien hat so oft untereinander geheiratet, daß die Stammbäume verworrenem Wurzelwerk gleichen. Tatsächlich haben ihr die Tanten eine Liste mit Namen von Onkeln, Tanten, Cousins und Cousinen mitgegeben, die sie auf ihrer Fahrt aufsuchen könnte. Hinter jedem der Namen steht eine kurze Bemerkung, woran Yolanda bei dem jeweiligen Verwandten denken soll: der mit dem nierenförmigen Swimmingpool; der Dicke; der ehemalige Botschafter. Noch bevor Yolanda das Grundstück verließ, hat sie die Liste ins Handschuhfach gestopft. Sie wird ohne fremde Hilfe zurechtkommen.

Ein kleines Dorf kommt in Sicht – ALTAMIRA, wie die verzerrten Buchstaben auf dem Wellblechdach des ersten Hauses verkünden. Mit seinem Dutzend Häusern zu beiden Seiten der Straße ist Altamira genau der richtige Ort, um sich ein wenig die Beine zu vertreten vor der steilen und – wie die Tanten gewarnt haben – sehr gefährlichen Fahrt zur Küste hinunter. Yolanda hält an einer Cantina; das Strohdach ruht auf mehreren Pfählen, der Fußboden besteht aus Zement, und genau in der Mitte steht ein einsamer Picknicktisch, über dem ein Fliegenschwarm kreist.

An einem der Mittelpfosten klebt ein vergilbtes Plakat, das für Palmoliveseife wirbt. Eine blonde Frau mit zartem Teint reckt sich genüßlich unter einer erfrischenden Dusche, den Kopf wie in

Ekstase zurückgeworfen, den Mund zu einem stummen Schrei geöffnet.

»*¡Buenas!*« ruft Yolanda.

Aus einer Hütte hinter der Cantina kommt eine alte Frau, die sich ihren verschlissenen Kittel zuknöpft, gefolgt von einem kleinen Jungen, der sich jedesmal hinter dem Rücken der Alten versteckt, wenn Yolanda ihn anlächelt. Als sie ihn fragt, wie er heißt, verkriecht er sich noch tiefer in die Rockfalten der alten Frau.

»Sie dürfen es ihm nicht übelnehmen, Doña«, sagt die alte Frau entschuldigend. »Er ist nicht an Leute gewöhnt.« An Leute mit Geld, die über Altamira zu den Badeorten der Nordküste fahren, will sie damit sagen. »Sag deinen Namen«, wiederholt die alte Frau, als hätte Yolanda ihn nicht auf Spanisch gefragt. Der kleine Junge murmelt etwas vor sich hin. »Sprich lauter!« schilt ihn die Alte, aber ihre Stimme verrät Stolz, als sie an seiner Stelle antwortet. »Dieser kleine Dummkopf ist José Duarte Sánchez y Mella.«

Yolanda lacht. Eine ganze Menge Namen für so einen kleinen Jungen – die Familiennamen der drei Befreier des Landes!

»Kann ich der Doña mit irgend etwas dienen?« fragt die alte Frau.

»*¿Un refresco? ¿Una Coca-Cola?*« Dem Stolz in ihrer Stimme ist zu entnehmen, sie wartet mit dem Besten auf, was ihre Getränkekarte zu bieten hat.

»Ich will Ihnen sagen, was ich gern möchte.« Yolanda wirft einen Blick auf den Waldrand hinter der Hütte der alten Frau. »Gibt es hier in der Gegend Guaven?«

Die alte Frau scheint verblüfft. »*¿Guayabas?*« murmelt sie und denkt einen Augenblick nach. »Natürlich, die wachsen hier überall, Doña. Aber ich weiß gar nicht, ob ich in letzter Zeit welche gesehen habe.«

»Wenn Sie erlauben –«. José ist zu einer Gruppe kleiner Jungen gelaufen, die wie aus dem Nichts aufgetaucht sind, um das Auto herumstreichen und damit prahlen, in wie vielen Autos sie schon gefahren sind. Als Yolanda die Guaven erwähnt, kommt er angerannt und zeigt über die Straße auf den Bergkamm im Westen. »Ich weiß, wo es einen ganzen Wald reifer Guaven gibt.« Seine kleinen Kameraden hinter ihm bestätigen es kopfnickend.

»Also los!« Seine Großmutter stampft mit dem Fuß auf, als wolle sie ein Tier verjagen. »Dann holt welche für die Doña.«

Ein paar der Jungen stürmen über die Straße und klettern über einen steilen Weg den Hang hinauf, doch ehe José ihnen folgen kann, ruft Yolanda ihn zurück. Sie will auch hinauf. Der kleine Junge sieht seine Großmutter an, er weiß nicht, was er davon halten soll. Die alte Frau schüttelt den Kopf. Der Doña wird es zu heiß werden, sie wird sich ihr hübsches Kleid schmutzig machen. José wird der Doña so viele Guaven bringen, wie sie mag.

»Aber sie schmecken viel besser, wenn man sie selbst pflückt.« Yolanda bemerkt den gereizten Ton in ihrer Stimme. Sie sieht in der alten Frau den verlängerten Arm ihrer Familie.

Die Jungen, die mit José zurückgeblieben sind, haben sich wieder um das Auto geschart. Jeder will es für die Doña bewachen. Yolanda hat eine Idee, wie man daraus für alle Seiten ein Vergnügen machen könnte. »Was haltet ihr davon, wenn wir mit dem Auto fahren?« Die kleinen Jungen jubeln.

Da dies kein schlechter Einfall ist, stimmt die alte Frau zu. Wenn die Doña also unbedingt dorthin will, soll sie erst auf der unbefestigten Straße weiterfahren und dann die Straße nehmen, die bis zum Kaffeeschuppen gepflastert ist. Die alte Frau zeigt nach Süden, in die Richtung des großen Hauses. Viele Arbeiter nehmen diese Abkürzung auf dem Weg zur Arbeit.

Sie zwängen sich in das Auto, ein halbes Dutzend kleine Jungen auf die Rücksitze und José als Kopilot auf den Beifahrersitz neben Yolanda. Von der Hauptstraße biegt sie in einen holprigen Weg ein, der immer rumpliger wird, je mehr sie in unwegsameres, öderes Gelände vordringen. Äste zerkratzen die Seiten, Steine schlagen gegen die Unterseite des Autos. Yolanda würde gern wenden, aber dafür ist nicht genügend Platz. Schließlich, unter dem heftigen Krachen von Zweigen und Ästen, die gegen die Windschutzscheibe peitschen, als wolle das Gestrüpp das Auto nur widerwillig freigeben, bricht der Wagen aus dem Wald hervor ins helle Tageslicht, auf einen glatten, gepflasterten Weg. Zu beiden Seiten der Straße stehen eine Menge Guavenbäume. Die Jungen, die zu Fuß vorausgelaufen waren, sind schon dabei, die Äste herunterzuziehen und sie zu schütteln; ein Regen von Guaven prasselt hernieder.

Yolanda ißt mehrere gleich auf der Stelle, befühlt genüßlich die unebene Haut und verschlingt gierig das feste, süße weiße Fleisch. Die Jungen sehen ihr zu.

Die Schar stiebt auseinander, um die Guaven aufzulesen. Yolanda und José, jetzt Kameraden, entfernen sich weit von dem Weg, der den Wald durchschneidet. Bald müssen sie tief gebückt gehen, um sich nicht in dem dichten Baldachin aus Zweigen über ihren Köpfen zu verfangen. Jedesmal, wenn sie eine Frucht in Yolandas Strandkorb legen, gerät der bereits hoch aufgetürmte Vorrat ins Rutschen.

Der Rückweg erscheint ihr erheblich länger als der Hinweg. Allmählich fürchtet Yolanda, sich verlaufen zu haben, und dann, eine Sorge zieht die nächste nach sich, fällt ihr auf, schon eine ganze Weile nichts mehr von den anderen Jungen gesehen und gehört zu haben. Durch das Gitterwerk der Äste schimmert ein bleicher Himmel. Schlagartig hat sie das Bild des Wachpostens in seinem Gefängnis mit dem kunstvollen Blumenmuster vor Augen. Die raschelnden Blätter der Guavenbäume wiederholen die Warnungen ihrer alten Tanten: Du wirst dich verirren, man wird dich kidnappen, vergewaltigen, umbringen.

Endlich lichtet sich vor ihnen das Dickicht der Guavenäste, und da ist auch der Fußweg und dahinter der tröstliche Anblick des Autos, das noch immer neben dem Weg steht. Es ist eine Wohltat, wieder aufrecht zu stehen. José setzt seine Last ab und richtet sich zu voller Größe auf. Yolanda blickt zum Himmel. Die Sonne steht niedrig am westlichen Horizont.

»Die anderen sind anscheinend schon weg und suchen Anmachholz«, bemerkt José.

Yolanda schaut auf die Uhr – es ist schon nach sechs. Unter diesen Umständen wird sie die Küste niemals vor Einbruch der Dunkelheit erreichen. Sie hetzt mit José zum Wagen, wo sie einen Berg von Guaven vorfinden, den die anderen Jungen am Straßenrand zurückgelassen haben. Genügend Guaven, um auch den gefräßigsten *santo* ein Leben lang satt zu kriegen!

Schnell packen sie den Kofferraum voll und steigen ein, doch das Auto ist noch keinen Meter gefahren, als es mit einem fürchterlichen Ruck stehenbleibt. Yolanda schließt die Augen und läßt den Kopf auf das Steuerrad sinken, dann sieht sie zu José hinüber.

Mit den Augen durchforscht er das Innere des Autos, als suche er nach der Ursache des Malheurs. Dieses Kind würde mit Sicherheit nicht wissen, wie man einen platten Reifen wechselt.

Bald würde die Sonne untergehen und im nächsten Moment die Nacht hereinbrechen, ohne eine Zeit der Dämmerung dazwischen, so wie in den Staaten. Sie erklärt José, sie hätten einen platten Reifen und müßten zu Fuß auf der Straße zurückgehen bis zu dem großen Haus. Denn die Person, die sich um den braunen Mercedes kümmert, wird auch wissen, wie man einen Reifen wechselt.

»Wenn Sie erlauben«, bietet sich José an. Die Doña kann im Auto warten, und er wird im Nu mit jemandem vom Mirandaschen Anwesen zurück sein.

Miranda, Miranda . . . Yolanda lehnt sich hinüber und nimmt die Liste der Tanten aus dem Handschuhfach, und tatsächlich, da sind sie.

*Tía Marina y tío Alejandro Miranda – Altos de Altamira.* Eine Notiz vermerkt, daß Tío Alejandro derjenige war, der *englische Reitpferde hielt und euch vier Mädchen das Reiten beigebracht hat.* »Okay«, sagt sie zu dem Jungen. »Paß auf.« Sie zeigt auf ihre Uhr. »Wenn du wieder da bist, bis dieser Zeiger hier steht, gebe ich dir« – sie hielt einen Finger hoch – »einen Dollar.« Dem Jungen geht vor Verblüffung den Mund auf. Im Handumdrehen ist er auf seiner Seite aus dem Auto gesprungen und rennt auf das Anwesen der Mirandas zu. Auch Yolanda steigt aus und geht ein paar Schritte, bis der Junge hinter einer Wegbiegung verschwunden ist.

Von dem Weg her, der auf der anderen Seite der Straße durch den Wald führt, vernimmt sie Geräusche: Äste werden beiseite geschoben, Zweige mit den Füßen zertreten. Zwei Männer, einer klein und dunkel, der andere schlank und hellhäutig, erscheinen auf der Bildfläche. Ihre abgetragenen Arbeitsanzüge sind schweißdurchtränkt, ihre Gesichter abgespannt. An ihren Gürteln hängen Macheten.

Bei Yolandas Anblick erwacht Interesse in ihren Gesichtern. Dann fällt ihr Blick auf das Auto, das hinter ihr steht. Der dunkle Mann spricht als erster. »Ist das Ihrer?«

»Haben Sie ein Problem?« fährt er fort. Der Größere der beiden mißt sie aufmerksam von oben bis unten. Sie stehen vor ihr auf der Straße und versperren jeden Fluchtweg. Beide – sie hat sie ebenso genau gemustert – sind stark und durchaus in der Lage, sie einzuholen, falls sie wegzulaufen versucht. Aber sie könnte sich ohnehin nicht von der Stelle rühren, ihre Beine scheinen plötzlich am Boden angewachsen zu sein. Sie überlegt zu sagen, sie sei in dem großen Haus zu Besuch und mache nur eine kleine Ausfahrt vor dem Abendessen, um die Männer glauben zu machen, man wisse, wo sie sei und würde nach ihr suchen, falls sie den Versuch unternähmen, sie zu entführen. Aber ihre Zunge fühlt sich an wie ein Lappen, den man ihr in den Mund gestopft hat, um sie am Reden zu hindern.

Die beiden Männer wechseln einen Blick – wie es Yolanda scheint – des Einverständnisses.

Dann ergreift der Kleinere, Dunklere wieder das Wort. »Ist alles in Ordnung, Señorita?« Er starrt sie an. Er ist klein, nicht größer als Yolanda, wirkt jedoch groß, da er breit und kräftig ist, wie ein noch unvollendetes Schnitzwerk aus einem Baumstamm. Sein Begleiter ist schlank und groß, mit einem honigfarbenen Teint, der genau seiner Augenfarbe entspricht. An jedem anderen Ort fände Yolanda ihn ausgesprochen attraktiv, doch hier, auf dieser einsamen Straße, unter einem Himmel, der von Sekunde zu Sekunde dunkler wird, erscheint sein gutes Aussehen wie eine Gefahr, eine Finte, um sie zu überrumpeln.

»Können wir Ihnen helfen?« wiederholt der Kleinere. Der Gutaussehende lächelt schlau. Zwei langgezogene, tief Grübchen bilden zwei Furchen auf beiden Seiten seines Mundes. »*Americana*«, *sagt er zu dem Dunkelhäutigen und zeigt auf das Auto.* »*No comprende.*«

Der Dunkle kneift die Augen zusammen und sieht Yolanda einen Moment prüfend an. »*¿Americana?*« fragt er sie, als sei er nicht ganz sicher, was von ihr zu halten sei.

Sie hatte sich zu sehr erschreckt, um eine Strategie entwickeln zu können, doch nun tut sich eine Möglichkeit vor ihr auf. Sie preßt die Hände gegen die Brust – sie spürt das wilde Schlagen ihres Herzens – und nickt. Dann, als ob allein dieses Eingeständnis ihr die Zunge löst, beginnt sie zu sprechen: Englisch. Zuerst ein paar Worte der Entschuldigung, dann folgt eine wahre Flut von Erklärungen: wie es kommt, daß sie sich allein auf einer so abgelegenen Straße befindet, ihre Lust auf Guaven, und sie habe nie gelernt, einen Reifen zu wechseln. Die beiden Männer starren sie an und lauschen, ohne zu verstehen, geduldig ihrem Wortschwall. Erst als sie den Namen Miranda erwähnt, leuchten ihre Augen respektvoll auf. Sie ist gerettet!

Yolanda tut so, als wolle sie etwas aufpumpen. Der dunklere Mann sieht seinen Gefährten an, der genauso ratlos mit der Achsel zuckt. Yolanda nickt ihm zu, ihr zu folgen. Und als es ihr schließlich gelungen ist, die beiden von der Stelle zu bewegen, auf der sie wie angewurzelt standen, gehorchen auch ihr die Beine wieder, und sie läuft zum Auto.

Alle drei starren einen Moment auf den schlaffen Reifen, die beiden Männer treten dagegen, als wollten sie ihn dafür bestrafen, die Señorita im Stich gelassen zu haben. Sie knien auf der Beifahrerseite und sprechen leise miteinander. Yolanda führt die Männer zum Heck des Autos, wo sie das Reserverad aus seiner Vertiefung holen – dann, nachdem sie das Werkzeug aus den Tiefen des Kofferraums zutage gefördert haben, setzen sie den Wagenheber zusammen. Sie legen ihre Macheten auf dem Seitenstreifen ab. Der Himmel über ihnen ist im Zwielicht purpurrot gefärbt. Die Sonne erscheint wie ein blutroter Dotter hinter den Bergspitzen.

Nachdem der platte Reifen durch das Reserverad ersetzt worden ist, verstauen die beiden Männer den defekten Reifen im Kofferraum und packen das Werkzeug weg. Sie geben Yolanda die Autoschlüssel.

»Ich würde Ihnen gern etwas geben«, setzt sie an, aber die englischen Worte klingen falsch aus ihrem Mund. Sie kramt in ihrer Handtasche und entnimmt ihr ein paar Geldscheine, rollt sie zusammen und bietet sie den Männern an.

Der kleinere Mann hebt abwehrend die Hand. Yolanda bemerkt, daß er sich die Hand am Pflaster aufgeschürft hat und seine Handfläche dunkle Spuren getrockneten Blutes aufweisen. »*No, no, señorita. Nuestro placer.*«

Yolanda wendet sich an den Größeren. »Bitte«, sagt sie und hält ihm das Geld auffordernd hin. Aber auch er blickt zu Boden – wie Iluminada, wie José. Rasch stopft sie ihm das Geld in die Tasche.

Die beiden Männer heben ihre Macheten auf und schultern sie wie Soldaten ihr Gewehr. Der hochgewachsene Mann zeigt auf das große Haus. »*Directo,* Mirandas.« Er spricht die Wörter mit Bedacht aus. Yolanda folgt mit dem Blick der Richtung seiner Hand. Im letzten schwachen Schein des Tageslichts kann sie die Straße kaum noch erkennen. Es ist, als wäre der Guavenwald mit der Straße verwachsen und das undurchdringliche Gewirr der Äste erstreckte sich in alle Richtungen.

Sie reicht beiden Männern zum Abschied die Hand. Der Kleinere zögert zuerst, als fürchte er, ihre Hand schmutzig zu machen, nachdem er sie jedoch an der Hose abgewischt hat, gibt er Yolanda schließlich die Hand. Die Haut fühlte sich rauh und rissig an, wie die Rinde eines Baumes.

Yolanda steigt ins Auto, und die beiden Männer bleiben einen Moment wartend auf dem Seitenstreifen stehen, um zu beobachten, ob der Reifen hält. Sie biegt vorsichtig auf die Fahrbahn und fährt langsam die Straße hinunter. Als sie noch einmal in den Rückspiegel sieht, sind sie im Dunkel des Guavenwaldes verschwunden.

Ein Stück weiter vorn erfassen ihre Scheinwerfer die Gestalt eines kleinen Jungen. Yolanda lehnt sich hinüber und öffnet ihm die Beifahrertüre. Im Schein der Innenbeleuchtung sieht sie, wie er mit den Tränen kämpft. Er hält sich vorsichtig den Arm. »Der Wachposten hat mich geschlagen. Er hat gesagt, ich hätte alles erfunden. Keine *dominicana* wäre um diese Zeit unterwegs und würde *guayabas* pflücken.«

»Mach dir nichts draus, José.« Yolanda gibt ihm einen Klaps. Durch den dünnen Stoff seines Hemdes kann sie seine mageren Schultern fühlen. »Deinen Dollar kriegst du trotzdem. Du hast getan, was du konntest.«

Aber die Schmach schien jedes freudige Gefühl über ihr Angebot zu ersticken. Yolanda versucht, ihn abzulenken, fragt ihn, was er sich von dem Geld kaufen will, worauf er am stärksten versessen ist, mit dem Hintergedanken, ihm vielleicht bei einem späteren Besuch ein spezielles, kleines *antojo* mitzubringen. Aber José Duarte Sánchez y Mella sagt keinen Ton mehr, murmelt nur ein *gracias,* als sie ihn an der Cantina mit etwas mehr als dem versprochenen Dollar absetzt.

Im Scheinwerferlicht erkennt Yolanda im schwarzen Rechteck der Türöffnung den Umriß der alten Frau, die ihr zum Abschied winkt. Und über dem Picknicktisch, an einem Pfosten leuchtet die Haut der Palmolivefrau in strahlendem Weiß. Noch immer hat sie den Kopf zurückgeworfen und den Mund geöffnet, als riefe sie jemanden in weiter Ferne.

# Der Kuß

▼▲▼▲ ▮▮▮ ▼▲▼▲▼▲▼▲▼▲▼▲▼▲▼▲▼▲▼▲▼▲▼▲▼▲▼▲

*Sofia*

Auch als sie schon verheiratet waren, selbst Familie hatten und es bei anderen Anlässen häufig nicht einrichten konnten – zum Geburtstag ihres Vaters kamen die vier Töchter immer nach Hause. Sie würden ohne Ehemänner, zukünftige Ehemänner oder mitgebrachte Freunde zusammen sein, denn auch das gehörte zur Tradition: Die Töchter kamen allein. Die Wohnung sei zu klein für alle, erklärte der Vater. Ihre Männer könnten sie doch wohl für eine Nacht entbehren, oder?

Die Ehemänner rissen sich im Grunde nicht darum, ihre Schwiegereltern zu besuchen, ärgerten sich jedoch über das gokkelhafte Verhalten des Vaters. »Wann wird er endlich begreifen, daß ihr erwachsen seid? Ihr schlaft zu Hause!«

»Mein Gott, er ist doch schon fast siebzig!« nahmen die Töchter ihren Vater in Schutz. Sie waren leidenschaftliche Frauen, aber die Verehrung für den alten Mann reichte mit ihren Wurzeln weit in die Vergangenheit zurück.

So wurden die Töchter jedes Jahr im November für einen Abend wieder Vaters kleine Mädchen. In dem engen Wohnzimmer, inmitten der dunklen, viel zu großen Möbel aus dem alten Haus, in dem sie aufgewachsen waren, fühlten sie sich wieder wie Kinder in einer kleineren, schlichteren Ausgabe der Welt. An der Haustür wurde die

»Heimkehr des verlorenen Sohnes« aufgeführt. Der Vater breitete die Arme aus und hieß sie in seinem gebrochenen Englisch willkommen: »Hier ist euer Zuhause, und niemals sollt ihr das vergessen.« Drinnen hatte die Mutter dieses und jenes an ihnen auszusetzen: ihre Kleidung war zu salopp, sie trugen das lange Haar offen, sie sahen abgespannt aus, zu mager, zu angemalt und so weiter.

Nach ein paar Gläsern Wein fing der Vater an, davon zu reden, was zu tun sei, falls er seinen nächsten Geburtstag nicht mehr erleben würde. »Na komm, Papi«, redeten ihm die Töchter gut zu, als wolle er aus Bescheidenheit sterben und sie müßten ihn dazu überreden, am Leben zu bleiben. Nachdem Geburtstagskuchen und -kerzen zu ihrem Recht gekommen waren, verteilte der Vater dicke Umschläge, die sich wattiert anfühlten und es auch waren, mit ein paar Hunderter in Scheinen, Zehn-, Zwanzig- und Fünf-Dollar-Noten, alle mit der gleichen Seite nach oben, die oberste mit dem Namen des Vaters versehen, damit sie ihn im Gedächtnis behielten. »Warum keine Schecks«, überlegten die Töchter später, als sie im Schlafzimmer miteinander schwatzend ihr Geld zählten, um sich zu vergewissern, daß der Vater keine von ihnen bevorzugt hatte. Tat der Vater irgend etwas Gesetzwidriges, oder weshalb hortete er heimlich solche Summen? Handelte er womöglich mit Drogen oder nahm in seiner Praxis Abtreibungen vor? Keine der Töchter glaubte das im Ernst, aber allein mit dem Gedanken zu spielen, war wie eine hübsche, kleine Explosion im Kopf.

Bei Tisch gaben sich alle stets den Anschein, als wollten sie die Umschläge nicht annehmen. »Nein, nein, Papi, schließlich ist es *dein* Geburtstag.« Der Vater erklärte ihnen, dort, wo dieses Geld herkomme, gäbe es noch eine ganze Menge mehr davon. Die Revolution in ihrer alten Heimat war gescheitert. Die meisten seiner Gefährten waren getötet oder bestochen worden. Er war in dieses Land geflohen. Und nun mußte jeder sehen, wo er blieb; und was er verdiente, bekamen seine Töchter. Nie gab der Vater seinen Töchtern in Anwesenheit ihrer Männer das Geld. »Sie könnten auf falsche Gedanken kommen«, hatte er einmal bemerkt, und obwohl keine der Töchter genau wußte, was der Vater damit meinte, verstanden sie doch alle, was er ihnen sagen wollte: Bringt eure Männer nicht zu meinem Geburtstag mit.

In diesem Jahr jedoch, an seinem siebzigsten Geburtstag, beabsichtigte die jüngste Tochter, Sofia, die Feier bei sich zu Hause zu veranstalten. Ihr Sohn war im Sommer auf die Welt gekommen, und sie wollte nicht mit einem vier Monate alten Säugling und ihrer kleinen Tochter im November auf Reisen gehen. Und doch wollte nicht ausgerechnet sie durch Abwesenheit glänzen, denn zum erstenmal, seit sie vor sechs Jahren mit ihrem Mann davongelaufen war, sprachen sie und ihr Vater wieder miteinander. Tatsächlich hatte der alte Mann sich zweimal aufgemacht, um sie – oder besser seinen Enkel – zu besuchen. Das war schon eine Riesensache, die Geburt eines Sohnes. Es war der erste männliche Nachkomme der Familie seit zwei Generationen. Natürlich mußte der Kleine nach seinem Großvater Carlos benannt werden und als zweiten Namen Sofias Mädchennamen erhalten, und so würde – der alte Mann hatte dies von seinem »Harem«, wie er die vier Mädchen scherzhaft nannte, niemals zu hoffen gewagt – sein Name in diesem neuen Land weiter fortbestehen!

Während seiner beiden Besuche hatte der Großvater den ganzen Tag am Kinderbett Wache gehalten und mit dem kleinen Carlos geredet. »Karl V., Charles Dickens, Prinz Charles.« Er zählte berühmte Persönlichkeiten mit dem Namen Charles auf, um bei dem Jungen genetischen Ehrgeiz zu wecken. »Karl der Große«, säuselte er ihm vor, denn das Baby war groß und grobknochig, hatte einen blonden Flaum auf seiner blaßrosa Haut und blaue Augen wie seine deutschen Vorfahren. Die karibische Begeisterung des Großvaters über einen männlichen Erben und ein blondes, nordisches Äußeres war schlagartig zum Vorschein gekommen. Jetzt war jedenfalls schon einmal gutes Blut in der Familie, falls in Zukunft eine der Töchter eine schlechte Wahl treffen würde.

»Du kannst Präsident werden, du bist hier geboren«, summte der Großvater. »Du kannst zum Mond fahren, wenn du so alt bist wie ich, vielleicht sogar zum Mars.«

Sein Machogeschwätz brachte Sofia erneut gegen ihren Vater auf. Wie abscheulich von ihm, unaufhörlich so zu reden, während seine kleine Enkeltochter mit weit aufgerissenen Augen neben ihm stand und betrübt mit anhörte, was ihr winziger Bruder, nicht größer als eine ihrer Puppen, später alles würde tun können, nur weil er ein Junge war. »Er soll still sein«, bat Sofia ihren Mann um Unterstützung. Otto galt als der Fröhliche, Gutmütige unter den Schwiegersöhnen. »Der Ratgeber in allen Lebenslagen«, zogen ihn seine Schwägerinnen auf. Otto trat neben den Großvater. Gemeinsam blickten sie liebevoll auf den neuen Wikinger hinab.

»Du kannst genauso ein großer Mann werden wie dein Vater«, sagte der Großvater. Das war das erste Kompliment, das der Schwiegervater jemals einem seiner Schwiegersöhne gemacht hatte. Jetzt konnte Otto dem alten Mann unmöglich die Meinung sagen. »Er ist ein feiner Junge, was, Papi?« Ottos deutscher Akzent wurde vor Rührung stärker. Er klopfte seinem Schwiegervater auf die Schulter. Von nun an waren sie Freunde.

Doch obwohl der Vater sich mit seinem Schwiegersohn abgefunden hatte, gab es noch immer Spannungen zwischen ihm und seiner Tochter. Als er zu Besuch gekommen war, hatte sie ihn an der Tür umarmt, doch er machte sich stocksteif und entzog sich ihr höflich. »Laß mich erst diese schweren Sachen abstellen, Sofia.« Nie hatte er sie bei ihrem Kosenamen, Fifi, genannt, auch nicht, als sie noch zu Hause lebte. Immer hatte er Probleme mit seiner eigenwilligen Jüngsten gehabt, und ihr Davonlaufen hatte es nicht besser gemacht. »Ich will keine leichtfertigen Frauen in meiner Familie«, hatte er alle Töchter ermahnt. Warnungen wurden immer an alle gemeinsam gerichtet; denn selbst wenn gewöhnlich eine ganz bestimmte Tochter die Sünderin war, der weibliche Charakter konnte stets eine Schelte gebrauchen.

Mit dieser Einstellung mußten seine Töchter in einer Epoche fertig werden, die von völlig anderen Ansichten geprägt war. Sie wuchsen in den späten Sechzigern auf. Es war die Zeit, in der es als politische Aktion gegen das Establishment galt, wenn man Jeans und wagenradgroße Ohrringe trug, ein bißchen Hasch rauchte und mit den Mitschülern schlief. Aber sich gegen ihren Vater aufzulehnen, war etwas völlig anderes. Noch als erwachsene Frauen dämpften sie in Hörweite ihres Vaters die Stimme, wenn es um sexuelle Fragen ging. Dabei waren sie hochqualifizierte Frauen, drei von ihnen mit einem akademischen Grad.

Sofia war diejenige ohne akademischen Grad. Sie war immer ihren eigenen Weg gegangen, auch wenn sie ihre Entscheidungen herunterspielte und sie als Zufälle bezeichnete. Sie galt als die Reizloseste der vier Schwestern, mit ihrem großen, grobknochigen Körper und dem breiten Gesicht. Und doch war sie es, die einen Freund nach dem anderen hatte, wie ihre Schwestern mit Verwunderung und ein wenig Neid feststellten. Sie bewunderten sie und fragten sie bei allem, was mit Männern zu tun hatte, um Rat. Die drittälteste Tochter teilte, während sie heranwuchsen, mit Sofia das Zimmer. Sie liebte es, ihrer Schwester zuzusehen, wie sie durch das Zimmer ging, sich für das Bett zurechtmachte, ihr Haar bürstete und mit einer Spange befestigte, bevor sie sich wohlig in die Federn begab, als ob dort jemand auf sie wartete. Im Dunkeln verströmte Fifi den frischen, gesunden Duft körperlichen Wohlbefindens. Dieser Duft hatte etwas Tröstliches für die Drittälteste, die immer sehr zaghaft und ängstlich war und Probleme mit Männern hatte. Die Atemzüge der Schwester im dunklen Zimmer weckten in ihr das Gefühl, als läge am Fußende ihres Bettes ein starkes, gezähmtes Tier, das jederzeit bereit war, sie zu beschützen.

Die Jüngste hatte als erste das Haus verlassen. Sie war vom College abgegangen, weil sie sich verliebt hatte. Sie nahm einen Job als Sekretärin an und wohnte zu Hause bei den Eltern, weil ihr Vater gedroht hatte, falls sie ausziehe, brauche sie sich nie wieder blicken zu lassen. In ihrem Urlaub flog sie nach Kolumbien, um sich mit ihrem damaligen Freund zu treffen; da sie in New York nicht die Nacht mit ihm verbringen konnte, mußte sie Tausende von Meilen reisen, um mit ihm zu schlafen. In Bogotá stellten sie rasch fest, daß sie nun, da sie von der verbotenen Frucht naschen konnten, keine Lust mehr darauf hatten. Sie trennten sich. Auf der Straße lernte sie, mal eben so, einen Touristen kenne, einen jungen Mann aus Deutschland. Seitdem sie erwachsen war, war diese Frau nie länger als ein paar Tage ohne Freund. Sie verliebten sich ineinander.

Auf dem Rückweg warf sie auf dem Kennedy-Airport ihr Diaphragma in den Mülleimer. Sie ging keine Risiken ein. Aber der Vater kam doch dahinter. Monatelang hielt er die Augen offen. Bei der ersten Gelegenheit durchsuchte er, angeblich auf der Suche nach seiner Nagelschere, ihre Schubladen und fand ein Bündel Liebesbriefe. In der kleinen, korrekten Handschrift des Deutschen standen da die unbeschreiblichsten Dinge – Bettgespräche, nachempfunden auf den dünnen, blauen Blättern von Luftpostbriefen.

»Was hat das zu bedeuten?« Der Vater hielt ihr die Briefe unter die Nase. Die vier Schwestern hatten schwatzend am Tisch gesessen, und der Vater war hereingekommen, das Päckchen wie eine Reitpeitsche gegen sein Bein schlagend. Das Satinband, das er gelöst hatte, fiel auseinander, und wie in einem Anfall begann er, es einmal, zweimal, dreimal um die Briefe herumzuwickeln, als wolle er das schlechte Benehmen seiner Jüngsten darin einschnüren.

»Gib sie her!« schrie sie und stürzte sich auf ihn.

Der Vater hielt die Hand mit den Briefen so hoch über ihre Köpfe wie die Freiheitsstatue ihre Fackel, aber er hatte etwas vergessen: Sofia war diejenige seiner Töchter, die genausogroß war wie er. Sie riß seinen Arm nach unten und griff nach den Briefen, als wären sie ihr Baby, das er ihr von der Brust gerissen hatte. Ihre Wut schien eher biologischer als romantischer Natur.

Nach dem ersten Schock kehrte der Zorn des Vaters zurück. »Hat er dich entjungfert? Das will ich auf der Stelle wissen. Habt ihr euch hinter den Palmen vergnügt? Ziehst du meinen guten Namen in den Schmutz? Sag' mir sofort, was passiert ist!« Wie besessen schleuderte der Vater seiner Jüngsten eine Frage nach der anderen entgegen, ohne ihr Gelegenheit zu geben, darauf zu antworten. Sein Gesicht war vor Wut rot angelaufen, doch das ihre war in seiner Ausdruckslosigkeit noch viel schrecklicher: ein bleicher, elfenbeinfarbener Mond, dessen Anblick ihn zu immer neuen Zornesausbrüchen reizte, bis es schien, als würde er an seinem eigenen Wortschwall ersticken.

Ihre besorgten Schwestern waren aufgestanden, zwei hatten ihn am Arm gepackt und redeten wie Krankenschwestern begütigend auf ihn ein, die dritte tätschelte seinen Rücken, als wäre er ein kleiner Junge, der Fieber hatte. »Nun komm, beruhige dich, Papa. Immer mit der Ruhe. Laß uns darüber reden. Wir sind doch schließlich eine Familie.«

»Bist du eine Hure?« fragte der Vater seine Tochter. Sie hatte Speichel auf der Wange, so dicht war sein Mund an ihrem Gesicht.

»Das geht dich, verdammt noch mal, nichts an!« sagte sie leise mit einem gefährlichen Unterton, der wie das Knurren eines aggressiven Tieres klang. »Du hast kein Recht, absolut kein Recht, meine Sachen zu durchwühlen oder meine Post zu lesen!« Tränen schossen ihr aus den Augen, ihre Nasenflügel bebten.

Entgeistert stand der Vater mit offenem Mund da. Ruhig und hoch erhobenen Hauptes verließ Sofia den Raum. Früher war diese Tochter bei ihren Wutanfällen aus dem Haus gestürzt und Stunden später, nachdem sie die gewohnte Freundlichkeit ihres Wesens wiedererlangt hatte, besänftigt und mit verrückten Geschenken für alle Familienmitglieder zurückgekommen: Magneten für die Kühlschranktür oder kleinen Wollknäueln mit rollenden Augäpfeln.

Diesmal aber hörten sie, wie sie oben Schubladen herauszog und wieder zurückschob, wie sie zwischen Bett und Schrank hin- und herging. Unten durchmaß der Vater, im Zaum gehalten von seinen drei anderen Töchtern, die Wohnung, während die zweite starke Persönlichkeit der Familie sorgfältig – als hätte sie alle Zeit der Welt – ihre Kleider zuknöpfte und zusammenfaltete, ihre Koffer und Taschen packte und für immer das Haus verließ. Irgendwie schaffte sie es, nach Deutschland zu gelangen und ihren Mann zu bewegen, sie zu heiraten. Für den Vater, der so darauf aus war, seine Familie durch Präsidenten und geniale Persönlichkeiten zu bereichern, war es wie ein Schlag ins Gesicht: Der angebliche deutsche Niemand entpuppte sich als Chemiker von Weltruf. Aber die Tochter besaß kein kleinliches Wesen. Was hatte es sie interessiert, womit Otto seinen Lebensunterhalt verdiente, als sie vor seiner Tür erschienen war und sich ihm angeboten hatte!

»Ich kann dich genauso lieben wie irgendeine andere Frau«, sagte sie. »Wenn du für mich das gleiche empfindest, laß uns heiraten.«

»Komm rein und laß uns reden«, hatte Otto gesagt; jedenfalls wurde es so erzählt.

»Ja oder nein«, antwortete Sofia. So hatte sie eines Abends im Schneetreiben vor seiner Tür gestanden, und ein kalter Luftzug war hereingeweht. »Ich konnte sie ja schlecht erfrieren lassen«, prahlte er später.

»Wahrhaftig, das konntest du nicht!« Sofia ließ ihre breite Hand schwer auf seine Schulter fallen, und jeder bekam eine Ahnung davon, wie sich das Dunkel ihrer Liebesnächte abspielte. Ihre Hochzeitsreise machten sie nach Griechenland, und wie alle Jungvermählten schickte Sofia ihren Eltern und Schwestern Ansichtskarten. »Es ist herrlich. Schade, daß Ihr nicht hier seid.«

Aber der Vater blieb unversöhnlich. Monatelang durfte niemand in seiner Gegenwart den Namen der Tochter erwähnen, obwohl er sie alle ständig mit »Sofia« anredete und sich dann rasch verbesserte. Als Sofias kleine Tochter geboren wurde, sprach seine

Frau ein Machtwort. Wenn er seinen Groll mit ins Grab nehmen wolle, bitte! *Sie* würde nach Michigan fahren – wohin Otto versetzt worden war – und sich ihr erstes Enkelkind anschauen!

Im letzten Moment gab der Vater nach und fuhr mit, aber er hätte ebensogut zu Hause bleiben können. Während des ganzen Besuches war er düster und schweigsam, wie sehr sich Sofia und ihre Schwestern auch bemühten, ihn ins Gespräch zu ziehen. Verbannung war besser als diese abweisende Behandlung. Aber Sofia machte einen erneuten Versuch. Am darauffolgenden Geburtstag des alten Mannes stand sie mit ihrem kleinen Mädchen vor der Tür. »Da staunst du, was?« Es fand so etwas wie eine Versöhnung statt. Erst versuchte der Vater, ihr die Hand zu geben. Da das nicht gelang, umarmte er sie steif, ehe er unter dem wachsamen Blick seiner Frau das Baby auf den Arm nahm. Danach kam die Tochter jedes Jahr zum Geburtstag des Vaters und beschwichtigte, besänftigte und milderte – wie Frauen das eben können – seine gekränkten Gefühle. Doch hinter dem umgänglichen Ton verbarg sich die offene Wunde. Der Vater weigerte sich, das Haus der Tochter zu betreten. Sie wechselten kaum ein Wort; wenn der Vater über Allgemeines mit ihr redete, tat er es im gleichen Ton wie mit seinen Schwiegersöhnen.

Aber nun rückte sein siebzigster Geburtstag näher, und er hatte sich damit einverstanden erklärt, die Feier bei Sofia stattfinden zu lassen. Die Taufe des kleinen Carlos war für den Vormittag angesetzt. Und Papi Carlos' Party würde das große Ereignis am Abend sein. Es war ein Bravourstück der Jüngsten, die weit verstreute Familie für ein Wochenende im mittleren Westen versammelt zu haben. Der eigentliche Coup jedoch war, daß Sofia es geschafft hatte, die Ehemänner diesmal mit einzubeziehen. Die Männer kommen, die Männer kommen, alberten die Schwestern. Sofia reichte das Kompliment an den kleinen Carlos weiter. Der Junge hatte den anderen Männern der Familie den Weg geebnet.

Doch der Triumph, den die Jüngste am meisten herbeisehnte,

war die endgültige Aussöhnung mit ihrem Vater. Sie würde für den alten Mann eine Party schmeißen, die er sein Lebtag nicht mehr vergessen würde. Seit Wochen machte sie Pläne: Was sollte es zu essen geben, wo würden sie alle schlafen, welche Art Unterhaltung sollte sie arrangieren? Wegen jeder Kleinigkeit rief sie ihre Schwestern an, um zu erfahren, was sie von diesem oder jenem hielten. Meist waren sie mit allem einverstanden: eine Band, Papierhüte, Luftballons, Buttons mit der Aufschrift PAPA IST DER BESTE. Alles, was auf übertriebene, alberne, kitschige Weise Zuneigung ausdrückte, würde ihrem Vater gefallen. Vorübergehend dachte Sofia auch an eine Bauchtänzerin oder ein Mädchen, das aus einer Torte steigen würde. Aber die Drittälteste, die nach ihrer Scheidung zur Feministin geworden war, erklärte, sie fände solche Hinterzimmerbelustigungen ekelhaft. Eine Band fände sie gut; wenn ihre verheirateten Schwestern sich jedoch als Sexisten gebärden wollten – dann bitte ohne sie! Mit Engelsgeduld organisierte Sofia ein Wochenende, das allen gerecht wurde. Am siebzigsten Geburtstag des alten Herrn würde es bei ihr ein tolles Fest geben, koste es, was es wolle!

Am Tag der Party nahm die Familie, bevor die Band und die Gäste eintrafen, ein frühes Abendessen ein. Jede der Töchter bedachte die beiden Hauptpersonen namens Carlos mit einem Trinkspruch. Die Schwiegersöhne nannten den großen Carlos »Papi«. Der kleine Carlos, in seinem langen, weißen Taufkleid einem kleinen Mädchen sehr ähnlich, brüllte ohne Unterlaß, und seine arme Mutter war pausenlos damit beschäftigt, das Essen zu servieren: erst der Familie und dann ihm. Das Telefon klingelte unaufhörlich, da fortwährend Verwandte von der Insel anriefen, um dem alten Mann zu gratulieren. Die Ansprachen, die die Töchter vorbereitet hatten, wurden ständig unterbrochen. Dennoch standen dem Vater mehr als einmal die Tränen in den Augen, als die vier Mädchen ihre Sprüche aufsagten.

Er sah alt aus an diesem Abend, man sah ihm jedes einzelne

seiner siebzig Jahre an. Vielleicht lag es am Wein, der sein Gesicht gerötet hatte, und das Weiß der Haare, Brauen und des Schurrbarts unnatürlich stark hervorstechen ließ. Die Geschenke machten ihn jedoch wieder ein wenig munterer: technische Geräte, Bücher und Schreibtischutensilien von seinen Töchtern, Glückwunschkarten, dem »besten, liebsten Papi der Welt« gewidmet, mit langen Texten, die der alte Mann alle laut vorlesen wollte. »Das darfst du nicht, Papi, sie sind für dich persönlich!« protestierten die Mädchen, die ihn umringten, im Chor, denn sie wollten sich gegenseitig die Peinlichkeit ersparen, daß ihre Ergüsse öffentlich vorgetragen würden. Von seiner Frau bekam er eine goldene Uhr. Die Drittälteste meinte scherzhaft, das sei ein Geschenk, mit dem die Firmen ihre Angestellten in Pension schickten, schwieg jedoch, als ihre Mutter sie zornig anfunkelte. Dann kamen die Männergeschenke – Ledergürtel und Kreditkartenetuis von den Schwiegersöhnen.

»Lauter Sachen, die ich gut gebrauchen kann.« Der Vater war sehr angetan. Er schob die Glückwunschkarten zusammen und steckte sie in die Tasche, um sie später noch einmal in aller Ruhe zu lesen. Die Schwiegersöhne wußten, der Vater beobachtete genau, ob sie Anzeichen von Gleichgültigkeit erkennen ließen oder sich zu wenig beachtet fühlten. Was die Töchter betraf, so hatten sie, nachdem die Toasts ausgebracht, die Geschenke geöffnet und der Vater sie mit Unterstützung seiner kleinen Enkeltochter in Sicherheit gebracht hatte, noch immer das Gefühl, als erwarte er noch etwas anderes, etwas, das sie ihm noch nicht geschenkt hatten.

Aber die Party dauerte ja noch lange genug, um ihm zu geben, was er offensichtlich brauchte für das lange, einsame Jahr, das vor ihm lag. Die Kapelle traf ein. Drei Männer mittleren Alters, jeder mit einer silbergrauen Schmachtlocke, die mit zuviel Haarpomade an den Kopf geklebt war. DANNY AND HIS BOYS hefteten ein Plakat mit ihrem Namen an den Kamin. Einer spielte Akkordeon, einer Geige und der Dritte abwechselnd Rumbarasseln, Triangel oder

Trommel, je nachdem, was gerade gebraucht wurde. Sie spielten Filmmelodien, Polkas, alles, was bekannt genug zum Mitsummen war; die schmalzigen Songs wurden alle »Poppy« oder »seiner reizenden Gattin« gewidmet. Dem Vater gefiel die Band. »Gute Wahl«, gratulierte er Otto. Nach allem, was sie getrunken und gegessen hatte, war das Gemüt der Jüngsten leicht erregbar. Sie sah ihren lächelnden Ehemann mit einem strafenden Blick an und stemmte eine Hand in die Hüfte. Als ob Otto während ihrer monatelangen Vorbereitungen auch nur einen Finger gerührt hätte!

Nach und nach trafen die Gäste ein: Viele erzählten, sie hätten sich verfahren; die Vororte waren dunkel und mit ihren Innenhöfen und Einbahnstraßen so unübersichtlich wie Irrgärten. Ottos unverheiratete Kollegen spähten im Zimmer umher, um die kürzlich geschiedene Schwester zu entdecken, von der sie so viel gehört hatten. Aber da war keine, die so hübsch, lustig und begabt war, wie Sofia es großtuerisch von der Drittältesten behauptet hatte. Die meisten dieser Freunde waren ohnehin ein bißchen in Sofia verliebt, und sie war es, nach der sie in dem überfüllten Raum Ausschau hielten.

Auf dem langen Büfett stand eine große, herzförmige Schokoladentorte mit einundsiebzig Kerzen – eine davon als Glücksbringerin. Die Enkeltochter und ihre Tanten hatten sie gezählt und diagonal auf dem Herzen verteilt, unechte Kerzen, die nicht ausgehen würden. Sie brannten später wie ein flammender Pfeil, der nicht verlöschen wollte. Die Bar befand sich direkt neben dem Schokoladenherzen, und um Mitternacht, als die Band erneut »Happy Birthday, Poppy« anstimmte, hatten alle viel zuviel gegessen und getrunken.

Den ganzen Abend über hatten sie Partyspiele gespielt. Die Kapelle steuerte die »Reise nach Jerusalem« bei, aber nachdem zwei Eßzimmerstühle zu Bruch gegangen waren, hörten sie auf zu spielen. Vor allem die dritte Tochter war kaum noch zu bändigen und setzte sich den Männern auf den Schoß anstatt auf einen der

Stühle. Der Vater saß schweigend da. Er betrachtete die Vorgänge mit Mißfallen.

Tatsächlich hatte der Vater sich immer mehr zurückgezogen, je weiter der Abend fortschritt. Im Kreise seiner Töchter, ihrer Ehemänner und ihrer einfallsreichen, intelligenten, schlaue Reden führenden Freunde schien er sich plötzlich darüber klarzuwerden, nur ein alter Mann zu sein, der bei ihnen zu Besuch weilte, ihr gebratenes Lamm aß und sich in ihr Leben einmischte. Die Töchter spürten förmlich, was in seinem Kopf vorging, als wären es ihre eigenen Gedanken. Er, der dafür bezahlt hatte, ihre schiefen Zähne richten zu lassen und in teuren Schulen ihren Akzent zu kaschieren, er bedeutete ihnen nun nichts mehr. Alle Anwesenden würden ihn überleben, selbst die albernen Männer von der Kapelle, die wie Schuljungen wirkten – welch eine Vorstellung, mit dem Spielen von Geburtstagsständchen seinen Lebensunterhalt zu verdienen! Wie konnten sie jemals genug Geld verdienen, um ihren Töchtern schöne Kleider zu kaufen und sie im Sommer nach Europa zu schicken, damit sie sich nicht langweilten? Gab es überhaupt noch richtige Männer? Die letzten seiner Schwiegersöhne waren durch die Bank Kindsköpfe; das war deutlich zu sehen. Selbst Otto, der berühmte Wissenschaftler, war wie ein kleiner Junge, der mit dem Griffel seine Rechenaufgaben machte. Der neue Schwiegersohn tat ihm geradezu leid – man merkte schon, daß dieser Ehemann dem starken Willen der zweiten Tochter nichts entgegenzusetzen hatte. Bereits jetzt ließ sie sich vorn und hinten von ihm bedienen und schickte ihn mitten in der Nacht Zigaretten holen. Aber er brauchte sich um seine Töchter keine Sorgen zu machen. Genausowenig um seine Frau. Da saß sie, hübsch und schlank wie ein junges Mädchen, und lächelte jedesmal verschämt in die Runde, wenn ihr ein Lied gewidmet wurde. Acht, neun Monate Witwenschaft und sie würde jemanden finden, mit dem zusammen sie seine Lebensversicherung verjubeln könnte.

Die Drittälteste dachte, ein Spiel wäre vielleicht das Richtige, um den Vater aus seiner trübsinnigen Stimmung zu locken. Sie nahm eine der weichen Babywindeln, verband ihrem Vater die Augen und führte ihn zu einem Stuhl mitten im Zimmer. Die Frauen applaudierten; die Männer setzten sich. Der Vater tat so, als verstünde er nicht, was seine Töchter mit ihm vorhatten. »Wie geht dieses Spiel, Mami?«

»Das mußt du selbst wissen, Dad«, sagte die Mutter lachend. Sie war die einzige in der Familie, die ihn mit seinem amerikanischen Namen anredete.

»Bist du bereit, Papi?« fragte die Älteste.

»Absolutt berrreit,« antwortete er mit seinem starken Akzent.

»Gut, nun rate, wer das ist«, befahl die Älteste. Sie übernahm die Regie. Das war schon immer so gewesen und wurde stillschweigend akzeptiert.

Der Vater nickte und zog die Augenbrauen hoch. Er hielt sich am Stuhl fest, aufgeregt, ein wenig ängstlich, wie ein kleiner Junge, der auf eine schwierige Frage gefaßt ist, auf die er die Antwort weiß.

Die Älteste zeigte auf die Drittälteste, die auf Zehenspitzen den Kreis betrat, den die Frauen um den alten Mann gebildet hatten. Sie gab ihm einen töchterlichen Kuß auf die Wange.

»Wer war das, Papi?« fragte die Älteste.

Er kicherte vor Vergnügen und brachte zuerst kein Wort heraus. Er hatte zuviel getrunken. »Das war Mami«, sagte er dann zaghaft.

»Nein. Falsch!« riefen alle Frauen.

»Carla?« vermutete er. Er ging der Reihe nach, von oben nach unten.

»Falsch!« wurde wieder gerufen.

»Sandi? Yoyo?«

»Erraten«, sagte seine Drittälteste.

Die Frauen klatschten; einige bogen sich vor Lachen. Alle hatten zuviel getrunken. Und auch der alte Herr hatte seinen Spaß.

»Okay, jetzt kommt eine andere.« Die Älteste nahm das Spiel

wieder auf. Sie legte den Zeigefinger an die Lippen, warf allen einen vielsagenden Blick zu, drehte den alten Mann langsam im Kreis und küßte ihn von hinten auf den Kopf. Dann ging sie auf Zehenspitzen zurück an den Platz, von dem aus sie gesprochen hatte. »Wer war das, Papi?« fragte sie betont unschuldig.

»Mami?« fragte er mit hoher, unsicherer, zweifelnder Stimme. Dann tiefer und mit Gewißheit: »Das war Mami.«

»Ich bin draußen«, sagte seine Frau vom Sofa her, auf das sie sich schließlich vor Erschöpfung gerettet hatte.

Der Vater nannte niemals den Namen einer der anwesenden Frauen. Das hätte er für respektlos gehalten. Außerdem waren die fremdklingenden amerikanischen Namen schwer zu behalten und auszusprechen. Und doch genoß er ihre Küsse, indem er so tat, als seien es die seiner Töchter. Jedesmal ging der Vater die Reihe von oben nach unten durch: »Carla?« »Sandi?« »Yoyo?« Manchmal änderte er die Reihenfolge, nannte die Dritte an erster oder die Älteste an zweiter Stelle.

Sofia war im Schlafzimmer gewesen und hatte ihren Sohn noch einmal angelegt, der wegen des Lärms im Haus nicht zur Ruhe kam. Noch mit dem Zuknöpfen ihres Kleides beschäftigt, kam sie ins Wohnzimmer zurück und platzte mitten in das Spiel. »Oh.« Sie verdrehte die Augen. »Hier geht es ja richtig heiß her, wie?« Sie machte eine entsprechende Hüftbewegung, und alle Männer lachten. Sie schob ihre Freundinnen in den Kreis und flüsterte ihrer kleinen Tochter zu, den nächsten Kuß solle sie ihrem Großvater auf die Nase plazieren. Alle Frauen spitzten die Lippen und küßten den alten Mann ins Gesicht. Die Zweitälteste setzte sich kurz auf seinen Schoß und kraulte ihn am Kinn. Jedesmal, wenn der Vater einen falschen Namen nannte, lachte die Jüngste laut auf. Doch bald stellte sie fest, daß er ihren Namen überhaupt nicht nannte. Nach all der vielen Mühe bezog er sie in die Aufzählung der Töchter nicht mit ein. Der Teufel sollte ihn holen! Jetzt würde sie aufs Ganze gehen und es ihm zeigen!

Schnell betrat sie den Kreis und gab dem alten Mann einen feuchten, verlangenden Kuß ins Ohr. Sie schob ihre Zungenspitze in seine Ohrmuschel und knabberte an seinem Ohrläppchen. Dann trat sie zurück.

»Oh, là, là«, sagte die Älteste lachend. »Wer war das, Papi?«

Der alte Mann gab keine Antwort. Das Lächeln, das er während des ganzen Spiels auf den Lippen gehabt hatte, war verschwunden. Er setzte sich gerade auf, hellwach. Eine lange Pause entstand: Alle beugten sich vor und warteten auf das übliche »Mami«.

Aber der Vater nannte den Namen seiner Frau nicht. Er zerrte an seiner Augenbinde, als wäre sie etwas Ansteckendes, womit er sich infizieren könnte. Die Windel fiel in einem weichen Knäuel neben seinem Stuhl auf den Boden. Sein Gesicht war dunkelrot vor Scham über den Versuch einer seiner Töchter, ihn vor allen Leuten sexuell zu stimulieren. Er sah von einer zur anderen. Sein Blick erstarrte. Auf dem Gesicht der Jüngsten lag der gleiche, unbeteiligte Ausdruck wie damals, als sie ihm die Liebesbriefe aus der Hand gerissen hatte.

»Das reicht jetzt«, gebot er in leisem, aufgebrachtem Ton. Und fürwahr, seine Party war vorüber.

# Die vier Mädchen

▼▲▼▲ I I I ▼▲▼▲▼▲▼▲▼▲▼▲▼▲▼▲▼▲▼▲▼▲▼▲▼▲▼▲▼▲▼▲▼▲

*Carla, Yolanda, Sandra, Sofia*

Die Mutter nennt sie noch immer *die vier Mädchen,* obwohl die Jüngste sechsundzwanzig ist und die Älteste nächsten Monat einunddreißig wird. Solange sie denken können, hat sie sie *die vier Mädchen* genannt, und die Erinnerung der Ältesten reicht zurück bis zur Geburt der vierten Tochter. Vor dieser Zeit muß die Mutter sie *die drei Mädchen* genannt haben und davor *die zwei Mädchen,* aber nicht einmal die Älteste, die ja kurze Zeit das einzige Kind gewesen war, kann sich erinnern, je anders als *die vier Mädchen* von der Mutter gerufen worden zu sein.

Die Mutter steckte sie alle in Miniaturausgaben ihrer eigenen Kleider, die sich nur farblich voneinander unterschieden, so daß der Ehemann sie manchmal scherzend *die fünf Mädchen* nannte. Keine von ihnen hätte mit Sicherheit zu sagen gewußt, ob er sich in der Tiefe seines Herzens insgeheim darüber grämte, keinen Sohn zu haben, denn der Vater prahlte immer: »Gute Bullen zeugen Kühe«, während die Mutter ihm den Arm tätschelte und die vier Mädchen durcheinanderpurzelten, hopsten und kicherten in Gelb, Hellblau, Rosa und Weiß. Fremde, die ihnen begegneten, zählten: »Eins, zwei, drei, vier Mädchen! Keine Söhne?«

»Nein«, sagte die Mutter entschuldigend. »Nur die vier Mädchen.«

Jedes der Mädchen besaß die gleiche Ausstattung wie die drei anderen: Partykleid, Schulkleidung, Unterwäsche, Zahnbürste, Bettüberwurf, Nachthemd, Plastikbecher, Handtücher, Kamm und Bürste; doch das älteste Mädchen bürstete sich die Haare in Gelb, das zweite bestieg den Schulbus in Blau, das dritte schlief in Rosa und das kleinste tat alles, was ihr Spaß machte, in Weiß. Als die Jüngste heranwuchs, war sie neidisch auf die Farbe Rosa. Die Mutter versuchte, die Dritte davon zu überzeugen, daß Weiß die schönste Farbe sei und die Kleine nur Rosa haben wollte, weil sie noch ein Baby war und es nicht besser verstand, aber das dritte Mädchen war schlau genug, sich nicht überreden zu lassen. Sie hatte ohnehin immer gedacht, am besten abgeschnitten zu haben, da Rosa ja die Farbe für Mädchen war. »Ihr Mädchen macht mich noch verrückt!« pflegte die Mutter zu sagen, aber die Mädchen hatten sich an die leeren Drohungen der Mutter gewöhnt.

Die Mutter hatte sich die Farbeinteilung ausgedacht, um Zeit zu sparen. Wenn man vier Töchter hatte, die altersmäßig so dicht aufeinanderfolgten, konnte man auf persönliche Wünsche keine Rücksicht nehmen und ein rotes Cowboyhemd kaufen, nur weil die Drittälteste ihre jungenhafte Phase hatte, oder eine mexikanische Bauernbluse, weil die Älteste gerade ihre spanischen Wurzeln entdeckte. Da sie Frauen waren, übten die vier Mädchen Kritik an dem rein praktischen Vorgehen der Mutter. Die Kleinste brachte vor, das ganze Farbsystem lasse auf eine gewisse Fließbandmentalität schließen. Die Älteste, von Beruf Kinderpsychologin, hielt in einer autobiographischen Studie mit dem Titel »Auch mich gab es« der Mutter vor, mit ihrem Farbsystem habe sie es den Mädchen erschwert, ihre eigenständigen Fähigkeiten zu entwickeln und sie für immer im unklaren über die Grenzen ihrer Persönlichkeit gelassen. Die Älteste deutete außerdem an, die Mutter sei eine schwache, analretentive Persönlichkeit.

Die Mutter verstand nichts von diesem psychologischen Gerede, merkte jedoch, wenn man sie kritisierte. Als alle vier Mädchen das nächste Mal gemeinsam anwesend waren, ergriff sie die Gelegenheit, weinte ein wenig und sagte, sie habe doch alles, was in ihren Kräften stand, für die vier Mädchen getan. Alle lobten daraufhin ihre Mutter, wie gut sie es verstanden hatte, vier altersmäßig so dicht aufeinanderfolgende Töchter großzuziehen, gossen noch etwas Wein in das Glas der Mutter und das Glas des Vaters. Der Vater sagte mit schwerer Zunge »Gute Kühe kriegen Kühe«, und die Mutter erzählte ihre Lieblingsgeschichte von Carla, der Ältesten.

Denn auch wenn die Mutter ständig ihre Namen verwechselte oder sie alle generell mit dem Kosenamen »Cuquita« anredete, ihre Geburtstage und Berufe durcheinanderwarf und manchmal vergaß, welcher Ehemann oder Freund zu welcher Tochter gehörte – von jeder einzelnen gab es eine Lieblingsgeschichte, die sie gern erzählte, um die jeweilige Tochter bei besonderen Gelegenheiten zu feiern. Die Lieblingsgeschichte von der Ältesten hatte sie zum letztenmal auf deren Hochzeit erzählt. Die Mutter hatte, beschwipst vom Champagner, während die Kapelle eine Pause machte, das Mikrophon ergriffen und den Hochzeitsgästen noch einmal die Geschichte mit den roten Turnschuhen erzählt. Nachdem sie sich jetzt am Eßtisch ausgeweint hatte, wiederholte die Mutter die Geschichte ein weiteres Mal. Carla kannte die Geschichte natürlich auswendig und hatte sie gemeinsam mit ihrem Mann, dem Analytiker, auf ungelöste Kindheitsprobleme hin betrachtet. Aber sie hörte sie trotzdem immer wieder gern, denn es war ihre Geschichte, und immer, wenn die Mutter sie erzählte, wußte Carla: In diesem Augenblick war sie die Lieblingstochter.

»Ihr kennt doch die Geschichte mit den roten Turnschuhen?« fragte die Mutter alle um den Tisch Versammelten.

»O nein«, stöhnte die Zweitälteste. »Nicht schon wieder.«

Carla warf ihr einen wütenden Blick zu. »Hört euch diese Negativität an.« Sie nickte ihrem Mann zu, als wolle sie etwas bestätigen, worüber sie gesprochen hatten.

»Hört euch dieses Fachchinesisch an«, konterte die Zweite und verdrehte die Augen.

»Hört euch meine Geschichte an.« Die Mutter nippte an ihrem Weinglas und setzte es etwas zu heftig wieder ab. Ein paar Weintropfen fielen auf ihre Hand. Sie sah an die Decke, als hätte sie sich in die Zeit zurückversetzt, als sie noch auf der Insel lebten. Diese Regengüsse! Und überall undichte Stellen – kein Dach, das während der Regenzeit unbeschädigt geblieben wäre. »Wißt ihr eigentlich, wie arm wir waren, als wir damals geheiratet haben?« Der Vater nickte, er wußte es noch. »Und eure Schwester« – die Geschichten wurden immer so erzählt, als wäre die betreffende Schwester nicht anwesend – »eure Schwester wünschte sich neue Turnschuhe. Tag und Nacht machte sie mich verrückt, sie wollte Turnschuhe, sie wollte Turnschuhe. Wir konnten ohnehin keine großen Sprünge machen, geschweige denn gleich ein paar Turnschuhe kaufen! Wenn ihr wüßtet, was wir in jenen Tagen durchgemacht haben. Man kann es kaum in Worte fassen. Vier – nein damals drei Töchter und kein Geld im Haus.

»Nun«, fiel ihr der Vater ins Wort. »Immerhin habe ich gearbeitet.«

»Euer Vater hat gearbeitet.« Die Mutter runzelte die Stirn. Wenn sie erst einmal mit einer Geschichte angefangen hatte, duldete sie nur ungern Unterbrechungen. »Aber dieses lumpige Gehalt reichte kaum für die Miete.« Der Vater blickte finster. »Und mein Vater«, vertraute die Mutter ihnen an, »unterstützte uns.«

»Es war nur ein Kredit«, erklärte der Vater seinem Schwiegersohn. »Auf den Pfennig zurückgezahlt.«

»Es war nur ein Kredit«, fuhr die Mutter fort. »Jedenfalls – um die Geschichte abzukürzen – hatten wir nicht genug Geld für solche Kinkerlitzchen wie Turnschuhe. Und sie ließ mir Tag und Nacht keine Ruhe, ich will Turnschuhe, ich will Turnschuhe.« Die Mutter konnte andere Leute gut imitieren, und alle lachten und tranken von ihrem Wein. Carlas Mann kraulte ihr mit langsamen, kreisenden Aufwärtsbewegungen den Nacken.

»Aber der liebe Gott sorgt für alles.« Auch wenn sie nicht besonders religiös war, baute die Mutter gern die Vorsehung in ihre Geschichten ein. »Und zufällig wohnte am Ende der Straße eine reizende Dame mit einer kleinen Tochter, die ein bißchen älter war als Carla und viel dicker –.«

»Viel dicker.« Der Vater blies die Backen auf und zog eine Grimasse, um zu demonstrieren wieviel dicker.

»Die Großmutter dieses kleinen Mädchens hatte ihr aus New York zum Geburtstag ein Paar Turnschuhe geschickt, ohne zu wissen, daß das Mädchen soviel dicker geworden war und ihr die Schuhe nicht mehr passen würden.«

Der Vater saß weiter mit aufgeblasenen Backen da, weil die Drittälteste jedesmal zu kichern anfing, wenn sie ihn ansah. Sie vertrug keinen Alkohol.

Die Mutter wartete, bis sie sich wieder beruhigt hatte und warf dem Vater einen strafenden Blick zu. »Also bietet die nette Dame mir die Turnschuhe an, weil sie weiß, wie Carla mir zugesetzt hat, um welche zu bekommen. Und wißt ihr was?« Die Tischrunde wartete geduldig, bis die Mutter ihre Frage selbst begeistert beantwortete. »Es war genau ihre Größe. So wird für alles gesorgt«, sagte die Mutter mit einem Nicken.

»Aber mit weißen Turnschuhen durfte man Señorita Miss Carla nicht kommen. Sie wollte um jeden Preis rote Turnschuhe.« Die Mutter verdrehte die Augen und machte dasselbe Gesicht wie kurz zuvor die Zweitälteste, als sie ihre ältere Schwester angeschaut hatte.

»Könnt ihr euch so etwas vorstellen?«

»Allerdings«, sagte die zweite Tochter. »Ich kann es mir gut vorstellen.«

»Wir sind feindselig, nicht wahr?« sagte Carla. Ihr Mann flüsterte ihr etwas ins Ohr. Beide lachten.

»Laßt mich zu Ende erzählen«, sagte die Mutter, die Unstimmigkeiten heraufziehen sah.

Die Jüngste stand auf und schenkte allen noch etwas Wein ein. Die Drittälteste drehte ihr Glas mit dem Fuß nach oben und lachte mit mäßiger Begeisterung, als der Vater, um sie zu erheitern, erneut die Backen aufblies. Sie selbst war blaß geworden; sie konnte die Augen kaum noch offenhalten und stützte den Kopf in die Hand. Aber die Mutter war so von ihrer Geschichte gefesselt, daß sie vergaß, sich über den Ellenbogen auf dem Tisch aufzuregen.

»Ich habe zu eurer Schwester gesagt: *Es gibt weiße Turnschuhe oder gar keine!* Aber Carla, die hatte Temperament. Sie schleuderte die Schuhe quer durch den Raum und brüllte: *Rote Turnschuhe, rote Turnschuhe.*

Die vier Mädchen rutschten ungeduldig auf ihren Stühlen hin und her: Nahm die Geschichte auch einmal ein Ende? Carlas Mann streichelte ihre Schultern, als wäre es ihr Busen.

Die Mutter machte es jetzt kurz. »Und euer Vater – der euch so schrecklich verzogen hat« – der Vater grinste vom Kopfende des Tisches in die Runde – »geht hin, hebt die Turnschuhe auf und flüstert Carlita hinter meinem Rücken zu, sie bekomme genau die roten Turnschuhe, die sie wolle. Und dann erwische ich die beiden dabei, wie sie auf dem Fußboden des Badezimmers knien und diese Turnschuhe mit meinem roten Nagellack bemalen!«

»Auf Mami«, sagte der Vater treuherzig und erhob sein Glas zu einem Toast. »Und auf die roten Turnschuhe«, setzte er hinzu.

Gelächter breitete sich aus. Die Töchter hoben ihre Gläser. »Auf die roten Turnschuhe.«

»Klassisch«, sagte der Analytiker und zwinkerte seiner Frau zu.

»Auch noch rote Turnschuhe«, sagte Carla kopfschüttelnd, wobei sie das Wort *rot* betonte.

»Jesus!« stöhnte die Zweitälteste.

»Sorgt für alles«, ergänzte die Mutter.

»Rote Turnschuhe«, sagte der Vater in dem Versuch, noch einmal alle zum Lachen zu bringen. Aber sie waren müde, und die Drittälteste sagte, sie fürchte, sie müsse sich übergeben.

Yolanda, die Dritte der vier Mädchen, wurde Lehrerin, aber das hatte sie eigentlich nicht vorgehabt. Nach dem Studium trug sie noch jahrelang *Dichterin* als Beruf in Fragebögen und Steuerformulare ein, später verbesserte sie es in *Schriftstellerin-*, Schrägstrich-, *Lehrerin*. Schließlich mußte sie sich eingestehen, in den vergangenen Jahren so gut wie nichts geschrieben zu haben und verkündete ihrer Familie, sie sei nicht länger Dichterin.

Die Mutter war insgeheim enttäuscht, da sie in Yo immer die künftige Berühmtheit der Familie gesehen hatte. Bei der Geschichte über ihre dritte Tochter mußte sie nun ohne den prophetischen Schlußsatz auskommen: »Und natürlich wurde sie Dichterin.« Aber die Mutter versuchte, ihre Tochter davon zu überzeugen, man sei besser ein glücklicher Niemand als ein trauriger Jemand. Yolanda, die noch genauso schlau war wie damals, als ihre Mutter ihr einreden wollte, Weiß sei eine schönere Farbe als Rosa, war nicht überzeugt.

Die Mutter pflegte alle Dichterlesungen zu besuchen, die Yolanda in der Stadt hielt, in der ersten Reihe zu sitzen, nach jedem Gedicht zu applaudieren und der Tochter stehend Ovationen zu bereiten. Yolanda empfand dies als äußerst peinlich und versuchte, ihre Lesungen vor der Mutter geheimzuhalten, aber irgendwie erfuhr die Mutter immer davon und saß da, erste Reihe, Mitte. Selbst wenn sie sich ruhig verhielt, genügte ihre Gegenwart, um die Tochter aus dem Konzept zu bringen. Häufig las Yolanda Gedichte, die an die Adresse von Liebenden gerichtet waren, Schlafzimmerlyrik, und sie wußte, daß ihre Mutter von Sex für Mädchen nichts hielt. Aber entweder verstand die Mutter den Inhalt der Gedichte nicht oder sie schrieb die Liebesthematik Yoyos starker Einbildungskraft zu.

»Sie hat schon immer viel Phantasie gehabt«, vertraute die

Mutter ihrem erstbesten Nachbarn an. Kürzlich saß in einer der Lesungen, welche die Tochter nach ihrem langen Schweigen abhielt, zufällig der Geliebte der Tochter neben der Mutter. Die Mutter ahnte nicht, daß der gutaussehende, graumelierte Professor, der neben ihr saß, ihre Tochter überhaupt kannte; sie dachte, er interessiere sich lediglich für ihre Gedichte. »Von den vier Mädchen hat sich Yo schon immer am meisten aus Gedichten gemacht«, informierte die Mutter den Liebhaber.

»Das ist ihr Kosenamen, Yo oder Yoyo«, erklärte die Mutter. »Sie besteht darauf, bei ihrem vollen Namen genannt zu werden, aber wenn man vier von der Sorte hat, muß man Abkürzungen verwenden. Vier Mädchen, stellen Sie sich das mal vor!«

»Wirklich?« sagte der Geliebte, obwohl Yolanda ihn schon ins Bild gesetzt hatte über ihre Familie und ihren verstümmelten Namen – Yo, Joe, Yoyo. Er hütete sich davor, Abkürzungen zu verwenden. Jo-laan-daa, hatte sie ihm eingebleut. Angeblich hielten die Eltern sich strikt an die Moralvorstellungen ihrer Jugendzeit, aber die vier Mädchen führten trotzdem ein recht wildes Leben, was man so hörte. Es hatte mehrere Scheidungen gegeben, die von Yolanda eingeschlossen. Die Älteste, Kinderpsychologin, hatte den Analytiker geheiratet, bei dem sie eine Therapie machte, als ihre erste Ehe in die Brüche ging, oder so ähnlich. Die Zweite schluckte jede Menge Pillen, um nicht zuzunehmen. Die Jüngste war gerade mit einem Deutschen durchgebrannt, als sie merkten, daß sie schwanger war.

»Aber unsere Yo«, fuhr die Mutter fort und zeigte auf ihre Tochter, die mit den anderen Vortragenden auf das Funktionieren der Lautsprecheranlage wartete, damit das Programm beginnen konnte, »unsere Yo hat immer viel Phantasie gehabt.« Das Stimmengewirr wurde ab und zu unterbrochen durch ein krachendes, lautes, zu dicht ins Mikrophon gesprochenes »Probe«. Mit wachsendem Unbehagen beobachtete Yolanda, wie sehr ihre Mutter und ihr Geliebter ins Gespräch vertieft waren.

»Ja, Yoyo hatte schon immer eine Neigung zur Poesie. Ich entsinne mich noch genau, einmal unternahmen wir eine Reise nach New York. Sie kann nicht älter als drei gewesen sein.« Die Mutter kam in Fahrt. Der Liebhaber bemerkte, daß es die Augen der Mutter waren, die ihn nachts aus dem Gesicht der Tochter zärtlich anblickten.

»Probe.« Eine Stimme feuerte das Wort geradezu in den Raum. Die Mutter sah auf, weil sie dachte, die Dichterlesung hätte begonnen. Der Geliebte gab zu verstehen, die Stimme habe nichts zu bedeuten. Er wollte die Geschichte hören.

»Lolo und ich fuhren nach New York. Er mußte dort zu einem Kongreß, und wir beschlossen, einen Urlaub daraus zu machen. Seit der Geburt des ersten Babys hatten wir keinen Urlaub mehr gemacht. Wir waren sehr arm.« Die Mutter senkte die Stimme. »Es ist unbeschreiblich, wie arm wir waren. Aber so langsam gingen wir besseren Zeiten entgegen.«

»Wirklich?« sagte der Geliebte. Er hatte sich für dieses Wort entschieden, weil es ein geeignetes Maß an Ermunterung ausdrückte, den mütterlichen Erzählfluß jedoch nicht unterbrach.

»Wir ließen die Mädchen zu Hause, aber ihr« – wieder zeigte die Mutter auf die Tochter, die ihrem Geliebten einen entnervten Blick zuwarf – »ihr fielen alle Haare aus. Wir nahmen sie mit, um mit ihr einen Spezialisten aufzusuchen. Alles nervlich bedingt, wie sich herausstellte.«

Der Geliebte wußte, Yolanda hätte nicht gewollt, daß er von der damaligen kleinen Schwäche ihres Körpers erfuhr. Sie mochte sich in seiner Gegenwart noch nicht einmal die Augenbrauen zupfen. Zog sich nach dem Bad sofort einen Bademantel über, löschte das Licht, wenn sie sich liebten. Ein anderes Mal pries sie die Jungfrau Maria und die Heiligkeit des Körpers, dann wieder die Sexualität als Quelle unendlicher Lust. Er fühle sich manchmal, so beklagte er sich, als habe er es gleichzeitig mit einer Emanze und einer katholischen Señorita zu tun. »Du redest wie mein Ex-Mann«, warf sie ihm vor.

»Eines Nachmittags bestiegen wir diesen überfüllten Omnibus.« Die Mutter schüttelte bei dem Gedanken, wie voll der Bus damals gewesen war, den Kopf. »Ich kann Ihnen gar nicht beschreiben, wie voll der Bus war. Die Leute drängelten sich wie Ölsardinen in einer Streichholzschachtel.«

»Wirklich?«

»Sie glauben mir nicht?« fragte die Mutter vorwurfsvoll. Der Geliebte nickte zum Zeichen dafür, jetzt überzeugt zu sein. »Aber ich sage Ihnen, der Bus war so überfüllt, daß Lolo und ich uns überhaupt nicht mehr verständigen konnten. Ich war überzeugt, Lolo habe sie, und Lolo nahm an, sie wäre bei mir. Jedenfalls, um es kurz zu machen, wir stiegen an unserer Haltestelle aus und schauten uns an. *Wo ist Yo?* fragten wir gleichzeitig. Mittlerweile war der Bus mit röhrendem Motor davongefahren.«

»Na, ich kann Ihnen sagen, wir rasten los wie zwei Wahnsinnige! Es war Hauptverkehrszeit. Die Leute blieben stehen und starrten uns nach, als würden wir vor der Polizei oder Gottweißwem davonlaufen.« Die Mutter geriet jetzt noch außer Atem bei dem Gedanken an die Rennerei von damals. Der Geliebte wartete, bis sie in ihrer Erinnerung den Bus einholte.

»Probe?« fragte eine stotternde Stimme ohne große Überzeugung.

»Ungefähr zwei Straßen weiter gelang es uns, den Fahrer zu stoppen, und wir stiegen wieder ein. Und was glauben Sie, was sich uns für ein Anblick bot?«

Der Geliebte zog es vor, keine Vermutung zu äußern.

»Da saß dieses Mädchen, von einer Menschenmenge umringt wie Jesus von den Ältesten.«

»Wirklich?« Der Geliebte lächelte die Tochter aus der Ferne bewundernd an. Yolanda zählte zu den beliebten Lehrerinnen an dem College, an dem er Professor für Literaturwissenschaft war.

»Sie hatte unser Aussteigen noch nicht einmal bemerkt. Um sie herum stand eine Anzahl von Leuten und hörte zu, wie sie ein

Gedicht aufsagte! Übrigens war es ein Gedicht, das ich ihr beigebracht hatte. Vielleicht kennen Sie es? Es ist von dem Burschen,
der auch dieses Gedicht von dem schwarzen Vogel geschrieben
hat.«

»Stevens?« rief der Geliebte.

Die Mutter legte den Kopf schief. »Ich bin mir nicht sicher. Aber
egal«, fuhr sie fort, »stellen Sie sich das mal vor! Drei Jahre alt und
begeistert schon die Massen. Natürlich ist sie Dichterin geworden.«

»Sie meinen doch nicht etwa Poe? Edgar Allen Poe?«

»Genau, den meine ich, von dem ist es!« rief die Mutter. »Das
Gedicht handelte von einer Prinzessin, die am Meer wohnte oder
so ähnlich. Warten Sie.« Sie begann zu deklamieren:

> Es war vor so manchem und manchem Jahr
> In dem Seereich . . . tatamtatam
> Daß ein Mädchen dort lebte . . . tatamtatatam
> Mit dem Namen Annabel Lee . . .

Die Mutter blickte auf und merkte plötzlich, daß die Blicke des
verstummten Publikums auf ihr ruhten. Sie errötete. Der Geliebte
lachte amüsiert und drückte ihren Arm. Auf dem Podium war die
Dichterin vorgestellt worden und wartete nun, daß die weißhaa-
rige Frau in der ersten Reihe aufhörte zu reden. »Für Clive«, sagte
Yolanda und stellte ihr erstes Gedicht vor: »Schlafzimmer-Sestine«.
Clive lächelte die Mutter arglos an, während diese ihre Tochter mit
einem stolzen Lächeln bedachte.

Von Sandra erzählt die Mutter keine Lieblingsgeschichten mehr.
Sie sagt, sie würde die Vergangenheit gern vergessen, in Wirklichkeit ist es aber nur ein kleiner Abschnitt der jüngsten Vergangenheit,
den sie vergessen will. Da die Mutter jedoch weiß, wie sehr die
Leute auf absolute Aussagen hören, sagt sie in müdem Ton: »Ich
möchte die Vergangenheit am liebsten vergessen.«

Als die Mutter das letzte Mal eine Geschichte über ihre Zweitälteste erzählte, geschah dies nicht, um sie zu feiern, sondern diente
Dr. Tandleman, Chefarzt der Psychiatrie im Mount-Hope-Hospital, zur Information. Die Mutter erklärte, warum sie und ihr Mann
ihre Tochter einer psychiatrischen Klinik anvertrauten.

»Es fing mit dieser verrückten Diät an«, begann die Mutter. Sie
faltete ihr Kleenextuch in immer kleinere Quadrate. Dr. Tandleman beobachtete sie und machte sich Notizen. Der Vater saß
schweigend am Fenster und sah einem Gärtner bei der Arbeit zu,
der einen dunklen Streifen nach dem anderen in den Rasen mähte.

»Können Sie sich vorstellen, sich regelrecht tot zu hungern?«
Die Mutter riß kleine Fetzen von ihrem Kleenextuch ab. »Kein
Wunder, wenn sie verrückt geworden ist.«

»Sie hatte einen Nervenzusammenbruch.« Dr. Tandleman sah
den Vater an. »Ihre Tochter ist im klinischen Sinne nicht verrückt.«

»Was heißt das, im klinischen Sinne nicht verrückt?« fragt die
Mutter finster. »Ich verstehe dieses psychologische Gerede nicht.«

»Es bedeutet«, begann Dr. Tandleman und suchte in seinen
Unterlagen nach dem Namen, »es bedeutet, Sandra ist weder
psychotisch noch schizophren, sie hatte nur einen kleinen Nervenzusammenbruch.«

»Einen kleinen Nervenzusammenbruch«, murmelte der Vater vor
sich hin. Mitten in einer Reihe unterbrach der Gärtner seine Arbeit,
während der Mäher dröhnend weiterlief. Er spuckte aus, wischte
sich den Mund ab und setzte seine Vorwärtsbewegungen auf dem
Rasen fort. Grashalme flogen in einen weißen Sack, der sich hinter
dem Mäher blähte. Der Vater hatte das Gefühl, er müsse etwas
Freundliches sagen. »Schöner Komplex hier, wundervoller Park.«

»*Ay*, Lolo«, sagte die Mutter traurig. Sie drehte den Rest ihres
Kleenextuches zu einem Knäuel.

Dr. Tandleman wartete einen Augenblick, ob der Mann seiner
Frau antworten wollte. Dann fragte er die Mutter: »Sie meinen, es
fing mit dieser Diät an, die sie gemacht hat?«

»Es fing mit dieser verrückten Diät an«, sagte die Mutter nochmals, als hätte sie in dem Buch, das sie gerade las, die Stelle wiedergefunden, an der sie aufgehört hatte. »Sandi wollte aussehen wie diese Twiggy. Sie war wirklich hübsch, und das ist ihr wohl in den Kopf gestiegen. Wir haben vier Mädchen, wissen Sie.«

Dr. Tandleman notierte sich *vier Mädchen,* obwohl der Vater ihm das schon auf seine Frage »Keine Söhne?« gesagt hatte. Laut bemerkte er unverbindlich: »Vier Mädchen.«

Die Mutter zögerte, dann sah sie ihren Mann an, unschlüssig, wieviel sie vor diesem Fremden enthüllen sollten. »Wir hatten mit allen Probleme –«. Sie rollte die Augen, um ihm zu bedeuten, welche Art von Problemen sie meinte.

»Wollen Sie damit sagen, mehrere ihrer Töchter hatten Nerven-zusammenbrüche?«

»Schlechte Männer hatten sie!« Die Mutter funkelte den Arzt böse an, als wäre er einer ihrer Ex-Schwiegersöhne. »Irgendwie kann man da ja noch eine Verbindung sehen: gebrochenes Herz, Nervenzusammenbruch. Aber das hier ist etwas anderes, das ist verrückt.«

Der Arzt hob abwehrend die Hand. Doch die Mutter übersah die Geste und fuhr fort.

»Die anderen sahen nicht schlecht aus, verstehen Sie mich nicht falsch. Aber Sandi, Sandi sah einfach sehr gut aus, blaue Augen, ein Teint wie Milch und Honig, alles stimmte!« Die Mutter fuchtelte mit den Armen, um zu demonstrieren, wie hübsch, hellhäutig und blauäugig das Mädchen war. Kleine Kleenexfetzen fielen auf den Boden, und sie klaubte die winzigen Fasern vom Teppich auf. »Mein Urgroßvater hat nämlich eine Schwedin geheiratet. Daher gibt es in unserer Familie die Veranlagung zu heller Haut, und die hat sich bei Sandi durchgesetzt. Und nun stellen Sie sich vor, dieser Widerspruchsgeist, sie hätte lieber die gleiche dunkle Hautfarbe gehabt wie ihre Schwestern.«

»Verständlich«, sagte Dr. Tandleman.

»Verrückt, das ist es«, sagte die Mutter ärgerlich. »Jedenfalls nahm es mit dieser Diät überhand. Als ihre Schwester heiratete, wollte Sandi nicht einmal von der Hochzeitstorte kosten, nicht das kleinste bißchen!«

»Haben sie sich vertragen?« Dr. Tandleman blickte auf, während seine Hand ein Eigenleben zu führen schien und weiterschrieb.

»Wer?« Die Mutter blinzelte ihn mißbilligend an. Der Mann stellte zu viele Fragen.

»Die Geschwister«, sagte Dr. Tandleman. »Hielten sie zusammen? Gab es Rivalitäten untereinander?«

»Geschwister?« All das psychologische Geschwätz ging der Mutter auf die Nerven. »Es sind Schwestern«, klärte sie den Arzt auf.

»Manchmal haben sie sich geprügelt«, fügte der Vater hinzu. Obwohl er aus dem Fenster sah, entging ihm nicht ein Wort von dem, was der Arzt und seine Frau sprachen.

»Manchmal haben sie sich geprügelt«, bestätigte die Mutter. Sie wollte endlich ihre Geschichte zu Ende bringen. »Sandi verlor also an Gewicht. Zuerst stand ihr das gut. Sie war ein bißchen pummelig geworden, und bei ihrem leichten Knochenbau darf Sandi kein Übergewicht haben. Also war es schon in Ordnung, wenn sie ein paar Pfunde verlor. Dann setzte sie ihr Studium auswärts fort, und wir sahen sie eine Weile nicht. Aber jedesmal, wenn wir mit ihr telefonierten, klang ihre Stimme immer weiter entfernt. Und das lag nicht an der großen Entfernung. Ich kann es nicht erklären«, sagte die Mutter. »Eine Mutter merkt so etwas eben.«

»Dann bekamen wir eines Tages diesen Anruf. Die Dekanin. Sie sagte, sie wolle uns nicht beunruhigen, aber ob wir sofort kommen könnten. Unsere Tochter sei im Krankenhaus und zu schwach, um irgend etwas zu tun. Das einzige, was sie tue, sei lesen.«

Der Vater stoppte die Zeit, die der Gärtner für seine Touren über den hügeligen Rasen benötigte. Wenn der Mann nicht stehenblieb, um auszuspucken und sich die Stirn abzuwischen, brauchte er für jede Reihe knapp zwei Minuten.

Die Mutter versuchte, das Kleenextuch auf ihrem Schoß auseinanderzufalten, aber es war schon zu zerfetzt. »Wir nahmen das nächste Flugzeug, und als wir sie dann schließlich sahen, erkannte ich meine eigene Tochter nicht wieder.« Die Mutter hielt den kleinen Finger in die Höhe. »Sandi war dünn wie ein Zahnstocher. Und was noch schlimmer war: Sie legte ihr Buch nicht einmal aus der Hand. Sie las und las und las. Das war das einzige, was sie tat.«

Der Rasen verschwamm vor den Augen des Vaters am Fenster.

Die Mutter sah zu ihrem Mann hinüber und fragte sich, worüber er nachdachte. »Sie hatte ellenlange Listen von Büchern, die sie lesen wollte. Wir fanden sie in ihrem Tagebuch. Wenn sie ein Buch ausgelesen hatte, strich sie es auf der Liste aus. Schließlich erzählte sie uns, warum sie nicht aufhören konnte zu lesen. Es blieb ihr nicht mehr viel Zeit. Sie mußte alle großen Werke der Menschheit lesen, weil sie bald« – die Mutter nahm all ihren Mut zusammen – »weil sie bald kein Mensch mehr sein würde.«

Während der darauffolgenden Stille hörte die Mutter das entfernte Dröhnen eines Rasenmähers.

»Sie sagte, sie werde aus der menschlichen Rasse vertrieben. Sie werde ein Affe.« Die Stimme der Mutter brach. »Meine Kleine, ein Affe! Die anderen Organe in ihrem Körper seien bereits die eines Affen. Nur ihr Gehirn sei noch übrig, und sie spüre, wie es dahinschwinde.«

Dr. Tandleman hörte auf zu schreiben. Er wog seinen Füllfederhalter in der Hand. »Ich hatte Sie so verstanden, daß Sie Ihre Tochter nur wegen des Gewichtsverlustes eingeliefert haben. Das ist ein neuer Aspekt für mich.«

»Kleiner Zusammenbruch«, murmelte der Vater leise, damit Dr. Tandleman es nicht hörte.

Die Mutter hatte ihre Stimme wieder unter Kontrolle. »Wenn sie nun all diese berühmten Bücher lesen würde, vielleicht behielte sie dann etwas Wichtiges aus der Zeit im Gedächtnis, als sie noch ein Mensch war. Deshalb las sie ohne aufzuhören. Aber sie hatte Angst, es sei vorbei für sie, bevor sie zu den großen Denkern vorgedrungen sei.«

»Freud«, sagte der Arzt und notierte Namen auf seinem Block. »Darwin, Nietzsche, Erikson.«

»Dante«, sagte der Vater versonnen. »Homer, Cervantes, Calderón de la Barca.«

»Ich habe ihr gesagt, sie solle aufhören zu lesen und anfangen zu essen. Ich habe ihr gesagt, diese Bücher würden sie verrückt machen. Ich habe ihr alles gekocht, was sie gerne aß: Reis und Bohnen, Lasagne, Hähnchen à la King. Ich habe ihr Lieblingsgericht gekocht: Roter Schnapper mit Tomatensoße. Sie sagte, sie wolle keine Tiere essen. Eines Tages würde sie selbst dieses Hähnchen, dieser Rote Schnapper sein. Die Evolution habe ihren Gipfel überschritten, nun entwickle sich alles zurück. Oder so ähnlich.« Den bloßen Gedanken wies die Mutter weit von sich. »Solch verrücktes Zeug redete sie. Eines Morgens betrete ich ihr Zimmer, um sie zu wecken und sehe, wie sie im Bett liegt und ihre erhobenen Hände betrachtet.« Die Mutter hielt die Hände in die Höhe und ahmte die Szene nach. »Ich rufe ihren Namen: ›Sandi‹, und sie dreht weiter ihre Hände hin und her und starrt sie an. Ich schreie sie an, sie soll mir antworten, und sie schaut mich nicht einmal an. Nichts. Und die ganze Zeit gibt sie diese schrecklichen Laute von sich, als wäre sie ein ganzer Zoo.« Die Mutter gackerte und grunzte, um dem Doktor vorzuführen, wie die Tiere sich angehört hatten.

Plötzlich beugte der Vater sich vor. Irgend etwas Wichtiges fesselte seinen Blick.

»Und meine Sandi hält mir ihre Hände hin«, fuhr die Mutter fort und streckte ihre Hände erst Dr. Tandleman und dann ihrem Mann entgegen, der das Gesicht gegen die Fensterscheibe preßte. »Und sie kreischt *Affenhände, Affenhände.*«

Der Vater sprang plötzlich auf. Draußen gingen ein blondes, überschlankes Mädchen und eine stämmige Frau in Weiß über den Rasen. Die Frau zeigte auf die Blüten und Blätter der Büsche, um das Mädchen abzulenken und so möglichst unbemerkt in Richtung des Gebäudes zu manövrieren. Am Ende des Rasens wischte sich der Gärtner die Stirn, wendete den Rasenmäher und begann eine neue Reihe. Ein dunkler Strahl spritzte hinter ihm auf. Das Mädchen sah auf und suchte mit verstörtem Blick den leeren Himmel ab nach dem Flugzeug, das es hörte. Die Krankenschwester folgte besorgt den verwirrten Bewegungen. Schließlich sah das Mädchen einen Mann mit einem brüllenden Tier an der Leine auf sich zukommen, dessen beutelartiger Bauch anschwoll, als es das Rasenstück fraß, das zwischen ihnen lag. Das Mädchen schrie auf und lief panikartig auf das Gebäude zu, in dem ihr Vater, den sie nicht sehen konnte, am Fenster stand und winkte.

Im Krankenhaus stützt sich die Mutter mit einer Hand gegen die Glasscheibe, mit der anderen klopft sie dagegen. Sie macht eine Grimasse. Man hat das Kinderbettchen zu ihr hingedreht, aber das winzige, runzelige Baby sieht seine Großmutter nicht an. Vielmehr rollt es die Augen in alle Richtungen, als hätte es noch nicht herausgefunden, was man mit ihnen anstellt. Es zieht die Lippen kraus und entspannt sie wieder. Die Großmutter ist sicher: Das Baby lächelt sie an.

»Sehen Sie sich mal dies hier an«, sagt die Großmutter zu dem jungen Mann neben ihr, der das Baby im Nachbarbettchen betrachtet.

Der junge Mann besieht sich das Baby der Fremden.

»Sie lächelt schon«, sagt die Großmutter stolz.

Der junge Mann nickt lächelnd.

»Ihres schläft«, sagt die Großmutter mit leicht kritischem Unterton.

»Babys schlafen viel«, erklärt der junge Mann.

»Manche schon«, sagt die Großmutter. »Ich hatte vier Mädchen, und die haben nie geschlafen.«

»Vier Mädchen, keine Jungen?«

Die Mutter schüttelt den Kopf. »Ich glaube, es ist Vererbung. Dies hier ist auch ein Mädchen. Nicht wahr, Cuquita?« fragt die Großmutter ihre Enkelin.

Der junge Mann lächelt seine Tochter an. »Meines ist auch ein Mädchen.«

Die Großmutter beglückwünscht ihn. »Gute Bullen zeugen Kühe, wissen Sie?«

»Hm?«

»Das ist eine Redensart, die mein Mann nach der Geburt einer unserer Töchter gebraucht hat. Gute Bullen zeugen Kühe. Ich erinnere mich noch an die Nacht, als Fifi auf die Welt kam.« Die Großmutter sieht die Enkelin an und erklärt: »Deine Mutter.«

Der junge Mann mustert seine kleine Tochter, während er den Erzählungen der alten Frau lauscht.

»Das Mädchen hat mehr Schwierigkeiten gemacht als alle anderen, bis sie auf der Welt war. Komischerweise, denn sie war doch die Letzte und Kleinste der vier. Vierundzwanzig Stunden Wehen.« Die Großmutter hebt vielsagend die Augenbrauen.

Der junge Mann stößt einen Pfiff aus. »Vierundzwanzig Stunden Wehen sind viel für ein kleines, viertes Kind. Gab es Komplikationen?«

Die Mutter sieht den jungen Mann einen Moment prüfend an. Ist er vielleicht Arzt, fragt sie sich, da er soviel über Babys weiß?

»Vierundzwanzig Stunden . . .« Der junge Mann schüttelt nachdenklich den Kopf. »Unseres hat nur dreieinhalb gebraucht.«

Die Großmutter schaut den jungen Mann überrascht an. *Unseres?* Typisch Mann! Jetzt behaupten sie schon, auch sie bekämen die Kinder.

»Aber wissen Sie, dieser Fifi, wir haben ihr nicht den falschen

Namen gegeben! Eigentlich heißt sie Sofia. Meine eine Tochter, die Dichterin ist, sagt, Sofia war früher einmal die Göttin der Weisheit. Wir Katholiken glauben ja nicht an solches Zeug. Aber sie ist eben einfach schlau. Sie hat nicht alles nur aus Büchern. Ich meine, wirklich schlau.« Die Großmutter tippt mit dem Finger gegen die Scheibe. »Schlau, schlau«, sagt die Großmutter dem Baby vor. Gedankenverloren schüttelt sie den Kopf. »Wenn es bei Fifi mal so aussah, als säße sie in der Tinte, hat es sich zum Schluß immer als ihr Glück herausgestellt.«

»In jener Nacht, als sie endlich das Licht der Welt erblickte, betrat ihr Vater das Zimmer, und ich wußte, er wäre ein wenig enttäuscht, vor allem, weil er so lange hat warten müssen. Und ich sagte: *Ich kann es nicht ändern, Lolo, es werden immer Mädchen.* Alles, was er sagte, war: *Gute Bullen zeugen Kühe,* als wäre es sein Verdienst. Er brach fast zusammen vor Erschöpfung. Also schickte ich ihn nach Hause ins Bett.«

Der junge Mann gähnt und lacht.

»Er war so müde, daß er nicht einmal die Einbrecher hörte. Sie haben uns völlig ausgeraubt. Sie stahlen sogar meine Schuhe und meine Unter . . .« Der Großmutter fällt ein, wie unschicklich es ist, dieses Wort auszusprechen. – »Auch noch das letzte Kleidungsstück«, schließt sie verschämt.

Der junge Mann heuchelt Bestürzung.

»Aber genau das meine ich mit Glück: Sie erwischten die Einbrecher, und wir bekamen alles bis auf den letzten Krümel zurück.« Die Großmutter tippt an die Scheibe. »Cuquita«, flötet sie dem Baby vor.

»Ein Glückspilz«, sagt sie zu dem jungen Mann. »Fifi hat immer Glück gehabt. Allein das Glück mit« – die Großmutter dämpft die Stimme – »mit Otto.«

Der junge Mann blickt sie amüsiert an. Otto? Wer würde so ein armes Kind Otto nennen?

»Stellen Sie sich vor«, fährt die Großmutter fort. »Fifi bricht das

College ab und unternimmt eine Besichtigungsreise nach Peru, natürlich in einer Gruppe, sonst hätten wir es nicht erlaubt. Wir halten nichts von all diesen Freiheiten.« Die Großmutter blickt stirnrunzelnd in den Raum mit den Säuglingen. Jenseits der Scheibe, hinter den schmalen, weißen Gitterstäben der Bettchen, liegt ein halbes Dutzend Babys und schläft fest.

»Jedenfalls trifft sie auf einem peruanischen Markt diesen Deutschen, Otto, der kein Wort Spanisch spricht und dabei ist, einen Poncho zu kaufen. Sie handelt für ihn, und er bekommt seinen Poncho praktisch umsonst. Nun, sie verliebten sich Hals über Kopf ineinander, schrieben sich, und jetzt sind sie Eltern, bitte schön! Wenn das kein Glück ist!«

»Das ist wirklich Glück«, sagt der junge Mann.

»Und du wirst mal genauso ein Glückspilz, was?« Die Großmutter gurrt ihre Enkelin an und meint dann vertraulich zu dem jungen Mann: »Sie wird mal wie ein Engel aussehen, rosig und blond.«

»Das kann man nie sagen, wenn sie noch so klein sind«, sagt der junge Vater und lächelt seine Tochter an.

»Ich schon«, behauptet die Großmutter. »Ich hatte vier von der Sorte.«

»Mami gabelt ja wirklich prachtvolle Männer auf«, lacht Sandi. Sie sitzt im Schneidersitz auf dem Boden von Fifis Wohnzimmer. Die junge Mutter sitzt in Ottos Lehnstuhl, das Baby schläft an ihrer Schulter. Carla hat sich auf dem Sofa ausgestreckt. Am Fußende sitzt Yoyo und strickt flink an einer winzigen Decke, rosafarbene, hellblaue und blaßgelbe Quadrate mit weißem Rand. Es ist früher Morgen. Die Familie hat sich, eine Woche nach der Geburt des Babys, zu Weihnachten bei Fifi versammelt. Ehemänner und Großeltern schlafen noch. Die vier Mädchen trödeln in ihren Nachthemden herum und erzählen sich gegenseitig, wie ihr Leben wirklich aussieht.

Sandi erzählt, sie sei mit der Mutter im Wartezimmer gewesen, als diese plötzlich verschwunden sei. »Dann finde ich sie vor der Trennscheibe zum Babyraum im Gespräch mit diesem Muskelprotz —«.

»Das ist beleidigend«, sagt Yolanda. »Sag doch einfach Mann.«

»Laß mich in Ruhe, ja?« Sandi ist den Tränen nahe. Seit ihrer Entlassung aus dem Mount-Hope-Hospital vor einem Monat bricht sie äußerst schnell in Tränen aus und hat außer ihren Antidepressiva stets ein Päckchen Kleenextücher in ihrer Handtasche. Sie hält nach ihrer Tasche Ausschau. »Unsere Poetin ist ja so verdammt sensibel, was Sprache angeht.«

»Ich schreibe keine Gedichte mehr«, sagt Yolanda gekränkt.

»Mensch, hört doch auf, Kinder«, sagt Carla und übernimmt ein weiteres Mal die Rolle des Schiedsrichters. »Es ist schließlich Weihnachten.«

Die frischgebackene Mutter wendet sich ihrer zweitältesten Schwester zu und fährt ihr mit den Fingern durch die Haare. Es ist das erste Zusammentreffen der Familie in diesem Jahr, und sie möchte gern, daß sich alle vertragen. Sie wechselt das Thema. »Es war wirklich nett von euch, mich im Krankenhaus besucht zu haben. Ich weiß ja, wie sehr du Krankenhäuser liebst«, fügt sie hinzu.

Sandi starrt auf den Teppich und zupft daran herum. »Ich möchte einfach die Vergangenheit vergessen, versteht ihr?«

»Das ist sehr verständlich«, sagt Carla.

Yolanda legt die Babydecke beiseite. Sie hat den gleichen bekümmerten Gesichtsausdruck wie ihre Schwester einen Augenblick zuvor, einen familientypischen Zug, der aufsteigende Tränen ankündigt. »Tut mir leid«, sagt sie zu Sandi. »Es war eine fürchterliche Woche.«

Sandi berührt ihre Hand. Sie sieht ihre anderen Schwestern an. Clive ist, wie sie alle wissen, zu seiner Frau zurückgekehrt. »So ein Scheißkerl. Wie oft hat er das jetzt schon getan, Yo?«

»Yolanda«, verbessert Carla sie. »Sie möchte jetzt Yolanda genannt werden.«

»Was soll das heißen, *möchte jetzt Yolanda genannt werden?* Es ist schließlich mein Name, oder?«

»Warum bist du so aggressiv?« Carla spricht mit professioneller Gelassenheit.

Yolanda rollt wütend die Augen. »Bitte verschone mich mit deiner Gratistherapie.«

Da sich neuer Ärger zusammenbraut, wechselt Fifi das Thema. Sie faßt nach der im Entstehen begriffenen Decke. »Sie ist wirklich hübsch. Und bei dem Gedicht, das du über das Baby geschrieben hast, kamen mir die Tränen.«

»Also schreibst du doch!« sagt Carla. »Ich weiß, ich weiß, du willst nichts davon hören.« Als Friedensangebot rettet sich Carla in Komplimente. »Du bist so gut, Yolanda, wirklich. Ich habe alle deine Gedichte aufbewahrt. Jedesmal, wenn ich Gedichte in einer Zeitschrift lese, denke ich, mein Gott, Yo ist so viel besser! Du mußt dir selbst etwas zutrauen. Du stellst zu hohe Ansprüche an dich.«

Yolanda schweigt. Ihr fällt etwas auf an ihrer besserwisserischen älteren Schwester: Carla neigt dazu, all ihre Komplimente mit einer Aufforderung zur Verbesserung zu verbinden. *Trau dir etwas zu, hab' Selbstvertrauen, sei gut zu dir.* Deshalb klingt ihr Lob so ähnlich wie früher die »konstruktive Kritik« ihrer Mutter.

Carla wendet sich an Sandi. »Mami sagt, du triffst dich mit jemandem.« Die Älteste wägt vorsichtig ihre Worte. »Stimmt das?«

»Na und?« Sandi geht in Abwehrhaltung, als sie jedoch merkt, ihre Schwester meint die Rendezvous mit einem Mann und nicht die Sitzungen bei einem Therapeuten, fügt sie hinzu: »Er ist ein netter Kerl, aber ich weiß nicht —«. Sie zuckt die Schultern. »Er war zur selben Zeit drin wie ich.«

Weswegen war *er* drin? Die Frage hängt in der Luft, doch keine der Schwestern würde es wagen, sie zu stellen.

»Jetzt erzähl uns doch endlich von diesem tollen Typen im Babyraum«, bittet Fifi. Immer, wenn die Schwestern in die Nähe eines Reizthemas geraten, bringt die junge Mutter das Gespräch auf ihren Lieblingsgegenstand, ihre neugeborene Tochter. Auch noch das kleinste Detail dieses Babylebens – ob es ein Bäuerchen gemacht hat und wann das Baby pupt – erscheint als einmalig in der Menschheitsgeschichte. Ganz bestimmt lächeln doch nicht alle Neugeborenen ihre Mütter an, oder? »Hast du diesen Burschen im Babyraum getroffen?«

»Ich?« Sandi lacht. »Du meinst wohl Mami. Sie gabelt diesen Typen auf und lädt ihn in die Cafeteria zum Mittagessen ein.«

»Mami ist so naiv«, sagt Yolanda. Sie stellt fest, daß sie einen Fehler gemacht hat und beginnt, eine falsch gestrickte Reihe aufzutrennen.

Fifi klopft dem Baby den Rücken. »Und über uns beklagt sie sich!« – »Also essen wir zusammen«, fährt Sandi fort, »und Mami erzählt ausführlich, wie der liebe Gott dich und Otto, aus zwei entgegengesetzten Enden der Welt kommend, in Peru zusammengeführt hat.«

»Der liebe Gott?« Carla verzieht das Gesicht.

»Peru?« Fifi macht die gleiche Miene wie ihre Schwester. »Ich war nie in Peru. Wir trafen uns in Kolumbien.«

»Nach Mamis Version habt ihr euch in Peru getroffen«, sagt Sandi. »Und habt euch auf den ersten Blick verliebt.«

»Und habt euch in der ersten Nacht geliebt«, spöttelt Carla. Die vier Mädchen lachen. »Dieser Teil kommt allerdings in Mamis Version nicht vor.«

»Ich habe so viele Versionen dieser Geschichte gehört«, sagt Sandi, »ich weiß absolut nicht mehr, welche die richtige ist.«

»Ich auch nicht«, sagt Fifi lachend. »Otto meint, wahrscheinlich hätten wir uns an einer Bushaltestelle in New Jersey getroffen, aber nachdem wir all diese aufregenden Geschichten über unsere Begegnung in Brasilien, Kolumbien und Peru gehört haben, glauben wir schließlich selbst daran.«

»Ist es also in der ersten Nacht passiert?« fragt Yolanda und hält jäh im Stricken inne.

»Ich habe gehört, in der ersten Nacht«, sagt Carla.

Sandi kneift die Augen zusammen. »Ich habe gehört, es war ungefähr eine Woche, nachdem ihr euch getroffen habt.«

Das Baby macht endlich ein Bäuerchen. Die vier Mädchen sehen sich an und lachen. »Es war genau« – Fifi zählt, indem sie einen Finger nach dem anderen vom Rücken des Babys nimmt und wieder ablegt – »es war genau die vierte Nacht. Aber ich wußte es schon in dem Moment, als ich ihn sah.«

»Daß du ihn liebst?« fragt Yolanda. Fifi nickt. Seit Clives Weggang ist Yolanda geradezu versessen auf Liebesgeschichten mit glücklichem Ausgang, als gebe es irgend etwas, das sie versäumt. Als hätte sie einen Fehler begangen damals, als sie sich zum erstenmal verliebte, und wenn sie diesen Fehler erst gefunden hätte, vielleicht könnte sie ihn dann ungeschehen machen, John, Brad, Steve und Rudy ausradieren und noch einmal ganz von vorne anfangen.

In der Stille, bevor jemand den Faden des Gesprächs wieder aufnimmt, lauschen alle den leisen Atemzügen des Babys.

»Jedenfalls erzählt Mami diesem Burschen von eurem langen Briefwechsel.« Sandi hilft Yolanda, das aufgezogenen Garn zu einem Knäuel zu wickeln, wobei sie von Zeit zu Zeit innehält und vergnügt ihre Geschichte über die Mutter weitererzählt. *Lange, lange Monate waren sie nach ihrer Begegnung in Peru getrennt, lange, lange Monate.*« Sandi rollt genau wie ihre Mutter mit den Augen. Sie ist eine ungewöhnlich gute Schauspielerin. Ihre drei Schwestern lachen. *»Otto war ja Forscher in Deutschland, aber er schrieb ihr jeden Tag.«*

»Jeden Tag!« Fifi lacht. »Ich wünschte, es wäre so gewesen. Manchmal mußte ich Wochen auf den nächsten Brief warten.«

»Doch dann«, sagt Yolanda unheilverkündend, als hätte sie einen Part in einem Rundfunkmelodram übernommen, »dann fand Papi die Briefe.«

»Die Briefe hat Mami nicht erwähnt«, sagt Sandi. »Die Geschichte war kurz und bezaubernd: *Er schrieb ihr jeden Tag. Letztes Jahr, an Weihnachten, besuchte sie ihn, dann machte er ihr einen Antrag, in diesem Frühjahr haben sie geheiratet, und – wer sagt's denn – jetzt sind sie Eltern!*«

»Eins, zwei, drei, vier«, beginnt Carla zu zählen.

Fifi grinst. »Hör auf«, sagt sie. »Das Baby kam genau neun Monate und zehn Tage nach der Hochzeit auf die Welt.«

»Dem Himmel sei Dank für die zehn Tage«, sagt Carla.

»Mir gefällt Mamis Version der Geschichte«, lacht Fifi. »Die Briefe hat sie also nicht erwähnt?«

Sandi schüttelt den Kopf. »Vielleicht hat sie es vergessen. Sie sagt ja immer, sie wolle die Vergangenheit vergessen.«

»Mami behält alles«, widerspricht Carla.

»Aber Papi hatte kein Recht, meine private Post zu lesen.« Fifis Stimme klingt jetzt gereizt. Das Baby auf ihrem Arm wird unruhig. »Er behauptete, er suche seine Nagelschere oder sonst was, in meinen Schubladen, war es nicht so?«

Yolanda ahmt nach, wie ihr Vater einen Umschlag öffnet. Ihre Augen weiten sich in burleskem Entsetzen. Sie greift sich an die Kehle. Sie spricht sogar in einem übertriebenen Dracula-Tonfall, um der Szene mehr Dramatik zu verleihen. Sie ist keine gute Schauspielerin. »*Was meint dieser Mann mit: ›Hast du deine Periode gehabt?‹*«

Sandi fällt ein: »*Was geht es Otto an, ob du deine Periode hattest oder nicht?*«

Das Baby fängt an zu weinen. »Ach, Herzchen, es ist doch nur eine Geschichte.« Fifi schaukelt sie hin und her.

»*Wir verstoßen dich!*« Sandi imitiert den Vater. »*Du hast den Namen unserer Familie entehrt. Aus dem Haus!*«

»*Aus unseren Augen!*« Yolanda zeigt auf die Tür. Sandi drückt die wild fuchtelnden Nadeln nach unten. Ein weißes Garnknäuel rollt über den Boden. Die beiden Schwestern bücken sich, bemüht, ihre Ausgelassenheit zu unterdrücken.

»Die Geschichte scheint euch ja richtig Spaß zu machen.« Fifi steht auf, um ihr schreiendes Baby durch Auf- und Abgehen zu beruhigen. »Aber die Geschichte bringt das Ganze auch nicht ins Lot«, fügt sie kühl hinzu. »Unser Verhältnis zueinander hat sich nämlich seither nicht gebessert.«

Ihre drei Schwestern sehen sich stirnrunzelnd an. Ihr Vater hat seit seiner Ankunft vor zwei Tagen noch kein Wort gesprochen. Er hat Fifi noch immer nicht verziehen, sich »hinter den Palmen vergnügt« zu haben. Als sie noch jünger waren, pflegten die Schwestern zu scherzen, sie blieben wahrscheinlich eher Jungfrauen, als in ihrer Umgebung eine einzige Palme zu entdecken.

»Es ist schwer, ich weiß.« In ihrer Funktion als Therapeut der Familie zeigt Carla gern für alles Verständnis. »Aber du kannst wirklich stolz auf dich sein. Du hast ihre Herzen schon wieder erobert, Fifi, bestimmt. Bei so einem Baby frißt Mami dir doch aus der Hand, und Papi wird sich mit der Zeit schon beruhigen, du wirst sehen. Immerhin ist er doch gekommen, oder?«

»Du meinst, Mami hat ihn hergeschleppt.« Fifi blickt ihr Baby liebevoll an und gewinnt ihre gute Laune zurück. »Na ja, das Baby ist prächtig und wie es sein soll, und darauf kommt es schließlich an.«

Prächtig und in Ordnung, denkt Yolanda, so hätte es auch mit ihr und Clive sein sollen, alles prächtig und wie es sein soll, und nicht diese besessene, allesverzehrende Leidenschaft, die sie jedesmal, wenn Clive sie verließ, erschöpft und voller Verzweiflung zurückließ. »Ich begreife nicht, warum er das tut«, sagt sie laut zu ihren Schwestern.

»Das ist die Denkweise seiner alten Heimat.« sagt Carla. »Du weißt, er hat sehr viel mehr davon als Mami.«

Sandi sieht Yolanda an; sie hat verstanden, wen Yolanda meinte. Sie versucht, die Schwester aus ihrer düsteren Laune zu reißen. »Also, wenn dir Muskelprotz nicht gefällt, es gibt jede Menge

Männer auf der Welt«, sagt sie. »Schade, dieser flotte Typ ist schon verheiratet.«

»Welcher flotte Typ?« fragt die Mutter. Sie steht in der Wohnzimmertür und knöpft ihr buntes, geblümtes Hauskleid zu. Seit der Zeit, als die Kinder auf der Welt waren, kauft sie sich nur knallbunte Kleider, damit ihr keines der Mädchen vorwerfen kann, sie sei parteiisch.

»Der Typ, den du im Krankenhaus aufgegabelt hast«, zieht Sandi sie auf.

»Was soll das heißen, *aufgegabelt?* Es war ein netter, junger Mann, und zufällig kam seine kleine Tochter zu genau derselben Zeit auf die Welt wie meine kleine Cuquita.« Die Mutter streckt die Arme aus. »Komm her, Cuca«, flötet sie und nimmt Fifi das Baby ab. Sie macht schnalzende Geräusche in Richtung auf die Wolldecke.

Sandi schüttelt den Kopf. »Mein Gott, du hörst dich an wie ein verdammter Zoo.«

»Du hast eine Ausdrucksweise«, tadelt die Mutter sie geistesabwesend, um dann, als wären es zärtliche Worte, sie ihrer Enkeltochter vorzusäuseln, »eine Ausdrucksweise.«

Nach und nach finden sich die Männer zum Frühstück ein. Zuerst der Vater, der alle guten Wünsche mit einem grimmigen Kopfnicken beantwortet. Ihm folgt Otto, der jedem einzelnen frohe Weihnachten wünscht. Durch das Weißblond von Augenbrauen und Bart, durch sein rundes, gutmütiges, rötliches Gesicht sieht Otto aus wie ein junger Nikolaus. Der Analytiker erscheint als letzter. »Nun seht euch all diese Frauen an«, sagt er anerkennend.

Die Mutter geht mit der Enkelin auf dem Arm im Zimmer auf und ab. »Ja, seht sie an.« Otto grinst. »Eine Vision! Die auch schon die Drei Könige hatten!«

»Vier Mädchen«, murmelt der Vater.

»Fünf«, verbessert der Analytiker und zwinkert der Mutter zu.

»Sechs«, verbessert die Mutter und weist mit einer Kopfbewegung auf das Bündel in ihrem Arm. »Wir sechs«, sagt sie zu dem

Baby. »Und ich wußte es genau! Eine Woche vor deiner Geburt hatte ich nämlich einen ganz merkwürdigen Traum. Wir lebten alle zusammen auf einem Bauernhof, und ein Bulle . . .«

Im Zimmer breitet sich eine schläfrige Stille aus. Alle hören der Mutter zu.

# Joe

▼▲▼▲ I I I ▼▲▼▲▼▲▼▲▼▲▼▲▼▲▼▲▼▲▼▲▼▲▼▲▼▲▼▲▼▲

*Yolanda*

Yolanda, auf Spanisch *Yo* abgekürzt, auf Englisch irrtümlich *Joe* genannt, oft wie das Spielzeug *Yoyo* gerufen – bei Souvenirs mit vorgefertigtem Namenszug akzeptierte sie auch *Joey* –, steht an einem Fenster im dritten Stock und beobachtet einen Mann, der mit einem Tennisschläger in der Hand den Rasen überquert. Er streift mit dem Schlägerrand die Blumenrabatten und versetzt ein paar wilde Schwertlilien in Bewegung.

»Nicht«, flüstert Yo am Fenster und zieht in Gedanken mit dem Zeigefinger die Linie ihres Haaransatzes nach. Er ist ihr heimlicher Stolz: Ihr Haar bildet auf der Stirn eine Spitze, verläuft in zwei Bögen nach oben und umrahmt halbkreisförmig ihr Gesicht wie ein ebenmäßiges Herz. »Laß die Blumen in Ruhe, Doc«, droht sie der winzigen Gestalt mit erhobenem Zeigefinger.

Der Mann bleibt stehen. Er wirft einen imaginären Ball in die Luft und serviert ihn dem Horizont. Der Horizont nimmt ihn nicht an. Der Mann geht auf den Horizont und die Tennisplätze zu.

Er trägt weiße Shorts und ein weißes Hemd und sieht darin wie ein Junge aus . . . ein braver Junge . . . der einzige Sohn wohlhabender, liebloser Tycoons★: Beide Eltern sind Tycoons, konstatiert

---

★ Tycoon: jap.-am. Bezeichnung für einen Industriemagnaten; polemisch: Großkapitalist, Oberbonze.

Yo. Daddy Coon ist ein Fruit-of-the- Loom-Tycoon. Sie spürt den leichten Druck ihrer Slipränder.

Mama Coon ist – Yo sieht sich im Raum um – *Schal, Spiegel, Seife, Schirm* – ein Schirm-Tycoon. Eine dunkle Wolke kommt langsam auf sie zu. Der Geist des Tennisballs erscheint, um den Mann zu verfolgen. Yolanda lächelt, zufrieden mit ihrer Zauberkraft.

Schirm-Tycoon paßt nicht. Erneut schweift ihr Blick durch den Raum: *Schreibmaschine, rote Mappe* – klingt übrigens gut. Aber er ist kein Rote-Mappe-Tycoon. Ein Luftzug weht die weißen Vorhänge, die auf beiden Seiten des Fensters herabhängen, so ins Zimmer, daß sie sich wie zwei geisterhafte Arme um sie legen. Ein Zimmer-Tycoòn . . .

Die Welt ist herrlich neu und soeben erst erschaffen worden. Der erste Mensch durchquert den Garten auf dem Weg zu einer Tennispartie. Yo steht an dem Fenster im dritten Stock, küßt ihre Fingerspitzen und denkt sehnsüchtig: Jetzt müßte er sein weißes Hemd herunterreißen, seine beiden Brusthälften aufklappen wie Superman eine Tür aufstößt, und die erste Frau in die Welt entlassen.

Eva ist wunderschön, hat einen herzförmigen Haaransatz und trägt weiße, hauchzarte Höschen.


»Am Anfang«, beginnt Yo, von der Perspektive beflügelt; vier Stockwerke tiefer sitzt ihr auf Kindergröße geschrumpfter Arzt auf dem Rasen. »Am Anfang habe ich John geliebt, Doc.«

Sie erkennt die untrüglichen Merkmale einer Rückblende: eine Frau am Fenster, eine Frau mit Vergangenheit, mit Erinnerungen und Sehnsüchten und seelischen Narben. Heute wird sie einmal nichts verdrängen. Sie kann ohnehin nicht anders.

Am Anfang waren wie ineinander verliebt. Yo lächelt. Das war ein guter Anfang. Er stand vor meiner Tür. Ich öffnete. Mein Blick fragte: *Wollen Sie hereinkommen und die Welt hinter sich lassen?* Er antwortete: *Vielen Dank, genau das wollte ich gerade sagen.*

Es war der Beginn aller Zeit, und vor Yos Fenster rauschte ein Fluß, umsäumt von Zypressen, Weiden, großen feuchten Farnen, dichten Gräsern und Palmen. Riesige Phantasiegeschöpfe flitzten auf dem trüben Grund des Flusses umher. Wenn die Liebenden nachts im Bett lagen und die Sterne zu Widder, Krebs und Zwilling verbanden, hörten sie das Bellen und Heulen der sich paarenden Tiere.

»Ich liebe dich«, sagte John besitzergreifend, verwirrt von dem Gebelle und Geheule ringsum.

Aber Yolanda scheute sich, etwas zu sagen. Wenn man erst einmal mit Worten anfing, wußte man nie, was man alles sagen würde.

»Ich liebe dich«, wiederholte John, um sie dazu zu bringen, dasselbe zu sagen. Yolanda küßte ihn auf beide Augenlider, in der Hoffnung, dies werde genügen.

»Liebst du mich, Joe? Sag es mir«, flehte er. Er verlangte nach Worten. Nichts anderes würde genügen.

Yo erfüllte seine Bitte. »Ich liebe dich auch.«

»Ich werde dich immer lieben!« prahlte er. »Heirate mich.«

Ein Tier heulte vom Fluß herüber. Der Widder galoppierte, aufgeschreckt durch menschliche Stimmen, davon.

»Eins.« John bog Yolandas Daumen um. »Zwei.« Er knickte ihren Zeigefinger. »Drei.« Er küßte ihren Fingernagel.

»*All you need is love*«, jammerte das Radio liebeshungrig.

»Vier«, fiel sie ein und bog ihren vierten Finger. »Fünf«, sagten beide gleichzeitig.

Er legte seine Handfläche gegen die ihre, es war, als würden sie gemeinsam beten.

»*Love*«, tönte es lechzend, ja leidend aus dem Radio. »*Love . . . Love . . .*«


»John, John, geht zum Bronn!« neckte ihn Yolanda.

John lag auf dem Rücken: Soeben hatte er bemerkt, wenn man zum Himmel aufsehe, werde alles, was man tue, bedeutungslos.

»John liegt mit Wonn' vor dem Bronn in der Sonn'«, reimte Yolanda holprig, in seinen Arm gekuschelt.

Er streichelte ihren Rücken. »Und du bist ein kleines Eichhörnchen! Weißt du das?«

Yolanda setzte sich auf. »Eichhörnchen geht nicht«, erklärte sie. »Es muß sich auf meinen Namen reimen.«

»Joe-lan-daa?« Er versuchte auszuweichen. »Was reimt sich denn auf Joe-lan-daa?«

»Dann nimm Joe. *Zoo, Stroh, Wasserfloh*«, reimte sie. »Okay, jetzt versuch du es.« Sie sprach in demselben Ton wie ihre Mutter früher, wenn sie sich von etwas besonders Gutem eine zweite Portion nehmen wollte.

»Meine liebe Joe«, begann John, aber so in die Enge getrieben, fiel ihm kein Reim ein. Er druckste herum, lachte, und sagte zu guter Letzt pathetisch: »Mein liebes, süßes, kleines Eichhörnchen, du bedeutest mir mehr als alle Reichtümer auf Erden.« Er lachte über seinen nicht gelungenen Reim.

Yo setzte sich erneut auf. »Vier minus!« Sie rückte auf dem Rasen ein Stück weg von ihm. »Wo hast du denn diese Klischees her?«

John erhob sich gekränkt und klopfte sich die Hose ab, als wären die Grashalme kleine Stücke von Yo. »Es kann ja nicht jeder so verdammt poetisch sein wie du!«

In gespielter Zerknirschung knabberte sie an seinem Bein.

John packte sie an den Schultern und zog sie zu sich empor. »Eichhörnchen.« Er hatte ihr verziehen.

Sie zuckte zusammen. Alles, nur kein Eichhörnchen. Ihre Schultern fühlten sich pelzig an. »Kann ich auch etwas anderes sein?«

»Aber natürlich!« Er beschrieb mit der Hand einen Bogen, als gehörte ihm die ganze Welt: »Was möchtest du sein?«

Sie wandte sich von ihm ab und blickte suchend in die Ferne: *Bäume, Felsen, See, Gras, Unkraut, Blumen, Vögel, Himmel* . . .

Seine Hand griff herüber und nahm von ihrer Schulter Besitz.

»Himmel«, sagte sie versuchsweise. Dann, nachdem sie mit dem Klang zufrieden war: »Himmel, ich möchte der Himmel sein.«

»Das geht nicht.« Er drehte sie zu sich herum. Seine Augen hatten, wie sie soeben zum erstenmal feststellte, den gleichen blauen Farbton wie der Himmel. »Das waren deine eigenen Spielregeln: Es muß sich auf deinen Namen reimen.«

»Irgend etwas wird sich schon auf Himmel reimen!«

»Aber nicht auf Joe!« John drohte ihr mit dem Finger. Sein Blick zerfloß vor Verlangen. Er preßte seinen Mund auf den ihren und zwang ihre Lippen auseinander.

»*Yo* reimt sich im Spanischen auf *cielo*.« Yos Worte fielen in die dunkle, stumme Höhle von Johns Mund. *Cielo, cielo* hallte es wider. Und Yo flüchtete sich wie eine Verrückte in die Sicherheit ihrer Muttersprache, wohin ihr der aus Prinzip einsprachige John nicht folgen konnte, selbst wenn er es versucht hätte.


»Was du brauchst, ist ein Seelenklempner, verdammt noch mal!« Johns Worte stürzten von seiner Zungenspitze wie Selbstmörder von einem Turm.

Sie sagte, selbst wenn das der Fall wäre, brauchte er Psychiater nicht als *Seelenklempner* zu bezeichnen.

»Seelenklempner«, sagte er. »Seelenklempner.«

Sie sagte, sie seien eben verschieden. Es sei aber noch lange kein Grund, sie für verrückt zu erklären, nur weil sie sie selbst sein wolle. Er sei genauso verrückt wie sie, wenn es hart auf hart ging. Mein Gott! dachte sie. Ich spreche schon wie er. Hart auf hart! Sie lachte, immer noch ein bißchen verliebt in ihn. »Okay, okay«, räumte sie ein. »Wir sind beide verrückt. Gehen wir also beide zu einem Seelenklempner.« Sie zuckte zusammen, weil sie seine Ausdrucksweise übernahm, nur um ihn zu überzeugen.

Er stieß ihre versöhnliche Hand zurück. Sie war die Verrückte, oder? Er würde sich auf keinen Fall einreden lassen, er wäre nicht ganz bei Trost.

Sie küßte ihn, um ihn ohne Worte zu überzeugen, aber sie spürte genau, daß er nicht überzeugt war.

»Ich liebe dich. Genügt das nicht?« widersetzte er sich hartnäckig. »Ich liebe dich mehr, als mir guttut.«

»Sieh an! Du bist also der Verrückte!« neckte sie ihn.

Aber sie hatte ohnehin bereits begonnen, an ihm zu zweifeln.

Weil seine Bleistifte immer gespitzt und seine Kleider immer ordentlich gefaltet waren, bevor sie miteinander schliefen. Weil er das Messer zwischen die Zinken seiner Gabel schob, während der einzelnen Bissen der Gerichte, die sie gekocht hatte und die immer ein wenig anders schmeckten, als sie eigentlich sollten – die Lasagne wie Spiegeleier, der Pudding wie Gefrorenes. Weil er ihr vorwarf, sie verliere den Verstand, wenn sie soviel darüber nachdenke, was andere Leute sagten. Weil er an die Realität glaubte, mehr als an Worte, mehr als an sie selbst.

Doch diesmal war es, weil er Pro-und-Kontra-Listen anlegte, bevor er etwas tat und sie die *Pro-und-Kontra-Strich-Joe-Strich-Ehefrau-Liste* entdeckt hatte. In der Rubrik *Pro* stand als erstes *intelligent*, bei *Kontra: zu selbstsüchtig*. Das zweite *Pro* war *aufregend*, das zweite *Kontra verrückt*, Fragezeichen.

»Was hat das zu bedeuten?« Sie traf ihn an der Tür, das Blatt mit seinen Erwägungen in der Hand.

»Was gibt's, Violet?« Er nannte sie Violet*, seitdem sie ihre Therapie bei Dr. Payne aufgenommen hatte. John hatte sich zuerst gesträubt, als Yo ihm Namen und Honorar des Arztes genannt hatte. »Eine Pein** für den Geldbeutel, das allerdings!« Sein Name wurde zum Anlaß ständiger Witzeleien zwischen ihnen. Aber insgeheim nannte Yo Dr. Payne Doc, um das Glück zu beschwören.

---

* Unübersetzbares Wortspiel: *Shrinking violet* bedeutet im Englischen: scheues Wesen, wobei *shrink* umgangssprachlich auch für Psychiater gebraucht wird. Im Original: *He named her Violet after shrinking violet when she had hasted seeing Dr. Payne.*

** Unübersetzbares Wortspiel, das auf dem Gleichklang des Namens Dr. Payne und des englischen Wortes *pain* = Schmerz basiert.

»Was fällt dir ein, eine Pro-und-Kontra-Liste darüber entscheiden zu lassen, ob du mich heiratest?« Yo folgte John ins Schlafzimmer, wo er sich auszukleiden begann.

»Jetzt komm, Violet –«.

»Hör auf, mich Violet zu nennen! Ich kann das nicht ausstehen.«

»Rosen sind rot, Veilchen sind blau«, deklamierte er, anstatt die Luft anzuhalten, damit nicht zwei Leute im Raum die Beherrschung verloren.

»Du mußtest dich tatsächlich *entscheiden,* ob du mich liebst?« Kopfschüttelnd las sie erst die Pro- und dann die Kontraliste laut vor und duckte sich jedesmal, wenn John sie ihr entreißen wollte. »Sieht so aus, als ob die Kontras überwiegen. Warum würdest du mich heiraten?«

»Es gehört zu meiner Methode, Listen anzulegen. Du machst doch dasselbe mit Worten –«.

»Worte?« Sie schlug ihm seine Liste um die Ohren. »Worte? Habe ich nicht immer gesagt *Sag' nichts, sag' nichts?* Ich war diejenige, die versucht hat, ohne Worte auszukommen.«

»Ich habe eine Liste angelegt, weil ich durcheinander war. Ja, durcheinander!«

John ergriff ihren Arm; es war mehr eine Bewegung, um ihre Laune zu testen als eine Geste des Verlangens. Sie machte ihm den Unterschied unmißverständlich klar und schüttelte seine Hand ab.

»Ach komm, Joe«, sagte er besänftigend; er faltete seine Krawatte korrekt zusammen und hing sein Jackett über die Stuhllehne.

Sie sagte so liebenswürdig *nein* als wäre es ein *Ja.* »Neeiiin«, sagte sie gedehnt, und ihr Mund wurde dabei weich, voll und willig, sich von ihm küssen zu lassen.

»Komm, Schätzchen, erzähl mal, was es heute zu essen gibt«, sagte er schmeichelnd. Er nahm ihre Hände und zog sie an sich.

»Gezuckerte Spaghetti mit glasierten Fleischklößchen und Honigtauspinat, Schätzchen«, spottete sie und entzog sich ihm spielerisch.

Er zog sie ebenso spielerisch an sich und preßte seine Lippen auf ihren Mund.

Ihre Lippen wurden starr. Sie biß die Zähne aufeinander, eine uneinnehmbare Kalziumfestung.

Er zog sie enger an sich. Sie öffnete den Mund, um zu schreien: *nein, nein!* Er schob ihr die Zunge zwischen die Lippen und drängte so die Worte in ihre Kehle zurück.

Sie schluckte sie herunter: *Nein, nein.*

Sie trommelten gegen ihre Magen: *Nein, nein.* Sie hämmerten gegen ihre Rippen: *Nein, nein.*

»Nein!« schrie sie.

»Es ist doch nur ein Kuß, Joe. Ein Kuß, um Himmels willen!« John schüttelte sie. »Nimm dich doch zusammen!«

»Neeeiiin!« schrie sie und stieß ihn von sich, so weit sie konnte.

Er ließ sie los.

■■■

John und Yo lagen im Dunkeln im Bett, weil es zu heiß war, um Licht zu machen oder auf den Beinen zu sein. Johns Hand glitt hinunter auf ihre Hüfte und trommelten einen Marsch.

»Es ist zu heiß«, sagte Yo und brachte seine Hand zum Stillstand.

Er versuchte es mit Geduld und einer neuen Version ihres Namens. »*Not tonight, Josephine?*« fragte er, indem er den Refrain eines alten Schlagers abwandelte. Er drehte sich auf die Seite, um sie anzusehen und zog in der Dunkelheit die Konturen ihres Gesichts nach. Er folgte der herzförmigen Linie vom Kinn bis zur Stirn und wieder nach unten. Er küßte sie aufs Kinn, um seinem Schätzchen sein Siegel aufzudrücken. »Hübsch. Weißt du, dein Gesicht hat genau die Form eines Herzens.« Das entdeckte er jedesmal, wenn er mit ihr schlafen wollte.

Dem Schätzchen war es zu heiß. »Ich schwitze«, stöhnte es.

»Nicht.«

Die Hand wollte nicht gehorchen. Der Mittelfinger zeichnete ein Herz auf ihre Lippen. Der kleine Finger skizzierte ein Herz auf die Haut über ihrer rechten Brust.

»Bitte, John!« Seine Fingerspitzen fühlten sich wie rollende Schweißperlen an.

»Bitte, John«, äffte er sie nach. Mit feuchtem Finger schrieb er in Druckbuchstaben J-o-h-n auf ihre rechte Brust, als wolle er ihr seinen Namen unauslöschlich einprägen.

»John! Es ist zu heiß!« Sie appellierte an seinen gesunden Menschenverstand.

»John, es ist zu heiß«, quengelte er. Die Mischung aus Hitze und ungestilltem Verlangen machte ihn gehässig.

Sie legte ihm die Hand auf den Mund, um ihn zum Schweigen zu bringen. Er beachtete die Heftigkeit der Geste nicht und küßte ihre feuchte Handfläche. Seine Augen schlossen sich erwartungsvoll, er wälzte sich zu ihr herüber, wobei sein Körper ein schmatzendes Geräusch verursachte, als er sich von der blanken Matratze löste. Die Laken waren herausgerutscht und schleiften auf der Erde.

Johns rechte Hand spielte Klavier auf ihren Rippen, und sein Mund blies Flöte auf ihren Brüsten.

»Scheiße!« brüllte sie ihn an und sprang aus dem Bett. »Verpiß dich!« Er hatte sie dazu gebracht, eines der Wörter auszusprechen, das sie am wenigsten mochte. Das würde sie ihm nie verzeihen.

»Für immer?« fragte er und griff im Dunkel nach ihrem Arm. »Für immer?«

Ihr Herz zog sich zusammen, entkrampfte, zog sich erneut zusammen. Die beiden Hälften flatterten, flimmerten und weiteten sich. Ihr Herz stieg empor zu den Wolken am Himmel.

»Für immer!« Ihr Ton war wie eine Ohrfeige. »Für immer! Für immer!« Sie wünschte, sie wäre angezogen. Irgendwie war es unpassend, unumstößliche Entscheidungen in unbekleidetem Zustand zu treffen.

Er kam mit einem Strauß Blumen nach Hause, für den er, wie sie sofort sah, zuviel bezahlt hatte. Sie waren blau, und sie vermutete, es seien Iris. *Iris* war ihr Lieblingsname für Blumen, also mußten es Iris sein.

Doch als er sie ihr überreichte, konnte sie seine Worte nicht verstehen.

Sie unterschied klare, helle Töne, aber sie verstand nichts.

»Was willst du mir sagen?« fragte sie ihn immer wieder. Er redete freundlich mit ihr, aber in einer Sprache, die sie noch nie zuvor gehört hatte.

Sie tat so, als würde sie ihn verstehen. Sie roch an den Blumen. »Danke, Schatz.« Bei dem Wort *Schatz* zuckten ihre Hände heftig, und sie hatte Angst, die Blumen fielen ihr aus der Hand.

Erfreut sagte er irgend etwas, wieder vernahm sie nur Töne, denen sie keinen Sinn zuordnen konnte.

»Komm, Schatz.« Sie versuchte, in seinen Augen zu lesen; sie setzte ihre Worte so genau, als spräche sie mit einem Ausländer oder einem störrischen Kind. »John, kannst du mich verstehen?« Sie nickte, um ihm deutlich zu machen, er solle durch Kopfnicken antworten, wenn ihm die Worte fehlten.

Er schüttelte den Kopf: Nein.

Sie klammerte sich mit beiden Händen an ihm fest, als wolle sie ihn für immer in ihrer Welt festhalten. »John!« flehte sie.

»Bitte, Schatz!«

Er zeigte auf ihre Ohren und nickte. An der Lautstärke lag es also nicht. Er konnte sie hören. »Bla, bla, bla.« Seine Lippen bewegten sich bei jeder Silbe im Zeitlupentempo.

Er sagt bestimmt *Ich liebe dich,* dachte sie! »Bla, bla«, äffte sie ihn nach. »Bla, bla, bla, bla.« Vielleicht hieß das auch *Ich liebe dich* in der Sprache, die er gerade sprach.

Er zeigte auf sie, auf sich. »Bla, bla?«

Sie nickte heftig. Ihr herzförmiger Haaransatz, das Herz in ihrer Brust und alle Herzen auf ihren Ärmeln zuckten wie die Scheren des Krebses am Himmel. Vielleicht könnten sie jetzt noch einmal von vorne anfangen, ohne ein einziges Wort.

Als sie ihren Mann verließ, schrieb Yo auf einen Zettel: *Ich gehe zu meinen Eltern, bis mein Kopf, Strich, Herz wieder klar ist.* Dann verbesserte sie die Notitz: *Ich brauche ein wenig Raum und Zeit, bis bei mir Kopf, Strich, Seele* . . . Nein, nein, nein, sie wollte sich nicht mehr aufspalten, drei Personen in einer einzigen Yo.

*John,* begann sie, dann machte sie ein kleines Dreieck vor *John. Lieber* schrieb sie schräg darüber. In einem Handbuch für Graphologie hatte sie gelesen, selbstbewußte Menschen machten das so. *Lieber John, hör zu, wir wissen beide, daß es nicht funktioniert.*

»*Es?*« würde er fragen. »Was bedeutet *es?*«

Yo strich das ungenaue Pronomen wieder aus.

*Wir funktionieren nicht. Du weißt es, ich weiß es, wir beide wissen es, ach John, John, John.* Ihre Hand schrieb automatisch weiter, bis die Seite in dunkler Tintenschrift über und über mit seinem Namen bedeckt war. Sie zerriß den Zettel und streute die Schnipsel wie Konfetti über ihren Kopf, ein Regenschauer aus lauter Johns. Sie schrieb ihm eine kurze Notiz: *Ich bin weg* – und setzte hinzu – *zu meinen Eltern.* Sie dachte einen Moment daran, ihn zu unterschreiben, Yolanda, aber ihr richtiger Name klang so, als gehörte er nicht mehr zu ihr, und so kritzelte sie statt dessen den Namen, den er ihr gegeben hatte, auf das Papier: *Joe.*

Ihre Eltern machten sich Sorgen um sie. Sie sprach zuviel, sprach unaufhörlich. Sie sprach im Schlaf, sie sprach beim Essen, obwohl sie ihr siebenundzwanzig Jahre lang beigebracht hatten, beim Kauen den Mund zu halten. Sie sprach in Vergleichen, sie sprach in Rätseln.

Sie dresche Phrasen, sagte ihre Mutter zu ihrem Vater. Der Vater hüstelte, völlig aus der Fassung. Sie zitierte aus berühmten Gedichten und die Anfangssätze der Klassiker. Wie könne ein Mensch nur soviel behalten? fragte die Mutter den vergrämten Vater. Sie berausche sich am Klang ihrer eigenen Stimme, war die Diagnose der Mutter.

Sie zitierte Frost; sie zitierte, wenn auch falsch, Stevens; sie paraphrasierte Rilkes Definition der Liebe.

»Können Sie mich hören?« Doctor Payne hielt seine Hände wie ein Megaphon vor den Mund und tat so, als riefe er sie aus großer Entfernung. »Können Sie mich hören?«

Sie antwortete ihm mit einem Zitat und sang, was ihr einfiel.

Dem Arzt schien es das Geeignetste, sie zur Beobachtung in eine kleine Privatklinik einzuweisen, wo er ein Auge auf sie haben konnte. Nur zu ihrem Besten: Betreuung rund um die Uhr, ein schöner Park, kunsthandwerkliche Kurse, Tennisplätze, freundliches Personal, das den Patienten keine Angst einflößte, niemand in Uniform. Ihre Eltern unterschrieben die Formulare. »Nur zu deinem Besten«, zitierten sie den netten Arzt. Ihre Mutter hielt sie fest, während eine durch Zivilkleidung getarnte Schwester eine Spritze aufzog. Yo zitierte *Don Quijote* im Original; sie übersetzte die Passage über die Gefangenen auf der Stelle ins Englische.

Die Schwester machte ihr eine Träneninjektion. Zum erstenmal seit Monate verstummte Yo, dann brach sie in Tränen aus. Die Schwester rieb mit einem Wattebausch über ihren Arm. »Bitte, Liebling, weine nicht«, bat ihre Mutter in flehendem Ton.

»Lassen Sie sie weinen«, riet der Arzt. »Das ist ein gutes Zeichen, ein sehr gutes Zeichen.«

»Tränen, Tränen«, begann Joe wieder zu zitieren. »Tränen aus den tiefsten Tiefen der Verzweiflung.«

»Regen Sie sich nicht auf«, beruhigte der Arzt die verstörten Eltern. »Es ist nur ein Gedicht.«

»Doch täglich sterben Menschen, weil sie nur Leere dort entdecken«, zitierte Yo teils richtig, teils falsch und ertrank im reißenden Strom ihres Bewußtseins.

Die Symptome besserten sich. Yo erging sich in Träumen über Doc. Er würde ihren Körper-Strich-Geist-Strich-Seele retten, indem er alle Striche verschwinden ließ und aus ihr eine einzige, ungeteilte Yolanda machte. Sie sprach mit ihm über ihre Entwicklung, ihre Ängste, das Ich im Wandel und die geistig-seelischen Probleme der Frau. Sie erzählte ihm von Gott und der Welt, nur nicht vom aufkeimenden Verliebtsein in ihn.

War sie bereit, ihre Eltern zu empfangen, fragte er.

Bereit, ihre Eltern zu empfangen, echote sie.

Ihre Eltern betraten den Raum, demonstrativ gute Laune zur Schau tragend. Sie stellten sie auf die Probe mit Fragen über das Essen, den Arzt, das Wetter und den Keramikaschenbecher, den sie in der Therapie für künstlerisches Gestalten angefertigt hatte.

Sie schenkte ihn ihrer Mutter.

Die Mutter weinte. »Ich wollte doch nicht weinen.«

»Es ist ein gutes Zeichen«, zitierte Yo den Doktor, dann wurde sie sich dessen bewußt. Ein schlechtes Zeichen, wenn sie wieder anfing, andere Leute zu zitieren.

Ihr Vater trat ans Fenster und blickte prüfend zum Himmel. »Wann kommst du nach Hause?« fragte er, Yo den Rücken zukehrend.

»Wenn sie soweit ist!« Die Mutter zerteilte mit den Händen die Haare über Yos Stirn.

Und das Herz kehrte auf die Erde zurück.

»Ich liebe euch, Freunde«, improvisierte Yo. Was machte es schon, wenn ihre ersten, nicht geborgten Worte abgedroschen waren. Sie entsprachen genau der Wahrheit. »Ich liebe euch, ich liebe euch«, trällerte sie. Die Mutter schaute ein wenig besorgt, als hätte sie unvermutet in etwas Saures gebissen, das sie für süß gehalten hatte.

»Was ist passiert, Yo?« fragte die Mutter etwas später und tätschelte ihr die Hand. »Wir hielten John und dich für so glücklich.«

»Wir sprachen nicht dieselbe Sprache«, stellte Yo die Dinge vereinfachend dar.

»*Ay*, Yolanda.« Die Mutter sprach ihren Namen spanisch aus, ihren unverfälschten, zeitraubenden, vollblütigen Namen, Yolanda. Doch dann, so unvermeidlich wie die Schwerkraft, wie Tag und Nacht, wie kleine Bisse vom Apfel, wenn Gott sich umdreht, fiel ihr Name, verstümmelt, in ein halbes Dutzend Kosenamen zersplittert – »*pobrecita Yosita*« – noch eine andere Variante. »Wir lieben dich.« Ihre Mutter sagt es laut genug für zwei. »Stimmt's, Papi?«

»Ob was stimmt, Mami?« Yos Vater drehte sich um.

»Daß wir sie lieben«, sagte seine Frau ungehalten.

»Gar keine Frage.« Papi ging auf Mami zu oder auf Yo.

»Was ist Liebe?« fragt Yo Dr. Payne: Die Haut in ihrem Nacken kribbelt und rötet sich. Gegen ganz bestimmte Wörter hat sie unwillkürlich eine Allergie entwickelt. Sie weiß nicht, welche es sind: Sie weiß es erst, wenn sie sie auf der Zunge hat und es zu spät ist: ihre Lippen schwellen, ihre Haut juckt, ihre Augen tränen, sichtbares Zeichen der allergischen Reaktion.

Der Arzt sieht sie prüfend an, den Handrücken nachdenklich an der Nase. »Was glauben Sie, was das ist, Joe? Liebe.«

»Ich weiß nicht.« Sie versucht, ihm in die Augen zu sehen, fürchtet jedoch, er würde dann schlagartig alles erkennen.

»Ach, Joe«, tröstet er sie, »wir müssen ständig alles, was uns wichtig ist, neu definieren. Es ist völlig normal, wenn man es nicht weiß. Wenn Sie erst wieder verliebt sind, werden Sie schon wissen, was es ist.«

»Liebe«, murmelt Yo versuchsweise. Und tatsächlich bildet sich auf ihrem Arm ein häßlicher Ausschlag. »Ich glaube, Sie haben recht.« Sie kratzt. »Es ist nur einfach unheimlich, nicht zu wissen, was das wichtigste Wort in meinem Wortschatz bedeutet!«

»Glauben Sie nicht, daß dieses Problem zum Leben gehört?«

»Leben«, wiederholt sie, als finge sie wieder damit an, fremde Leute zu zitieren. Ihre Lippen brennen. *Leben, Liebe:* Wörter, die sie im Augenblick nur mit Mühe benutzen kann.

Yos Finger zeichnet Docs Silhouette auf das Fliegengitter, als würde sie ihn erschaffen. Vielleicht würde sie wieder zu schreiben versuchen, nichts Anspruchsvolles, ein lustiges Gedicht im Limerickstil. Sie wird es »Dennis' Schläger« nennen und dabei die doppelte Bedeutung des Wortes *Schläger* ebenso für ein Wortspiel nutzen wie seinen Nachnamen Payne.*

Tief in ihrem Innern regt sich etwas, ein Juckreiz, dem sie nicht abhelfen kann.

»Verdauungsstörung«, murmelt sie und klopft sich den Bauch. Vielleicht auch nicht, denkt sie, vielleicht ist es ein Persönlichkeitsmerkmal: die wahre Yolanda, wiederauferstanden an einem Augustnachmittag, mit dem Blick auf den gepflegten, grünen Rasen dieser Privatklinik.

Sie hat Magenschmerzen. Sie streicht in großen Ich-habe-Hunger-Kreisen über ihr Krankenhausnachthemd. Aber das Klopfen in ihrem Innern ist eher verzweifelt als hungrig, eine Motte, die wild in einem Lampenschirm umherschwirrt.

Etwas steigt flügelschlagend ihre Luftröhre herauf – bis Yo zu würgen anfängt. Wie tragisch! In ihrem Alter an gebrochenem Herzen zu sterben. Sie versucht zu lachen, aber statt des Lachens spürt sie, wie sich tief in ihrer Kehle zarte Flügel wie ein Fächer entfalten. Sie zwingen sie, den Mund zu öffnen, als riefe sie einen Namen in weiter Ferne. Ein riesiger, schwarzer Vogel springt heraus; er läßt sich auf ihrem Schreibtisch nieder: Er sieht genauso aus wie der Kupferstich eines Raben in Yos allererstem englischen Gedichtbuch.

Sie streckt die Hand aus, um mit dem Raben Kontakt aufzunehmen.

Er ignoriert sie und blickt philosophisch aus dem Fenster in den dunkler werdenden Himmel. Langsam heben und senken sich seine Flügel, riesige Schwingen entfalten sich und klappen zusam-

---

* Im Original *Dennis Racket*; Anmerkung 2.

men, auf und nieder, auf und nieder. Das Haar weht ihr ins Gesicht. Staub fegt in die Ecken. Vorhänge blähen sich an den Fenstern.

Er fliegt auf das Fenster zu. »Mein Gott! Das Gitter!« erinnert sich Yo in einem Anfall von Verzagtheit. »Hab ein wenig Vertrauen«, macht sie sich selbst Mut, als die dunkle Gestalt ungehindert durch das Gitter entschwebt, wie Rauch, eine Wolke oder ein elfenhaftes Wesen. So fliegt er hinaus und genießt seine wiedergewonnene Freiheit, den dunklen, krummen Schnabel und den winzigen Kopf schlaff wie sein Geschlecht zwischen den weitgespannten Schwingen.

Plötzlich erstarrt er mitten in der Luft. Entzücken und Erstaunen spiegeln sich in seinem breiten Flügelschlag. Er stürzt hinab, auf den Mann, der auf dem Rasen in der Sonne liegt. Den Schnabel voraus stößt er herab, ein dunkler, verborgener Komplex, eine Persönlichkeitsstörung, der man freien Lauf läßt!

»O nein«, wimmert Yo. »Nein, nicht ihn!« An diesem Augustnachmittag, hier an diesem Fenster, hatte sie gedacht, könne sie keinerlei Schaden anrichten. Und nun stürzt es wie ein Pfeil herab auf eben den Mann, der am meisten gegen ihre Worte gefeit sein soll.

Yo schreit auf, als der hakenförmige Schnabel auf Hemd und Brust des Mannes einhackt: Im Nu verwandelt sich die weiße Gestalt auf dem Rasen in eine rote Masse.

Zufrieden schwingt sich der dunkle Vogel empor und folgt den zusammengeballten Regenwolken, die am nördlichen Himmel dahinziehen.

Yo hämmert mit den Fäusten gegen das Gitter. Der Mann blickt auf und versucht zu erraten, von welchem der Fenster das Geräusch kommt. »Wer ist das?«

»Ist alles in Ordnung?« schreit sie und gefällt sich in ihrer Rolle als unbekannte Stimme aus dem Himmel.

»Wer *ist* das?« Er steht auf, greift nach seinem Badetuch. Das Blut gerinnt zu einem langen, roten Rechteck aus Frottee. »Wer ist das?« Er ist verärgert über das lange Rätselraten.

»Ein heimlicher Verehrer«, trällert sie. »Gott.«

»Heather?« rät er.

»Yolanda«, murmelt sie vor sich hin. »Yo«, ruft sie zu ihm hinunter. Wer zum Teufel ist Heather, überlegt sie.

»Ach, Joe!« Er lacht und winkt ihr mit dem Schläger.

Ihre Lippen prickeln und zucken. O nein, denkt sie und erkennt die ersten Anzeichen ihrer Allergie – das ist nicht mein richtiger Name!

■■■

Der Rasen liegt grün, sauber und friedlich da.

»*Liebe*«, sagt Yo klar und deutlich und läßt dem vollen Gewicht des Wortes Raum in ihrem Mund. Sie ist entschlossen, diese Allergie zu überwinden. Sie wird sich gegen diese Reizworte wappnen. Sie zwingt sich zu einer doppelten Dosis: »*Liebe, Liebe*«, sie spricht die Worte ganz schnell. Ihr Gesicht ist ein einziges juckendes Herz. »*Amor.*« Selbst auf Spanisch verursacht das Wort sofort einen Ausschlag auf ihrem Handrücken.

Das Herz unter ihren Rippen ist ein leeres Nest.

»*Liebe.*« Sie macht dabei den Mund so rund wie eine Höhle [*], in die sie ein Ei legen will. »*Yolanda.*« Ein weiteres Ei . . .

Sie blickt zu den dunklen Wolken empor. Seine Tennispartie wird bestimmt wegen Regens abgesagt. Es ist kein Eckchen Blau mehr da, das sie an den Himmel erinnerte. Also sagt sie: »*Blau.*« Sie sucht nach dem passenden Wort, um es auf *blau* folgen zu lassen. »*Frau . . . Tau . . . himmelblau . . .*« Sie gewinnt zunehmend Selbstvertrauen bei der Aussprache jedes einzelnen Wortes und macht auf gut Glück weiter: »*Welt . . . Eichhörnchen . . . Flug . . . Spuk . . . Betrug . . . genug . . .*«

Die Wörter kommen stolpernd hervor, klingen wie entferntes

---

[*] Dies bezieht sich auf die Aussprache des englischen Wortes *love*.

Donnergrollen, nehmen Form, Tiefe und Substanz an. Yo fährt fort: »*Doc, Schock, Rock – Glück,*« so viele Wörter. So unendlich viel läßt sich über die Welt sagen.

# Die Rudy-Elmenhurst-Story

▼▲▼▲ I I I ▼▲▼▲▼▲▼▲▼▲▼▲▼▲▼▲▼▲▼▲▼▲▼▲▼▲▼▲▼▲

*Yolanda*

Immer abwechselnd war eine von uns die Wildeste. Mal beichtete die ·eine, mal die andere in den Feriennächten ihre Sünden, nachdem die Eltern zu Bett gegangen waren und wir die Diele genau inspiziert hatten, um sicherzugehen: »Keine Mohren vor der Küste« – eine Wendung, die man auf der Insel anstelle von »die Luft ist rein« gebrauchte. Die kleine Schwester Fifi hatte den Ruf der Wilden am längsten, obwohl Sandi mit ihrem guten Aussehen und den vielen Chancen eine ernsthafte Konkurrenz für sie darstellte. Einige Male stellte auch Carla, die verantwortungsbewußte Älteste, etwas Verrücktes an. Aber jedesmal behauptete sie, sie habe es nur getan, um für uns alle Pionierarbeit zu leisten. Daher rochen ihre Verfehlungen nach guter Absicht und waren niemals so pikant wie die Sünden Fifis. Auf unser »Mensch, Fifi, wie konntest du nur?!« antwortete Fifi mit einem unverschämten Grinsen und dem Werbeslogan für Alkaseltzer: »Probieren Sie es, Sie werden es mögen!«

Ein paar kurze, leichtsinnige Jahre über genoß ich bei meinen Schwestern den Ruf, die Wilde zu sein. Ich glaube, es fing alles im Internat an, als sich die Zahl meiner Besucher häufte, und obgleich keiner dieser Anbeter so lange aktuell war, daß man auch nur von einer Beziehung hätte sprechen können, verwechselten meine

Schwestern Masse mit Verführungskunst. Zu jener Zeit besaß ich, was ein Lehrer einmal als »kokettes Wesen« bezeichnet hatte. Ich mußte das Wort im Wörterbuch nachschlagen und stellte mit Erleichterung fest, es besagte nicht, ich hätte Probleme. Englisch war damals noch kein reines Vergnügen für mich – ständig mußte ich das Wörterbuch aufschlagen, um herauszufinden, ob man mich gerade beleidigt, gelobt, ermahnt oder kritisiert hatte. Bei den gemischten Klassentreffen in der Schule gelang es mir, die schüchternen Knaben mit den zärtlichen großen Händen und dem errötenden Teint zum Lachen zu bringen. Ich konnte ihnen den Eindruck vermitteln, sie hätten wirklich ein Mädchen in ein Gespräch verwickelt. Die Besuchszeit am Samstagnachmittag oder Sonntagvormittag verging nie ohne Besuch für mich. Eine Gruppe Jungen von unserer Nachbarschule kam regelmäßig den Hügel herunter und hielt sich in unserem Besucherzimmer auf, um ihren Wohnheimen zu entfliehen und auf dem Weg vielleicht eine Zigarette zu paffen oder einen Schluck aus der Flasche zu nehmen. Bei der Anmeldung mußten sie den Namen eines Mädchens angeben, und eine Reihe von ihnen nannte meinen. Das hatte nichts mit meiner Attraktivität zu tun. Das lag allein an meinem »koketten Wesen«.

Als ich aufs College ging, wirkte sich meine angebliche Koketterie im Grunde nachteilig aus. Ich traf mich mit jemandem, die Unterhaltung klappte, er besuchte mich, doch schon bald, immer wenn mein Herz gerade anfing, eine gewisse Zuneigung zu entwickeln, verließ er mich. Ich konnte keinen der Jungen auf die Dauer reizen. Warum, war sehr einfach: Ich wollte nicht mit ihnen schlafen. Es war in den späten Sechzigern, als ich aufs College ging, und schon aus Prinzip schlief damals jeder mit jedem. Zu dieser Zeit hatte ich mich vom katholischen Glauben schon weit entfernt. Seit unserer Einwanderung in dieses Land vor zehn Jahren hatten meine Schwestern und ich viel von der amerikanischen Lebensweise angenommen, eigentlich hatte ich also keine gute

Ausrede. Warum ich selbst mit einem so hartnäckigen Burschen wie Rudy Elmenhurst nicht ins Bett ging, ist mir bis heute ein Rätsel, und ich versuche dahinterzukommen, indem ich es so genau analysiere, wie wir damals unsere Gedichte und Geschichten im Englischunterricht, den Rudolf Brodermann Elmenhurst der Dritte und ich gemeinsam besuchten.

Rudolf Brodermann Elmenhurst der Dritte erschien erst zehn Minuten nach Unterrichtsbeginn. Ich dagegen war als erste gekommen und hatte mir einen Platz nahe der Tür gesucht, der jedoch, da der Seminartisch rund war, genauso eingesehen werden konnte wie alle anderen. Andere Studenten trudelten ein, die Englischgrößen der Schule. Ich sah sofort ihre Besonderheit an den Jeans und T-Shirts und ihre wissend-ironischen Blicke, wenn auf unbekannte literarische Werke verwiesen wurde. Die Mädchen strickten nicht alle während des Unterrichts so wie etwa in Erziehungs- und Sozialwissenschaft. Zwar schrieb ich seit einiger Zeit selbst, aber dies war mein erster Englischunterricht, seitdem ich meine Eltern letzten Herbst überredet hatte, mich auf dieses gemischte College wechseln zu lassen.

An meinem Platz am Seminartisch packte ich meinen Notizblock aus und alle geforderten und empfohlenen Texte, die ich bereits gekauft hatte, und baute sie vor mir auf, als wären es meine Empfehlungsschreiben. Die meisten anderen Studenten waren viel zu lässig, um sich mit dem Kauf der Bücher für den Kurs besonders zu beeilen. Der Professor kam herein, ein junger Mann in Rollkragenpulli und Jackett, der damaligen Uniform der *In*-Professoren. Er besaß den typischen Schwung der Dozenten ohne feste Anstellung, zuviel Eifer, zu viele Arbeitsblätter, zuviel *Fühlt-euch-ganz-locker* auf dem Lehrplan, und er war telefonisch immer und überall für seine Studenten zu erreichen. Er verlas die Anwesenheitsliste, bedachte dabei die meisten Studenten mit Spitznamen, Witzchen und Bemerkungen, stolperte über meinen Namen und schenkte mir ein unechtes Lächeln, ein Lächeln, das, wie ich herausgefunden hatte, ausländischen Studenten rasch signalisieren sollte, daß die Einheimischen freundlich gesinnt waren. Ich fühlte mich zutiefst fehl am Platz. Der einzige, mit dem ich hier offensichtlich etwas gemeinsam hatte, war der abwesende Rudolf Brodermann Elmenhurst der Dritte, der ebenfalls einen merkwürdigen Namen hatte und nicht dazugehörte, weil er nicht da war.

Wir besprachen gerade, auf welche Weise Kopien für Workshops angefertigt werden sollten, als ein junger Mann verspätet eintrat. Es war einer jener Typen, die nach einer starken Pubertätsakne nun ein narbiges, männliches »Böse-Buben-Gesicht« bekommen hatten. Ein Typ, den die Schönen unserer Klasse auf der Suche nach einem Freund schlicht ignorieren würden. Er hatte ein ironisches Lächeln auf den Lippen und – ein Ausdruck, den ich lange nicht mehr gehört habe – einen Schlafzimmerblick. Ein Typ, der einem das Herz brechen kann. Aber man würde das alles nicht für möglich halten, wenn man nach dem Klang seines Namens ging – was ich tat, weil ich als Immigrantin alles wörtlich nahm. Ich vermutete, er käme zu spät, weil er gerade aus seinem kleinen Fürstentum irgendwo in Österreich eingeschwebt war.

Der Professor gebot der Klasse, ruhig zu sein. »Rudolf Brodermann Elmenhurst der Dritte nehme ich an?« Alle lachten, dieser Bursche auch. Das bewunderte ich von Anfang an, die Fähigkeit zu solch einem Auftritt, ohne rot zu werden, ohne zu stolpern, ohne seine Bücher oder den Inhalt seiner Tasche auf dem Boden zu verstreuen. Er konnte Spaß vertragen und setzte eine so ironische, selbstsichere Miene auf, daß niemand Skrupel hatte, über ihn zu lachen. Er sah sich um und entdeckte einen freien Platz neben dem Bereich, den ich mit meinem Bücherstapel auf dem Tisch für mich abgeteilt hatte. Er kam herüber und setzte sich. Er warf mir einen flüchtigen Blick zu und fragte sich wahrscheinlich, wer zum Teufel ich war, die ich es wagte, ins Allerheiligste, ins Hauptfach Englisch einzudringen.

Der Unterricht wurde fortgesetzt. Der Professor erklärte noch einmal, was er alles von uns in diesem Kurs erwarte. Später forderte er uns auf, ein paar Gedanken über ein kleines Gedicht niederzuschreiben, das er verteilt hatte. Der Typ, dessen Name wie ein Titel klang, beugte sich zu mir herüber und fragte mich, ob ich ihm ein Blatt Papier und einen Kuli leihen könne. Ich fühlte mich geehrt, weil er gerade mich fragte. Ich riß ein paar Seiten aus meinem Block und kramte in meiner Tasche nach einem zweiten Kuli. Dann sah ich mit bedauerndem Gesichtsausdruck auf. »Ich habe keinen zweiten Kuli«, flüsterte ich. Ich flüsterte wirklich vollständige Sätze, daraus kann man schon ersehen, welches Greenhorn ich in diesem Milieu noch war. Der Bursche sah mich an, als schere er sich den Teufel um einen Kuli. Es war ein so intensiver Blick, daß ich spürte, wie ich errötete. »Schon okay«, formulierte er, ohne einen Laut von sich zu geben, und ich es von seinen vollen Lippen ablesen mußte, die er spitzte, als werfe er mir kleine Küßchen zu. Hätte ich auch nur ein bißchen über sexuelle Gefühle Bescheid gewußt, wäre ich mir über den Schauer, der mir die Wirbelsäule hinunterlief und bis in die Beine ging, im klaren gewesen. Er wandte sich an seinen Nachbarn auf der anderen Seite, der jedoch auch keinen Kuli hatte. Das Wort machte die Runde. Hatte jemand einen weiteren Kuli? Niemand. An diesem Tag herrschte Kulinotstand in der Klasse.

Wieder versenkte ich meine Hand in die Tasche. Ich war der sprichwörtlich übereifrige Student: Ich mußte einfach ein Ersatzschreibgerät bei mir haben. Ich ertastete etwas Vielversprechendes auf dem Grund meiner Tasche und fischte es heraus – es war ein winziger Bleistift aus einem Set, das meine Mutter mir zu Weihnachten geschenkt hatte. Eine Schachtel Bleistifte in meiner Farbe, rot, die in Goldschrift meinen vermeintlichen Namen trugen: *Jolinda.* (Meine Mutter hatte es mit meinem richtigen Namen Yolanda probiert, aber die Firma hatte ihn durch das in den Südstaaten übliche *Jolinda* ersetzt.) *Jolinda* hatte ursprünglich einmal auf dem Bleistift gestanden. Jetzt allerdings war er abgenutzt, und es war nur noch der Haken des J übrig. In unserer Familie wurde nichts weggeworfen. Bei einem Blatt Papier beschrieb ich Vorder- und Rückseite. Ich überreichte dem Burschen meinen Fund. Er nahm ihn und hielt ihn in die Höhe, als wollte er sagen: »Was haben wir denn hier?« Seine Freunde um uns herum lachten. Ich kam mir kleinlich vor, weil ich den so häufig gespitzten Bleistift immer noch besaß. Am Ende der Stunde ergriff ich die Flucht, ehe er sich umdrehen und ihn mir zurückgeben konnte.

An diesem Abend klopfte es an meiner Tür. Ich war bereits im Nachthemd und saß an unserer Hausaufgabe, einem Liebesgedicht in Form eines Sonetts. Ich las es laut und ziemlich theatralisch, mich dabei um die richtige Betonung bemühend, deshalb war es mir peinlich, dabei ertappt zu werden. Ich fragte, wer da sei. Der Name sagte mir nichts. Rudy? »Der Knabe, der deinen Bleistift ausgeliehen hat«, sagte die Stimme durch die geschlossene Tür. Komisch, dachte ich, abends um halb elf. Ich hatte seine Taktik noch nicht ganz durchschaut. »Habe ich dich geweckt?« wollte er wissen, als ich die Tür öffnete. »Nein, nein«, sagte ich und lachte entschuldigend. Ich hatte mir geschworen, mit diesem Knaben kein Wort zu reden, nachdem er mich in der Klasse so bloßgestellt hatte, aber die mir anerzogene Höflichkeit kam automatisch in Gang. Ich entschuldigte mich dafür, ihn nicht hereinzubitten. »Ich mache gerade meine Hausaufgaben.« Das war in den Kreisen, in denen er sich bewegte, keine Entschuldigung. Wir standen eine ganze Weile in der Tür, während er über meine Schulter ins Zimmer blickte und auf eine Einladung wartete. »Ich bin nur gekommen, um dir deinen Bleistift zurückzugeben.« Er hielt ihn mir hin, ein kleiner, roter Stummel auf seiner Handfläche. »Nur um mir dieses Ding zurückzugeben?« sagte ich und zwang ihn so, Farbe zu bekennen. Er grinste, seine Grübchen bildeten runde Klammern um die Mundwinkel, als wäre sein Lächeln unser gemeinsames Geheimnis. »Yeah«, sagte er, und wieder bekam er diesen entschlossenen Blick, und wieder blickte er über meine

Schulter. Ich nahm den Bleistift von seiner Handfläche, froh über diesen Stummel, der meinen Namenszug nicht mehr erkennen ließ. »Vielen Dank«, sagte ich, wechselte das Standbein, berührte den Türgriff, kleine Gesten, höfliche Andeutungen: Ich wollte die Tür schließen.

Er kam zur Sache. »Essen wir irgendwann zusammen zu Mittag?«

»Klar können wir irgendwann mal zusammen zu Mittag essen.« So wie ich das Wort *irgendwann* betonte, hieß es nie und nimmer. Ich traute diesem Knaben nicht, ich verstand ihn nicht. In meinem Wortschatz fand sich kein Begriff, mit dem ich sein Verhalten hätte erklären können. Er kommt zehn Minuten zu spät zur ersten Unterrichtsstunde. Ich reiße mir ein Bein aus, um ihm einen Bleistift zu besorgen, und er macht sich über mich lustig. Um halb elf abends steht er vor meiner Tür, um mir den Bleistift zurückzugeben und fragt mich, ob ich mit ihm essen gehe.

»Wie wäre es morgen vor dem Unterricht«, fragte Rudy.

»Wir haben morgen keinen Unterricht.«

»Dann haben wir ja Zeit für ein ausgedehntes Mittagessen«, antwortete er ausgesprochen schlagfertig. Gegen meinen Willen war ich beeindruckt. »Okay«, sagte ich kopfschüttelnd. »Bis morgen, beim Mittagessen.«

Am nächsten Tag aßen wir zusammen zu Mittag, unterhielten uns bis zum Abendessen und aßen dann zu Abend. So fingen auf dem College die Bekanntschaften normalerweise an – mit derartigen geradezu besessenen Marathontreffs. Es war schwer, in sein eigenes kleines Zimmer im Wohnheim zurückzukehren und seine Hausaufgaben zu machen, nachdem man sich so intensiv mit einem anderen Menschen beschäftigt hatte. Aber genau das tat ich. Ich ging nach Hause und arbeitete an meinem Sonett. Es war ein vierzehnzeiliges Gedicht über das Wesen der Liebe, aber während ich meine Gedanken zu Papier brachte, dachte ich die ganze Zeit daran, wie Rudy mir zugehört und dabei auf meinen Mund gestarrt hatte, so daß es mir schwergefallen war, mich auf das zu konzentrieren, was ich sagte. Wie er seine Lippen gespitzt hatte, als gebe er jedem Wort einen Abschiedskuß. Wie seine Hand meinen Rücken berührt hatte, als er mich durch eine Gruppe flegelhafter Kommilitonen hindurch in den Speisesaal gelotst hatte. Wenn man einige Leute wegen ihrer originellen Sprache bewunderte, andere aufgrund ihres ungewöhnlichen, faszinierenden Verstandes, so mußte man Rudy dafür bewundern, wie selbstverständlich und verführerisch er seinen Körper einsetzte. Er war der Typ, der einen hinters Ohr küßte und einem damit den Eindruck vermittelte, man habe gerade ein ganz ausgefallenes Liebesspiel erlebt. Rudy lieferte sein Sonett am nächsten Tag nicht ab. Als ich nach dem Unterricht meine Bücher zusammenpackte, hörte ich, wie er zu dem Professor sagte, er habe Ladehemmung gehabt, es sei ihm einfach nichts eingefallen. Der Professor war ein netter Mensch, es waren die sechziger Jahre, man hatte Verständnis dafür, wenn einen Studenten die Muse mal nicht küßte. Rudy bekam bis Montag Zeit, sein Sonett abzugeben. Wir verbrachten den größten Teil des Wochenendes damit, das Sonett zu schreiben, genauer gesagt, ich schrieb Verse auf und strich sie wieder aus, wenn der Versfuß nicht stimmte oder sie sich nicht reimten, und Rudy steuerte die Ideen bei. Es war das erste pornographische Gedicht, das ich je mitverfaßt habe; natürlich bemerkte ich nicht, wie pornographisch es war, bis Rudy mir alle Wortspiele und Zweideutigkeiten erklärte. Die letzte Zeile lautete: »Das Kommen des Frühlings in den Zweigen.« Das bedeutete: Der Frühling ejakulierte grüne Blätter über die Bäume, und die jungen Krokusse standen steif auf dem Rasen, weil sie stimuliert worden waren. Ich war schockiert. Ich war noch Jungfrau und nicht hundertprozentig sicher, wie Sex überhaupt funktionierte. Unvorstellbar, daß jemand dieses Thema in einem Gedicht verarbeiten konnte, einem Ort, den ich bisher stets tiefen Empfindungen und hehren Gefühlen vorbehalten hatte! Heute frage ich mich, inwieweit es sich bei Rudys Dreistigkeit um einen verkappten Flirt mit mir handelte, die ich doch so besessen war von Worten und ihrer Bedeutung. Ich weiß es nicht; wie gesagt, ich kannte noch nicht alle angewandten Taktiken. Aber ich lernte dazu.

Ich weiß noch: Das Ende jeder dieser Wochenendnächte war ein in die Länge gezogener Abschied. Es begann stets damit, daß ich feststellte, wie spät es war, Mitternacht, eins, halb zwei, und schließlich sagte: »Also, ich gehe jetzt ins Bett.« – »Ich auch«, pflegte Rudy mir dann beizupflichten, ohne sich jedoch von seinem Platz am Fußende meines Bettes zu rühren, das direkt neben dem Schreibtisch stand, an dem ich saß und schrieb. Es war ein winziges Wohnheimzimmer. Stand man auf, um den Schrank zu öffnen, mußte man erst den Schreibtisch beiseite schieben, wenn man nicht auf dem Bett landen wollte. »Ich auch.« Er setzte wieder sein ironisches Lächeln auf, bei dem ich mir immer so töricht vorkam. Schließlich stieß ich hervor: »Du mußt, Rudy.« Er sagte nicht ja und nicht nein, auch nicht, es tue ihm leid, so lange geblieben zu sein. Er sah mich nur mit diesem Schlafzimmerblick an und stand da, nicht als ginge er, sondern als käme er – im alten Sinn des Wortes und in dem neuen, den ich gerade erst gelernt hatte –, als käme er draußen aus der Kälte, um mit seiner Geliebten eine Nacht zu verbringen. Wir standen an der Tür. Dann beugte er sich über mich und küßte mich zum Abschied hinter das Ohr.

Bei einer unserer endlosen Abschiedsszenen an jenem Wochenende erfuhr ich auch, woher er seinen merkwürdigen, hochtrabenden Namen hatte. Er stammte von seinem dickschädeligen, alten Großvater aus Deutschland, den er nie kennengelernt, der seinem ungeborenen Enkelkind jedoch ein Vermögen hinterlassen hatte, unter der Bedingung, daß es den Namen des alten Mannes erhielte. »Und wenn du ein Mädchen geworden wärest?« fragte ich ihn.

»Dann hätte ich nicht soviel Spaß«, sagte Rudy. Inzwischen hatten sich seine Küsse von meinem Ohr auf meinen Nacken verlagert. Ich erschauderte, als er mir ein Halsband aus Küssen um den Hals legte, bevor er ging.

In unserer nächsten Seminarsitzung verstand niemand, worum es in meinem hochgeistigen Sonett ging, Rudys Elaborat dagegen löste wahre Beifallsstürme aus. Plötzlich schien mir die Welt nicht nur aus Englisch-Hauptfach-Studenten zu bestehen, sondern auch aus lauter Leuten, die viel mehr Erfahrung hatten als ich. Zum hundertstenmal verfluchte ich es, nicht aus den Staaten zu stammen. Wäre ich doch auch in Connecticut oder Virginia geboren! Dann verstünde ich auch die Witze, die alle über die letzten beiden Ziffern des Jahres 1969 machten, ich würde auch mit jemandem schlafen und Hasch rauchen, ich hätte auch sonnengebräunte Eltern, die mich in den Weihnachtsferien zum Skilaufen mit nach Colorado nähmen, und ich würde solche Sachen wie »kein Shit« sagen, ohne das Gefühl zu haben, damit bloß andere zu imitieren.

In diesem Frühjahr sahen Rudy und ich uns regelmäßig. Im Unterricht natürlich, aber daneben nahmen wir auch alle Mahlzeiten zusammen ein, und an den Wochenenden lud er mich zu Partys in den Aufenthaltsraum seines Wohnheims ein. Sein Wohnheim lag direkt neben meinem, die beiden Gebäude waren durch einen Kellerraum miteinander verbunden, in dem an den Wochenenden, unter den strengen Augen des Aufsichtspersonals, nette, brave Partys stattfanden. Die echten Partys fanden in den Wohnheimen der Studenten statt. Meist zogen die Jungs von einem Zimmer ins andere, rauchten ein bißchen Hasch und tranken Unmengen. Es gab Räume, in denen man sich hinlegen und LSD oder Mescalin nehmen konnte. Kerzen flackerten, Weihrauch wurde verbrannt in dem vergeblichen Versuch, den beißenden Marihuanageruch zu überdecken. Aus den Boxen brüllten die Beatles oder Bob Dylan oder The Mamas and the Papas. Für mich, deren bisherige Erfahrungen mit Verabredungen sich auf gemischte Klassentreffen und Jungenbesuche im Sprechzimmer der Schule beschränkt hatten, war dies eine dekadente Atmosphäre. Ich würde mit auf Rudys Zimmer gehen, aber ich würde nur ein paar Schlückchen aus dem Blechbecher trinken, den er mir anbot, und auf keinen Fall würde ich es riskieren, Drogen anzurühren. Ich hatte weniger Angst davor, was sie mit meinem Geist anstellen würden, als davor, was Rudy mit meinem Körper anstellen würde, während ich unter ihrem Einfluß stand.

Rudy wischte meine Ängste beiseite. Zum einen, sagte er, könne er ohne meine Zustimmung sowieso nichts tun. »Und was ist mit Vergewaltigung?« fragte ich denn, so naiv war ich auch wieder nicht. »Herr im Himmel«, sagte er kopfschüttelnd, als könne er einfach nicht fassen, was er sich mit mir eingebrockt hatte. »Ich werde dich schon nicht ficken, wenn du nicht willst!« Ich war verletzt. Noch nie hatte jemand so mit mir gesprochen. Hätte mein Vater gehört, wie ein Mann vor einer seiner Töchter solche obszönen Wörter benutzte, er hätte ihn nach draußen gebeten und meine Ehre verteidigt. Allerdings wäre die Mühe für mich groß gewesen, ihm zu erklären, was ich an einem Samstagabend um Mitternacht in einem Studentenwohnheim zu suchen hatte, eine Zigarette in der einen, einen Blechbecher mit billigem Wein in der anderen Hand.

Nachdem wir eine Zeitlang mit anderen Jungen und ihren jeweiligen Mädchen in den Zimmern seiner Kumpane zusammengesessen hatten, zogen wir uns auf Rudys Zimmer zurück. Sein Bett bestand aus einer Matratze auf dem Fußboden. Die amerikanische Flagge war als Tagesdecke darübergebreitet, was ich als höchst despektierlich empfand, obwohl ich doch gar keine Amerikanerin war. Wir krochen darunter, umarmten und küßten uns, und Rudys Hand glitt suchend unter meine Bluse. Wenn sie jedoch weiter nach unten wanderte, machte ich mich von ihm los. »Nein«, sagte ich, »nicht.« – »Warum nicht?« fragte er herausfordernd, ironisch, verführerisch oder wütend, je nachdem, wieviel er getrunken oder gehascht hatte. Meine Antworten variierten, je nachdem, welche Komplexe ich gerade hatte, so bezeichnete Rudy meine Weigerungen nämlich: als Komplexe. Meine größte Angst war, schwanger zu werden. »Vom Knutschen?« fragte Rudy sarkastisch. »*Ay*, Rudy,« sagte ich bittend, »drück es nicht so aus.«

»Was soll das heißen, *drück es nicht so aus?* Man muß das Kind beim Namen nennen. Wir sind hier nicht in einem Poesie-Seminar, verdammt noch mal.«

Hätte Rudy sich auch nur ein bißchen mehr so verhalten, als wäre auch die Liebeskunst eine Art von Unterricht, vielleicht wäre er dann schneller an sein ersehntes Ziel gekommen. Aber dieser Bursche hatte im Bett kein Gefühl für romantische Worte. Sein Vokabular nahm mir jede Lust, selbst als ich mir die Lust eingestehen mußte, die mein Körper empfand. Hätte Rudy gesagt: *Geliebtes Wesen, leg dich nieder auf mein großes, weiches Bett und laß mich deinen teuren, wunderbaren Körper berühren,* vielleicht wäre ich dann geneigt gewesen, mit ihm zu schlafen. Aber bei meinem ersten Zusammensein mit einem Mann wollte ich nicht in die Falle gezerrt, gebumst, gevögelt, aufs Kreuz gelegt und gefickt werden.

Am Anfang hatte Rudy eine Engelsgeduld mit mir. Da er mir so viele Andeutungen in seinem Sonett erklären mußte, war ihm wohl aufgegangen, ich wußte nicht einen Scheißdreck, wie er es ausdrückte. Für mich war Scheide, Gebärmutterhals, Eierstock alles dasselbe. Mit Hilfe graphischer Darstellungen machte er mich mit meiner Anatomie vertraut; er zeichnete das kleine Ei auf seinem Weg durch den Eierstock bis in die klebrige Tasche der Gebärmutter. Er berechnete, wann ich das letzte Mal meine Periode gehabt und wann in etwa der Eisprung stattgefunden hatte und ob eine ganz bestimmte Nacht des Monats als sicher gelten konnte. »Du wirst nicht schwanger« – all seine Lektionen endeten mit derselben Feststellung. Aber noch immer wollte ich nicht mit ihm schlafen.

»Warum? Was ist los mit dir, bist du frigide, oder was?«

Das war eine neue Sorge. Gerade hatte ich die Furcht überwunden, aufgrund zu enger Umarmungen schwanger zu werden oder vielleicht im entscheidenden Moment zu sterben, nun machte ich mir Gedanken, ob durch meine Erziehung eventuell lebenswichtige Nerven unterbrochen worden waren. »Ich glaube, es wäre jetzt noch nicht richtig«, sagte ich.

»Lieber Himmel, wir gehen doch schon einen Monat zusammen«, sagte Rudy. »Wann wird es denn richtig sein?«

»Bald«, versprach ich, als wäre ich mir sicher.

Aber bald war nicht früh genug. Ich blieb über Nacht – soweit waren wir gediehen. Frühmorgens wachte ich auf und wagte nicht, mich zu rühren aus Angst, Rudy könne in verliebter Stimmung aufwachen, was eine morgendliche Diskussion heraufbeschwören würde, warum eigentlich nicht jetzt. Mein Blick durchforschte das Zimmer, das ebenso klein war wie meines. Neben dem Bett erkannte ich den Block mit den Eierstock-Skizzen. Ich befühlte meinen Bauch, um mich zu vergewissern, ob ich noch intakt war. An der Backsteinwand gegenüber dem Bett hatte Rudy ein schwarzes Brett angebracht. Daran hingen Siegesfähnchen seiner Skimannschaften und Fotos von seiner Familie, alle Familienmitglieder in einer Reihe auf Skiern in den Bergen. Meine eigenen altmodischen Eltern dagegen brachten mich an den Besuchswochenenden immer noch in Verlegenheit. Mein Vater mit seinem dicken Schnurrbart, dem Anzug mit Weste und seinem Filzhut, meine Mutter in einer ihrer Aufmachungen, die sie sich speziell für die Schulbesuche zulegte. Alles war übertrieben aufeinander abgestimmt, die Lederhandtasche und die Pumps, teure Markenartikel, die zu Hause sofort in Plastiküten aus dem Kaufhaus verpackt und wieder im Schrank verstaut wurden. Ich bestaunte seine jugendlichen Eltern. Kein Wunder, wenn Rudy keine Komplexe hatte und seine Pubertätsakne keinerlei Selbstzweifel bei ihm verursacht und sein Name ihn nicht verunsichert hatte. Seine Eltern ermutigten ihn, Erfahrungen mit Mädchen zu machen, aber vorsichtig zu sein. Er hatte ihnen erzählt, daß er sich mit »einem spanischen Mädchen« treffe und berichtete, sie hätten gesagt, wie interessant es für ihn sein müsse, Menschen anderer Kulturen kennenzulernen. Es ärgerte mich, als Geographieunterricht für den Sohn betrachtet zu werden. Aber damals war mein Wortschatz noch zu klein; nicht einmal mir selbst hätte ich erklären können, was genau an ihrer Bemerkung mich störte.

Ich begegnete ihnen nur ein einziges Mal, vor den Frühjahrsferien und ironischerweise genau in dem Moment, als meine Beziehung mit Rudy endete. In der Nacht vor Ferienbeginn hatten Rudy und ich im Bett wieder eine unserer endlosen Auseinandersetzungen. Rudy drehte das Licht an und setzte sich im Bett auf, den Rücken an die Wand gelehnt. Er war nackt – ich trug mein altes, langärmliges Flanellnachthemd, das Rudy als *Nonnengewand* bezeichnete. Mond und Straßenlaternen erhellten das Zimmer, und im Spiel von Licht und Schatten sah sein Körper sehr schön aus. Ich sehnte mich nach ihm, aber ich sehnte mich nach so viel mehr als nach diesem Körper, und instinktiv mußte ich gespürt haben, Rudy könnte mir all dies niemals geben. Er sagte, er sei völlig fertig vor Frustration. Ich sei grausam. Ich verstünde nicht, daß es, anders als bei Mädchen, für Jungen körperlich schmerzhaft sei, wenn sie keinen Sex hätten. Er hielte es für an der Zeit, Schluß zu machen. Ich weinte und verteidigte mich: Ich wollte nur das Gefühl haben, es sei ernst zwischen uns, ehe wir zusammen ins Bett gingen. »Ernst!« Er zog eine Grimasse. »Und was ist mit Spaß? Spaß, verstehst du?« Was hatte das mit dem Zerreißen des Schleiers, diesem unwiderruflichen Akt zu tun, fragte ich mich. »Soll das etwa heißen, du weißt nicht, daß Sex Spaß macht?« Rudy sah mich an, als sei er endlich zum Kern des Problems vorgedrungen. »Natürlich«, log ich. »Es macht Spaß, wenn alles stimmt.« Aber er schüttelte den Kopf. Er hatte mich durchschaut. »Ich dachte, du wärest heißblütig, weil du doch Spanierin bist und so, und trotz des ganzen katholischen Scheißkrams im Grunde frei wärst und nicht so verklemmt wie diese Puppen von den Schülertanztees. Aber weiß der Himmel, du bist ja schlimmer als eine Scheißpuritanerin.« Ich war getroffen bis ins

Mark. Ich stand auf, zog meinen Mantel über das Nachthemd, schnappte meine Kleider und verließ das Zimmer, halb in der Hoffnung, er käme hinter mir her und würde mir sagen, er liebe mich wirklich und ließe mir Zeit, falls das nötig sei.

Aber er kam nicht in mein Zimmer und in mein Bett geschlüpft, um mich in die Arme zu nehmen und die Gespenster der öden, endlosen Nacht zu vertreiben. Ich machte kaum ein Auge zu. Ich begann zu ahnen, welch ein kaltes, einsames Leben mich in diesem Land erwartete. Niemals würde ich jemanden finden, der diese besondere Mischung verstehen würde, aus der sich mein Wesen zusammensetzte: Katholizismus und Agnostizismus, spanische und amerikanische Elemente. Wäre ich mit Stofftieren groß geworden, hätte ich meinen Teddy, Stoffhund oder Plüschhasen an mich gedrückt und die ganze Nacht salzige Tränen in sein abgewetztes Fell geweint. So aber tat ich etwas, das ich selbst als abtrünnige Katholikin immer noch am Vorabend vor Examina machte, um das Glück zu beschwören. Ich zog meine Schublade auf, nahm das Kruzifix heraus, das ich unter meinen Kleidern versteckt hatte und legte es über Nacht unter mein Kopfkissen. Dieses große Kruzifix war meine »besondere Sicherheitsvorkehrung«. Ich hatte es jahrelang mit ins Bett genommen, nachdem wir in dieses Land gekommen waren. Ich hatte so viele Nächte damit verbracht, daß der Klebstoff schließlich nicht mehr hielt und ich Jesus mit einem Gummiband an seinem Kreuz befestigen mußte.

Am nächsten Tag kam Rudy nicht. Ich traf ihn zufällig, als er mit seinen Eltern abfuhr und ich aus dem Wohnheim kam, um in das Taxi zu steigen, das mich zum Bus nach New York zu meinen Eltern bringen sollte. Ich war unausgeschlafen und verheult und sah Rudy nicht an, als ich seinen Blick auf mir ruhen fühlte. Seine Eltern bestritten den größten Teil der Unterhaltung. Sie sprachen betont langsam mit mir, als würde ich die Einheimischen nicht verstehen, machten mir Komplimente wegen meines »akzentfreien« Englisch und bemerkten, meine Eltern wären doch sicher sehr stolz auf mich. Als wir uns verabschiedeten, warf ich Rudy einen schnellen Blick zu, und obwohl ich schon draußen in der Kälte stand, befand er sich noch immer im Schlafzimmer und hatte den entsprechenden Ausdruck in den Augen.

Nach den Ferien sah ich Rudy nicht mehr oft. Er saß im Unterricht nicht länger neben mir. Seine Gedichte für das Seminar wurden unerklärlich aufrichtig und zärtlich, ausgesprochene Liebesgedichte. Versuchte er auf diese Weise auszudrücken, daß er sich wirklich in mich verliebt hatte? Warum besuchte er mich dann nicht mehr auf meinem Zimmer? Ich fing an, mir Entschuldigungen für ihn auszudenken. Er war dagewesen, aber ich gerade nicht zu Hause, und er hatte sich nicht getraut, eine Nachricht zu hinterlassen. Er war zu schüchtern, sich im Seminar neben mich zu setzen. Nicht getraut, schüchtern! Rudolf Brodermann Elmenhurst der Dritte! Wie wir uns selbst belügen, wenn wir uns in den falschen Mann verliebt haben.

Natürlich hätte ich ihn zur Rede stellen und ihm sagen können, wie es um mich stand. Wieviel Angst ich davor hatte, mit einem Mann zu schlafen, der dies *jemanden flachlegen* nannte. Ich war jedoch immer noch der Ansicht, es sei allein Sache des Jungen, einem Mädchen den Hof zu machen und hinter ihr herzulaufen. Ich hielt mich zurück, ich wartete, ich träumte und machte mir selbst etwas vor. Die Kopien meiner Gedichte, die Rudy mir zurückgab, enthielten kurze, nichtssagende Anmerkungen, die ich wieder und wieder las, weil ich versteckte Zweideutigkeiten dahinter vermutete. »Gut«, oder: »Diese Zeile verstehe ich nicht« oder: »Treffende Darstellung«. Die Kopien seiner Gedichte gab ich ihm mit vielen schmeichelhaften Kommentaren versehen zurück. Ich wurde immer mehr zur Einsiedlerin, da ich unsere alten Lieblingsplätze mied, aus Furcht, ihm in die Arme zu laufen. Aber wir begegneten uns nur selten, und wenn es sich ergab, sah er mich immer mit seinem kühlen, ironischen Lächeln an und begrüßte mich mit einem lässigen »Wie geht's?« Ich dagegen war so von meinen Gefühlen für ihn erfüllt, daß ich so tat, als hätte ich ihn nicht gesehen.

Der Frühjahrsball nahte. Ich weiß nicht, wieso ich immer noch dachte, Rudy ginge mit mir hin. Es war das herausragende romantische Ereignis des Jahres auf dem Campus, und in meiner Phantasie erschien es mir als ideale Gelegenheit für unsere Versöhnung. Ich malte mir in Gedanken alles aus. Wir würden den ganzen Abend tanzen. Wir würden reden und einander gestehen, wie sehr wir uns vermißt hatten. Ich würde wieder mit auf sein Zimmer gehen. Wir würden miteinander schlafen – mein erstes Mal – und dann, als wären es die verschiedenen Stellungen, von denen Rudy mir erzählt hatte, würden wir bumsen und ficken und vögeln und pimpern – alles Synonyme, die Rudy mit Vorliebe benutzte, wenn es um Sex ging.

In Wirklichkeit kam der Tag und dann der Abend, und ich gab die Hoffnung noch immer nicht auf. Der Tanz fand in der Halle zwischen den beiden Wohnheimen statt, und als ich hörte, wie die Band anfing zu spielen, ging ich hinunter zu einem Treppenabsatz, von dem aus ich die Gäste unbemerkt beobachten konnte. Es war eine bunt gemischte Gruppe: die konservativen Verbindungsstudenten im Smoking und ihre Mädchen in modischen Ballkleidern, die neuen Hippies in indischen Hemden, Jeans, Turnschuhen und, vermutlich als Gag, mit einer Fliege, die absolut nicht dazu paßte. Ich sah die Gestalten gespenstisch umhertanzen, die Lichter aufflammen, die Band spielen. Alle schienen in einen Rhythmus versunken, von dem ich mich ausgeschlossen fühlte. Dann sah ich Rudy hereinkommen, in der Hand ein Glas, das zweifellos etwas enthielt, das mit Alkohol oder LSD angereichert war. Mein Herz hätte bei seinem Anblick bestimmt einen Sprung getan, hätte ich nicht fast gleichzeitig mit seiner vertrauten Gestalt eine zweite Person entdeckt, die sich an ihn schmiegte. Ich konnte kaum erkennen, wie sie aussah, wer sie war, aber die Art und Weise, wie sie einander festhielten, ihre Körper aneinanderdrückten, verriet mir erstens, sie war die Angebetete seiner Gedichte und zweitens, sie war auch im Bett seine Geliebte. Und das nur ein paar Wochen, nachdem er mit mir Schluß gemacht hatte! Ich war am Boden zerstört. Zum zweitenmal während unserer Freundschaft floh ich die Treppe hinab und schlug so gewissermaßen einen abschließenden Bogen zu unserer ersten Begegnung, die mit meiner Flucht aus dem Seminarraum geendet hatte.

Aber die Geschichte ging noch weiter, wie alle wahren Geschichten. Rund fünf Jahre später besuchte ich im Norden des Staates New York die Universität. Ich war Dichterin und führte ein Künstlerleben mit allem Drum und Dran. Ich hatte ein paar Liebhaber gehabt. Ich kannte mich mit Empfängnisverhütung aus. Ich glaubte, das Seele-Sünde-Problem gelöst zu haben, indem ich mich von dem strenggläubigen Katholizismus meines Elternhauses freigemacht und meine unsterbliche Seele gegen eine schwermütige Seele eingetauscht hatte. Ich war aufgekratzt und deprimiert, wie es einem eben ging, wenn man zuviel Carlos Castaneda, Rilke und Robert Bly las und mit einem Typen zusammen LSD schluckte, der behauptete, mein kosmisches Pendant aus einem vergangenen Leben zu sein. Eines Abends erhielt ich einen Anruf von Rudy. Seine Eltern wohnten gerade um die Ecke, und er habe im Ehemaligen-Blatt gelesen, daß ich an der benachbarten Universität studiere. Ob er bei mir vorbeikommen dürfe? Sicher, sagte ich. Wann? Heute abend, sagte er. Es war bereits halb zehn. Immer noch dieselben alten Tricks. Aber die Hartnäckigkeit des Burschen beeindruckte mich. Gut, sagte ich, dann komm.

Er kam. Er brachte eine teure Flasche Wein mit. An der Tür umarmte ich ihn freundschaftlich, aber er wollte mich nicht mehr loslassen. Ich wurde nervös und redete zuviel. Seine schlechten Manieren förderten immer das muntere, brave Mädchen in mir zutage. Ich plazierte ihn in meinen einzigen Sessel und begann, ihn über die letzten fünf Jahre seit seinem Examen auszufragen. Er seufzte viel, streckte die Beine aus und ließ seine Gelenke knacken.

**115**

Schließlich fiel er mir ins Wort und sagte: »Jesus Christus, ich habe fünf Jahre gewartet, und du siehst ganz so aus, als hättest du all deine Komplexe abgelegt. Laß uns doch vögeln.« Ich warf ihn hinaus. Es kränkte mich immer noch, daß er nichts anderes im Sinn hatte, als sein Ziel zu erreichen und mit mir zu bumsen. Katholisch oder nicht, ich hielt es noch immer für eine Sünde, wenn ein Mann nach fünf Jahren mit einer teuren Flasche Wein hereinschneite und erwartete, man fresse ihm aus der Hand. Ein Mann, der mir den Laufpaß gegeben hatte und für die peinigenden Selbstzweifel meines sexuellen Erwachens verantwortlich war. Als ich ihn ins Auto steigen und wegfahren sah, verspürte ich einen Moment lang einen Anflug meiner alten Selbstzweifel.

Die Flasche Wein hatte er auf der Anrichte stehenlassen. Ich besaß einen jener billigen Studenten-Korkenzieher, die nichts taugten. Damals kauften wir Riesenflaschen französischen Rotweins mit Plastikkappen oder Schraubverschluß. Ich drehte den Korkenzieher hinein, soweit es ging. Ich stellte mich nicht sehr geschickt an. Jedesmal, wenn ich ihn mit einem Ruck herauszog, kamen mir eine Menge Korkstückchen entgegen, aber der Stopfen blieb im Flaschenhals. Schließlich trieb ich den Korkenzieher so weit hinein, daß ich durch das Glas am Ende des Korkens die Spitze der Spirale sehen konnte. Ich klemmte die Flasche zwischen die Beine und zog heftig, wobei ich nicht nur die Korkkrümel herausriß, sondern mich auch mit dem kostbaren Bordeaux bespritzte. »Scheiße«, dachte ich, »das geht nicht mehr raus.« Ich hielt die Flasche an den Mund und nahm einen tiefen, gierigen Schluck, als wäre ich eine dekadente, ungezügelte Frau, die soeben einen unzulänglichen Liebhaber vor die Tür gesetzt hatte.

**II**

▼▲▼▲▮▮▮▼▲▼▲▼▲▼▲▼▲▼▲▼▲▼▲▼▲▼▲▼▲▼▲▼▲▼▲▼▲▼▲▼▲▼▲

# 1970 – 1960

# Eine echte Revolution

▼▲▼▲ ❙❙❙ ▼▲▼▲▼▲▼▲▼▲▼▲▼▲▼▲▼▲▼▲▼▲▼▲▼▲▼▲▼▲▼▲

*Carla, Sandi, Yoyo, Fifi*

Seit drei, beinahe vier Jahren lebten Mami und Papi von der Sozialhilfe, und wir vier warteten ungeduldig darauf, in unsere Heimat zurückkehren zu können. Dann fuhr Papi probeweise zu einem Besuch hin, und eine Revolution brach aus, zwar nur eine kleine, aber immerhin.

Er kam nach New York zurück, lernte den Untertaneneid auswendig und sagte: »Ich gebe es auf, Mami! Es besteht keine Hoffnung mehr für die Insel. Ich werde *un dominican-york*.« Also hob Papi seine rechte Hand und schwor, die Verfassung der Vereinigten Staaten zu verteidigen, und wir mußten hierbleiben.

Man kann sich vorstellen, wie bekümmert und geknickt wir Schwestern waren, wie wir quengelten, nach Hause zu dürfen. Wir hatten nicht den Eindruck, das Beste zu bekommen, was die Vereinigten Staaten zu bieten hatten. Alles, was wir besaßen, war secondhand, gemietete Häuser in den Vierteln einfacher Katholiken aus dem Süden, Kleider, die schon die Runde gemacht hatten, ein Schwarzweißfernseher mit verzerrtem Bild. In diesen kleinen Vorstadthäusern, in denen man zusammengepfercht lebte, herrschten genauso strenge Regeln wie auf der Insel, nur gab es keine Insel, um einen darüber hinwegzutrösten. Dann ereigneten sich ein paar entscheidende Dinge. Carla wurde von einem Exhibitio-

nisten angesprochen. In der Schule rief man uns Schimpfworte wie
»Spic« oder »Fettklößchen« nach. Eine Freundin von Sandi stiftete
sie an, einen Tampon auszuprobieren, und Mami kam dahinter. Das
reichte. Unverzüglich ließ sie sich Material von mehreren Schulen
kommen – reinen Mädchenschulen natürlich –, wo wir mit der
»richtigen Sorte« von Amerikanern verkehren würden.

Schließlich landeten wir auf derselben Schule wie die Creme
des amerikanischen Nachwuchses, die Hoover-Tochter, die Ha-
nes-Zwillinge, die Scott-Mädchen und die Kleine von Reese, die
alle einmal pro Woche sagenhafte Päckchen erhielten. Natürlich
war man nicht so taktlos zu fragen: »Sag mal, bist du mit dem
Staubsaugerfritzen verwandt?« (Das konnte man schon an der
hochnäsigen Art Madeline Hoovers erkennen.) Jedenfalls trafen
wir wirklich die »richtige Sorte« Amerikaner, nur verkehrten sie
nicht unbedingt mit uns.

Wir genossen einen besonderen Ruf, der weitgehend auf den
Vermutungen der reichen Mädchen und unserem Schweigen
basierte. García de la Torre sagte ihnen nichts, aber diese Schönheiten mit den bekannten Firmennamen setzten einfach voraus,
wir seien stinkreich und mit irgendeinem Diktator verwandt, wie
alle Studenten aus der Dritten Welt, die ein Internat besuchten.
Unsere Privilegien umgab ein Hauch von Unglück und Geheimnis, ihre dagegen drückten sich gut sichtbar in Strumpfhosenpak-
kungen, Bonbontüten, Staubsaugerbeuteln und Kleenexschachteln
aus.

Aber mochten wir auch wie Fische auf dem Trockenen sein,
einen Ausweg aus unserem Dilemma hatten wir doch entdeckt,
einen Silberstreifen am Horizont, wie Mami es ausdrücken würde.
Bis zu unserer Schule in Boston war es eine lange Bahnfahrt, und
in diesem Zug gab es auch Jungen. Wir lernten Mamis Unterschrift
zu fälschen und fuhren an den Wochenenden überallhin, zu
Tanzveranstaltungen, Fußballspielen und Schneeskulpturkursen.
Wir konnten küssen und wurden nicht schwanger. Wir konnten

rauchen, und keine Großtante würde es riechen und uns ausschimpfen. Wir fanden allmählich Geschmack am amerikanischen Teenagerleben, und bald war die Insel ein alter Hut. Die Insel, das waren die Frauen mit den steifen Frisuren und den lackierten Fingernägeln, ständige Überwachung, die altmodischen Jungen mit ihrem Machogehabe, den offenen Hemden, den Goldkettchen und winzigen goldenen Kruzifixen auf der behaarten Brust. Es waren noch keine zwei Jahre seit unserem Abschied von der Heimat vergangen, und wir hatten uns schon *mehr* als angepaßt.

Und natürlich bekamen Mami und Papi nun furchtbare Angst, sie könnten ihre Töchter an Amerika verlieren. Die Situation auf der Insel hatte sich beruhigt, und Papi verdiente allmählich wirklich gut in seiner Praxis in der Bronx. Der nächste Schritt war vorauszusehen: Wir vier Mädchen würden den Sommer über auf die Insel geschickt, um nicht den Kontakt mit *la familia* zu verlieren. Dahinter steckte das Motiv, uns mit einem Jungen von dort zu verheiraten, denn das wußte mittlerweile jeder, wenn ein Mädchen erst einmal einen Amerikaner heiratete, dann plapperten die Enkelkinder nur noch Englisch und hielten die Insel für einen Ort, an dem man sich höchstens seine Sonnenbräune holte.

Der Plan für den Sommer stieß jedes Jahr bei uns vieren auf Widerstand. Gegen ein paar Wochen hatten wir nichts einzuwenden, aber den *ganzen* Sommer? »Habt ihr etwas Besseres zu tun?« fragte Mami. Und ob und *ob* wir hätten, wenn sie und Papi uns nur gelassen hätten. Aber Arbeiten kam nicht in Frage. (Ein Chef, der ein junges Mädchen einstellte, wollte nur eines. Selbst wenn er Hoover hieß.) Sommerzeit war Familienzeit. Oberschicht- und Großfamilienzeit, die ganze Insel eine einzige Familie, hier ein Cousin, dort ein Cousin, wohin wir auch kamen, gab es einen Cousin, der uns küßte.

Wenn den Winter über eine von uns aus der Reihe tanzte, kamen Mami und Papi mit der alten Drohung: »Vielleicht wäre es das Beste, dich eine Weile nach Hause zu schicken, damit du wieder lernst, was sich gehört.« Dann gehorchten wir schleunigst oder taten jedenfalls so. Manchmal verstärkten die Eltern ihre Drohung noch. Nicht nur die böse Tochter würde auf die Insel verfrachtet, sondern *alle vier Mädchen*.

Während die drei Ältesten auf dem College waren – natürlich fingen wir alle auf demselben reinen Mädchencollege an –, hatten wir uns ein ebenso raffiniertes und kompliziertes Geheimsystem ausgedacht wie Papi, als er und seine Freunde ihre Verschwörung gegen den Diktator geplant hatten. Die Eltern hatten die Gewohnheit, uns am Freitag- oder Samstagabend gegen zehn anzurufen, unmittelbar bevor die Telefonzentrale abschaltete. Abwechselnd schoben wir Dienst, um diese Anrufe abzufangen. Aber Mami und Papi schienen etwas zu ahnen. *Immer* galt ihr erster Anruf der Tochter, die gerade nicht da war, dann verlangten sie eine andere, die jedoch auch nicht zu sprechen war. Die dritte, diensttuende Tochter erhielt den dritten Anruf und mußte dann immer als erstes die Frage beantworten: »Wo sind deine Schwestern?« In der Bibliothek, hieß es dann oder im Zimmer von Soundso wegen der Mathematikaufgaben. Das meiste verheimlichten wir vor den alten Leuten, aber mitunter kamen sie uns doch auf die Schliche, und dann mußte jede von uns schon mal ein strafendes Gewitter über sich ergehen lassen.

Fifi, weil sie im Badezimmer geraucht hatte. Sie drehte immer die Dusche an, als wäre Rauchen eine geräuschvolle Beschäftigung, deren Getöse man übertönen mußte.

Carla, weil sie mit Enthaarungscreme experimentiert hatte. Mami jagte ihr einen Schrecken ein, indem sie sagte, wenn man damit erst einmal begonnen habe, könne man nicht mehr aufhören – die Haare würden jedesmal dichter und scheußlicher nachwachsen. Es klang, als ginge es um Alkohol oder Drogen.

Yoyo, weil sie ein Buch mit nach Hause brachte, das den Titel trug *Unser Körper, unser Selbst*. Mami konnte nicht so genau sagen, was sie an dem Buch störte. Ich meine, es kamen keine Männer drin vor. Die Fotos zeigten ausnahmslos Frauen und ihre Körper, also konnte es eigentlich nicht um das gehen, was sie bisher unter Sex verstanden hatte. Aber es waren Frauen darin, die genau untersuchten, »was es mit ihrem Körper auf sich hatte«, und ein ganzes Kapitel über Lesbierinnen. Sachen, sagte Mami, während sie sich die Bilder genau ansah, für die man sich schämen müßte.

Sandi, als eine Tante und ein Onkel, die sich auf einer Besichtigungstour befanden, ganz überraschend früh am Sonntagmorgen einen Besuch im College machten, weil sie noch nicht von ihrem samstäglichen Tutorenkurs in Mathematik zurück war.

Es war eine regelrechte Revolution: Fortwährend gab es kleine Kämpfe. Bis zu dem Moment, in dem wir aufs Ganze gingen und den Sieg davontrugen, und unsere Sommer – wenn nicht sogar unsere Leben – uns gehörten.

Der letzte Sommer, in dem wir nach Hause geschickt wurden, begann wie alle anderen. Am Abend vor der Reise blieben wir Schwestern lange auf und schwatzten beim Packen. Sandi führte ein Ferngespräch mit ihrem Freund und flüsterte, während sie uns den Rücken zukehrte, Dinge wie: »Ich dich auch.« Wir kamen immer mehr in Schwung und imitierten Tanten, Onkel, Cousins und Cousinen, die wir am nächsten Tag sehen würden. Vielleicht war dies der Versuch, mit Leuten abzurechnen, die den ganzen Sommer über unser Leben bestimmen würden. Wir machten Wortspiele mit ihren Namen, übersetzten sie wörtlich, damit sie sich lächerlich anhörten. Tía Concha wurde zu Tante Muschel und Tía Asunción zu Tante Himmelfahrt. Tío Mundo war nun Onkel Welt und Paloma, das Vorbild unter unseren Cousinen, wurde zur Taube, und aus Bosheit gaben wir ihr noch den treffenden Beinamen »die Gehorsame«.

Gegen Mitternacht rauschte Mami den Flur entlang in unsere Schlafzimmer, in ausgefransten Pantoffeln, Söckchen und mit einer Frisierhaube auf dem Kopf. »Genug für heute, Mädels«, sagte sie.

»Morgen ist auch noch ein Tag. Ihr braucht euren Schönheitsschlaf.«

Wir schauten mißmutig, um noch einmal zu unterstreichen, daß wir die Reise nicht freiwillig unternahmen.

Dann hielt sie uns zur Aufmunterung einen kleinen Vortrag über die Bedeutung familiärer Wurzeln. Schließlich ging sie zurück ins Bett und schlief ein – das dachten wir jedenfalls. Wir dämpften unsere Lautstärke, blieben jedoch auf und schwatzten weiter.

Fifi hielt ein Briefchen in die Höhe, in dem sich eine kleine Menge grünlichbraunen Shits befand. »Okay, Abstimmung«, sagte sie. »Soll ich es mitnehmen oder nicht?«

»Laß es hier«, sagte Carla. Ihr Nachtgewand war das Gegenstück zu dem von Mama: tatsächlich sah Carla in ihrem properen Baumwollnachthemd richtig feingemacht aus. Ein gelbes Band hielt die Haare aus ihrem Gesicht zurück. »Wenn wir am Zoll erwischt werden, kriegen wir eine ganze Menge Ärger. Und denkt dran, jetzt wo Onkel Welt in der Regierung sitzt, würde es in allen Zeitungen stehen.«

»Mensch, bist du zimperlich, Carla«, spottete Sandi. »Zunächst einmal müssen wir gar nicht durch den Zoll, jetzt wo Onkel ein VIP ist. Die Sicherheitsbeamten werden uns rasch durchwinken, die Fräulein García de la Torre.« Sie vollführte eine schwungvolle Geste mit der Hand, als würde sie uns an König Arturs Hof einführen.

»Du könntest es mit dem Bindentrick versuchen«, schlug Yoyo vor, die dachte, es sei ganz nett, ein bißchen Hasch zu rauchen, wenn es auf der Insel allzu langweilig würde. Wenn du etwas verstecken willst, mußt du immer eine Schicht Binden obendrauf legen, hatten ihr die Cousinen einmal geraten, dann würden sich die Beamten scheuen, genau nachzusehen.

»Wer nimmt denn heute noch Binden?« fragte Fifi. »Ob es wohl auch mit Tampons klappt?«

»Diese Burschen wüßten vermutlich gar nicht, was das ist.« Sandi nahm einen Tampon aus der Schachtel, die sie gerade einpacken wollte. Sie ahmte einen Zollbeamten bei der Durchsuchung nach, riß die Papierhülle auf und versuchte, das eine Ende abzubeißen, wie unsere Onkels die Enden ihrer Zigarren.

Wir brachen in lautes Gelächter aus, was wir uns verkniffen hatten, seit Mami gegangen war. Gleich darauf hörten wir Schritte im Flur. Im letzten Moment, bevor die Tür aufgerissen wurde, warf Fifi das Briefchen mit dem Hasch, das sie noch immer in der Hand hielt, hinter einen Schreibtisch, wo es in der Eile vergessen wurde, als wir am nächsten Morgen vor dem Abflug die letzten Sachen zusammenpackten.

Wir waren noch keine drei Wochen auf der Insel, als Mami anrief. Tía Carmen kam eigens zum Swimmingpool herüber, um uns mitzuteilen, unsere Mutter sei auf dem Weg von New York hierher und beabsichtige, ein *ernstes* Gespräch mit uns zu führen. Ja, gab Tía zu, es sei etwas nicht in Ordnung, aber sie habe unserer Mutter versprochen, nicht zu sagen was. Tía war überaus religiös, und es war uns klar, daß wir nichts aus ihr herausbringen würden, wenn sie ihr Wort gegeben hatte. Als Trost empfahl sie uns, »unser Gewissen zu prüfen«.

Bis spät in die Nacht gingen wir mit unseren Cousinen die Sünden durch, die wir in letzter Zeit begangen hatten.

»Das einzige, was ich mir denken kann«, sagte Yoyo, »ist, daß sie unsere Post geöffnet haben.«

»Oder vielleicht sind unsere Zeugnisse gekommen?« machte Fifi einen Versuch.

»Oder die Telefonrechnung«, ergänzte Sandi. Ihr Freund wohnte in Palo Alto.

»Ich finde es wirklich unfair, uns so zappeln zu lassen.« Carlas Kopf war gespickt mit Clips und Haarklammern, als wäre sie für ein Experiment mit Drähten versehen worden. Ihre Haare kräuselten sich auf der Insel; also bügelte sie sie jeden Abend und wickelte sie dann um den Kopf, den sie dabei als eine Art Walze benutzte.

»Prüft euer Gewissen«, sagte Sandi mit angsteinflößender Stimme.

»Hab' ich, hab' ich«, witzelte Fifi, »und die Schwierigkeit liegt nicht etwa darin, daß mir nichts einfiele, was mich beunruhigt, sondern daß mir soviel einfällt. Den Rest des Abends verbrachten wir damit, unseren kichernden, wohlbehüteten Cousinen die Schandtaten aufzuzählen, die wir in der Heimat der Unerschrockenen und dem Land der Freiheit begangen hatten.

An jenes fast leere Briefchen Hasch hinter dem Schreibtisch hätten wir nie im Traum gedacht. Mami hatte ein Mädchen von der Insel, das bei uns in Amerika lebte. Dieses Mädchen, Primitiva, hatte das Versteck entdeckt. Primi benutzte selbst Tütchen, wenn sie in Ausübung ihrer laienhaften *santería* Pülverchen mischte und Getränke zusammenbraute, um einen bestimmten Schmerz oder eine Rivalin zu vertreiben. Warum jedoch die Mädchen ein Tütchen Oregano in ihrem Zimmer aufbewahrten, war *un misterio*, das zu lösen sie ihrer Herrin überließ.

Wie wir später aus Primis Bericht schlossen, war Mamis erste Reaktion Ärger darüber, daß wir ihrem Verbot zuwidergehandelt und im Schlafzimmer gegessen hatten. (Fiel Oregano in die Kategorie Eßwaren?) Aber als sie das Briefchen öffnete, schnupperte, den Finger hineinstippte, eine Prise kostete und Primitiva auf ihr Geheiß dasselbe tat, blieb beiden die Spucke weg. Das gefürchtete illegale Marihuana, von dem man in letzter Zeit so viel in den Nachrichten hörte! Mami war sich ihrer Sache sicher. Sie war krankhaft darum besorgt gewesen, unsere Jungfräulichkeit zu schützen, da wir nun einmal in diesem Land der wüsten, hemmungslosen Amerikaner in die Pubertät kommen würden, und nun hatte sich das Laster durch eine unbewachte Hintertür eingeschlichen.

Sofort setzte sie sich mit Tío Pedro in Verbindung, einem

Psychiater und Nennonkel, der eine Praxis in Jackson Heights besaß. Tío Pedro wurde immer dann konsultiert, wenn eine von uns Töchtern Probleme hatte. Er identifizierte den Oregano einwandfrei als Haschisch und brachte Mami dazu, sich auszumalen, was wir wohl sonst noch alles anstellten. Bis sie achtundvierzig Stunden, nachdem sie das Briefchen entdeckt hatte, auf der Insel ankam, waren wir bereits alle süchtige, gefallene Frauen mit verheirateten Liebhabern und bald auch unehelichen Kindern. Die einzige kleine Hoffnung, an die sie sich noch klammerte, war, daß vielleicht ein Handwerker oder Gast das Marihuana vergessen hatte. Sie war gekommen, um die Wahrheit herauszufinden, wollte die Sache vor Papa verheimlichen und ihn vor dem Herzanfall bewahren, den er bestimmt nicht überleben würde, wenn er davon erführe.

Da wir überrumpelt worden waren, hatten wir auch keinen Plan. Zuerst unternahm Carla den schwachen Versuch, Tío Pedro in Mißkredit zu bringen, indem sie enthüllte, er beendete unsere Sitzungen bei ihm immer mit langen Umarmungen und einem Klaps auf den Po. »Er ist ein Lustmolch«, beschuldigte sie ihn. »Und außerdem, was weiß der heilige Petrus schon von Gras?«

»Gras?« sagte Mami empört. »Es ist Marihuana.«

Carla sagte nichts mehr.

Bevor wir einen besseren Einfall hatten, kam Fifi uns zuvor und gestand, das Briefchen gehöre ihr. Sofort schlugen wir uns alle auf die Seite der Schuldigen. »Mir gehört es auch«, behauptete Yoyo. »Mir auch«, fielen Carla und Sandi ein.

Mamis Blick ging von einer zur anderen: jedes *Mir auch* bedeutete eine verdorbene Tochter mehr. Sie hatte die tragische Miene der Madonna mit den gefallenen Kindern aufgesetzt. »Ihr alle?« fragte sie mit leiser, erschütterter Stimme.

Fifi meldete sich zu Wort. »Ich sag' dir doch, ich habe es dorthin gelegt, die anderen« – sie zeigte auf uns – »hatten nichts damit zu tun.«

Genaugenommen hatte sie recht. Es war ihr Briefchen. Wir übrigen waren nur mit Rauschgift in Berührung gekommen, wenn unsere Freunde einen Joint gedreht hatten oder auf einer Party eine Marihuanazigarette die Runde gemacht und jeder einen Zug genommen hatte. Aber es war irgendwie aufsässig von Fifi, die ganze Schuld auf sich zu nehmen, denn wir waren gewohnt, gute *und* schlechte Ereignisse miteinander zu teilen. Sie rechtfertigte sich leidenschaftlich vor Mami und nannte auch den Grund für ihr Vorgehen – ihre Schwestern sollten nicht ihretwegen bestraft werden. Seltsamerweise gab Mami nach. Sie bat uns jedoch, Papi nichts zu sagen, wenn wir nicht zu gemeinschaftlicher »Inselhaft« verurteilt werden wollten. Möglicherweise plante Mami ihre eigene kleine Revolution und wollte ihre Töchter nicht verpetzen und so die Aufmerksamkeit auf sich lenken.

Sie hatte in letzter Zeit begonnen, selbständiger zu werden, belegte Kurse für Immobilienhandel, internationale Volkswirtschaft und Management und träumte von einem Leben, das sich nicht nur auf Kinder und Haushalt beschränkte. Zwar bekannte sie sich nach außen hin noch immer zur traditionellen Lebensweise, insgeheim jedoch knabberte sie an der verbotenen Frucht.

Jedenfalls war sie mit der Rückkehr der drei Ältesten Ende des Sommers an die Schule einverstanden. Fifi hatte die Wahl, entweder ein Jahr bei Tía Carmen auf der Insel zu bleiben oder in die Staaten zurückzugehen, aber nicht mehr auf ihr Internat. Sie würde dann zu Hause bei Mami und Papi leben und die katholische Schule am Ort besuchen müssen.

Fifi entschied sich zu bleiben. Lieber eine von zwölf streng beaufsichtigten Cousinen, dachte sie sich wohl, als allein zu Hause mit Mami und Papi, die ihr ständig auf die Finger schauten, und mit Peter Pan, der ihr auf den Hintern klapste. »Außerdem will ich mal ausprobieren, wie es hier ist. Vielleicht gefällt es mir ja«, sagte Fifi, als sie uns gegenüber ihre Entscheidung verteidigte. Als Jüngste hatte sie am wenigsten Gelegenheit gehabt, eine Bindung zu der

Insel zu entwickeln vor unserem überstürzten Aufbruch ins Exil vor zehn Jahren. »Und außerdem bin ich auch gar nicht glücklich in den Staaten.«

»Mein Gott, du befindest dich mitten in der Adoleszenz!« Carla hatte sich dazu entschlossen, Psychologie als Hauptfach zu wählen und hatte uns alle schon oft unentgeltlich therapiert. »Es entspricht deinem Entwicklungsstand, unglücklich und verwirrt zu sein. Das ist ganz normal. Wenn du hierbleibst, wird alles nur schlimmer, das garantiere ich dir!«

»Vielleicht auch nicht, vielleicht werdet ihr noch staunen,« sagte Fifi.

»Noch ehe ein Jahr um ist, kletterst du hier über die Mauer«, warnte Carla.

Wir betrachteten die hohe Steinmauer hinter dem Swimmingpool. Ein Stück weiter unten hatte eines der Hausmädchen seine Unterwäsche auf der Mauer drapiert. Im Körbchen eines Büstenhalters, der kleine Kopf fast unsichtbar, blies eine Eidechse ihren Hals auf, als hätte sie einen Zug Hasch genommen, auf die Schwingungen wartend, in die die winzigen, benommenen Zellen ihres Gehirns nun geraten würden!

Bis Weihnachten warten wir begierig auf Neuigkeiten aus Fifis Exil. Von Mami erfahren wir, unsere Schwester habe sich bestens an das Leben auf der Insel gewöhnt und nehme an der Ford-Handelsschule Unterricht in Stenographie und Schreibmaschine. Außerdem treffe sie sich mit einem netten Jungen.

Das allerdings ist gefährlich für uns. Wenn erst einmal eine Tochter erfolgreich repatriiert ist, nimmt Papi uns vielleicht alle vom College und schickt uns zurück. Abgesehen davon, daß die Veränderung der nonkonformistischen Fifi uns absolut unheimlich ist. Carla meint denn auch, es handele sich um eine latent schizoide Reaktion auf eine traumatische kulturelle Veränderung.

Als wir aus dem Flugzeug steigen, erkennen wir sofort: Mami hat nicht übertrieben. Fifi, die uns am Flugplatz abholt, ist ein einziges Geklirre und Gewippe aus Armreifen und rieselnden Frisiersalon-locken, die auf der einen Seite todschick von einer großen goldenen Spange gehalten werden. Sie hat die Wimpern mit schwarzem Mascara getuscht, und ihre Augen stehen vor, als könne sie ihr Glück selbst nicht so recht fassen. Fifi, deren Frisur geradezu ihr Markenzeichen war: zwei Indianerzöpfe, die sie bei Hitze wie eine österreichische Melkerin hochsteckte. Fifi, die aus Prinzip kein Make-up trug oder sich schminkte. Jetzt sieht sie aus wie die *Nachher*-Person bei einer jener *Vorher-Nachher*-Verwandlungen in den Frauenzeitschriften. »*Elegante*«, hat Mami Fifis neuen Stil bezeichnet, aber uns drängen sich andere Bewertungen auf. »Sie hat sich in eine S.A.P. verwandelt«, murrt Yoyo. Eine spanisch-amerikanische Prinzessin.

»Mein Gott, Fifi«, sagen wir zur Begrüßung und mustern sie von oben bis unten.

»Wo findet die Party statt?« zieht Sandi sie auf.

»Wenn euch nichts Netteres einfällt —«, beginnt Fifi leicht gekränkt. Ihre kleine Markenhandtasche paßt entsetzlich gut zu ihren Pumps.

»Hey, hey!« Wir umarmen sie alle auf einmal. »Laß dir von uns nicht die Laune verderben! Du siehst toll aus!«

»Macht bloß nicht meine Frisur kaputt«, regt Fifi sich auf und klopft darauf, als wäre es ein Hut. Aber sie lächelt. »Ahnt ihr was, Leute?« Sie blickt von einer zur anderen.

»Du triffst dich mit einem netten Jungen«, sagen wir im Chor.

Fifi ist sprachlos, dann lacht sie. »Ach, das Nachrichtensystem funktioniert, was?« Wir nicken. Sie erzählt von Manuel Gustavo, dem netten Jungen, der ein Cousin ist. »Ein *netter* Cousin«, beeilt sie sich hinzuzufügen.

»Ein Cousin?« Wir kennen die meisten unserer Cousins, und Manuel ist neu für uns.

»Ein heimlicher Cousin«, sagt Fifi und sucht in ihrer Tasche nach einem Foto. »Einer der Unehelichen.«

Na, bitte! Wir Schwestern machen das V-Zeichen für Victory. Sieg! Immerhin ist Fifis Verhalten wie ein Guerrillaaufstand! Wir hatten schon Angst, sie hätte dem Druck der Familie nicht standgehalten und sich in ein nettes Dritte-Welt-Mädchen zurückverwandelt. Aber nichts davon. Sie ist noch immer die alte Fifi.

Fifi erzählt uns alles über Manuel Gustavo. Sein Vater ist der Bruder unseres Vaters, Tío Orlando, der ein halbes Dutzend Kinder von *una mujer del campo*, einer Frau vom Land hat, die in der Nähe einer seiner Farmen lebt. Tío Fidelina, die Frau unseres Onkels, die reizend ist und ihr Leben *La Virgen* widmet, »weiß natürlich nichts« von Tío Orlandos Untreue. Jetzt aber, wo Manuel Gustavo sozusagen vor der Futterkrippe steht, muß sein Vater mit einer Erklärung aufwarten, die über die unbefleckte Empfängnis hinausgeht. Wer ist dieser junge Mann, der sich mit ihrer Nichte trifft? Das möchte Tía Fidelina wissen. Wo kommt er her? Wie heißt er mit Nachnamen? Ein anderer Onkel, Ignacio, bietet Manuel Gustavo an, ihn als seinen unehelichen Sohn anzunehmen. Er war nie verheiratet und wird ständig damit aufgezogen, er sei homosexuell. So sorgt ein unehelicher Sohn dafür, daß gleich zwei Männer aus dem Schneider sind. Die *alta sociedad*, die Damen der höchsten Gesellschaftsschicht, die eine Art Club bilden, der einem Country-Club nicht unähnlich ist, sind laut Fifi entzückt über diesen pikanten Klatsch.

»Sie haben halt nichts Besseres zu tun«, sagt sie abschließend und trägt alles mit Fassung.

Wir erklären Manuel zu unserem Lieblingscousin.

Er sieht aus wie eine hübsche, junge Ausgabe von Papi und ähnelt auch uns: die gleichen Augenbrauen, die gleichen hohen Wangenknochen, der volle, üppige Mund. Kurzum, er könnte der Bruder sein, den wir niemals hatten. Wenn er mit seinem Lieferwagen in das Anwesen gerattert kommt, rennen wir alle vier die Auffahrt entlang, um ihn mit Küssen und Umarmungen zu empfangen.

»Mädchen«, sagt Tía Carmen stirnrunzelnd, »so begrüßt man keinen Mann.«

»Yeah, Leute«, gibt Fifi ihr recht. »Laßt ihn in Ruhe, er gehört mir!«

Wir lachen, bemuttern und bedienen ihn jedoch weiterhin, als wären wir nie in den Staaten gewesen, als hätten wir nie Simone de Beauvoir gelesen oder ein eigenständiges Leben geplant.

Aber mit der Zeit wird Fifi in sich gekehrt und hat ein wachsames Auge auf uns.

Täglich hält Fifi sich abseits, schmollt oder zeigt uns die kalte Schulter, weil eine von uns den Arm um Manuel gelegt oder ein zu ausgedehntes Gespräch mit ihm über die Zuckerrohrproduktion geführt hat.

Um sie zu beruhigen, schalten wir einen Gang zurück und gehen etwas zurückhaltender mit Manuel um. Aus dieser Entfernung sehen wir die Dinge etwas deutlicher, und alles ist gar nicht mehr so toll. Der reizende Manuel ist ein richtiger Tyrann, eine Miniausgabe von Mami und Papi in einem. Fifi darf in der Öffentlichkeit keine Hosen tragen. Fifi darf mit keinem anderen Mann sprechen. Fifi darf ohne seine Erlaubnis das Haus nicht verlassen. Und das Beunruhigendste ist, Fifi, die muntere, lebhafte Fifi, läßt sich von diesem Mann sagen, was sie tun oder lassen darf.

Eines Tages ist Fifi, die kaum noch etwas liest, in einen der Romane vertieft, die wir mitgebracht haben, und ausnahmsweise ist es mal kein Kitsch. Manuel Gustavo kommt, und da ihm niemand die Tür öffnet, nimmt er den Hintereingang. Wir vier haben uns im Patio in Liegestühlen ausgestreckt und lesen. Fifi bemerkt ihn, und ihr Gesicht hellt sich auf. Sie ist gerade im Begriff, ihr Buch beiseite zu legen, als Manuel Gustavo danach greift und es ihr aus der Hand nimmt.

»Das«, sagt Manuel Gustavo und hält das Buch hoch wie eine schmutzige Windel, »ist nur Mist in deinem Kopf. Du hast Besseres zu tun.« Er schleudert das Buch auf den Kaffeetisch.

Fifi wird blaß, ihre geröteten Wangen überzieht ein noch tieferes Rot. Im Nu steht sie da, Hände in den Hüften, die Augen zusammengekniffen, die Fifi, die wir kennen und lieben. »Du hast kein Recht, mir zu sagen, was ich tun oder lassen soll!«

»¿*Que no?*« fragt Manuel herausfordernd.

»Nein!« bekräftigt Fifi.

Der Reihe nach entfernen wir uns und feuern Fifi im Vorbeigehen leise an. Ein paar Minuten später hören wir den Lieferwagen die Auffahrt hinabröhren, und Fifi erscheint schluchzend im Schlafzimmer.

»Das hat er verdient, Fifi«, sagen wir. »Laß dich nicht von ihm herumkommandieren. Du bist dein eigener Herr«, erinnern wir sie.

Aber es ist noch keine Stunde vergangen, da hängt Fifi am Telefon und bitte Manuelito um Verzeihung.

Wir geben ihm den Spitznamen MG, eine in unseren Augen etwas überholte Automarke. Einer unserer älteren Cousins würde vielleicht seinen Papi beschwatzen, ihm so ein Auto zu kaufen, damit er die Mädchen auf der Insel beeindrucken könnte. Fällt Manuels Name, bringen wir imaginäre Motoren auf Touren. Er ist ein Tyrann! Rrrrmm. Er nimmt Fifi den Schwung! Rrrrmm-rrrmm.

Ein paar Tage nach der Episode mit dem Buch kommt Manuel Gustavo zum Mittagessen, und da Fifi noch im Spanischunterricht ist, beschließen wir, uns ein wenig mit ihm zu unterhalten.

Yoyo beginnt, indem sie ihn fragt, ob er schon einmal etwas von Mary Wollstonecraft gehört habe. Und Susan B. Anthony? Oder Virginia Woolf? »Sind das Freundinnen von euch?« fragt er.

Um aller unsichtbaren Schwestern willen und weil unsere Tanten und Cousinen es als höchst unweiblich für eine Frau ansehen, auf die Straße zu gehen, um für die eigenen Rechte zu kämpfen, seufzt Yoyo, und wir alle verdrehen die Augen. Hier versuchen wir nicht einmal mehr, ein Bewußtsein zu wecken. Es wäre etwa so, als wollte man einen Tunnel mit einem Kirchengewölbe versehen.

Einmal versuchten wir es bei Tía Flor, die auf ihr riesiges Haus, den gepflegten Park und den steinernen Amor zeigte, der so ausgehöhlt worden war, daß sein Mund Wasser spie. »Schaut mich an, ich bin eine Königin«, sagte sie im Brustton der Überzeugung. »Mein Mann muß jeden Tag zur Arbeit gehen. Ich kann bis mittags schlafen. Warum sollte ich für meine *Rechte* demonstrieren?«

Yoyo erzählt Carla von ihrem Gespräch mit Manuel, die es gut versteht, jemanden in ein scheinbar unverfängliches Gespräch zu verwickeln. Yoyo bezeichnet dies als ihre therapeutische Zermürbungstaktik. »Manuel, warum regst du dich so auf, wenn Fifi sich selbständig verhält?« Carla verhält sich streng nach dem Lehrbuch für Psychologie, Seite 101.

»Hier tun das die Frauen nicht.« Manuels Fuß, den er aufs Knie gestützt hat, wippt auf und ab. »Vielleicht macht ihr bei euch in den Vereinigten Staaten alles anders.« Sein Ton schwankt zwischen Neckerei und Hohn. »Aber was bringt es diesen *gringas*? Die meisten lassen sich scheiden oder bleiben *jamona* und wissen nichts Besseres anzufangen, als Drogen zu nehmen und sich durch alle Betten zu schlafen.«

Sandi wirft den Motor an. »Rrrmm, rrrmm.«

»Manuel«, sagt Carla geduldig. »Auch hier haben die Frauen Rechte, verstehst du. Selbst das dominikanische Gesetz gesteht ihnen das zu.«

»Sicher, Frauen haben Rechte«, stimmt ihr Manuel Gustavo zu. Ein schiefes Lächeln stiehlt sich in sein Gesicht: Gleich wird er etwas Schlaues sagen. »Aber die Männer haben die Hosen an.«

Die Revolution ist in vollem Gange. Es bleibt uns noch eine Woche, um den Kampf um Fifis Herz und Verstand zu gewinnen.

Abends gehen wir, der ganze Schwung Cousins und Cousinen, auf die Avenida. Das ist die Hauptstraße, hoffnungslos vollgestopft mit Autos und Kutschen für die Touristen, die im Mondschein zur Küste fahren wollen. Die Hotel- und Nachtclubreklamen überfluten den Himmel mit Licht, und im Vorübergehen kann man die Gesichter der Menschen erkennen. Der Klatsch blüht. Marianela war mit Claudio draußen in Utcho. Margarita sieht schon ganz schön schwanger für ihre zwei Monate junge Ehe aus. Sieh bloß mal Pilars Minirock, und dann diese dicken Beine, manche Leute gucken anscheinend nie in den Spiegel.

Wir verteilen uns auf mehrere Autos, die Cousins fahren. Wir wollen keine Chauffeure als Spitzel dabeihaben. Wir gehen ins Kino oder auf ein Eis ins Capri oder treiben uns einfach herum, wobei die Jungen streng ermahnt worden sind, auf die Damen aufzupassen. Als Älteste muß Carla mit Fifi in Manuels Lieferwagen fahren, *la chaperona*, wenigstens solange wir uns noch auf dem Gelände des Anwesens befinden. Am Capri steigt sie aus und gesellt sich zu uns. Fifi und Manuel entziehen sich für eine Weile den wachsamen Augen der erweiterten Familie, um allein zu sein. Gewöhnlich enden diese Fahrten damit, daß sie irgendwo parken und, laut Fifi, knutschen und Petting machen. Sie hat zugegeben, es bleibe vielleicht nicht mehr lange beim Petting, und das Problem sei, sie habe nichts zur Empfängnisverhütung. Jeder auf der Insel, bei dem sie nach Pille oder Diaphragma fragen würde, wüßte, wer sie ist und würde sie bestimmt bei der Familie verraten. Und Manuel will kein Kondom benutzen.

»Er glaubt, man könne davon impotent werden«, sagt Fifi mit reizendem Lächeln und voller Verständnis für diese liebenswerte männliche Ignoranz.

»Mein Gott, Fifi!« seufzt Sandi. »Sag ihm, wenn er *keines* benutzt, kann man sehr schnell schwanger werden.« Eine schwangere Fifi wäre dazu verurteilt, das zu tun, was in solchen Fällen auf der Insel immer geschieht – auf der Stelle zu heiraten und sich gegen den Klatsch zu wappnen, wenn ihr »zu früh geborenes Baby« dick und in Normalgröße auf die Welt kommt.

Wir hören nicht auf, sie zu warnen und ihr zuzusetzen, bis sie – auf unsere Drohung hin, sie zu verraten: »Wir sagen alles, verlaß dich drauf« – verspricht, nicht mit Manuel zu schlafen, bevor sie sich ein empfängnisverhütendes Mittel beschafft hat. Was so gut wie unmöglich ist. Wo soll sie das herkriegen auf dieser Insel, die so durchsichtig ist wie ein Goldfischglas?

Aber wie sich eines Abends herausstellt, ist ihr Wort nicht viel wert.

An jenem Abend hängen wir im Capri herum und langweilen uns. Fifi und Manuel sind schon verschwunden, und wir müssen ein paar Stunden totschlagen, bis sie zurückkommen und wir nach Hause können. Wir zerbrechen uns den Kopf, was wir anfangen sollen: Wir könnten zum Embassy Beach fahren und nackt baden. Wir könnten versuchen, unseren tollsten Cousin, Jorge, ausfindig zu machen, der oft ein paar Joints hat und einen Voodoo-Priester kennt, der uns nach Darbringung eines schaurigen Tieropfers die Zukunft voraussagt.

Unser hauptamtlicher Begleiter lehnt beide Vorschläge ab. Er weiß etwas Besseres. Wir zwängen uns in sein Auto, seine drei amerikanischen Cousinen und seine Schwester Lucinda, und drängen ihn zu sagen, was er vorhat. Er grinst boshaft und kutschiert uns ein Stück aus der Stadt heraus zum Motel Los Encantos, wobei »Motel« auf der Insel die Beschönigung für Bordell ist. Er biegt rechts ab, als kenne er sich aus, drückt auf die Hupe, fragt den Pförtner nach einem Zimmer und fährt dort vor. Das Garagentor wird von einem wartenden Boy geöffnet. Nachdem wir ausgestiegen sind, zieht der Boy das Tor zu und händigt Mundín den Schlüssel zu dem dazugehörigen Zimmer aus.

»Auf die Art weiß niemand, wer hier ist«, erklärt Mundín auf Englisch. »Das ist das Motel für die besseren Kreise, *la crème de la crème*, um es nicht zu unanständig auszudrücken. Jeder würde sofort das Auto des anderen erkennen.« Mundín schließt die Tür des Zimmers auf und tritt beiseite, um die Damen vorbeizulassen. Mitten im Raum steht ein riesiges, pompöses Bett mit einem geblümten Bettüberwurf. Am Kopfende liegen ein paar runde

Kissen mit Quasten an den Enden. Mit dem gleichen kitschigen, geblümten Stoffbezug wie die Bettdecke erinnern die Kissen eher an einen arabischen Ingenieur als an den Herrn und Besitzer eines Harems.

»Ist das alles?« fragen wir enttäuscht.

»Was habt ihr denn erwartet?« Mundín ist entrüstet, weil wir das alles nicht besonders aufregend finden. Immerhin hat er riskiert, eine Menge Ärger zu bekommen, indem er uns das häßliche Gesicht der Insel zeigt. Anständige Mädchen in einem Bordell! Seine Mutter würde ihn umbringen!

Sandi legt ihren Arm um Mundín und wackelt mit den Hüften. Sie zieht gerade ihre Mae-West-Nummer ab, als der Boy mit einem Tablett Rum und Coca-Cola erscheint. Er hält die Augen auf den Steinfußboden gesenkt, wie um uns zu versichern, es gibt keine Zeugen. Sobald er draußen ist, fangen wir an zu lachen. »Ich möchte wissen, was er denkt.« Carla schüttelt bei der Vorstellung den Kopf. Mundín runzelt die Augenbrauen. »Mal sehen, gegen wie viele Tabus können wir hier verstoßen?« Er zählt auf: Inzest, Gruppensex, Lesbierinnensex, Jungfrauensex –

»Jungfrauensex? Von wem sprichst du denn?« sagt seine Schwester Lucinda, herausfordernd eine Hand in die Hüfte gestemmt.

»Yeah«, fallen wir im Chor ein, und er sieht sich plötzlich einer Reihe von Feministinnen mit den Händen in den Hüften gegenüber.

Mundín blinzelt heftig. Trotz seiner liberalen Erziehung in den Staaten, und obgleich er sich durch alle Betten geschlafen hat und nur zu bereitwillig lacht, wenn seine amerikanischen Cousinen von ihren Erlebnissen erzählen: Seine eigene Schwester muß unberührt sein. »Laßt uns gehen«, drängelt er, als wir unsere Cola mit Rum ausgetrunken haben. Als wir rückwärts aus der Garage fahren, biegt ein Lieferwagen hinter uns in die Motelauffahrt ein.

»Hey!« schreit Yoyo. »Sind das nicht Fifi und Manuel?«

Mundín kichert. »Hey, Hey! Sieh mal an.«

»Sieh mal an, du Blödmann«, schnauzt Sandi ihn an. »Immerhin will da unsere kleine Schwester mit einem Knaben hinein, der denkt, man würde von Kondomen impotent.«

»Geh ihnen nach!« befiehlt Carla Mundín.

»Sie hat auch ihre Rechte.« Mundín lacht anzüglich, als er durch das Tor fährt, das der Boy sofort hinter unseren Rücklichtern schließt.

»Die Sache ist ernst«, bedeutet uns Carla, als wir uns im Capri auf der Toilette beraten. »Ohne fremde Hilfe kommt sie nie wieder zu sich, man hat sie einer Gehirnwäsche unterzogen.«

Sandi stimmt ihr zu. »Ich meine, sie brauchten schließlich kein Motelzimmer, wenn sie nicht miteinander schliefen.«

»Und sie hat es uns doch versprochen«, sagt Carla und nickt betrübt.

Und hier, zwischen den rosa Toilettentischchen, auf denen Körbchen mit kleinen Handtüchern, Talkumpuder und Haarbürsten stehen, entwickeln wir unseren Plan. Wir reichen uns die Hände und besiegeln unseren Pakt. Yoyo feuert uns an mit »¡Que viva la revolución!« Nach unserer Cola mit Rum haben wir noch ein paar der eisgekühlten Daiquiris getrunken, für die das Capri berühmt ist. Die junge Angestellte, die unser englisches Geschnatter mit angehört hat, reicht uns ein parfümiertes, rosafarbenes Handtuch, das Sandi entgegennimmt und wie eine Siegesfahne schwenkt.

An unserem letzten Samstagabend auf der Insel sitzt die Verwandtschaft in Tía Carmens Patio und schwelgt in Erinnerungen. In regelmäßigen Abständen kommen andere Verwandte vorbei, um unseren Eltern Lebewohl zu sagen und ihnen Briefe und Unterlagen mitzugeben, die sie in den Staaten aufgeben wollen. Jetzt, da Tío Mundo in der Regierung sitzt, kommen ständig andere Kabinettsmitglieder und alte Freunde vorbei, um über Politik zu fachsimpeln oder um einen Gefallen zu bitten. Im Patio herrscht Geschlechtertrennung: Auf der einen Seite sitzen die Männer, rauchen ihre Zigarren und klirren mit ihren Rumgläsern, während die Frauen sich im Schein der Wandlampen in Korbsesseln räkeln und sich über alles ereifern, worüber man sich ereifern kann.

Das junge Volk macht sich auf den Weg zur Avenida mit dem Versprechen, zeitig zurück zu sein. Heute abend wie immer Lucinda, Mundín, natürlich Fifi und Manuel und wir drei. Carla übernimmt wieder ihre Pflicht als Anstandsdame im Lieferwagen und läßt sich dann am Capri absetzen. »Sie haben großen Krach«, berichtet sie, als sie zu uns stößt.

»Worüber diesmal?« fragt Sandi.

»Immer dasselbe«, sagt Carla seufzend. »Fifi hat sich zu lange mit Jorge unterhalten, ihr Rock ist zu kurz und ihr Pullover zu eng, bla, bla, bla.«

»Rmm, rmm«, starten Sandi und Yoyo den Motor.

Mundín lacht. »Das geschieht euch Mädchen recht.«

Wir sehen ihn zornig an. In den Staaten, wo er zur Schule ging und nun das College besucht, ist er einer von uns, unser Kumpel. Doch kaum ist er zurück auf der Insel, tritt er großspurig auf, spielt den Macho und reizt uns mit den Vorteilen, die er hier genießt, nur weil er ein Mann ist.

Wie immer müssen wir im Capri auf das Pärchen warten. Zwanzig Minuten vor unserer »Sperrstunde« holen sie Carla ab, und wir fahren alle zusammen nach Hause, ein große, fröhliche Clique jungfräulicher Cousinen. Heute abend jedoch inszenieren wir wie vereinbart einen Putsch auf derselben Avenida, wo vor zehn Jahren der Diktator in die Enge getrieben und verwundet wurde, als er zu einem Schäferstündchen mit seiner Geliebten unterwegs war. Es war ein Anschlag, den unser Vater mit geplant hatte, an dessen Ausführung er jedoch nicht mehr beteiligt war, weil wir schon in die Vereinigten Staaten geflohen waren. Heute abend lassen wir unser Liebespaar »auffliegen«. Der erste Schritt ist, Mundín dazu zu bewegen, uns nach Hause zu fahren. Die Loyalität unter Männern ist die Ursache für das Funktionieren des Machosystems, und so wird auch Mundín versuchen, Manuel vor Unheil zu bewahren.

Lucinda wendet eine neue Version ihres Binden-Zollbeamtentricks an. Sie jammert ihrem Bruder vor, sie habe ihre Periode bekommen und müsse nach Hause. »Ich habe schreckliche Krämpfe«, stöhnt Lucinda.

»Kannst du nicht irgendwas dagegen nehmen?« fragt Mundín, der sich zugleich belästigt und eingeschüchtert fühlt von den Geheimnissen des weiblichen Körpers.

Lucinda nickt. »Aber es ist zu Hause.«

Mundín blickt seine Schwester kopfschüttelnd an. Aber er ist nun einmal ihr Beschützer. Seit ihrer Bemerkung in dem Motel hat er ein wachsames Auge auf sie. »Okay, okay, ich bring' dich nach Hause.« Er wendet sich an uns, seine Cousinen. »Ihr müßt hierbleiben und Manuel decken.«

»Ohne dich können wir nicht hierbleiben«, erinnern wir ihn. Regel *número uno*: Mädchen dürfen in der Öffentlichkeit nie ohne Begleitung auftreten. »Wir bekommen Schwierigkeiten, Mundín.«

Mundín macht ein finsteres Gesicht. Diese Zimperlichkeit hat er nicht von uns erwartet. »Ach, ich erzähle ihnen, ich hätte euch mit ein paar Cousins hiergelassen, die zufällig aufgetaucht wären. Dann komme ich zurück. Bis dahin sollten Fifi und Manuel fertig sein.«

*Sollten fertig sein.* Ein Schuß vor den Bug. Keine Zeit zu verlieren. Ein dreifaches Che-Guevara-Lächeln. »Wir kommen mit.«

»Aber was ist mit Fifi und Manuel?« Mundín ist entsetzt. Wenn alle außer Fifi und Manuel zu Hause auftauchen, wird das Liebespaar in ernste Schwierigkeiten geraten. Regel *número dos*: Mädchen dürfen nicht mit ihren *novios* allein bleiben.

»Wir sind mit dir gekommen, wir bleiben bei dir. *Wir* wollen nicht in Schwierigkeiten geraten.« Unsere Brave-Mädchen-Stimmen können unseren Cousin nicht restlos überzeugen.

»Das mach' ich nicht!« Mundín faltet auf dem Tisch die Hände. Wir erinnern ihn an unseren Ausflug in das Motel letzten Abend. Sollen wir seinem Vater davon erzählen? Wir wissen, welches Damoklesschwert über ihm hängt – er würde sich einen elektrischen Rasierapparat für den auf der Militärakademie üblichen Bürstenhaarschnitt anschaffen müssen. Denn so wie uns, seinen amerikanischen Cousinen, Inselhaft angedroht wird, wartet auf Mundín die Militärakademie, wenn er aus der Reihe tanzt.

Er blickt uns scharf an. »Was habt ihr vor?« fragt er wütend. Wir begegnen seinem Blick mit kugelsicherem Lächeln und steinernen Gesichtern, aus denen er in seiner machohaften Kurzsichtigkeit kein Menetekel herauslesen kann.

Die Auffahrt des Anwesens gleicht dem Firmengelände von Mercedes Benz. Ein Jeep und zwei japanische Autos lassen auf die Anwesenheit auch der jüngeren Generation schließen. Lucinda entdeckt den lachsfarbenen Mercedes von Tía Fidelina und Onkel Orlando. »Das wird *muy* interessant«, flüstert sie.

Der Patio ist vollgestopft mit Verwandten. Mundín begibt sich schleunigst auf die Seite der Männer, da er weiß: Die erste Bombe wird bei den Frauen hochgehen. Wir Schwestern machen die Runde und küssen alle Tanten. Tía Fidelina kann mit ihren milchigen, dunklen Augen kaum noch etwas sehen. »Und wer von euch ist die *novia*?« fragt sie und mustert blinzelnd ihre Nichten.

»Ja«, pflichtet Mami ihr bei. »Wo ist denn Fifi?«

»Bei Manuel«, sagt Sandi ruhig. An ihrem Ton läßt sich erkennen, daß das nichts Besonderes für uns ist.

»*Wo* sind sie?« fragt Mami mit größerem Nachdruck.

Carla zuckt die Schultern. »Woher soll ich das wissen?«

Es entsteht betretenes Schweigen: Das Wort *Ihr guter Ruf* steht so spürbar im Raum, als hätte jemand ein Hochzeitskleid in die Luft gehängt. Tía Carmen seufzt. Tía Fidelina klappt ihren Fächer mit den besonders prachtvollen Rosen auf. Tía Flor bedenkt den Rest von uns mit einem besonders intensiven Lächeln und fragt, ob *wir* uns gut amüsiert hätten. Mami blickt über die Menge hinweg zu Papi hinüber, der sich mit den anderen Männern angeregt über Fragen der Diktatur unterhält.

Mit eherner Miene erhebt sie sich und macht uns Zeichen, ihr zu folgen. Im Gänsemarsch gehen wir hinter Mami her in Tía Carmens Schlafzimmer, das Mami nun als Gerichtssaal dient. Tía kommt dazu und rät zur Nachsicht.

Sobald die Tür geschlossen ist, bekommt Mami einen Wutanfall. Zuerst schimpft sie mit Carla, die als Älteste die Pflicht gehabt hätte, als Aufpasserin bei Manuel und Fifi im Auto zu bleiben. Dann liest sie uns die Leviten, weil wir so ungeratene Töchter sind. Schließlich schwört sie in Gegenwart unserer Tante, daß Fifi mit uns zurückfährt. »Wenn euer Vater das erfährt!« Unsere Mutter schüttelt bei dem Gedanken an die Folgen den Kopf. Dann setzt sie ohne Übergang hinzu: »Eine Schande für die Familie.«

»*Ya, ya*.« Tía Carmen hebt abwehrend die Hand, um ihre Schwägerin zu beschwichtigen. »Die Mädchen haben solange in der Fremde gelebt, sie haben die amerikanische Lebensweise.«

»Die amerikanische Lebensweise!« ruft Mami. »Fifi ist jetzt seit einem halben Jahr hier. Das ist keine Entschuldigung.«

»Es wird eine Erklärung geben.« Tía Carmen ändert den Kurs. »Warum sollen wir uns den Kopf zerbrechen, wohin die Kokosnuß fallen könnte, wenn der Sturm sie noch nicht mal abgeschlagen hat«, rät sie.

Mami schüttelt entschlossen den Kopf. »Wenn sie sich hier nicht benehmen kann, geht sie mit uns zurück. Punktum! Ich werde sie überhaupt nicht mehr herschicken, wenn sie nur Scherereien machen!«

Tía Carmen legt die Arme um uns. »Vergiß nicht, es sind auch meine Töchter. Und es sind so brave Mädchen, absolut problemlos. Was würde ich bloß anfangen« – sie sieht uns an – »wenn ich sie nicht mehr jedes Jahr bei mir hätte?«

Wir sehen einander an und senken dann den Blick, um unsere Verwirrung zu verbergen. Endlich sind wir frei, aber in ebendem Moment, da das Gefängnistor sich öffnet und wir entfliehen können, weckt Tía Carmens Liebe wieder unser altes Heimweh. Es ist wie bei dem Experiment mit den Affen, über das Carla während ihrer klinischen Ausbildung gelesen hat. Dabei wurden die Affenkinder so lange in einem Käfig gehalten, bis sie schließlich nicht mehr herauswollten, als man die Türen offenließ. Statt dessen blieben sie im Käfig und streckten ihre Arme durch die Gitterstäbe, um an das Futter zu gelangen, das außerhalb ihrer Reichweite war.

Es geht auf Mitternacht zu, als wir den Lieferwagen die Auffahrt heraufkommen hören. Draußen im Patio haben sich die Verwandten, die zu Besuch waren, verabschiedet, nur der engste Familienkreis, die Bewohner des Anwesens, sind sitzengeblieben und in leise Gespräche vertieft. In unserem Schlafzimmer haben wir unser Vorgehen voreinander verteidigt. Wir wissen alle um die Probleme, die Fifi mit M.G. bekommen hätte. »Sie ist erst sechzehn«, ereifern wir uns. Sie dachte, sie würde auf die Insel passen. Wir wissen es besser.

Aber trotzdem kommen wir uns niederträchtig vor, als eine bleiche Fifi etwas später nach einer peinlichen Vernehmung in Tía Carmens Schlafzimmer unser Zimmer betritt.

Sie sagt kein Wort, öffnet nur ihren Schrank und beginnt, all ihre Kleider einzupacken. Einen Augenblick geraten wir in Panik. Will sie etwa mit Manuel davonlaufen?

»Was tust du, Fifi?« fragt Yoyo.

Fifi nimmt ein Teil nach dem anderen von einem Berg Kleidungsstücke, die sie aus ihren Schubladen auf den Boden gekippt hat, und packt sie ein. Schweigen.

»Fifi?« Carla berührt ihre Schulter. »Was ist passiert?« Sie meint natürlich draußen im Patio, oder auch – da Fifis teilnahmsloser, abwesender Gesichtsausdruck auf mehr schließen läßt –·vorher.

Fifi sieht uns an, ihre Augen sind rot und verweint. »Verräter«, sagt sie. Das Geräusch, mit dem die Schlösser ihres Koffers einschnappen, verleiht ihrer Anklage etwas schrecklich Endgültiges. An der Tür reckt sie stolz das Kinn, und dann hören wir sie den Flur entlanglaufen und im Zimmer unserer Cousine Carmencita verschwinden.

Wir sehen uns gegenseitig an, als ob wir sagen wollten: »Sie wird drüber wegkommen.« Was alles einschließt: Manuel, ihren Zorn auf uns und ihre Angst vor einem selbständigen Leben. Wie vor uns liegt auch vor ihr das Leben wie eine Wildnis, in die noch kein Entdecker vorgedrungen ist, um seine Spuren zu hinterlassen.

# Not macht erfinderisch

▼▲▼▲ I I I ▼▲▼▲▼▲▼▲▼▲▼▲▼▲▼▲▼▲▼▲▼▲▼▲▼▲▼▲▼▲▼▲

*Mami, Papi, Yoyo*

Eine Zeitlang nach ihrer Ankunft in diesem Land versuchte Laura García etwas zu erfinden. Die Ideen kamen ihr immer nach den Besichtigungstouren, die sie mit ihren Töchtern in den Abteilungen der Warenhäuser unternahm, um die Wunder dieses neuen Landes kennenzulernen. An seinen freien Sonntagen karrte Carlos die Mädchen zur Freiheitsstatue, der Brooklyn Bridge oder zum Rockefeller Center, aber in Lauras Augen waren das Sehenswürdigkeiten für Männer. In den Haushaltswarenabteilungen verbargen sich die wahren Schätze, für die sich Frauen interessierten.

Laura und ihre Töchter nahmen den Aufzug: Sie bestaunten die Rolltreppe, und Laura neckte sie, es sei bestimmt die Himmelsleiter, die Jakob gesehen habe und mit der die Engel hinauf- und herunterfuhren. Sobald sie an einem Stand stehenblieben, näherte sich eine flotte Verkäuferin, da sie eine junge Mutter mit vier Töchtern im Schlepptau zweifellos für eine potentielle Käuferin des neuen Kühlschranks mit automatischer Abtauanlage oder der besonders strapazierfähigen Waschmaschine mit dem Vorwaschgang hielt. Laura paßte während der Vorführungen ganz genau auf, stellte intelligente Fragen, sagte jedoch im letzten Moment immer, sie werde alles mit ihrem Mann besprechen. Auf dem Heimweg konnten ihre Töchter noch so sehr versuchen, sich mit ihrer Mutter

**145**

zu unterhalten, es war umsonst, denn Laura, inspiriert von dem, was sie gerade gesehen hatte, war dabei, etwas zu erfinden. Sie brachte aber nie eine Idee zu Papier, bevor abends alle im Bett waren. Auf seiner Seite des Bettes schlief ihr Mann schon seit einer Stunde, seine spanischen Zeitungen auf der Brust. Die Gläser seiner Brille auf dem Nachttisch blickten so schaurig in das halbdunkle Zimmer wie ein Leibwächter ohne Leib. Auf ihrer beleuchteten Seite, Kissen in den Rücken gestopft, saß Laura und erfand. Vor sich hatte sie einen jener ungezählten Blocks, die ihr Mann aus seiner Praxis mitbrachte, Werbegeschenke irgendeiner Arzneimittelfirma, die Beruhigungsmittel, Antibiotika oder Hautcreme anpries. Sie machte eine Skizze von einem ganz gewöhnlichen Gegenstand, zeichnete aber alles so detailgetreu, daß sie nur noch einen speziellen Ausguß oder einen handlicheren Griff hinzufügen mußte, und das Ding bekam ein besonderes Aussehen. Ihre Töchter kicherten über die merkwürdigen Zeichnungen, die sie in Küchenschubladen oder auf der Ablage in der unteren Toilette fanden. Einmal war Yoyo überzeugt, ihre Mutter hätte eine Zeichnung von einem männlichen Ihr-wißt-schon-was angefertigt; sie zeigte ihren Fund den Schwestern, und mit betont argloser Miene fragten sie ihre Mutter, was das sein solle. *Ay*, das sei ihr nicht gut gelungen, erklärte sie ihnen, ein zweiteiliges Kindertrinkglas mit eingebautem Strohhalm in Übergröße.

Die Töchter kamen oft abends zu ihr, weil sie eine Gelegenheit suchten, um mit ihr etwas zu besprechen: Sie hatten Ärger in der Schule, oder die Mutter sollte den Vater überreden, ihnen zu erlauben, in die Stadt, ein Einkaufszentrum oder ins Kino zu gehen – am hellichten Tag, Mami! Laura schickte sie jedesmal hinaus. »Das Problem mit euch . . .« Das Problem reduzierte sich auf den Wunsch der Mädchen, Amerikanerinnen zu werden, und ihr Vater – und anfangs auch ihre Mutter – wollten das absolut nicht.

»Ihr macht mich noch verrückt, Mädchen!« drohte sie, wenn sie ihr weiter zusetzten. »Wenn ich erst in Bellevue bin, wird es euch leid tun!«

Wenn sie mit ihnen stritt, sprach sie Englisch. Und ihr Englisch war ein Mischmasch aus ständig durcheinandergeworfenen Wendungen und Redensarten, die verrieten, daß sie »noch nicht grün hinter den Ohren war«, wie sie es ausdrückte.

Bestand ihr Mann darauf, sie solle mit den Mädchen Spanisch sprechen, damit sie ihre Muttersprache nicht vergäßen, hatte sie die Antwort parat: »Wenn du in Rom bist, sei wie die Römer.«

Yoyo, die große Klappe, war zur Wortführerin unter den Schwestern geworden und verteidigte auch in Lauras Schlafzimmer ihre Stellung. »Wir gehen nicht mehr in diese Schule, Mami!«

»Ihr müßt.« Ihre Augen weiteten sich vor Schreck. »In diesem Land verstößt es gegen das Gesetz, nicht in die Schule zu gehen. Wollt ihr hinausgeworfen werden?«

»Wollt ihr, daß wir umgebracht werden? Die Kinder haben heute mit Steinen nach uns geworfen!«

»Stock und Steine brechen keine Beine«, sang sie. Von ihrem Gesicht konnte Yoyo jedoch ablesen, wie sie es empfand: Als hätte einer dieser Steine, die die Kinder nach ihren Töchtern geworfen hatten, sie selbst getroffen. Aber immer tat sie so, als wären wir schuld. »Womit habt ihr sie provoziert? Es gibt immer zwei Parteien bei einem Streit.«

»Danke, danke vielmals, Mom!« Yoyo stürmte aus dem Zimmer und in ihr eigenes. Ihre Töchter nannten sie nur *Mom*, wenn sie sie spüren lassen wollten, wie sehr sie sich von ihr in diesem Land im Stich gelassen fühlten. Sie war eine wirklich gute Mami, die sie bemutterte und ausschimpfte und Ratschläge erteilte, aber als Freundin für ihre heranwachsenden Töchter war sie ein Flop, eine Mom, die rundum versagte.

Und sie wandte sich wieder Bleistift und Block zu, bekritzelte Blätter, riß sie vom Block ab, bis sie es schließlich aufgab und zu ihrer *New York Times* griff. An manchen Abenden jedoch, wenn sie einen guten Einfall gehabt hatte, rannte sie mit erhitztem Gesicht, den Zeichenblock in der Hand, in Yoyos Zimmer und rief nach einem flüchtigen Klopfen an der Tür, die sie bereits aufgestoßen hatte: »Hab' ich etwas dir zu zeigen, Cuquita!«

Es war die Zeit, die Yoyo für sich allein haben wollte, nachdem sie ihre Hausaufgaben gemacht hatte und solange ihre Schwestern noch unten im Parterre vor dem Fernseher saßen. Über ihren kleinen Schreibtisch gebeugt, bei ausgeschaltetem Deckenlicht, so daß die Schreibtischlampe nur Licht auf das Blatt vor ihr warf und der Rest des Raums in ein warmes, sanftes, unbestimmtes Dunkel gehüllt blieb, schrieb sie heimlich Gedichte in ihrer neuen Sprache.

»Du wirst dir die Augen verderben!« sagte Laura als erstes, schaltete das viel zu grelle Deckenlicht ein und verscheuchte damit jeden Hauch von Leidenschaft, den Yoyo gerade einem Labyrinth von Gefühlen abgerungen hatte und in ihrer blauen Handschrift zaghaft zu Papier zu bringen versuchte.

»Ach, Mami!« rief Yoyo und blitzte ihre Mutter wütend an. »Ich bin beim Schreiben.«

»*Ay*, Cuquita.« Das war der Kosename, mit dem sie immer ihre jeweilige Lieblingstochter anredete. »Cuquita, wenn ich erst eine Million verdient habe, bekommst du eine Schreibmaschine ganz für dich allein.« (Yoyo hatte die Mutter bestürmt, ihr auch so eine Maschine zu kaufen, wie sie der Vater zum Ausfüllen seiner Bestellscheine zu Hause benutzte.) »Honig um den Mund schmieren« nannte Mami es, wenn jemand ihr zu schmeicheln versuchte. Nun trug sie selbst noch dicker auf. »Ich stelle eine Schreibkraft nur für dich ein.«

Sie ließ sich aufs Bett plumpsen und hielt Yoyo den Block hin. »Errätst du, was das ist, Cuquita?« Yoyo sah die grobe Skizze einen Augenblick prüfend an. Spritzte Seife aus dem Duschkopf einer Brause, wenn man ihn in eine bestimmte Stellung brachte? War es Instantkaffee, dem die Sahne bereits beigemischt war? Mechanisch ausgelöste Wasserampullen für Topfpflanzen, deren Eigentümer in

Urlaub waren? Ein Schlüsselring mit Wecker, der schellte, kurz bevor die Parkuhr ablief? (Das Ticken würde es einem auch erleichtern, die Schlüssel zu finden, falls man sie verlegt hatte.) Am berühmtesten, allerdings erst im nachhinein, wurde das Strichmännchen, das etwas Viereckiges an einem Strick hinter sich herzog – ein Koffer auf Rädern? »Oh, natürlich«, sagte Yoyo ironisch. »Was in jedem Haushalt fehlt: eine Dusche wie eine Autowäsche, Schlüssel, die wie eine Bombe ticken und Gepäck an der Leine!« Inzwischen war es zu einer Art Bonmot geworden, sie sprachen von ihrer Thomas Edison-Mami, ihrer Benjamin-Franklin-Mom.

Sie machte ein langes Gesicht. »Jetzt komm! Gebrauch deinen Verstand.« Noch eine falsche Antwort, und sie würde es Yoyo erklären, indem sie mit ihrem Bleistift auf die verschiedenen Glanzpunkte dieses unglaublichen neuen Wunderwerks zeigte. »Weißt du noch, als wir damals mit dem Auto am Bear Mountain waren und auf einmal merkten, daß wir keinen Öffner für unser Pick-a-nick eingepackt hatten?« (Ihre Töchter verbesserten sie ständig, aber sie bestand darauf, ihre Aussprache sei die richtige.) »Als wir anfangen wollten zu essen, hatten wir nichts, um die Dosen mit den Getränken zu öffnen.« (Die Verschlüsse, die man mit einem Ruck aufziehen konnte und die angeblich auch ihr Einfall waren, existierten noch nicht.) »Weißt du jetzt, was es ist?« Yoyo schüttelte den Kopf. »Es ist eine Stoßstange, aber sieh mal, dieser Teil hier ist ein abnehmbarer Dosenöffner. So einfach und doch so praktisch, hm?«

»Yeah, Mami, du solltest es dir patentieren lassen.« Yoyo zuckte die Schultern, als ihre Mutter das Blatt vom Block abriß und es sorgfältig, Ecke auf Ecke, zusammenfaltete, als wolle sie es aufbewahren. Doch dann warf sie es im Vorbeigehen in den Papierkorb, als sie das Zimmer verließ und gab ein kleines resigniertes Lachen von sich. »Es ist nur eines von mehreren Dutzend.«

Keine ihrer Töchter ermutigte sie sonderlich. Sie nahmen es ihr sogar übel, wenn sie ihre Zeit mit diesen blöden Erfindungen verschwendete. Sie hatten ihre Probleme, sich an Amerika und die Amerikaner anzupassen: Sie brauchten Hilfe, um herauszufinden, wer sie waren, warum die irischen Kinder, deren Großeltern Micks gewesen waren, sie Spics nannten. Warum waren sie überhaupt in dieses Land gekommen? Wichtige, schwierige, entscheidende Fragen, und hier saß ihre eigene Mutter, die keine Sekunde Zeit hatte, ihnen bei der Beantwortung auch nur einer dieser Fragen zu helfen und erfand irgendwelche Geräte, um den amerikanischen Moms das Leben zu erleichtern.

Manchmal griff Yoyo sie an. »Wozu, Mami? Wozu machst du das? Du wirst niemals damit Geld verdienen. Die Amerikaner haben schon an alles gedacht, das weißt du doch.«

»Vielleicht nicht. Vielleicht ist ihnen doch etwas Wichtiges entgangen. Mit Geduld und Ausdauer kann selbst ein Esel auf eine Palme klettern.« Das war eines ihrer vielen dominikanischen Sprichwörter, die sie in ihr gebrochenes Englisch einstreute.

»Aber worin besteht der Zweck?« beharrte Yoyo.

»Zweck, Zweck, muß alles einem Zweck dienen? Warum schreibst du Gedichte?«

Yoyo mußte zugeben, daß ihre Mutter in diesem Fall recht hatte. Dennoch schien in der Hierarchie der Dinge ein Gedicht von größerer Bedeutung zu sein als ein Töpfchen, das eine Melodie spielte, wenn man ein Kleinkind darauf setzte.

Die vier Mädchen besprachen das Thema, wie sie es nun häufig mit den vielen verwirrenden Dingen taten, die es in diesem neuen Land gab.

»Besser sie erfindet das Rad neu, als sich ständig um unsere Angelegenheiten zu kümmern«, bemerkte Carla, die Älteste. In der Enge einer amerikanische Kleinfamilie wurde die ungebremste Energie der Mutter allmählich zu einer ernsten Belastung für ihre Selbstbestimmung. Warum sollte sie keine Beschäftigung haben? Was konnte sie schon anrichten, und außerdem brauchte sie diese

Bestätigung. In ihrer alten Heimat hatte sich diese Bestätigung automatisch daraus ergeben, daß sie eine de la Torre war. »García de la Torre«, hatte sie zu Anfang immer deutlich gesagt und ihren Mädchen- und Familiennamen angegeben. Aber das verständnislose Lächeln auf den Gesichtern zeigte ihr: Dieser Name war hier niemandem ein Begriff. Sie würde es ihnen zeigen. Sie würde diesen Amerikanern beweisen, was eine kluge Frau mit Papier und Bleistift anfangen konnte.

Einmal hätte sie fast Erfolg gehabt. Jeden Abend las sie im Bett die *New York Times*, ehe sie das Licht ausmachte, um zu erfahren, was die Amerikaner vorhatten. Eines Abends stieß sie einen Schrei aus, der ihren Mann aus dem Schlaf riß. Er setzte sich kerzengerade auf und griff nach seiner Brille, die er in der Hektik durch das Zimmer schleuderte. »*¿Qué pasa? ¿Qué pasa?*« Was ist los? Es lag Angst in seiner Stimme, dieselbe Furcht, die sie vor ihrer Abreise aus der Dominikanischen Republik bei ihm gehört hatte. Sie hatten unter Beobachtung gestanden; er war verfolgt worden. Sie konnten sich natürlich nicht unterhalten, obwohl sie nachts im dunklen Bett vor Angst miteinander geflüstert hatten. Hier in Amerika war er sicher, immerhin ein Erfolg. In seinem Centro de Medicina in der Bronx drängten sich die Kranken und die Heimwehkranken, die sich danach sehnten, nach Hause zurückzukehren. Aber in seinen Träumen durchlebte er immer wieder jene furchtbaren Tage und endlosen Nächte, und der Aufschrei seiner Frau bestätigte seine heimliche Angst: Sie waren ihnen nicht entkommen; der SIM hatte sie schließlich doch aufgespürt.

»*Ay*, Cuco! Erinnerst du dich an meine Idee, diesen Koffer mit den kleinen Rädern, damit wir das schwere Gepäck unterwegs nicht tragen müssen? Jemand hat mir diese Idee gestohlen und eine Million damit gemacht!« Sie hielt ihm die Zeitung vor die Nase. »Hier, hier! Dieser Mann war kein *bobo*! Er hat seine Einfälle nicht für minderwertig gehalten und in die Schublade gelegt. Ich habe euch immer wieder gesagt, eines Tages ist der Zug klammheimlich ohne mich abgefahren!« Sie zeigte drohend mit dem Finger auf Ehemann und Töchter und lachte die ganze Zeit so gräßlich wie die Verrückten im Film. Die vier Mädchen hatten sich im Zimmer eingefunden. Sie blickten die Mutter und dann einander an. Vielleicht dachten sie alle dasselbe: Wäre es nicht komisch und traurig zugleich, wenn Mami in Bellevue enden würde?

»¡Ya, ya!« Sie scheuchte sie schließlich aus dem Zimmer. »Jedenfalls ist es unnütz, über verschüttete Milch zu jammern.«

Der Koffer auf Rädern war es, der Laura veranlaßte, Block und Bleistift beiseite zu legen. Sie hatte sich das Gehirn zermartert und einen tollen Einfall gehabt; und doch hatte dieser Plagiator die ganze Anerkennung, das ganze Geld eingeheimst. Was hatte es für einen Sinn, mit den Amerikanern konkurrieren zu wollen: Sie würden immer die Nase vorn haben. Schließlich war es ihr Land. Am besten kümmerte man sich um die Familie. Sie ließ ihre Blicke schweifen – ihre Töchter duckten sich – und fand die Praxis ihres Mannes in Personalnot. Mehrere Tage in der Woche fuhr sie nun mit im Auto ihres Mannes in die Bronx, berufsmäßig gekleidet in einen weißen Kittel, an dessen Revers ein kleines Namensschild geheftet war, und mit einer Einkaufstasche voller Putzmittel und Lappen. Auf dem Weg machte sie Ordnung im Handschuhfach oder entfernte die Adressenaufkleber von den Zeitschriften im Wartezimmer, weil sie irgendwo gelesen hatte, daß drogenabhängige Patienten anhand dieser Aufkleber herausfanden, wo die Ärzte wohnten und bei ihnen einbrachen, um an Spritzen zu gelangen. Abends machte sie die Buchführung und trug in die dafür vorgesehenen Spalten ein, wieviel sie an diesem Tag verdient hatten. Wo nahmen manche Leute nur die Zeit her, unnützes Zeug zu erfinden!

Ein letztes Mal noch griff sie zu Bleistift und Block. Aber das geschah, um einer ihrer Töchter aus der Patsche zu helfen. In der neunten Klasse wurde Yoyo von ihrer Englischlehrerin, Schwester

Mary Joseph, dazu auserkoren, am »Tag der offenen Tür« vor Lehrern, Eltern und Schülern die Ansprache zu halten. Als sie in der Dominikanischen Republik heranwuchs, war Yoyo eine schlechte Schülerin gewesen. Keiner brachte sie dazu, sich hinzusetzen und zu lernen. In New York aber brauchte sie etwas, um heimisch zu werden, und da das Land ungastlich und seine Bewohner unfreundlich waren, vertiefte sie sich in die Sprache. Bereits in der High School lasen die Nonnen ihre Geschichten und Aufsätze im Englischunterricht laut vor.

Doch die schreckliche Vorstellung, vor den Lehrern Süßholz raspeln zu müssen, lähmte ihre Phantasie. Anfangs wollte sie nicht, und dann konnte sie diese Rede einfach nicht schreiben. Sie hätte es als große Ehre ansehen müssen, wie ihr Vater es nannte. Aber sie fürchtete die Demütigung. Sie hatte immer noch einen leichten Akzent und wollte sich nicht gern in der Öffentlichkeit dem Gespött ihrer Mitschülerinnen aussetzen. Man brauchte auch nicht allzuviel Phantasie, um sich auszumalen, daß es einen bei den Kameraden nicht beliebter machte, wenn man eine Lobrede auf ein Konvent verrückter, alter, übergewichtiger Nonnen hielt.

Aber sie wußte nicht, wie sie sich aus der Affäre ziehen sollte. Abend für Abend saß sie an ihrem Schreibtisch, in der Hoffnung, eine flotte, unverbindliche, kleine Rede zu Papier zu bringen. Aber es wollte ihr nicht gelingen.

Am Wochenende vor der Veranstaltung am Montagmorgen geriet Yoyo in Panik. Ihre Mutter würde morgen in der Schule anrufen müssen und sagen, Yoyo sei im Krankenhaus und liege im Koma.

Laura versuchte, sie zu beruhigen. »Denk dran, Mister Lincoln ist auch erst nichts eingefallen, was er auf dem Schlachtfeld von Gettysburg sagen könnte, aber dann! *Bald achtzig Jahre sind es her*«, begann sie zu zitieren. »Wenn man sich entspannt, fällt einem bestimmt etwas ein. Du wirst sehen, wie die Amerikaner es ausdrücken: *Not macht erfinderisch*. Ich helfe dir.«

An diesem Wochenende verwendete die Mutter ihre ganze Energie darauf, Yoyo bei ihrer Rede zu helfen. »Bitte, Mami, laß mich allein«, flehte Yoyo sie an. Aber Yoyo wurde die Gans nur los, um es mit dem Ganter zu tun zu bekommen. Ihr Vater steckte ständig den Kopf durch die Tür, um nachzusehen, ob Yoyo auch »ihre Pflicht erledigte«, eine Umschreibung, die er, als die Mädchen noch klein waren, benutzt hatte, wenn er wissen wollte, ob sie vor einem Autoausflug auf der Toilette gewesen waren. Mehrmals an diesem Wochenende deklamierte er am Eßtisch die Rede, die er selbst zum Abschied von der High School gehalten hatte. Er gab ihr Tips, wie man einen Vortrag hielt und informierte sie über die großen Redner und ihre Tricks. (Er bevorzugte Demut, Lob und vielsagendes, gefühlsbeladenes Verstummen.)

Laura schien die einzige am Tisch zu sein, die ihm zuhörte. Yoyo und ihre Schwestern hatten schon viel von ihrem Spanisch vergessen, und die feierliche, blumige Ausdrucksweise ihres Vaters war nicht leicht zu verstehen. Aber Laura lächelte still vor sich hin und setzte den drehbaren Gewürzständer in der Mitte des Tisches unaufhörlich in Schwung, als sei er der Angelpunkt ihres Interesses.

Am Sonntagabend las Yoyo Gedichte, um sich inspirieren zu lassen: Whitmans Gedichte in einer alten Ausgabe mit Titelkupfer, die ihr Vater in einem Trödelladen in der Nähe seiner Praxis entdeckt hatte. *Ich preise und besinge mich . . . Derjenige ehrt am meisten meinen Stil, der dabei lernt, den Lehrer zu zerstören.* Die Worte des Dichters erschreckten und begeisterten sie. Sie hatte sich an die Nonnen gewöhnt, eine Literatur der angemessenen Gefühle, Gedichte mit einer Botschaft, Texte, aus denen man die anstößigen Stellen entfernt hatte. Hier aber war ein Mensch aus Fleisch und Blut, der in seinen Gedichten rülpste und lachte und schwitzte. *Wer dieses Buch berührt, berührt einen Menschen.*

An diesem Abend endlich begann sie zu schreiben und füllte ohne Unterbrechung drei, vier, fünf Seiten; nur einmal blickte sie auf und sah ihren Vater auf Zehenspitzen durch den Flur gehen.

Als Yoyo fertig war, las sie, was sie geschrieben hatte, und ihre Augen füllten sich mit Tränen. Endlich hatte sie auch im Englischen ihre Sprache gefunden!

Sobald sie mit diesem ersten Entwurf fertig war, rief sie ihre Mutter zu sich herein. Laura hörte aufmerksam zu, während Yoyo ihre Rede laut vorlas, und am Ende hatte auch sie feuchte Augen. Ihr Gesicht war weich, bewegt und stolz. »Ay, Yoyo, du wirst diejenige sein, die unseren Namen in diesem Land berühmt macht! Das ist eine wundervolle Rede, und dein Vater soll sie hören, bevor er zu Bett geht. Dann tippe ich sie für dich ab, ja?«

Und so gingen sie den Flur entlang, Mutter und Tochter, voller Stolz über das vollendete Werk. Ins Elternschlafzimmer, wo Carlos, Kissen im Rücken, noch wach war und ein paar Tage alte dominikanische Zeitungen las. Nun, da der Diktator gestürzt worden war, nahm er wieder Anteil am Schicksal seines Landes. Die Interimsregierung beabsichtigte, die ersten freien Wahlen seit dreißig Jahren abzuhalten. Die Geschichte geriet in Bewegung, Freiheit und Hoffnung lagen wieder in der Luft! Ihn beschäftigte noch immer die Frage, ob er mit seiner Familie zurückkehren sollte oder nicht. Aber Laura hatte sich an das Leben hier gewöhnt. Sie wollte nicht mehr zurück in die alte Heimat, wo sie, de la Torre hin oder her, nur Frau und Mutter war (und auch noch eine Versagerin auf diesem Gebiet, da sie nie den erhofften Sohn geboren hatte). Besser ein unabhängiger Niemand als eine Hausklavin der Oberschicht. Sie widersprach den Plänen ihres Mannes nicht offen. Statt dessen schimpfte sie mit ihm, weil er im Bett Zeitung lese und mit diesen schlechtgedruckten, ausländischen Revolverblättern die Bettwäsche beschmutze. »Die *Times* ist nicht so schlecht!« behauptete sie, als ihr Mann sie mit der Bemerkung beschwichtigen wollte, dann hätten sie ja dieselbe schmutzige Angewohnheit.

In dem Moment, als Carlos seine Frau und seine Tochter hintereinander eintreten sah, ließ er seine Zeitung sinken, und sein

Gesicht hellte sich auf, als hätte seine Frau ihm zu guter Letzt doch noch den ersehnten Sohn geboren und würde ihm gerade die gute Nachricht überbringen. Seine Zähne grinsten bereits im Schein der Nachttischlampe aus dem Wasserglas, deshalb sagte er mit einem Lispeln: »Eine Ansssprache, eine Ansssprache!«

»Sie ist so wundervoll, Cuco«, stimmte Laura ihn ein und drehte den Ton des Fernsehers ab. Sie nahm am Fußende des Bettes Platz. Yoyo stand vor ihnen und verstellte ihnen die Sicht auf die Soldaten, die mit Helikoptern zwischen geräuschlosem Geschützdonner und lautlosen Explosionen landeten. Vor ein paar Wochen waren es die Küsten der Dominikanischen Republik. Jetzt war es der südostasiatische Dschungel, den sie retten mußten. Die Mutter machte ihr ein Zeichen zu beginnen.

Yoyo mußte nicht lange ermutigt werden. Sie sattelte ihr Roß, wie ihre Mutter gesagt hätte, und las in einem Zug von Anfang bis Ende. Als sie geendet hatte, schämte sie sich ein wenig über den Stolz, den sie bei ihren eigenen Worten empfunden hatte. Sie gab vor, an ein, zwei Sätzen herumzukritisieren und sah ihre Mutter dann fragend an. Laura strahlte über das ganze Gesicht. Dann blickte Yoyo zu ihrem Vater hinüber, um auch ihn an ihrem Hochgefühl teilhaben zu lassen.

Sein Gesichtsausdruck erschreckte Mutter und Tochter. Carlos' zahnloser Mund war zu einem dunklen O erstarrt. Er sah Yoyo durchdringend an, dann wandte er sich an Laura. In kaum vernehmbarem Spanisch, als ob sich ringsum Abhörgeräte oder Spitzel befänden, flüsterte er seiner Frau zu: »Du willst ihr erlauben, *das* vorzutragen?«

Laura hob fragend die Augenbrauen und ließ vor Staunen den Mund offenstehen. In ihrem alten Land konnte jeder im Flüsterton ausgesprochene Protest die Geheimpolizei in ihren schwarzen VW's auf den Plan rufen. Aber dies hier war Amerika. Hier konnte man sagen, was man dachte. »Was ist denn falsch an ihrer Ansprache?« fragte Laura.

»Was an ihrrrer Ansssprrache falsch ist?« Carlos blickte sie drohend an. In seinem gebrochenen Englisch war sein Zorn noch fürchterlicher. Als ob er die Sprache in seiner Wut verstümmelt hätte – und nun gab es keine Barriere mehr zwischen ihnen und seinem offenen, blinden Zorn. »Was falsch ist? Ich kann dir sagen, was daran falsch ist. Sie zeigt keine Dankbarkeit. Sie ist anmaßend. *Ich preise mich? Der beste Schüler lernt, den Lehrer zu zerstören?*« Er machte sich lustig über Yoyos Plagiat. »Das ist aufsässig. Das ist unanständig. Das ist respektlos ihren Lehrerinnen gegenüber«. – In seiner Wut hatte er seine Angst vor lauernden Spionen vergessen: Jedes Adjektiv, mit dem er sie verdammte, sprach er ein Dezibel lauter als das vorherige. Zum Schluß brüllte er Yoyo an: »Als dein Vater verbiete ich dir, diese Ansssprrache zu halten!«

Laura sprang auf, zum Zeichen für die Rede, die nun folgen würde. Sie war eine kleine Frau und gab alle Erklärungen im Stehen ab, entweder um ihnen mehr Gewicht zu verleihen oder weil sie seit ihren Mädchenjahren in der Klosterschule daran gewöhnt war, sich zu erheben, bevor man das Wort ergriff. Sie stellte sich neben Yoyo, Schulter an Schulter standen sie da. Sie sahen auf Carlos herunter. »Das ist wohl kaum der richtige Ton –«, begann sie.

Doch nun wurde Carlos erst richtig wütend. Es war schon schlimm genug, wenn seine Tochter rebellierte, aber nun unterstützte seine Frau sie auch noch dabei. Demnächst würde er von einem ganzen Haus voller selbständiger Amerikanerinnen umgeben sein. Auch er sprang aus dem Bett und schleuderte seine Decken zur Seite. Die spanischen Zeitungen flogen durch den Raum. Er riß Yoyo die Rede aus der Hand, hielt sie mit einem rachsüchtigen, besessenen Blick dem Mädchen vor die weit aufgerissenen Augen und dann, einmal, zweimal, dreimal, viermal, unzählige Male, zerfetzte er die Rede in tausend kleine Stückchen.

»Bist du verrückt?« Laura stürzte sich auf ihn. »Bist du wahnsinnig geworden? Das ist ihre Rede für morgen, die du da zerrissen hast!«

»Bist *du* wahnsinnig geworden?« Er schüttelte sie ab. »Du wolltest sie das vorlesen lassen . . . diese Beleidigung ihrer Lehrer?«

»Beleidigung ihrer Lehrer!« Lauras Gesicht sah so zerknittert aus wie ein zusammengeknülltes Stück Papier. Darauf stand eine Liebeserklärung für ihren Mann, einen unglücklichen Mann, der keine Ruhe fand. »Hier ist Amerika, Papi, Amerika! Du bist in keinem unzivilisierten Land mehr!«

Inzwischen kniete Yoyo wild schluchzend auf dem Boden und las die kleinen Fetzen ihrer Rede auf, in der Hoffnung, sie vor der Feier am nächsten Morgen wieder zusammensetzen zu können. Doch selbst eine Hellseherin hätte aus diesen Schnipseln nichts mehr herauslesen können. Alle Hoffnung war vergebens. »Er hat alles zerrissen, er hat alles zerrissen«, jammerte sie, als sie eine Handvoll Papierfetzen aufhob.

Hätte sie auch nur einen Moment über das nachgedacht, was sie im nächsten Augenblick tat, sie hätte es wahrscheinlich nicht getan. Denn dann wäre ihr klargeworden, daß ihr Vater Brüder und Freunde unter dem Diktator Trujillo verloren hatte. Den Rest seines Lebens wurde er heimgesucht vom Anblick blutverschmierter Straßen und dem Verschwinden von Menschen spät in der Nacht. Obwohl so viele Jahre vergangen waren, duckte er sich noch immer, wenn ihn ein schwarzer Volkswagen auf der Straße überholte. Vor Personen in Uniform hatte er Angst: Sei es die Politesse, die die Parkscheine ausgab, sei es ein Museumswärter, der auf ihn zukam und ihn darauf hinweisen wollte, nicht zu dicht an sein Lieblingsbild von Goya heranzutreten.

Während sie auf dem Boden kniete, überlegte Yoyo sich das übelste Schimpfwort, um ihren Vater zu kränken. Sie klaubte eine Handvoll Papierfetzen auf, erhob sich und schleuderte sie dem Vater ins Gesicht. Mit einem leisen, häßlichen Flüstern sprach sie Trujillos verhaßten Spitznamen: »Chapita! Du bist bloß ein neuer Chapita!«

Yoyos Vater hatte den abscheulichen Namen noch nicht richtig registriert, da war er auch schon hinter ihr her. Sie rasten den Flur entlang, doch Yoyo war schneller als er und erreichte ihr Zimmer gerade noch rechtzeitig, um von innen die Tür abzuschließen, bevor ihr Vater sich mit seinem ganzen Gewicht dagegen warf. Er wünschte ihr den Teufel an den Hals, er befahl ihr in seiner Autorität als Vater, die Tür zu öffnen. Er rüttelte an der Türklinke, aber ohne Erfolg. Die Vorliebe ihrer Mutter für technische Vorrichtungen half an diesem Abend, Yoyos Haut zu retten. Laura hatte einen Schlosser damit beauftragt, alle Schlafzimmertüren mit Schlössern zu versehen, nachdem einmal während ihrer Abwesenheit eingebrochen worden war. Wenn nun Einbrecher kämen, und die Familie wäre zu Hause, gäbe es eine zusätzliche Anzahl von Schlössern, um die Diebe aufzuhalten.

»Lolo«, sagte sie mit dem Versuch, ihn zu besänftigen. »Ruiniere mir nicht meine neuen Schlösser.«

Schließlich beruhigte er sich, sein Zorn verrauchte. Yoyo hörte, wie sich ihre Schritte entfernten. Die Schlafzimmertüre fiel ins Schloß. Dann vernahm sie gedämpfte Stimmen, die der Mutter zornig erhoben, auf den Vater einredend, das tiefere Gemurmel ihres Vaters, der sich herauszureden, sich zu rechtfertigen suchte. Einen Augenblick herrschte Ruhe im Haus, dann hörte Yoyo ganz entfernt das Donnern der Kanonen und Explosionen und die ernsten, wichtigtuerischen Stimmen der Nachrichtensprecher, die über ihren TV-Krieg berichteten.

Etwas später klopfte es erst leise an Yoyos Tür, dann wurde probeweise die Türklinke gedrückt. »Cuquita?« flüsterte ihre Mutter. »Mach auf, Cuquita.«

»Geh weg«, heulte Yoyo, aber beide wußten, wie froh sie im Grunde darüber war, daß ihre Mutter draußen stand und sie nur ein wenig protestieren mußte, um das Gesicht zu wahren.

Gemeinsam tüftelten sie eine Rede aus: zwei kurze Seiten abgedroschener Komplimente und höflicher Floskeln über die Lehrer, eine Rede, die die Not und nicht die Phantasie diktierte, die Mutter und Tochter spät in der Nacht auf einen der Blocks schrieben, die Laura einst für ihre Erfindungen benutzt hatte. Nachdem die Rede aufgesetzt war, tippte Laura sie ab, während Yoyo dabeistand und die Schreib- und Grammatikfehler ihrer Mutter korrigierte.

Am nächsten Tag kam Yoyo nach Hause und berichtete über ihren Erfolg bei der Versammlung. Die Nonnen hatten sich geschmeichelt gefühlt, die Zuhörer hatten sich erhoben und »unseren teuren Lehrern stehend eine Ovation« bereitet, wie es Laura als Abschluß der Rede vorgeschlagen hatte.

Sie klatschte in die Hände, als Yoyo von diesem großen Moment erzählte. »Das habe ich aus der Rede deines Vaters, erinnerst du dich? Entsinnst du dich: Er hat das zum Abschluß gesagt!« Sie zitierte ihn auf Spanisch und übersetzte es danach für Yoyo ins Englische.

An diesem Abend beobachtete Yoyo ihn vom oberen Flurfenster aus, wohin sie sich in dem Moment zurückgezogen hatte, als sie sein Auto vor dem Haus vorfahren hörte. Langsam kam ihr Vater die Auffahrt herauf, das Gesicht grimmig verzogen, da er sich mit einem großen, schweren Pappkarton abkämpfte. An der Eingangstür setzte er das Paket vorsichtig ab und tastete seine Taschen nach seinen Hausschlüsseln ab. (Hätte er doch nur Lauras tickenden Schlüsselring!) Yoyo hörte unten das Schloß aufspringen. Sie lauschte, als er sich bemühte, den Karton durch die enge Türöffnung zu bugsieren. Er rief mehrmals nach ihr, aber sie gab keine Antwort.

»Meine Tochter, dein Vater hat dich sehr gern«, erklärte er vom Fuß der Treppe. »Er will dich nur beschützen.« Schließlich kam ihre Mutter herauf und bat Yoyo, hinunterzugehen und sich mit ihm zu versöhnen. »Dein Vater wollte dich nicht verletzen. Du mußt ihm verzeihen. Es ist immer besser, Vergangenes ruhen zu lassen, nicht wahr?«

Unten fand Yoyo ihren Vater damit beschäftigt, eine funkelnagelneue elektrische Schreibmaschine auf den Küchentisch zu stellen. Sie war sogar noch besser als die ihrer Mutter. Mit der Sonderausstattung hatte er sich selbst übertroffen: ein Plastiktragekoffer mit Yoyos Initialen unterhalb des Griffs, eine Stütze, die das Papier aufrecht hielt, während sie tippte, ein Korrekturband, ein automatischer Randtabulator, eine Plastikhaube wie diejenige für den Toaster, um den Staub abzuhalten. Nicht einmal ihre Mutter hätte so eine Maschine erfinden können!

Aber die Zeit von Lauras Erfindungen war vorbei, während Yoyos erfolgreiche Rede vor der Schulversammlung ein Auftakt für sie war. Eher als an den rollenden Koffer, an den sich jeder in der Familie erinnert, denkt Yoyo an die Rede, die ihre Mutter damals schrieb, ihre allerletzte Erfindung. Es war, als hätte die Mutter danach Bleistift und Block an Yoyo weitergereicht und gesagt: »Okay, Cuquita, hier ist der Bock. Treffen mußt du.«

# Überschreitungen

▼▲▼▲ ❙ ❙ ❙ ▼▲▼▲▼▲▼▲▼▲▼▲▼▲▼▲▼▲▼▲▼▲▼▲▼▲▼▲▼▲

*Carla*

Am ersten Jahrestag ihres Aufenthaltes in Amerika gab es beim Abendessen eine Feier. Mami hatte einen leckeren Flan gebacken und eine Kerze in die Mitte gesteckt. »Wißt ihr, was heute für ein Tag ist?« Sie blickte in die fragenden Gesichter ihrer Töchter. »Heute vor einem Jahr«, hob Papi feierlich an, »erreichten wir die Küste dieses großen Landes.« Als er damit fertig war, das Gedicht über die Freiheitsstatue falsch aufzusagen, fragte Fifi, die Jüngste, ob sie die Kerze ausblasen dürfe, und Mami sagte, erst wenn sich alle etwas gewünscht hätten.

Was wünscht man sich, wenn die erste Wiederkehr des Tages gefeiert wird, an dem man alles verloren hat? überlegte Carla. Alle am Tisch außer ihr hatten die Augen geschlossen, als sei es für sie kein Problem, sich zu entscheiden. Carla schloß ebenfalls die Augen. Eigentlich wollte sie sich bemühen, sich nicht das zu wünschen, was sie sich immer in ihrem grenzenlosen Heimweh wünschte. Aber dieses letzte Mal noch würde sie es sich erlauben. »Lieber Gott«, begann sie. Sie konnte sich nicht an die amerikanische Form des Wünschens, bei der Gott nicht vorkam, gewöhnen. »Bitte mach, daß wir nach Hause zurückkehren, bitte«, sprach sie ein Mittelding aus Gebet und Wunsch. Aber die Aussichten wurden anscheinend immer geringer. Tatsächlich setzten die Eltern sich hier fest. Vor einem Monat erst waren sie aus der Stadt in eine Siedlung auf Long Island gezogen, damit die Mädchen einen Hof hätten, um darin zu spielen, wie Mami sagte. Die kleinen grünen Vierecke um jedes der völlig gleich aussehenden Häuser wirkten eher wie Teppiche, die man sauberhalten mußte, als wie Höfe, in denen man spielen konnte. Die Bäume waren nicht größer als die kleine Fifi. Sehnsüchtig dachte Carla an das üppige Gras, die dicken Äste und die von Kletterpflanzen überwucherten Stämme der Bäume, die rund um das Anwesen zu Hause standen. Unter dem *amapola*-Baum hatten ihre Lieblingscousine Lucinda und sie sich gegenseitig erzählt, was sie über die Herkunft der kleinen Kinder wußten. Was macht Lucinda wohl in diesem Moment? fragte sich Carla.

Die Siedlung grenzte direkt an brachliegendes Ackerland, über dessen Kauf die Stadtplaner verhandelten, wie Mami in der Lokalzeitung gelesen hatte. Gras und echte Bäume und echte Büsche wuchsen jenseits des Stacheldrahtzaunes, an dem ein großes Schild angebracht war: *Private, no trespassing.*[*] Das Schild hatte Carla verblüfft, denn sie kannte das Wort nur im Zusammenhang mit dem Vaterunser:»Forgive us our trespasses.«[**] Auf einer ihrer ersten Spaziergänge zur Bushaltestelle zeigte sie Mami das Schild. »Ist das nicht komisch, Mami? Ein Schild, das einen auffordert, gut zu sein.« Ihre Mutter verstand sie zuerst nicht, bis Carla ihr das mit dem Vaterunser erklärte. Mami lachte. Auch im Englischen hatten manche Wörter zwei Bedeutungen. Hier bedeutete »trespass«: daß niemand das Land betreten dürfte, weil es nicht öffentlich wie ein Park war, sondern privat. Carla nickte enttäuscht. Sie würde dieses neue Land nie begreifen.

Als sie auf die neue Schule im nächsten Pfarrbezirk ging, brachte Mami sie die ersten vier Wochen zur Bushaltestelle. In

[*] Deutsch: PRIVAT: BETRETEN VERBOTEN.
[**] Deutsch: Vergib uns unsere Sünden.

der ersten Woche fuhr Mami sogar im Bus mit ihr, zweimal täglich hin und zurück, plus Umsteigen, bis Carla den Weg kannte. Ihre Schwestern waren alle in der katholischen Schule angemeldet worden, die nur einen Häuserblock von dem Haus entfernt lag, das die Garcías Ende des Sommers gemietet hatten. Aber da war Carlas siebte Klasse schon belegt. Die Nonne, die die Schule leitete, hatte vorgeschlagen, Carla in die sechste Klasse zurückzustufen, wo es noch zwei freie Plätze gab. Mit zwölf war Carla jedoch mindestens ein Jahr älter als die meisten Sechstkläßler, und sie fühlte sich gedemütigt bei dem Gedanken, ein weiteres Jahr wiederholen zu müssen. Alle vier waren nach ihrer Einreise in das Land ein Jahr zurückgestuft worden. Sicher, ihrem Englisch würde die Übung nur guttun, aber es hätte auch bedeutet, mit Sandi, der jüngeren Schwester, in dieselbe Klasse zu gehen! Das konnte sie nicht ertragen. »Bitte«, flehte sie ihre Mutter an, »laß mich in die andere Schule gehen!« Die staatliche Schule lag nur zwei Straßen hinter der katholischen Schule, aber davon wollte Laura García nichts wissen. Auf die staatlichen Schulen, so hatte sie von anderen katholischen Eltern erfahren, gingen jugendliche Straftäter, und die Lehrer dort verkündeten diese neuen verrückten Ideen, jedermann stamme von den Affen ab. Keine ihrer Töchter sollte ihren Familiennamen vergessen und glauben, sie sei nur die Cousine eines Orang-Utans.

Carla kannte ihren Schulweg bald *auswendig*, einen Ausdruck, den sie wochenlang gebrauchte, als sie ihn gelernt hatte. Erst ging sie *auswendig* ihre Straße entlang und registrierte die winzig kleinen Unterschiede zwischen den identischen Reihenhäusern: Vorhänge in verschiedenen Farben, ein Azaleenstrauch auf der linken Seite der Tür, statt auf der rechten, ein Briefkasten oder eine Haustür mit irgendwelchem Schnickschnack. Dann ging sie *auswendig* das lange Stück bis zu dem eingezäunten, unbebauten Ackerland mit dem komischen Schild. Zuletzt von der Nebenstraße rechts ab in die Hauptverkehrsstraße, wo sie *auswendig* den Bus bestieg. »Eine richtige junge Dame«, sagte ihre Mutter am ersten Morgen, als sich Carla mit heftig klopfendem Herzen allein auf den Weg machte. Es war ein lange, gefahrvolle Reise, aber sie war zu dankbar, der Schmach, ein Jahr zurückgestuft zu werden, entgangen zu sein, als daß sie sich beklagt hätte.

Und später unterließ sie es auch, sich über eine noch viel häßlichere Entwicklung zu beschweren, die sich im Lauf der Monate ergeben hatte. Jeden Tag rannte auf dem Schulhof oder in den Gängen ihrer neuen Schule eine Horde Jungen hinter ihr her, Schimpfwörter schreiend, die sie teilweise bereits von der alten Dame kannte, die in der Stadt die Wohnung unter ihnen bewohnt hatte. Wenn die Nonnen außer Sicht waren, bewarfen die Jungen Carla mit Steinen, wobei sie auf ihre Füße zielten, damit es keine Schrammen gab. »Geh dahin zurück, wo du hergekommen bist, du dreckige Spic!« Einer von ihnen, der direkt hinter ihr stand, zerrte ihr die Bluse aus dem Rock und hob sie hoch. »Keine Titten«, sagte er kichernd. Ein anderer riß ihr die Strümpfe herunter, so daß ihre nackten Beine sichtbar wurden, an denen ein kleiner, schwarzer Flaum wuchs. »Affenbeine!« schrie er seinen Kameraden zu.

»Nicht!« schrie Carla. »Bitte hört auf.«

»Nischt!« äfften sie sie nach. »Bitte hörrrt auf.«

Sie enthüllten ihre geheime Scham: Ihr Körper veränderte sich. Das Mädchen, das sie zu Hause auf der Insel gewesen war, gab es nicht mehr. An ihre Stelle trat – als besäßen die häßlichen Worte und höhnischen Bemerkungen der Jungen Zauberkraft – eine behaarte, busenansetzende Erwachsene, die niemals von jemandem geliebt werden würde.

Jeden Tag begab sich Carla mit einer Unmenge verwirrender Gefühle auf ihren langen Schulweg. Da war zuerst einmal dieser Körper, dessen tägliche Veränderungen sie hinter der abgeschlossenen Badezimmertür genau begutachtete, bis eine ihrer Schwestern klopfte, zum Zeichen dafür, daß Carlas Zeit um war. Nur zu gern hätte sie ihren Körper auf dieselbe Weise eingewickelt wie die chinesischen Mädchen ihre Füße, damit diese nicht zu groß wurden. Dann würde sie bleiben, wie sie war, ein aufgewecktes, mageres Mädchen mit braunen Augen und einem Zopf auf dem Rücken, ein Mädchen, das gerade entdeckt, im Leben etwas erreichen zu können.

Auf der anderen Seite war Carla erleichtert, auf dem Weg in ihre eigene Schule, in ihre richtige Klasse zu sein und dem Familientroß – vier Schwestern, die sich altersmäßig kaum unterschieden – zu entrinnen. Sie konnte nach Hause kommen und über die Ereignisse des Tages berichten, ohne von einem dreistimmigen Schwesternchor ständig unterbrochen und verbessert zu werden. Aber sie hatte auch Angst. Auf dem Schulhof würden sie wieder auf sie warten – die Horde der vier oder fünf Jungen, blond, mit Rotznasen und Sommersprossen. Sie sahen langweilig und unauffällig aus, wie alle Amerikaner. Ihre Gesichter verrieten keine menschliche Wärme. Ihre Augen waren zu hell für treue, vertrauliche Blicke. Ihre bleichen Körper schienen nicht aus Fleisch und Blut zu sein, sondern Kostüme, in die sie schlüpften, wenn sie die Rolle ihrer Verfolger spielten.

Sie beobachtete sie. Im Klassenraum beugten sie sich über ihre Arbeitsbücher oder setzten ängstliche Gesichter auf, wenn Schwester Beatrice, ihre vierschrötige Lehrerin, die keine Frechheiten duldete, sie ausschalt, weil sie ihre Hausaufgaben verpatzt hatten. Manchmal belauschte sie sie heimlich auf dem Schulhof, wenn sie durch den Maschendrahtzaun sahen und sich über die auf dem Bürgersteig geparkten Autos unterhielten. Zu Carlas großem Erstaunen hatten diese Autos außer der Bezeichnung für Farbe und Größe noch andere Namen. Alles, was sie zum Beispiel über das Auto ihrer Familie wußte, war, daß es groß und schwarz war und alle vier Schwestern auf dem Rücksitz Platz hatten, obwohl Fifi immer solange Theater machte, bis sie vorn sitzen durfte. Carla erkannte auch Volkswagen, weil dies (in Schwarz) das Auto der

Geheimpolizei zu Hause gewesen waren. Jedesmal wenn Mami einen sah, bekreuzigte sie sich und sprach ein Gebet für Tío Mundo, dem nicht gestattet worden war, die Insel zu verlassen. Außer Volkswagen und mittelgroßen, blauen Autos oder großen schwarzen Autos konnte Carla kein Auto vom anderen unterscheiden.

Aber die Jungen am Zaun sprachen aufgeregt über Fords und Falcons und Corvairs und Plymouth Valiants. Sie stritten darüber, wie schnell die einzelnen Autos fahren konnten und welche Modelle besser waren als andere. Manchmal malte Carla sich aus, sie selbst würde in einem knallroten Auto zur Schule gefahren, das die Jungen bewundern würden. Nur gab es leider niemanden, der sie hätte fahren können. Ihr nichtamerikanischer Vater mit seinem dicken Schnurrbart, dem starken Akzent und dem dreiteiligen Anzug würde sie nur noch mehr dem Spott preisgeben. Ihre Mutter konnte nicht einmal fahren. Selbst wenn Carla sich vorstellen konnte, ein sehr teures Auto zu besitzen, ihre Eltern konnte sie sich nicht anders vorstellen, als sie waren. Wie dieser neue Körper, zu dem sie heranwuchs, waren sie eine Tatsache, die man hinzunehmen hatte.

Als sie etwas einen Monat die Sacred-Heart-Schule besuchte, wurde sie eines Tages auf dem Weg von der Bushaltestelle nach Hause von einem Auto verfolgt. Es war ein lindgrünes Auto, von mittlerer Größe und mit einer Art langer Schnauze; wäre es ein Mensch gewesen, hätte Carla sie als lange Nase bezeichnet. Ein langnasiges, lindgrünes Auto. Es folgte ihr langsam. Carla dachte, der Fahrer suche wohl eine Adresse, genau wie Papi immer langsam fuhr und ein Hupkonzert verursachte, während er die Ladenschilder entzifferte, bevor er schließlich an einem bestimmten Geschäft hielt.

Ein Hupton ließ Carla zusammenfahren, und sie drehte sich nach dem Auto um, das jetzt kurz vor ihr angehalten hatte. Sie konnte den Fahrer von den Schultern abwärts deutlich erkennen,

**167**

ein Mann in einem roten Hemd, etwa so alt wie ihre Eltern – obwohl es Clara bei Amerikanern schwerfiel, das Alter zu schätzen. Sie waren für sie wie die Autos, nur durch die Farbe ihrer Kleidung und die Zugehörigkeit zu einer bestimmten Altersgruppe auseinanderzuhalten: Ein kleines Kind war jünger als sie, ein Kind war so alt wie sie, ein Teenager ging auf die High School, und schließlich gab es noch die riesige, nicht zu unterscheidende Masse der amerikanischen Erwachsenen.

Dieser erwachsene Amerikaner, der etwa so alt war wie ihre Eltern, winkte sie zu sich zum Seitenfenster. Carla fürchtete, nach dem Weg gefragt zu werden, da sie doch erst kurz vor Schulbeginn in diese Gegend gezogen war, und das einzige, das sie genau kannte, war der Weg von der Haltestelle nach Hause. Außerdem war ihr Englisch immer noch Schulenglisch, eine Fremdsprache eben. Sie kannte sich aus mit den unverbindlichen Höflichkeitsformeln: wie man um ein Glas Wasser bat, wie man Guten Morgen, Guten Mittag und Guten Abend sagte. Was man antwortete, wenn jemand sich bedankte. Aber wenn ein erwachsener Amerikaner unbestimmbaren Alters sie nach dem Weg fragte, und zwar immer viel zu schnell, zuckte sie nur dümmlich lächelnd die Schultern. »Ich spreche nicht gut Englisch«, pflegte sie mit leiser Stimme entschuldigend zu sagen. Sie gab das nur ungern zu, weil dieses Eingeständnis zweifellos die Ansicht der Jungenclique unterstützte, sie hätte hier nichts verloren.

Als Carla näherkam, beugte der Fahrer sich herüber und drehte das Fenster auf der Beifahrerseite herunter. Carla bückte sich, als spräche sie mit einem kleinen Kind und blickte in das Auto. Der Mann lächelte freundlich, aber irgend etwas stimmte nicht mit diesem Lächeln, nur konnte Carla nicht genau ausmachen, was es war: ein gekränktes, bekümmertes Lächeln, als wäre der Mann sein Leben lang gequält worden, kein freundliches Lächeln, eher beschwichtigend. Er trug sein rotes Hemd offen, was ganz normal schien angesichts des warmen Spätsommertages. Ehrlich gesagt, würden an Carlas Beinen nicht diese Haare wachsen, sie hätte die grünen Kniestrümpfe ihrer Schuluniform ausgezogen und wäre mit nackten Beinen nach Hause gegangen.

Der Mann sprach sie an. »Wollstnhin?« fragte er und zog dabei alle Wörter zusammen, wie die Amerikaner es immer taten. Carla war wie gewöhnlich nicht sicher, ob sie richtig verstanden hatte.

»Wie bitte?« fragte sie höflich und beugte sich in das Auto, um das Flüstern des Mannes besser zu verstehen. Etwas fesselte ihre Aufmerksamkeit. Entsetzt starrte sie darauf herab.

Der Mann hatte die beiden Hemdzipfel um die Taille geknotet, und war von da an abwärts nackt. Um die Taille hatte er eine Schnur gebunden, deren lose Enden vorn geknotet und dann um seinen Penis geschlungen. Als Carla darauf blickte, vergrößerte sich sein großes, stumpfköpfiges Ding derart, daß es die Schlinge, in der es gefangen war, füllte und anspannte.

»Wo willstn hin?« Diesmal sprach er langsamer, und Carla verstand ihn deutlich. Ihr Blick kehrte zu seinem Gesicht zurück. »Wie bitte?« wiederholte sie stupide.

Er beugte sich hinüber zur Beifahrertür und öffnete sie. »Los, steig ein.« Er zeigte auf den Sitz neben sich. »Los, komm«, stöhnte er. Er hielt die gewölbte Hand über sein Glied, als wäre es eine Flamme, die erlöschen könnte.

Carla packte ihre Büchertasche fester. Ihr Mund stand offen. Kein einziges Wort, weder englisch noch spanisch, fiel ihr ein. Sie entfernte sich rückwärts von dem großen, grünen Auto, ohne ein Auge von dem Mann zu lassen. Ein gequälter, drängender Ausdruck breitete sich in dem Gesicht des Mannes aus wie eine flehentliche Bitte, die Carla nicht erfüllen konnte. Sein Arm preßte irgend etwas, das Carla nicht sehen konnte, und dann, nach großer Erregung, wurde er ruhig. Sein Gesicht entspannte sich, es lag eine Art Frieden darauf. Der Mann neigte den Kopf, als würde er beten. Carla drehte sich um und floh die Straße hinab; ihre Büchertasche schlug ihr dabei gegen die Beine wie eine Peitsche, die sie selbst gebrauchte, damit sie schneller lief, immer schneller.

Ihre Mutter rief die Polizei, nachdem sie die einzelnen Bruchstücke von Carlas atemlosem, hektischem Bericht zusammengefügt hatte. Das Ungeheuerliche, das sie gesehen hatte, wurde nun noch von der Ungeheuerlichkeit übertroffen, mit der Polizei zu tun zu haben. Carla und ihre Schwestern fürchteten die amerikanische Polizei fast so sehr wie die SIM zu Hause. Auch ihr Vater schien in der Gegenwart von Polizisten nervös zu sein. Immer wenn ein Polizeiauto im Verkehr hinter ihnen war, sah er ständig in den Rückspiegel und bestand auf absoluter Ruhe im Wagen, damit er nachdenken könne. Standen Polizeibeamte auf dem Bürgersteig, grüßte er sie im Vorbeigehen überfreundlich. Zu Hause war er monatelang von der Geheimpolizei beschattet worden, und die Familie war an ihrem letzten Tag auf der Insel nur knapp einer Festnahme entgangen. Natürlich wußte Carla, daß amerikanische Polizisten »nette Kerle« waren, trotzdem fühlte sie sich unbehaglich in ihrer Gegenwart.

Nur Minuten später, nachdem Carlas Mutter auf der Wache angerufen hatte, klingelte es an der Tür. Dies war eine ordentliche Familiensiedlung, und niemand wollte, daß solch ein widerlicher Kerl unter so vielen Kindern frei herumlief, am wenigsten die Polizei. Als die Mutter die Tür öffnete, blieb Carla in der Küche und lauschte mit wild klopfendem Herzen ihren Erklärungen. Mamis Stimme klang hoch und zögernd und leicht entschuldigend – eine schwache Frauenstimme mit Akzent, die von den dröhnenden, unpersönlichen, amerikanischen Stimmen, die sie befragten, fast übertönt wurde.

»Meine Tochter, sie war auf dem Heimweg –«

»Wo genau?« fragte eine männliche Stimme.

»Diese Straße.« Carlas Mutter mußte in eine Richtung gezeigt haben. »Die auf die Avenue führt, ich weiß den Namen nicht.«

»Muß die Parallelstraße sein«, äußerte eine angenehmere männliche Stimme.

»Ja, ja, die Parallelstraße.« Die jubilierende Stimme ihrer Mutter schien damit das Problem abgeschlossen zu haben.

»Fahren Sie bitte fort, Ma'am.«

»Also, meine Tochter, sie sagte, dieser Verrückte in diesem Auto —«. Sie dämpfte die Stimme. Carla schnappte nur ein paar Brocken auf: so etwas wie »ins Auto zu steigen —«.

»Wo ist Ihre Tochter, Ma'am?« fragte die männliche Stimme herrisch.

Carla verkroch sich hinter der Küchentür. Ihre Mutter hatte Carla versprochen, nicht mit den Polizisten sprechen zu müssen, sie werde das selbst übernehmen.

»Sie ist fast noch ein Kind«, entschuldigte die Mutter Carla.

»Also, Ma'am, wenn Sie eine Anzeige machen wollen, müssen wir mit ihr sprechen.«

»Eine Anzeige machen? Was heißt das, eine Anzeige machen?«

Man hörte einen ärgerlichen Seufzer. Eine übertrieben nachsichtige Stimme erklärte mit Pausen zwischen den einzelnen Wörtern das gesetzliche Verfahren, als wiederholte sie eine Lektion aus dem Bürgerkundeunterricht, die Carlas Mutter eigentlich gelernt haben sollte, bevor sie die Polizei bemühte oder in diese Siedlung gezogen war.

»Ich will Ihnen keine Unannehmlichkeiten machen«, protestierte ihre Mutter. »Ich denke nur, das ist ein Verrückter, der nicht auf der Straße herumlaufen dürfte.«

»Sie haben völlig recht, Ma'am, aber uns sind die Hände gebunden, wenn Sie uns in Ihrer Verantwortung als Staatsbürgerin nicht weiterhelfen.«

O nein, stöhnte Carla, jetzt war sie dran. Die magischen Worte waren gefallen. Die Garcías waren nur Einwohner mit festem Wohnsitz, keine Staatsbürger. Wenn die Polizisten Mami für eine Bürgerin hielten, war das ein zu großes Kompliment. Dagegen zählte es nichts, ein Kind vor Peinlichkeiten zu bewahren. »Carla!« rief ihre Mutter von der Tür her.

»Wie heißt das Mädchen?« fragte der Beamte mit der amtlichen Stimme.

Ihre Mutter wiederholte Carlas vollen Namen und buchstabierte ihn für den Beamten, dann rief sie noch einmal im Befehlston: »Carla Antonia!«

Langsam und mürrisch kam Carla hinter der Küchentür hervor, steckte jedoch nur den Kopf in den Flur. »¿Sí, Mami?« antwortete sie höflich und gehorsam, um die Polizisten zu beeindrucken.

»Komm her«, sagte ihre Mutter und winkte sie heran. »Diese netten Beamten wollen von dir hören, was du gesehen hast.« Auf ihrem Gesicht lag ein entschuldigender Ausdruck. »Komm, Cuca, hab keine Angst.«

»Es gibt keinen Grund, Angst zu haben«, sagte der Polizist in barschem, furchteinflößendem Ton.

Carla näherte sich mit gesenktem Kopf der Eingangstür und sah nur kurz auf, als sich die beiden Beamten vorstellten. Der eine war überraschend jung, mit einem Gesicht, das nicht älter war als das der Jungen in der Schule, jedoch einem großen, mukulösen Männerkörper. Der andere Mann, ebenfalls groß und hellhäutig, sah älter aus, weil er ein böses, scharfkantiges Gesicht hatte wie ein Tier aus einer Fabel, bei dessen Anblick ein Kind sofort weiß: Dem darf man nicht trauen. Sie trugen einen Gurt an den Hüften, aus den Halftern ragten Pistolen hervor. Allein ihre Männlichkeit wirkte verletzend und bedrohlich. Sie waren so groß, so stark, so männlich, so amerikanisch.

Nachdem er ein paar Angaben über sie vermerkt hatte, fragte sie der Polizist mit der lauten Stimme und dem Block, ob sie bereit sei, ein paar Fragen zu beantworten. Carla nickte ergeben, den Tränen nahe, denn sie wußte nichts von ihrem Recht, alle Angaben verweigern zu dürfen.

»Könntest du das Fahrzeug beschreiben, das der Tatverdächtige gefahren hat?«

Sie wußte nicht einmal genau, was ein Fahrzeug oder ein Tatverdächtiger war. Ihre Mutter übersetzte es in ein einfacheres Englisch: »Was für ein Auto hat der Mann gefahren, Carla?«

»Ein großes, grünes Auto«, murmelte Carla.

Als ob sie nicht auf Englisch geantwortet hätte, wiederholte ihre Mutter für die Beamten: »Ein großes, grünes Auto.«

»Welche Marke?« wollte der Beamte wissen.

»Marke?« fragte Carla.

»Ich meine Ford, Chrysler, Plymouth oder so.« Der Mann beendete seinen Katalog mit einem Seufzer. Carla und ihre Mutter verschwendeten seine Zeit.

»¿*Qué clase de carro?*« fragte ihre Mutter auf Spanisch, aber es war ihr natürlich klar, daß Carla die Automarke nicht wußte. Carla schüttelte den Kopf, und ihre Mutter erklärte dem Beamten, wobei sie ihr half, das Gesicht zu wahren: »Sie kann sich nicht mehr erinnern.«

»Kann sie nicht sprechen?« schnauzte der barsche Polizist sie an. Nun stellte der Jungenhafte Carla eine Frage. »Carla«, begann er und sprach ihren Namen so aus, als wolle er Carla rundum in etwas Warmes, viel zu Süßes einhüllen. »Carla«, sagte er schmeichelnd, »kannst du den Mann, den du gesehen hast, bitte beschreiben?«

Jede Erinnerung an das Gesicht des Mannes war verflogen. Sie erinnerte sich nur noch an das verletzte Lächeln und ein paar aschblonde Haarsträhnen, die sorgfältig über einen kahlen Schädel gelegt waren. Aber das Wort für kahl fiel ihr nicht ein, und so sagte sie: »Er hatte fast nichts auf dem Kopf.«

»Du meinst, keinen Hut?« half ihr der freundliche Polizist.

»Fast kein Haar«, sagte Carla und sah auf, als hätte sie eine Vermutung geäußert und wolle nun wissen, ob sie recht oder unrecht hatte.

»Kahl?« Der grobe Polizist zeigte zuerst auf eine behaarte Stelle seines Handgelenks, das aus seinem Uniformärmel hervorsah, und dann auf seine rosafarbene, haarlose Handfläche.

»Ja, kahl.« Carla nickte. Der Anblick der schwarzen Haare des Mannes hatte sie mit Abscheu erfüllt. Sie dachte an ihre eigenen Beine, an denen dunkle Haare sprossen, und an die Veränderungen, die heimlich in ihrem Körper vorgingen und sie zu einer dieser erwachsenen Personen machten. Kein Wunder, wenn die hellstimmigen Knaben mit ihren weichen, unbehaarten Backen sie nicht ausstehen konnten. Sie konnten sehen, daß ihr Körper sie bereits verriet.

Die Vernehmung wurde fortgesetzt mit Fragen über das Äußere des Mannes, und dann kam sie, die gefürchtete Frage.

»Was hast du gesehen?« fragte der Polizist.

Carla blickte auf die Füße der Polizisten. Die schwarzen Spitzen ihrer Schuhe stießen unter den Aufschlägen ihrer Uniformhosen hervor wie die Schnauzen hinterhältiger Tiere. »Der Mann war von hier an völlig nackt.« Sie zeigte es mit der Hand. »Und er hatte eine Schnur um den Bauch.«

»Eine Schnur?« Die Stimme des Mannes glich einer Hand, die ihr Kinn heben und sie zwingen wollte aufzublicken, und genau das tat ihre Mutter, als der Mann wiederholte »Eine Schnur?«

Carla sah sich gezwungen, dem Polizisten ins Gesicht zu sehen. Es war in der Tat eine erwachsene Ausgabe der kränklich-blassen Gesichter der Jungen vom Schulhof. Genauso würden sie einmal aussehen, wenn sie erst erwachsen wären. Es gab keine Gemeinheit in diesem Gesicht, aber auch keine Freundlichkeit. Er besaß keinerlei Feingefühl für ihre Schwierigkeiten bei dem Versuch, mit ihrem geringen englischen Wortschatz zu beschreiben, was sie gesehen hatte. Das Gesicht gehörte einer Gestalt aus einem Film, der gerade vor Carla ablief, und die Gestalt fragte: »Was hat er mit der Schnur gemacht?«

Sie zuckte die Schultern, Tränen erschienen in ihren Augenwinkeln.

Ihre Mutter vermittelte. »Die Schnur hielt –«.

»Bitte, Ma'am«, sagte der Polizist, der alles zu Protokoll nahm. »Lassen Sie Ihre Tochter beschreiben, was sie sah.«

Carla dachte angestrengt darüber nach, was wohl die Bezeichnung für männliche Genitalien sein könnte. Sie waren in dieses Land gekommen, bevor sie in der Pubertät war, und viele der betreffenden Wörter, die sie im letzten Jahr aufgeschnappt hatte, hatte sie gar nicht begriffen. Nun lernte sie Englisch in einem katholischen Klassenzimmer, in dem noch keine Nonne je die Wörter ausgesprochen hatte, die sie jetzt benötigte. »Er hatte eine Schnur um den Bauch«, erklärte Carla. Die Schnelligkeit, mit der der Mann schrieb, verriet ihr, daß sie sich nun verständlich ausdrückte.

»Und dann ging sie hier nach vorn« – sie demonstrierte es an sich selbst – »und hier war sie geknotet wie eine –«. Sie hielt ihre Finger in die Höhe und krümmte sie zu einer Null.

»Eine Schlinge?« riet der freundliche Polizist.

»Eine Schlinge, und sein Ding –«. Carla zeigte auf den Hosenschlitz des Polizisten. Der schreibende Polizist sah sie finster an. »Sein Ding war in dieser Schlinge und wurde größer und größer«, stieß sie mit schwankender Stimme hervor. Der freundliche Polizist zog die Augenbrauen hoch und schob seine Uniformmütze auf den Hinterkopf. Mit seiner großen Hand wischte er die kleinen Schweißtropfen ab, die sich auf seiner Stirn gebildet hatten.

Carla wünschte sich sehnlichst, die Fragerei würde endlich aufhören. Was sie nun fürchtete, war, ihr Foto – aber wer hätte denn ein Foto machen sollen? – würde am nächsten Tag in der Zeitung erscheinen, und die Horde gemeiner Jungen würde sie mit dem aufziehen, was sie gesehen hatte. Sie überlegte, ob sie sie jetzt bei diesen jungen Beamten anzeigen könnte. »Übrigens«, würde sie sagen, und der Grobe würde sich Notizen machen. Sie fände die passenden Worte, um sie zu beschreiben: Ihre gemeinen, hämischen Gesichter kannte sie auswendig. Ihre bleichen, nicht zu unterschei-

denden, kränklichen Körper. Ihre hellen Stimmen, die vor Vergnügen kreischten, wenn Carla ein Wort falsch aussprach, das zu
wiederholen sie sie vorher beschwatzt hatten.

Doch nach ihrer Darstellung des Vorfalls war die Befragung bald
zu Ende. Der Polizist klappte seinen Block zu, und beide Beamte
verabschiedeten sich höflich von Carla und ihrer Mutter. Sie
fuhren in ihrem Streifenwagen davon, und in der ganzen Straße
fielen wieder die Gardinen und schlossen sich halbgeöffnete Fen-
sterläden wie Augen, die nichts Böses gesehen haben wollten.

Die nächsten beiden Monate, bevor sie sie für die zweite Hälfte
der siebten Klasse in der staatlichen Schule ihres Viertels anmeldete,
begleitete die Mutter Carla mit dem Bus zur Schule und holte sie
nach dem Unterricht wieder ab. Die Verhöhnungen und Verfol-
gungen hörten auf. Die Jungen nahmen wohl an, Carla hätte sich
beschwert, und ihre Mutter begleite sie, um sie zu beschützen.
Selbst im Unterricht, wenn die Mutter nicht anwesend war,
beachteten sie sie jetzt nicht mehr, und ihre scharfen, hellen Augen
schweiften durch den Klassenraum auf der Suche nach einem
neuen Opfer, einem Kind, das zu fett, zu häßlich, zu arm, zu anders
war. Carla war Luft für sie.

Aber ihre Gesichter schwanden nicht so schnell aus Carlas
Leben. Sie erschienen ihr im Traum und im Wachzustand. Manchmal, wenn sie in der Dunkelheit erwachte, hockten sie am Fußende
ihres Bettes, ein boshafter Chor frecher Gesichter, Jungen ohne
Körper, die ohne Worte sangen: »Hau ab! Hau ab!«

Dann schloß Carla, um sie nicht sehen zu müssen, die Augen
und wünschte sie hinweg. In der Dunkelheit, die sie sich so erschuf,
sprach sie, beginnend mit den Namen ihrer Schwestern, ein Gebet
für all jene, die Gott besonders beschützen sollte, hier und in der
Heimat. Die scheinbar endlose Aufzählung vertrauter Namen
brachte ihr den Schlaf zurück und gab ihr ein Gefühl der Sicherheit, den Eindruck einer Welt, die noch immer voller Menschen
war, die sie liebten.

# Schnee

*Yolanda*

In unserem ersten Jahr in New York mieteten wir eine kleine Wohnung, in deren Nähe sich eine katholische Schule befand. Sie wurde von den Barmherzigen Schwestern geleitet, robusten Frauen in langen, schwarzen Gewändern und Hauben, die sie eigenartig aussehen ließen, wie Puppen in Trauer. Ich liebte sie heiß und innig, vor allem die Lehrerin, die ich in der vierten Klasse hatte, die großmütterliche Schwester Zoe. Sie sagte, ich hätte einen hübschen Namen, und auf ihr Geheiß mußte ich der ganzen Klasse beibringen, wie man ihn aussprach. *Yo-lan-da*. Da ich die einzige Einwanderin in der Klasse war, bekam ich einen Extraplatz in der ersten Reihe am Fenster, abseits der anderen Kinder, damit Schwester Zoe mir Privatunterricht geben konnte, ohne die anderen zu stören. Langsam und deutlich sprach sie die Wörter, die ich wiederholen mußte: *Waschsalon, Cornflakes, U-Bahn, Schnee*.

Bald hatte ich genug Englisch mitbekommen, um zu verstehen, daß eine große Katastrophe in der Luft lag. Schwester Zoe erklärte den Schülern, die mit weit aufgerissenen Augen dasaßen, was in Kuba vor sich ging. Russische Raketen waren aufgestellt worden und wie man annahm, auf New York City gerichtet. Zu Hause im Fernsehen erklärte ein ebenfalls sehr besorgt aussehender Präsident Kennedy, wir müßten vielleicht gegen die Kommunisten Krieg

**177**

führen. In der Schule führten wir Luftschutzübungen durch: Eine unheilverkündende Schelle fing an zu klingeln, und wir rannten auf den Flur, warfen uns auf den Boden, bedeckten unsere Köpfe mit unseren Mänteln und stellten uns vor, die Haare fielen uns aus und die Knochen unserer Arme würden weich. Zu Hause beteten Mami, meine Schwestern und ich einen Rosenkranz für den Weltfrieden. Ich lernte neue Wörter: *Atombombe, radioaktiver Regen, Luftschutzbunker.* Schwester Zoe erklärte, wie es passieren würde. Sie zeichnete einen Pilz an die Tafel und markierte einen Schauer aus Kreidepunkten, um den trockenen Regen darzustellen, der uns alle umbringen würde.

Es wurde kalt, es war November, Dezember. Es war dunkel, wenn ich morgens aufstand, eiskalt, wenn ich dem Hauch meines Atems zur Schule folgte. Als ich eines Morgens in meiner Bank saß und träumend aus dem Fenster blickte, sah ich die gleichen Punkte in der Luft, die Schwester Zoe angezeichnet hatte – erst vereinzelt, dann immer mehr. Ich schrie »Bombe! Bombe!« Schwester Zoe fuhr herum, ihr weiter, schwarzer Rock blähte sich auf, als sie auf mich zurannte. Ein paar Mädchen begannen zu weinen.

Doch dann entspannte sich Schwester Zoes erschrockener Blick. »Ach, Yolanda, Liebes, das ist doch Schnee!« Sie lachte. »Schnee.«

»Schnee«, wiederholte ich. Ich sah vorsichtig aus dem Fenster. Immer hatte ich von diesen weißen Kristallen gehört, die im Winter aus dem amerikanischen Himmel fielen. Von meiner Bank aus beobachtete ich, wie der feine Puder den Bürgersteig und die geparkten Autos bedeckte. Jede Flocke sei anders, hatte Schwester Zoe gesagt, wie ein Mensch, unersetzlich und wunderbar.

# Die Show

▼▲▼▲❚❚❚▼▲▼▲▼▲▼▲▼▲▼▲▼▲▼▲▼▲▼▲▼▲▼▲▼▲▼▲▼▲

*Sandi*

Keine Ellenbogen, keine Cola, nur Milch oder –«. Mami hielt inne. Welche ihrer Töchter wußte die Reihe der Verhaltensmaßregeln zu ergänzen, die sie ihnen für das Abendessen im Restaurant mit den Fannings eingebleut hatte?

»Keine Ellenbogen auf dem Tisch«, riet Sandi.

»Das hat sie schon gesagt«, sagte Carla vorwurfsvoll.

»Kein Streit, Mädchen!« schalt Mami sie alle und fuhr mit ihrem Vortrag fort. »Nur Milch oder Eiswasser. Und ich bestellte für euch. Ist das klar?«

Die vier mit Zöpfen und Haarschleifen versehenen Köpfe nickten. In solchen Augenblicken, wenn sie alle ein einziger Organismus zu sein schienen – *die vier Mädchen* – verspürte Sandi den glühenden Wunsch, allein auf und davon zu gehen, irgendwohin in die Vereinigten Staaten, und nie mehr zurückzukommen, um wieder die Zweitälteste von vier fast gleichaltrigen Töchtern zu sein.

Diesmal jedoch nickte sie. Mamis Ton ermutigte nicht gerade zum Widerspruch. Wie sie sich während dieses Essens mit den bedeutenden Fannings zu benehmen hatten, war den Mädchen in den letzten Tagen und besonders heute so oft erklärt worden, daß es absolut keinen Zweck hatte, den Clown zu spielen, um ihre Mutter zu erweichen.

»Aber, Mami, bestell bitte nichts, was ich nicht mag, ja?« bat Sandi. Sie war immer wählerisch gewesen, was das Essen betraf, und jetzt in den Staaten schien es, als gäbe es doppelt so viele ungenießbare Gerichte, die man ihr auf den Teller häufen konnte.

»Kein Fisch, Mami«, erinnerte Carla sie. »Davon wird mir schlecht.«

»Und nichts mit Mayonnaise«, fügte Yoyo hinzu. »Ich kann keine Mayonnaise —«.

»Mädchen!« Die Mutter hob die Hände in die Höhe wie ein Verkehrspolizist auf der Insel und gebot ihren Wünschen Einhalt. Auf ihrem Gesicht lag der panische Ausdruck, den sie nicht mehr abgelegt hatte, seit sie – der Geheimpolizei nur knapp entronnen – vor drei Monaten in New York angekommen waren. Beim geringsten Anlaß brach sie in Tränen aus, verlor die Fassung oder drohte, sie werde den Rest ihrer Tage in Bellevue verbringen, dem Ort, wie sie erfahren hatte, an den in diesem Land die Verrückten gebracht wurden.

»Könnt ihr euch heute abend nicht ein bißchen zusammennehmen?« Die Stimme der Mutter klang sehr traurig, und Fifi, die Jüngste, fing zu weinen an. »Ich will nicht gehen«, jammerte sie. »Ich will nicht gehen.«

»Aber warum denn nicht, in aller Welt?« fragte Mami, und ihr Gesicht hellte sich auf. Sie schien ehrlich verblüfft. Dabei hatte sie sie seit Tagen so eingeschüchtert, daß ihnen dieser Ausgehabend mittlerweile genauso schrecklich vorkam, als gingen sie zwecks Impfung zum Arzt. »Es wird bestimmt lustig. Die Fannings haben uns in ein ganz besonderes spanisches Restaurant eingeladen, das in einer Zeitschrift sehr gelobt worden ist. Und es gibt dort auch eine richtige Show.«

»Was ist denn das?« Sandi, die das Interesse daran verloren hatte, für ein vernünftiges Essen zu plädieren und an ihren Haarschleifen herumfummelte, blickte auf. »Show?«

Das Gesicht der Mutter bekam einen übermütigen Ausdruck.

Sie hob die Schultern, verdrehte die Arme über dem Kopf und klatschte in die Hände, dann stampften ihre Füße schneller und schneller auf den Boden, als träte sie ein Feuer aus. »Flamenco! *Olé!* Könnt ihr euch noch an die Tänzer erinnern?« Sandi nickte. Sie waren alle von den Volkstänzern aus Madrid begeistert gewesen, die letztes Jahr anläßlich der Weltausstellung in der Dominikanischen Republik aufgetreten waren. Als Mami gerade anfing zu erklären, es gebe in diesem Restaurant Auftritte spanischer Tänzer und leckeres spanisches Essen, hörte man es von unten mehrfach dumpf gegen den Boden schlagen.

Die Mädchen sahen einander an und blickten dann fragend auf ihre Mutter, die die Augen rollte. »La Bruja«, erklärte sie. »Ich hatte sie ganz vergessen.« Die alte Frau in der Wohnung unter ihnen mit ihrem Helm aus wohlfrisiertem, blaugefärbtem Haar hatte sich seit dem Tag, an dem die Familie vor ein paar Monaten eingezogen war, ständig beim Hausmeister beschwert. Die Garcías sollten wieder ausziehen. Ihr Essen stank. Sie sprachen zu laut und noch dazu kein Englisch. Die Kinder waren so laut wie eine Herde wilder Esel. Alfredo, der puertoricanische Hausmeister, klingelte fast täglich an ihrer Tür. Könnte Mrs. García die Mädchen vielleicht ein bißchen besser im Zaum halten? Die Nachbarin unten war von dem Geklapper ihrer Schuhe auf dem Fußboden geweckt worden.

»Wenn ich sie noch mehr im Zaum halte«, begann ihre Mutter – und dann hörte Sandi, wie der Mutter die Stimme versagte. »Wir müssen hier doch herumlaufen können. Wir müssen atmen!«

Alfredo spähte vorsichtig den Flur auf und ab und flüsterte dann: »Ich verstehe, ich verstehe.« Er zuckte hilflos mit den Schultern. »Es ist nicht einfach in diesem Land, bis man sich daran gewöhnt hat. Man darf nichts persönlich nehmen.« Seine Stimme klang zum Schluß aufmunternd, aber Sandis Mutter nickte nur still.

»Und wie geht's meinen kleinen Señoritas?« rief Alfredo über Mrs. Garcías Schulter. Die Mädchen lächelten pflichtschuldig, wie man es ihnen beigebracht hatte, doch Sandi verdrehte zum Ausgleich die Augen zu einem Schielen. Sie mochte Alfredo nicht, wegen seiner Überfreundlichkeit und weil er mit ihnen Englisch sprach, obwohl sie doch alle Spanisch konnten. La Bruja unten hielt sie für einen Teufel – es war bezeichnend, daß sie unten wohnte. Wenn Sandi Stierkampf spielte und Yoyo mit einem Handtuch reizte, rief sie nach jedem erfolgreichen Todesstoß ¡OLÉ!, stampfte triumphierend mit den Füßen auf, hob die rechte Hand und grüßte in die Menge. Hinterher hatte sie stets ein schlechtes Gewissen, aber sie konnte es einfach nicht lassen. Eines Tages, kurz nach ihrem Spiel, hatte La Bruja Mutter und Töchter auf dem Flur angehalten und jenes häßliche Wort gezischt, das die Kinder in der Schule manchmal riefen: »Spics! Geht dahin zurück, wo ihr hergekommen seid!«

Sobald Papi von seinem Dienst am Krankenhaus heimkam, ging er unter die Dusche und sang eines seiner Lieblingslieder von der Insel, was die Mädchen zum Kichern brachte, während sie in ihre Ausgehkleider schlüpften. Sie waren ohnehin schon ausgelassen, weil sie den Gleichklang zwischen dem Namen Fanning und einem bestimmten Wort für Hintern, das sie kürzlich auf dem Schulhof gelernt hatten, entdeckt hatten.[*] »Wir essen mit den Fannies«, brauchte nur eine der Schwestern zu sagen, und schon brachen alle anderen in Gelächter aus. Papi kam aus dem Badezimmer und kämmte seine dunklen, nassen Locken. Er sah die Mädchen an und winkte. »Euer Papi ist ein toller Mann, was?« Er drehte und wendete sich vor dem Spiegel im Flur. »Ein stattlicher Mann, euer Papi.«

Die Mädchen verwöhnten ihn mit Zurufen wie »Ay, Papi.« Es war das erstemal seit ihrer Zeit in New York, daß sie ihren Vater in unbeschwerter Stimmung erlebten. Meistens machte er sich Sor-

---

[*] *Fanny:* Amerikanischer Slang für Arsch oder Hintern.

gen über *la situación* zu Hause. Einige der Onkel waren in Gefahr. Tío Mundo war im Gefängnis und Tío Fidelio vielleicht sogar tot. Papi hatte keine Zulassung als Arzt bekommen – es hing irgendwie mit seiner Ausbildung außerhalb Amerikas zusammen – und das Geld wurde knapp. Dr. Fanning versuchte, ihm zu helfen, indem er ihm immer wieder eine Stelle verschaffte, aber zuerst mußte Papi das fehlende Examen ablegen, um seine Zulassung zu erhalten. Dr. Fanning hatte auch für das Forschungsstipendium gesorgt, das es ihnen allen ermöglicht hatte, ihr altes Land zu verlassen. Und nun hatten der gute Doktor und seine Frau die ganze Familie auf ihre Kosten in ein teures Restaurant in der Stadt eingeladen. Die Fannings wußten, daß die Garcías sich im Moment einen solchen Luxus nicht leisten konnten. Es waren wirklich so nette Menschen, sagte Mami, Menschen, die einem Hoffnung machten, die Amerikaner seien im Grunde ihres Herzens vielleicht doch freundliche Wesen.

»Aber ihr müßt euch benehmen«, sagte Mami und kehrte wieder zu ihrer alten Leier zurück. »Ihr müßt ihnen zeigen, aus was für einer feinen Familie ihr kommt.«

Als Mami und Papi sich fertigmachten, sahen die Mädchen zu, wobei sie über ihre Strumpfhosen, ein unbequemes neues Kleidungsstück schimpften. Diese Dinger warfen an den Knöcheln Falten, hingen im Schritt zu tief, und man hatte immer das Gefühl, die Unterhosen rutschten herunter. Man kam sich darin vor wie diese bandagierten Mumien im Museum. Wenn man sie auswickelte, hatte sich Sandi gefragt und dabei die gläserne Vitrine mit ihrem Atem behaucht, wären es dann immer noch dunkle Ägypter oder wäre ihre Haut nach der langen Verpackung verblaßt – wie die Haut der Amerikaner unter dieser dicken Kleidung für den Winter, der gerade begann?

Sandi stützte die Ellenbogen auf den Toilettentisch und beobachtete im Spiegel, wie ihre Mutter sich das dunkle Haar kämmte. Heute abend verwandelte Mami sich wieder in die Schönheit, die sie zu Hause gewesen war. Ihr Gesicht sah im Schein der Lampen bleich und tragisch aus; ihre Augen leuchteten wie Bernstein, den man gegen das Licht hielt. Sie trug ein schulterfreies, schwarzes Kleid mit tiefem Rückenausschnitt, und ihr langer Hals wirkte wie der eines Schwans, der auf einem See entlangglitt. An ihrem Hals funkelte die wertvolle Kette mit den echten Diamanten. »Wenn es ganz dick kommt«, scherzte Mami manchmal grimmig, »verkaufe ich die Halskette und die Ohrringe, die Papito mir geschenkt hat.« Dann sah Papi sie immer finster an und sagte, sie solle nicht solchen Unsinn reden.

Wenn es wirklich mal so schlimm kommen sollte, überlegte Sandi, dann würde sie ihren Talismann verkaufen, das Armband mit der Windmühle, das sich ständig in ihrer Kleidung verfing. Sie würde sogar ihr Haar abschneiden und es verkaufen – eins der Mädchen zu Hause hatte ihr erzählt, Mädchen mit schönen Haaren könnten das immer. Sie konnte sich nicht vorstellen, wer es kaufen würde. Nie hatte sie in den großen Warenhäusern, in die Mami sie manchmal auf ihren Ausflügen führte, »um dieses neue Land kennenzulernen«, Haare gesehen, die man zum Verkauf anbot. Aber Sandi würde die notwendigen Opfer bringen. Heute abend, so überlegte sie, würde sie sich bei den reichen Fammings als die Tochter einführen, die bereit war, diese Opfer zu bringen. Vielleicht würden sie sie adoptieren und ihr ein Taschengeld geben, wie es andere amerikanische Mädchen bekamen, das Sandi dann ihrer richtigen Familie weitergeben könnte. Vorausgesetzt, sie dürfte sie regelmäßig besuchen, wäre es gar kein schlechtes Leben, einziges Kind eines vornehmen, reichen, kinderlosen amerikanischen Ehepaares zu sein.

Unten stand Ralph, der Portier, der selbst als Kind aus einem Land namens Irland gekommen war, an der geöffneten Tür und machte vor jeder der jungen Damen eine tiefe Verbeugung, als sie vorbeiging. Er flirtete immer mit den Mädchen und nannte sie die Fräulein Garcías, als wären sie die Kinder reicher Eltern. Mami sagte oft im Spaß, Ralph verdiene wahrscheinlich mehr Geld als

Papi mit seinem Forschungsstipendium. Zum Glück wurden sie von ihrem Großvater unterstützt. »Ohne Papito«, vertraute Mami ihren Töchtern an, nahm ihnen jedoch das Versprechen ab, das nie vor dem Vater verlauten zu lassen, »ohne Papito müßten wir von der Wohlfahrt leben.« Wohlfahrt, das wußten sie, war das, was die Leute hier erhielten, damit sie nicht zu Bettlern wurden wie die zu Hause vor La Catedral. Papito war es, der die Miete bezahlte, ihre Winterkleidung kaufte und sie einmal mit einem Ausflug ins Lincoln Center verwöhnte, damit sie die puppenhaften Ballerinen auf den Spitzen tanzen sehen konnten.

»Brauchen Sie ein Taxi heute abend, Doc?« fragte Ralph ihren Vater wie jedesmal, wenn die Familie sich ausgehfein gemacht hatte. Normalerweise sagte Papi: »Nein, danke, Ralph«, und die Familie bog um die Ecke und nahm den Bus. Heute abend jedoch war der Vater zu Sandis Überraschung verschwenderisch. »Ja, bitte, Ralph, einen Checker für alle meine Mädchen.« Sandi konnte es nicht fassen, wie glücklich ihr Vater zu sein schien. Sie schob ihre Hand in die seine, und er drückte sie, bevor er sie wieder losließ. Er war nicht der Mann, der in einem fremden Land offen seine Zuneigung zeigte.

Als das Taxi davonraste, mußte Mami dem Fahrer die Adresse wiederholen, weil der Mann Papis Akzent nicht verstehen konnte. Schlagartig erkannte Sandi, was sie unter anderem in den letzten Monaten vermißt hatte. Es war genau diese Form der speziellen Aufmerksamkeit, die man ihnen immer gezollt hatte. Zu Hause war immer ein Chauffeur dagewesen, der den Schlag geöffnet, ein Gärtner, der an seine Mütze getippt und ein halbes Dutzend Haus- und Kindermädchen, die so getan hatten, als wären die Gesundheit und das Wohlbefinden der de la Torre-García-Kinder von großem öffentlichen Interesse. Natürlich waren es gewöhnlich die de la Torre-Jungen und nicht die Mädchen, die sich besonderer Beachtung erfreuten. Aber da sie nun einmal den Namen de la Torre trugen, ließ man eben auch die Mädchen sich wichtig fühlen.

An dem Restaurant war eine weiße Markise angebracht, auf der in leuchtend roten Lettern der Name EL FLAMENCO prangte. Ein wie ein Würdenträger gekleideter Portier mit einem flammend roten Band über seinem weißen Rüschenhemd öffnete ihnen die Autotür. Über einen Teppich auf dem Bürgersteig gelangten sie ins Foyer, von dem aus man in einen großen Raum mit Tischen blicken konnte, die mit weißen Tischtüchern und zu Bischofsmützen gefalteten Servietten gedeckt waren. Silbernes Besteck und Gläser schimmerten wie Schmuckstücke. An den besetzten Tischen hantierte eine Schar von Kellnern, die wie Toreros ihr schwarzes Haar zu kleinen Pferdeschwänzen zusammengebunden hatten. Sie trugen Kummerbund und weiße, auf der Brust gerüschte Hemden – schöne Männer, wie derjenige, den Sandi eines Tages heiraten würde. Am besten jedoch waren der intensive, wohlvertraute Geruch nach Knoblauch und Zwiebeln und das melodische, rhythmische Spanisch, das die dunkeläugigen Kellner sprachen, die Sandi an ihre Onkel erinnerten.

Am Eingang des Speisesaales erklärte ihnen der Oberkellner, Mrs. Fanning habe angerufen, sie und ihr Mann seien auf dem Weg, sie sollten schon Platz nehmen und etwas trinken. Er führte sie, eine kleine sechsköpfige Prozession, zu einem Tisch unmittelbar vor einem Podium. Er rückte allen die Stühle zurecht, reichte jedem eine Speisekarte, verbeugte sich und zog sich zurück. Drei Kellner kamen an den Tisch geeilt, füllten Gläser mit Wasser und richteten nochmals Bestecke und Teller. Sandi saß reglos da und beobachtete, wie die schönen, langen Finger schnell und geschickt operierten.

»Etwas zu trinken, Señor?« wandte sich einer von ihnen an Papi.

»Kann ich eine Cola haben?« piepste Fifi und verstummte sofort unter den Blicken ihrer Mutter und der Schwestern. »Ich nehme eine Schokoladenmilch.«

Ihr Vater lachte gutmütig, den wartenden Kellner bemerkend. »Ich glaube, hier gibt es keine Schokoladenmilch. Heute darf es auch mal Cola sein. Oder, Mami?«

Mami rollte in gespielter Entrüstung die Augen. Sie war heute abend einfach zu schön, um die strenge Mutter zu spielen und an den alten Regeln zu kleben. »Hast du gemerkt«, flüsterte sie Papi zu, als der Kellner mit der Bestellung für die Getränke verschwunden war. Die Mädchen verstummten, um alles mitzubekommen. Mami hatte die Führungsrolle übernommen, seit sie in den Staaten lebten. *Sie* war in den Staaten zur Schule gegangen. *Sie* sprach Englisch ohne starken Akzent. »Sieh dir die Speisekarte an. Hast du gesehen, es stehen keine Preise drin. Ich wette, eine Cola kostet hier ein paar Dollar.«

Sandi sperrte entsetzt den Mund auf. »Ein paar Dollar!«

Ihre Mutter gebot ihr mit einem ärgerlichen Blick zu schweigen. »Bitte, blamier uns nicht, Sandi!« sagte sie und lachte, als Papi sie daran erinnerte, daß Spanisch hier keine Sprache war, in der man sich heimlich verständigen konnte.

»*Ay*, Mami.« Er legte seine Hand kurz auf die ihre. »Heute ist ein besonderer Abend. Es soll uns allen gutgehen. Wir brauchen mal wieder ein Fest.«

»Da hast du recht«, sagte Mami seufzend. »Und die Fannings bezahlen es.«

Papis Gesicht verfinsterte sich.

»Das ist kein Grund, sich zu schämen«, erinnerte Mami ihn. »Als sie zu Hause unsere Gäste waren, haben wir sie königlich bewirtet.«

Das stimmte. Sandi konnte sich noch entsinnen, als der berühmte Doktor Fanning und seine Frau auf die Insel gekommen waren, um die führende Ärzteschaft über neue Methoden auf dem Gebiet der Herzchirurgie zu informieren. Der hochgewachsene, schlanke Mann und seine doofe Frau waren Gäste der Familie gewesen. Es hatten viele Barbecues stattgefunden, die Auffahrt war dicht besetzt mit Autos, deren Chauffeure unter den Palmen Neuigkeiten und Klatsch ausgetauscht hatten.

Als die Getränke kamen, sprach Papi einen lustigen Toast, auf Spanisch und laut genug für die Kellner, aber sie waren viel zu professionell, und selbst wenn sie es mitbekommen hatten, so lachte doch keiner von ihnen. Als sie gerade alle ihre Gläser hoben, beugte sich Mami über den Tisch. »Sie sind da.« Sandi drehte sich um und sah, wie der Oberkellner mit einer großen, aufgetakelten Frau und einem riesigen, vielbeschäftigt aussehenden Mann auf ihren Tisch zukam. Man brauchte einen Moment, um zu erkennen, daß dies die gleichen menschlichen Wesen waren, die damals auf der Insel am Pool herumgelungert und mit ihren Sonnenbrillen, Sonnenhüten und den mit Sonnencreme eingeschmierten Nasen so albern ausgesehen hatten. Überdies hatten sie mit den Hausmädchen ein äußerst mangelhaftes Spanisch gesprochen.

Ein Hin und Her von Begrüßungen und Entschuldigungen folgte. Papi erhob sich, und Sandi, die nicht wußte, welche Manieren angebracht waren, stand ebenfalls auf, bis sie einen Blick der Mutter auffing, der ihr gebot, sich wieder zu setzen. Der Arzt und seine Frau verweilten bei jedem der Mädchen und versuchten, »sie in die richtige Reihenfolge zu bringen«, bei jeder erneut feststellend, wie klein sie doch gewesen sei, als sie sie das letzte Mal gesehen hatten. »Welch kleine Schönheiten!« scherzte Dr. Fanning. »Carlos, du hast ja einen richtigen Harem!« Die vier Mädchen sahen, wie das übermütige Lächeln vom Gesicht ihres Vaters verschwand.

In den ersten Minuten tauschten die Erwachsenen Neuigkeiten aus. Dr. Fanning erzählte, er habe mit einem Freund, Manager eines bedeutenden Hotels, gesprochen, in dem ein Hausarzt gesucht werde. Der Job sei ein Kinderspiel, sagte Dr. Fanning, in der Hauptsache ginge es darum, reichen Witwen Valium zu verabreichen, aber was soll's, die Bezahlung sei gut. Sandis Vater blickte auf seinen Teller, dankbar, aber auch peinlich berührt, in einer solchen Notlage und zu Dank verpflichtet zu sein.

Die Fannings bekamen ihre Getränke. Mrs. Fanning trank ihres in mehreren gierigen Schlucken aus und bestellte ein neues. Während des Begrüßungstrubels war sie still gewesen, doch nun stellte sie eine Frage nach der anderen, zog die Augenbrauen hoch und ihr Gesicht bedauernd in die Länge, als Mrs. García erklärte, es sei ihnen seit Verhängung der Nachrichtensperre vor zwei Wochen noch nicht gelungen, etwas über ihre Familie zu erfahren.

Sandi musterte die Frau eingehend. Warum hatte Dr. Fanning, der groß war und auf seine Art gut aussah, diese reizlose Frau mit den vorstehenden Zähnen geheiratet? Vielleicht stammte sie aus einer vornehmen Familie, was zu Hause der Grund war, wenn Männer reizlose Frauen mit vorstehenden Zähnen heirateten. Vielleicht hatte Mrs. Fanning all ihren Schmuck angelegt, und Dr. Fanning hatte sich von dem Geglitzer so angezogen gefühlt wie die kleinen Fische, wenn man einen mit Stanniol umwickelten Bindfaden im seichten Wasser hin und her bewegt.

Dr. Fanning klappte seine Speisekarte auf. »Wer möchte was bestellen? Ihr Mädchen?« Das war der Moment, auf den man sie so sorgfältig vorbereitet hatte. Mami würde für sie bestellen – sie würden nicht so ungezogen oder vorlaut sein und unaufgefordert ihre besonderen Vorlieben oder Abneigungen nennen. Außerdem, als Sandi versuchte, die Speisekarte zu entziffern, unter Zuhilfenahme ihres Zeigefingers einzelne Silben von sich gebend, fand sie keine Namen von Gerichten aufgeführt.

Ihre Mutter erklärte Dr. Fanning, sie würde zwei *pastelones* für die Mädchen bestellen, die sie sich teilen würden.

»Oh, aber die Meeresfrüchte sind hier sehr gut«, wandte der Doktor ein und sah sie über seine Brille hinweg an, die ihm auf die Nase gerutscht war wie einem Lehrer. »Wie wäre es mit Paella, Mädchen, oder *camarones a la vinagreta?*

»Sie essen keine Garnelen«, sagte ihre Mutter, und Sandi war dankbar, vor diesem gefürchteten, wurmartigen Nahrungsmittel bewahrt worden zu sein. Auf der anderen Seite hätte Sandi gern etwas anderes bestellt, und zwar für sich allein. Aber sie dachte an die Anweisungen ihrer Mutter.

»Mami«, wisperte Fifi, »was ist *pastolone?*«

»*Pastelón*, Cuca.« Mami erklärte, es sei ein geschmortes Gericht, wie Chucha es zu Hause immer zubereitet habe, mit Reis und Hackfleisch. »Es ist sehr gut. Ich bin sicher, es wird euch schmekken.« Dann sah sie die Mädchen mit einem scharfen Blick an, den sie dahingehend interpretierten, daß es ihnen einfach *zu schmecken hatte.*

»Ja«, sagten sie brav, als Dr. Fanning fragte, ob sie auch wirklich *pastelón* wollten.

»Ja, was?« setzte Mami nach.

»Ja, danke«, sagten sie im Chor. Der Doktor lachte und zwinkerte ihnen verständnisvoll zu.

Nachdem sie bestellt hatten und weitere Getränke gebracht worden waren, gingen die Erwachsenen zu dem typischen, monotonen Geleier ihrer Unterhaltungen über. Ab und zu, wenn sich am Ende einer Geschichte der Tonfall veränderte, beugte Sandi sich vor und hörte zu. Die übrige Zeit saß sie still da und spielte mit den Zuckerpäckchen auf dem Tisch, bis die Mutter es ihr verbot. Sie sah sich nach den anderen Tischen in ihrer Nähe um. Alle anderen Gäste waren Weiße und sprachen mit leiser, gedämpfter Stimme. Bestimmt Amerikaner. Sie hätten auch anderswo essen können, dachte Sandi, und trotzdem waren sie in ein *spanisches* Restaurant gegangen. La Bruja hatte unrecht. Andere Leute bezahlten sogar Geld dafür, um sich dort aufzuhalten, wo es etwas Spanisches gab.

Ihr Blick fiel auf einen jungen Kellner, dessen Aufgabe es zu sein schien, an den Tischen die Gläser mit Wasser nachzufüllen, wenn sie leer waren. Jedesmal, wenn er sie ansah, blickte sie verlegen zur Seite, aber die Langeweile machte sie mutiger. Sie begann einen kleinen Flirt. Er lächelte, und jedesmal, wenn sie zurücklächelte, kam er mit seiner silbernen Karaffe, um ihr Wasserglas aufzufüllen. Ihre Mutter bemerkte das und gab ihr den verschlüsselten Wink: »Der Brunnen wird bald versiegen.«

Tatsächlich hatte Sandi sehr viel Wasser getrunken und sagte

**190**

leise zu ihrer Mutter, sie müsse auf die Toilette. Die Mutter warf ihr erneut einen ärgerlichen Blick zu. Es war ihnen untersagt worden, heute abend während des Essens mit irgendwelchen Anliegen zu kommen. Sandi rutschte auf ihrem Sitz hin und her, weil sie nicht gehen wollte, ehe sie lächelnd die Erlaubnis erhielt.

Papi erbot sich, sie zu begleiten. »Ich muß selbst zur Toilette.« Mrs. Fanning erhob sich ebenfalls und sagte, sie müsse auch ein bißchen was loswerden. Dr. Fanning bedachte sie mit einem warnenden Blick, der sich nicht wesentlich von dem unterschied, den Sandi sich von ihrer Mutter eingehandelt hatte.

Zu dritt marschierten sie in den hinteren Teil des Restaurants, wohin der Oberkellner sie geschickt hatte, und eine enge Treppe hinab, die nur spärlich von den kleinen Lampen in den Türbögen erhellt wurde. In dem schwach beleuchteten Kellergeschoß betrachtete Mrs. Fanning zwinkernd die Aufschrift an den beiden Türen. »*Damas? Caballeros?*« Sandi unterdrückte den Impuls, die Aussprache der amerikanischen Dame zu korrigieren. »Hey, Carlos, Sie werden das für mich übersetzen müssen, sonst lande ich noch mit Ihnen im falschen Raum!« Mrs. Fanning ließ dabei auf eine komische Art ihre Hüften kreisen, wie jemand, der versucht, einen Hula-Hoop-Reifen in Schwung zu halten.

Papi sah zu Boden. Es war Sandi schon früher aufgefallen, daß er in Gegenwart amerikanischer Frauen ganz anders war als sonst. Er zog die Schultern vor und gab sich steif und förmlich wie ein Diener. »Sandi wird es Ihnen zeigen«, sagte er, indem er seine Tochter zwischen sich und Mrs. Fanning schob, die über sein Unbehagen lachte. »Dann mal los, Süße.« Sandi hielt der amerikanischen Dame die Tür mit der Aufschrift *Damas* auf. Als Mrs. Fanning sich umdrehte, um ihr zu folgen, neigte sie sich zu Sandis Vater hinüber und streifte mit ihren Lippen die seinen.

Sandi wußte nicht, ob sie dumm stehenbleiben oder hineinstürzen und die Tür vor diesem peinlichen Anblick verschließen sollte. Wie ihr Vater blickte sie auf ihre Füße und wartete, bis die kichernde Dame hereingefegt war. Selbst bei der schwachen Beleuchtung konnte Sandi erkennen, daß das Gesicht ihres Vaters sich mit einem dunklen Rot überzogen hatte.

Sandi und Mrs. Fanning befanden sich in einem hübschen kleinen Salon mit einem Sofa, Lampen und einem Stapel parfümierter Handtücher. Sandi erspähte die Toiletten im Nebenraum, stürzte in eine der Kabinen und erleichterte ihre Blase. Jetzt, erlöst, empfand sie erst die volle, schreckliche Tragweite dessen, was sie soeben mitangesehen hatte. Eine verheiratete Amerikanerin hatte ihren Vater geküßt!

Als sie ihre Toilette verließ, hörte sie, daß Mrs. Fanning noch in ihrer Kabine beschäftigt war. Rasch zog sie die dämlichen Strumpfhosen hoch, hielt ihre Hände flüchtig unter den Wasserhahn und fing an, sie an ihrem Kleid abzutrocknen, erinnerte sich jedoch im gleichen Moment an die Handtücher. Sie nahm eines von dem Stapel, wischte ihre Hände ab und tupfte sich das Gesicht, wie Mami es mit der Puderquaste machte. Als sie sich im Spiegel ansah, stellte sie überrascht fest, daß ihr ein hübsches Mädchen daraus entgegenblickte. Es war ein Mädchen, das als Amerikanerin hätte durchgehen können, mit sanften, blauen Augen und heller Haut, ein Aussehen, das auf eine schwedische Ururgroßmutter zurückging, wie auf jedem Familientreffen erneut festgestellt wurde. Sie schob ihren Pony hoch – ihr Gesicht war so fein wie das einer Ballerina. Nüchtern stellte sie fest, als gebe ein Außenstehender dieses Urteil ab, jemand der Amerikaner und bedeutend war, so wie Dr. Fanning: Sie war hübsch. Natürlich hatte sie das früher schon sagen hören, aber das Kompliment galt immer allen Schwestern, und deshalb hatte Sandi es für eine Liebenswürdigkeit gehalten, die Freunde ihrer Eltern über die Töchter äußerten, so wie sie über Söhne sagten: »Sind die aber groß« oder »Sind die aber intelligent«. Wenn sie hübsch war, mußte sie nicht dahin zurückgehen, wo sie hergekommen war. Die Hübsche sprach beide Sprachen. Die

Hübsche gehörte in dieses Land, um La Bruja eins auszuwischen. Während sie sich so intensiv betrachtete, sah sie im Spiegel, wie sich die Tür der Toilette hinter ihr öffnete. Sandi ließ ihren Pony fallen und rannte aus dem Raum.

Ihr Vater ging wartend im Vorraum auf und ab und klimperte mit dem Kleingeld in seiner Tasche. »Wo ist sie?« flüsterte er.

Sandi wies mit dem Kinn auf den Raum hinter sich.

»Diese Frau ist betrunken«, wisperte er, sich neben Sandi kauernd. »Aber ich darf sie nicht beleidigen, weißt du, sie sind unsere einzige Chance in diesem Land.« Er sprach in dem ernsten, gedämpften Ton, in dem er sich in der letzten Zeit auf der Insel mit Mami unterhalten hatte. »*Por favor*, Sandi, du bist jetzt schon ein großes Mädchen. Kein Wort darüber zu deiner Mutter. Du weißt ja, wie sie sich zur Zeit fühlt.«

Sandi sah ihn an. Es war das erstemal, daß ihr Vater sie je gebeten hatte, etwas Heimliches zu tun. Ehe sie Zeit hatte zu antworten, flog die Waschraumtür auf. Ihr Vater richtete sich auf. Mrs. Fanning rief: »Ach, hier bist du, Herzchen!«

»Ja, hier sind wir!« sagte der Vater eine Spur zu munter. »Und wir gehen besser an den Tisch zurück, bevor sie einen Suchtrupp nach uns ausschicken!« Er lächelte schelmisch, als wäre ihm dieser Witz, den er schon seit Wochen machte, gerade im Moment eingefallen.

Mrs. Fanning warf den Kopf zurück und lachte. »Ach, Carlos!«

Ihr Vater stimmte in das falsche Lachen der amerikanischen Dame ein, hielt aber jäh inne, als er Sandis Blick auf sich ruhen fühlte. »Worauf wartest du noch?« Er sprach in strengem Ton und zeigte auf die Treppe. Sandi blickte gekränkt zur Seite. Mrs. Fanning lachte wieder und ging als erste die enge, gewundene Treppe hinauf. Es war, als käme man aus dem Kerker, entschied Sandi. Sie würde alles ihren Schwestern erzählen, damit diese wünschten, ebenfalls auf die Toilette gegangen zu sein. Doch in Wahrheit hätte Sandi etwas darum gegeben, wenn sie niemals vom

Tisch aufgestanden wäre. Dann hätte sie nicht gesehen, was sie wohl nicht so schnell wieder würde vergessen können.

Am Tisch schob der junge Kellner den Stuhl für sie zurecht. Er sah noch immer schön aus mit seiner zarten, olivfarbenen Haut und den langen, schmalen Händen, wie die der Engel, ihre Gesangbücher haltend, auf den Abbildungen. Aber dieser Mann könnte sich ebensogut vorbeugen wie Mrs. Fanning es gerade im Keller getan hatte. Er könnte versuchen, *sie*, Sandi, auf den Mund zu küssen. Kein einziges Mal mehr blickte sie in seine Richtung.

Statt dessen beobachtete sie die Fannings genau, um hinter das Rätsel ihres geheimnisvollen Benehmens zu kommen. Was ihr unter anderem auffiel, war die große Menge Wein, die Mrs. Fanning trank, und jedesmal wenn sie dem Kellner zunickte, ihr Glas zu füllen, sagte Dr. Fanning aus dem Mundwinkel heraus etwas zu ihr. Schließlich, als der Kellner sich wieder über ihr leeres Glas beugte, bedeckte Dr. Fanning es mit der Hand. »Das ist genug«, fuhr er ihn an, und der Kellner zog sich schleunigst zurück.

»Was für ein Arsch du bist«, bemerkte Mrs. Fanning laut genug für alle am Tisch Versammelten, wenn auch die Mädchen mit dem Wort »Arsch« nichts anfangen konnten. Sofort fing Mami an, sich mit Sandi und ihren Schwestern zu befassen, um so zu tun, als fände der leise, zornige Wortwechsel zwischen den Fannings nicht statt. Aber die kleine Fifi war von der Szene am Tischende gefesselt: Mit aufgerissenen Augen starrte sie auf die streitenden Fannings und dann hinüber zu Mami, mit einem ernsten Blick, der aufsteigende Tränen ankündigte. Mami blinzelte ihr zu und lächelte ihr allerstrahlendstes Lächeln, um dem kleinen Mädchen zu zeigen: Es war nicht nötig, diese Amerikaner ernst zu nehmen.

Zum Glück kamen in diesem Moment, getragen von einer Kellnerheerschar, unter der Aufsicht des beflissenen Oberkellners, die Platten mit ihrem Essen. Die Spannung legte sich, als die beiden Paare kleine, vorsichtige Häppchen von ihren diversen Gerichten kosteten. Von allen Seiten hörte man Lob und Komplimente am

Tisch. Sandi fand das meiste auf ihrem Teller ungenießbar. Aber die Garnitur bestand aus einem riesigen Salatblatt, unter dem man einen großen Teil des groben Fleisches sowie den glitschigen Reis verschwinden lassen konnte.

Heute abend fühlte sie sich ihren Eltern überlegen: Sie wußte nun, daß sie kleine Leute waren im Vergleich mit diesen Fannings. Sie hatte mit eigenen Augen einen Vorfall beobachtet, dessen Aufdeckung für großen Wirbel sorgen würde. Was kümmerte es sie, wenn ihre Eltern sie aufforderten, ihren *pastelón* aufzuessen. Sie würde genau wie ein amerikanisches Mädchen antworten: »Ich mag nicht. Ihr könnt mich nicht zwingen. Dies ist ein freies Land.«

»Schau mal, Sandi!« Das war ihr Vater, der sich bemühte, sie wieder freundlicher zu stimmen. Er zeigte auf die Bühne, wo gerade die Beleuchtung dunkler wurde. Sechs Señoritas in langen, taillierten Kleidern mit flatternden Röcken und Maracas in den Händen betraten die Bühne. Der Gitarrist begann, eine mitreißende Melodie zu spielen. Schöne Männer, wie Stierkämpfer gekleidet, folgten ihren Damen. Sie stampften zur Begrüßung mit den Füßen, und die Damen antworteten mit dem gleichen Stampfen. Paarweise führten die sechs *damas* und *caballeros* eine Reihe komplizierter Schritte aus, die Maracas der Damen klapperten einen aufreizenden Rhythmus, und die Männer ahmten die Bewegungen ihrer Partnerinnen mit stolzem Gehabe und Füßestampfen nach. Dies waren nicht die zierlichen, keuschen Drehungen und Knickse der Ballerinen aus dem Lincoln Center. Diese Frauen sahen aus – Sandi wußte nicht, wie sie es anders ausdrücken sollte – ja, sie sahen aus, als wollten sie sich vor den Männern ausziehen.

Yoyo und Fifi saßen der Bühne am nächsten, aber Mami erlaubte Carla und Sandi, sich mit ihren Stühlen zu ihren Schwestern zu gesellen. Die Tänzer klapperten und stolzierten und warfen kühn wie Pferde den Kopf zurück. Sandis Herz schwang sich empor.

Dieser wilde, schöne Tanz stammte von Menschen wie sie, Spaniern, die die seltsame, beunruhigende Freude aus sich heraustanzten, die Sandi manchmal veranlaßte, Fifis Hand so fest zu drücken, bis sie schrie, oder Yoyo beim Stierkampf solange mit einem Handtuch hin- und herzulocken, bis beide in einem lachenden, erschöpften Knäuel zu Boden fielen, und La Bruja mit einem Besenstiel gegen die Decke hämmerte.

»Die Mädchen haben solchen Spaß«, hörte Sandi ihre Mutter halblaut zu Mrs. Fanning sagen.

»Ich auch«, bemerkte die amerikanische Dame. »Diese Knaben sind schon was Besonderes. Hey, Lori, sehen Sie mal, was der eine dort für enge Hosen anhat.«

»Sehr hübsch«, sagte Sandis Mutter ein wenig steif.

Dr. Fanning zischte zu seiner Frau hinüber: »Das reicht, Sylvia.«

Die Show nahm ihren Fortgang, und Sandi konnte sehen, wie sich die Gesichter der Tänzer mit Schweißperlen bedeckten. Feuchte Flecken breiteten sich unter ihren Armen aus, und ihr Lächeln wurde angespannt. Aber sie sahen noch immer schön aus, als ein Paar nach dem anderen zu Solotänzen nach vorne kam. Dann zogen sich die Männer zurück und erhielten irgendwoher Rosen, die sie ihren Partnerinnen zum Geschenk machten. Die Frauen begannen einen Tanz, bei dem sie die Rosen im Mund hielten, und ihre Maracas klapperten ein gnadenloses Dankeschön für die Männer.

Hinter Sandi rutschte ein Stuhl über den Boden, ein anderer fiel um, und zwei Gestalten rannten vorbei. Es waren Mrs. Fanning und Dr. Fanning auf einer Verfolgungsjagd! Sie kletterte auf das Podium, klatschte über ihrem Kopf in die Hände, und Dr. Fanning griff nach ihr, verfehlte sie jedoch, und sie entwischte ihm auf die Hauptbühne. Die Tänzer machten gutmütig Platz. Dr. Fanning folgte ihr nicht, sondern ging mit einem ärgerlichen Schulterzucken an den Tisch zurück.

»Lassen Sie ihr doch den Spaß«, sagte Sandis Mutter mit aufgesetzter Fröhlichkeit in der Stimme. »Sie amüsiert sich nur ein bißchen.«

»Sie hat zuviel getrunken, das ist alles«, sagte der Arzt kurz.

Der Auftritt der Amerikanerin brachte das Restaurant in Schwung. Sie war eine gute Komödiantin, stieß die männlichen Tänzer mit den Hüften an und verdrehte übertrieben die Augen. Die Gäste lachten und applaudierten. Die Geschäftsleitung, die eine gute Gelegenheit witterte, ließ sie mit dem Scheinwerfer anstrahlen, und der Gitarrist kam nach vorn und spielte eine bekannte amerikanische Melodie mit spanischen Anklängen. Einer der Tänzer fungierte als Partner Mrs. Fannings – die, als der Tänzer sich entfernte, die Parodie einer Verfolgung aufführte. Die Gäste spendeten frenetisch Beifall.

Alle außer Sandi. Mrs. Fanning hatte den Zauber der wilden, schönen Tänzer zerstört. Sandi konnte es nicht ertragen, sie anzusehen. Sie stellte ihren Stuhl an den Tisch zurück, beschäftigte sich mit ihrem Wasserglas und drehte den Stiel solange und heftig, bis sich auf dem weißen Tischtuch feuchte Ringe bildeten.

Nach einer Ehrenrunde wurde Mrs. Fanning von ihrem Partner zurück an den Tisch geleitet. Sandis Vater erhob sich und rückte ihren Stuhl zurecht.

»Wir wollen gehen.« Dr. Fanning hielt nach dem Kellner Ausschau, um die Rechnung zu verlangen.

»Ach komm, Liebling, nun sei mal ein bißchen locker«, redete seine Frau ihm gut zu. Eine der Tänzerinnen hatte der amerikanischen Dame ihre Rose überlassen, und Mrs. Fanning versuchte nun, sie ihrem Mann ins Knopfloch zu stecken. Dr. Fanning sah sie zornig an, aber noch ehe er ein Wort sagen konnte, wurde eine Flasche Champagner an den Tisch gebracht, die die Geschäftsleitung spendiert hatte. Als der Pfropfen knallte, applaudierten einige der Gäste an den Nachbartischen und hoben ihre Gläser, um auf Mrs. Fanning anzustoßen.

»Auf uns alle!« Mrs. Fanning erhob ihr Glas. »Los, Mädchen«, drängte sie sie. Sandis Schwestern hoben ihre Wassergläser und stießen mit der amerikanischen Dame an.

»Sandi!« sagte ihre Mutter. »Du auch.«

Widerwillig hob Sandi ihr Glas.

Dr. Fanning erhob sein Glas und versuchte, dem Augenblick einen besonderen Ernst zu verleihen: »Auf Sie, die Garcías. Willkommen in diesem Land.« Nun erhoben ihre Eltern die Gläser, und Sandi bemerkte in den Augen des Vaters Dankbarkeit, während die Augen ihrer Mutter feucht wurden und sie kaum die Tränen zurückhalten konnte.

Während Dr. Fanning mit einem der Kellner sprach, trat eine Tänzerin an ihren Tisch mit einem großen Weidenkorb, den sie an einem Tragriemen um den Hals trug. Sie hielt den Mädchen den Korb hin und schenkte den beiden Männern ein breites, einladendes Lächeln. In dem Korb befand sich ein Dutzend dunkelhaariger, wie spanische Señoritas gekleideter Barbiepuppen. Die Tänzerin hielt eine Puppe in die Höhe, blies den Rock ihres Kleides auf, und er öffnete sich wie eine voll erblühte, hübsche Blume.

»Möchtest du gern eine haben?« fragte sie die kleine Fifi. Die Frau sprach Englisch, aber mit dem gleichen starken Akzent wie Dr. García.

Fifi nickte begeistert, dann schaute sie zu ihrer Mutter hinüber, die das kleine Mädchen streng ansah. Langsam schüttelte Fifi den Kopf. »Nein?« fragte die Tänzerin überrascht und hob die Augenbrauen. Sie sah die anderen Mädchen an, und ihr Blick fiel auf Sandi. »Möchtest du eine?«

Natürlich hatte Sandi die wiederholte Ermahnung an die Mädchen nicht vergessen, keine ausgefallenen Gerichte zu verlangen oder sonstige Sonderwünsche zu äußern. Die Garcías konnten sich keine Extraausgaben leisten und wollten ihre Gastgeber keinesfalls in die peinliche Lage bringen, aus Großzügigkeit Geld zu verschwenden. Sandi starrte auf die kleine Puppe. Es war eine perfekte Kopie der schönen Tänzerinnen, in einem langen, glitzernden

Kleid und mit einem hübschen Schildpattkamm im Haar, von dem eine winzige Spitzenmantilla herabfiel. An den Füßen waren winzige, schwarze Schuhe mit hohen Absätzen befestigt, die gleichen, die die Tänzerinnen getragen hatten. Sandi ignorierte den scharfen Blick ihrer Mutter und streckte die Hand nach der Puppe aus.

Mit der Spitze ihres lackierten Fingernagels zeigte die Tänzerin die Miniaturmaracas, die die Puppe in der Hand hielt. Sandi verspürte die gleiche Zärtlichkeit wie eine junge Mutter, die die winzigen Fäustchen eines Neugeborenen öffnet. Bewußt übersah sie den Blick ihrer Mutter und wandte sich an ihren Vater: »Papi, darf ich sie haben?« Ihr Vater sah zu der hübschen Verkäuferin auf und lächelte. Er wollte Eindruck machen – das sah Sandi. »Sicher«, nickte er und setzte hinzu, »alles für mein Mädchen.« Die Tänzerin lächelte.

Auf der Stelle erfolgten die Schreie der anderen drei: »Für mich auch. Papi! Für mich auch!«

Ihre Mutter langte über den Tisch und nahm Sandi die Puppe aus der Hand. »Kommt überhaupt nicht in Frage.« Die Tänzerin, die inzwischen drei weitere Puppen aus ihrem Korb hervorgeholt hatte, wurde mit einem ablehnenden Kopfschütteln bedacht.

Mittlerweile war die Rechnung gekommen, und Dr. Fanning überprüfte die einzelnen Posten und häufte Scheine auf einen kleinen Teller. Währenddessen starrte Papi vor sich auf das Tischtuch. Zu Hause, in ihrem alten Land, hatte jeder auf dem Vorrecht bestanden zu bezahlen. Aber was wollte er in diesem neuen Land machen, wo er nicht einmal wußte, ob er genug Geld in der Tasche hatte, um die vier Puppen zu bezahlen, die er nun notgedrungen für seine Töchter kaufen mußte.

»Ihr kennt die Regeln!« zischte Mami.

»Bitte, Mami, bitte«, bettelte Fifi, die das Angebot der Frau für ein Geschenk hielt. »Nein!« sagte Mami schneidend. »Und keine Diskussion mehr.« Die Schärfe ihres Tons ließ Mrs. Fanning, die

gedankenabwesend ihre Sachen zusammengesucht hatte, aufblik-
ken. »Was ist los?« fragte sie die Mutter der Mädchen. »Nichts«,
sagte Mami und lächelte angestrengt.

Sandi war entschlossen, ihre Chance nicht zu verpassen. Diese
Frau hatte ihren Vater geküßt. Diese Frau hatte die Nummer mit
den schönen Tänzern verdorben. Aus Sandis Sicht schuldete diese
Frau ihr etwas. »Wir hätten gern eine dieser Puppen.« Sandi wies
auf den Korb, in den die Tänzerin die verschmähten Puppen gerade
wieder einsortierte.

»Sandi!« schrie die Mutter sie an.

»Ach ja, ich glaube, das ist eine gute Idee! Ein Souvenir!« Mrs.
Fanning winkte die Tänzerin zurück, die mit ihrem vollen Korb
wieder an den Tisch kam. »Geben Sie jedem der Mädchen eine
Puppe und lassen Sie es auf die Rechnung schreiben. Liebling« –
sie wandte sich an ihren Mann, der soeben die kleine Mappe
zugeklappt hatte – »warte einen Moment.«

»Ich werde nicht zulassen –«. Papi beugte sich vor, um seine
Brieftasche aus der hinteren Hosentasche zu ziehen.

»Unsinn!« Mrs. Fanning schnitt ihm das Wort ab. Sie berührte
seine Hand, um zu verhindern, daß er die Brieftasche öffnete.

Papi zuckte zurück und versuchte dann, seine Reaktion zu
verbergen, indem er so tat, als wolle er ihre Hand zurückdrängen.
»Das bezahle ich.«

»Nehmen Sie sein Geld nicht«, befahl Mrs. Fanning der Tänzerin, die unverbindlich lächelte.

»Ja«, pflichtete Dr. Fanning seiner Frau bei. »Wir wollten den
Mädchen ohnehin etwas kaufen, nur wußten wir einfach nicht,
was. Das ist genau das Richtige.« Er fischte vier weitere Zehn-
dollarscheine aus einem Bündel von Geldnoten. Papi tauschte mit
Mami einen hilflosen Blick.

Während ihre Schwestern sich noch Gedanken machten, welche der Puppen sie nehmen sollten, grabschte Sandi sich diejenige,
die haargenau so gekleidet war wie die Tänzerinnen der Show. Sie

stellte die Barbiepuppe auf den Tisch, reckte einen der Arme nach oben und drehte den anderen nach hinten, so daß die Puppe in der Pose der spanischen Tänzerinnen erstarrt dastand.

»Sie sind zu liebenswürdig«, sagte ihre Mutter zu Mrs. Fanning und wandte sich dann in strengem Ton, der die kommende Bestrafung schon ahnen ließ, an die vier Mädchen: »Was sagt ihr?«

»Dankeschön«, sagten Sandis Schwestern im Chor.

»Sandi?« sagte die Mutter fragend.

Sandi blickte auf. Die Augen ihrer Mutter waren dunkel und wunderschön, wie die der kleinen Tänzerin vor ihr. »Ja, Mami?« fragte sie höflich, als ob sie die Aufforderung nicht gehört hätte.

»Was sagst du zu Mrs. Fanning?«

Sandi wandte sich der Frau zu, deren vom Alkohol getrübte Augen und deren ironisches Lächeln von den Dingen sprachen, die Sandi eben erst im Begriff war zu lernen. Dinge, von denen die Tänzer bereits alles wußten, deshalb tanzten sie ja mit solcher Vehemenz, mit solcher Leidenschaft. Sie ließ ihre Tänzerin bis zu der amerikanischen Dame hüpfen und eine Verbeugung machen. Mrs. Fanning kicherte und antwortete mit einem Nicken. Aber Sandi war noch nicht fertig. Sie schob die Puppe noch näher, und Mrs. Fanning schielte überrascht darauf herab. Dann hielt sie ihre neue Puppe der Amerikanerin direkt vor das Gesicht, kippte sie nach vorn, bis der kleine Kopf die gerötete Wange der Frau berührte und gab ein schmatzendes Geräusch von sich.

»*Gracias*«, sagte Sandi, als müßte die Sprache der Barbiepuppe zu ihrem spanischen Kostüm passen.

# III

▼▲▼▲III▼▲▼▲▼▲▼▲▼▲▼▲▼▲▼▲▼▲▼▲▼▲▼▲▼▲▼▲▼▲▼▲▼▲▼

# 1960 – 1956

# Das Blut der Konquistadoren

▼▲▼▲ I I I ▼▲▼▲▼▲▼▲▼▲▼▲▼▲▼▲▼▲▼▲▼▲▼▲▼▲▼▲▼▲▼▲

*Mami, Papi, die vier Mädchen*

## I

Carlos steht im Anrichteraum und trinkt ein Glas Wasser aus dem Wasserhahn, als er die zwei Männer die Auffahrt heraufkommen sieht. Sie tragen gestärkte Khakiuniformen. Beide haben Spiegelglasbrillen auf, deren glänzende Gestelle genau zu den glänzenden Schnallen ihrer Pistolenhalfter passen. Wären nicht die Pistolen, es hätten Aufseher sein können, die mit einer Sammelliste herumgingen oder eine Arbeit überwachten, bei der andere ins Schwitzen gerieten. Aber die Pistolen verraten sie.

Chucha, die alte Köchin, kramt nach einem Untersetzer für sein Glas. Er weist mit einer Kopfbewegung zum Fenster, sie blickt alarmiert auf und sieht die zwei Männer. Ganz langsam, damit sie auch beim Näherkommen keine Bewegung am Fenster erkennen können, legt Carlos den Finger an die Lippen. Chucha nickt. Schritt für Schritt zieht er sich vorsichtig aus dem Raum zurück. Sowie er den Flur erreicht hat, in dem es keine Fenster zur Auffahrt gibt, stürzt er wie ein Wahnsinniger in Richtung Schlafzimmer davon. Er durchquert den Patio, wo die vier Mädchen mit ihren Cousins und Cousinen »Statue« spielen.

Sie sind zu sehr in ihr Spiel vertieft, um seine vorbeihuschende Gestalt zu bemerken. Doch Yoyo, gerade in einer Drehung erstarrt, blickt zufällig auf und sieht ihn.

Wieder legt er den Finger an die Lippen. Yoyo hält erstaunt den Kopf schief.

»Yoyo!« ruft einer der Cousins. »Yoyo hat sich bewegt!«

Der Streit bricht aus, als er gerade die Schlafzimmertür erreicht. Er hoffte, daß Yoyo den Mund hält. Bestimmt werden die Männer sie befragen, wenn sie das Haus durchsuchen. Kinder und Hausangestellte gehören zu den Personengruppen, die sie immer verhören.

Im Schlafzimmer öffnet er den großen, begehbaren Schrank, und die Innenbeleuchtung geht an. Als er die Tür schließt, erlischt sie. Er greift nach der Taschenlampe und knipst sie an. In der Ferne hört er die Kinder streiten, dann das Läuten der Türglocke. Sein Herz rast, zersprengt ihm fast die Brust. Ruhig jetzt, ganz ruhig.

Er schiebt sich an einer Reihe von Lauras Kleidern vorbei in den hinteren Teil des Schrankes. Der Talkumgeruch ihrer Hauskleider, vermischt mit dem sonnentrockenen Geruch ihrer Haut und dem parfümierten Geruch ihrer Partykleider hat etwas Tröstliches. Er achtet darauf, die Anordnung ihrer Schuhe auf dem Boden nicht durcheinanderzubringen, sondern steigt darüber hinweg und löst die Rückwand. Dahinter befindet sich ein kleiner Raum mit einem Luftschlitz, der oberhalb der Dusche ins Badezimmer führt. Luft und ein wenig Licht. Ein paar Handtücher, ein Kissen, ein Laken, ein Nachttopf, ein Kanister Trinkwasser, Aspirin, Schlaftabletten, sogar ein San Judas, Schutzheiliger für hoffnungslose Fälle, den Laura an die Innenseite der Wand genagelt hat. Der kleine Revolver, den Vic für ihn hereingeschmuggelt hat – nur für alle Fälle – ist sorgfältig in ein spezielles Hemd gewickelt, ein dunkles Hemd und eine dunkle Hose für eine eventuelle nächtliche Flucht. Er schlüpft in den Raum, legt die Taschenlampe auf den Boden und schließt sich ein, indem er die Rückwand wieder in ihre alte Lage bringt.

Als sie ihren Vater vorbeistürmen sieht, glaubt Yoyo, ihr Vater spiele wieder eines seiner Spiele, die niemand ausstehen kann und die Mami als geschmacklos bezeichnet. Zum Beispiel, wenn er fragt: »Möchtest du den lieben Gott sprechen hören?«, und man ihm die Nase zuhalten muß, und er läßt einen Furz. Oder wenn er immer wieder fragt, auch wenn man schon *weiß* gesagt hat: »Welche Farbe hatte Napoleons weißes Pferd?« Oder wenn er mit einem die Probe macht, ob man das Blut der Konquistadoren geerbt hat oder nicht, einen dabei an den Füßen packt und mit dem Kopf nach unten hält, bis einem das Blut in den Kopf steigt, und er ohne aufzuhören fragt: »Hast du in dir das Blut der Konquistadoren?« Yoyo sagt immer nein, bis sie es nicht mehr aushält, weil sie das Gefühl hat, ihr zerplatze der Schädel, und ja sagt. Dann stellt er sie wieder auf die Füße und lacht ein volles, tiefes Konquistadorenlachen, das direkt aus den grünen, heimatlichen Hügeln Spaniens kommt.

Aber jetzt spielt Papi kein Spiel, denn gleich nachdem er vorbeigerannt ist und sich versteckt hat, läutet die Türglocke, und Chucha läßt diese beiden unheimlich aussehenden Männer herein. Sie sind milchkaffeebraun, und ihre Khakiuniformen haben die gleiche Farbe wie ihre Haut, sie sehen also ganz und gar beige aus, eine Farbe, die sich nie jemand als Lieblingsfarbe aussuchen würde. Sie tragen dunkle Spiegelglasbrillen. Was Yoyos Blick anzieht, sind die Pistolenhalfter und der blanke, schwarze Knauf ihrer Pistolen, die daraus hervorlugen.

Nun weiß sie aber: Pistolen sind verboten. Nur *guardias* in Uniform dürfen sie tragen. Also sind diese Männer entweder Verbrecher oder Geheimpolizisten in Zivil, von denen ihr Mami erzählt hat, die könnten jederzeit an jedem Ort sein, so wie Schutzengel, nur sie hielten einen nicht ab, etwas Böses zu tun, sondern warteten, bis sie einen dabei erwischten. Mami hat im Spaß zu Yoyo gesagt, sie solle lieber gehorchen, denn wenn diese Geheimpolizisten sie Böses tun sähen, würden sie sie in ein Gefängnis für Kinder stecken, wo auf der Speisekarte nur Gerichte stünden, die Yoyo nicht gern äße. Chucha spricht sehr laut und wiederholt alles, was die Männer sagen, als wäre sie taub. Papi soll wohl in seinem Versteck alles mitbekommen. Es muß eine ernste Angelegenheit sein, wie damals, als Yoyo ihrem Nachbarn, dem alten General, die erfundene Geschichte erzählt hatte, Papi habe eine Pistole, was sich als wahr herausstellte, denn aus irgendeinem Grund besaß Papi wirklich eine Pistole. Milagros, das Kindermädchen, verriet, daß Yoyo dem General dieses Märchen erzählt hatte, und ihre Eltern verprügelten sie daraufhin mit einem Gürtel im Badezimmer, bei laufender Dusche, damit niemand ihr Geschrei hören konnte. Dann mußte Mami sich mitten in der Nacht mit Tío Vic treffen, die Pistole unter ihrem Regenmantel versteckt, damit sie sich nicht im Haus befand, falls die Polizei käme. Das war eine sehr ernste Sache. Das war die Zeit, von der Mami heute noch spricht als »damals, als dein Vater deinetwegen fast umgebracht worden wäre, Yoyo«.

Sobald die Männer im Wohnzimmer hinter dem Innenhof Platz genommen haben, versuchen sie, die Kinder in ein Gespräch zu verwickeln. Yoyo sagt kein Wort. Sie ist davon überzeugt, die Männer seien wegen dieser Geschichte mit der Pistole gekommen, die sie erzählt hat, als sie erst fünf war und ihr noch keiner gesagt hatte, Pistolen seien verboten.

Der größere Mann mit dem Goldzahn fragt Mundín, den einzigen Jungen in der Gruppe, wo sein Vater sei. Mundín erklärt, sein Vater sei wahrscheinlich noch im Büro; deshalb fragt der Mann ihn, wo seine Mutter sei, und Mundín antwortet, er glaube, sie sei zu Hause.

»Das Mädchen hat gesagt, sie sei nicht zu Hause«, sagt der Kleine mit dem breiten Gesicht gereizt. Es ist ein Vergnügen zu beobachten, wie er schon im nächsten Moment zugeben muß, sich getäuscht zu haben, als Mundín nämlich sagt: »Sie meinen Tía Laura. Ich wohne aber nebenan.«

»Ooooohh«, sagt der Kleine das Wort in die Länge dehnend und macht den Mund dabei so rund wie den Lauf seines Revolvers, den er geleert hat und herumreicht, damit ihn alle Kinder einmal in die Hand nehmen dürfen. Yoyo nimmt ihn und blickt mit einem Schaudern direkt in die Mündung. Vielleicht ist er geladen, wenn sie sich jetzt den Kopf abschösse. Vielleicht würden ihr dann alle vergeben, damals die Geschichte mit der Pistole erfunden zu haben.

»Also, wer von euch Mädchen wohnt hier?« fragt der Große. Carla hebt die Hand, als wäre sie in der Schule. Sandi tut es ihr nach und fordert Yoyo und Fifi auf, ebenfalls die Hände zu heben.

»Vier Mädchen«, sagt der Dicke und verdreht die Augen. »Keine Jungs?« Sie schütteln den Kopf. »Euer Vater täte gut daran, dicke Schlösser an den Türen anzubringen.«

Auf Fifis Gesicht erscheint ein beunruhigter Ausdruck. Vor ein paar Tagen hat sie aus Versehen den kleinen Stift an der Klinke ihrer Schlafzimmertür herumgedreht und dann nicht mehr gewußt, wie sie ihn zurückschieben und die Tür aufbekommen sollte. Ein Arbeiter aus Papitos Fabrik mußte kommen und das ganze Schloß herausnehmen, wobei er ein Loch in die Tür machte; dann erst war die hysterische Fifi befreit. »Warum Schlösser?« fragt sie, während ihre Unterlippe verräterisch zittert.

»Warum?« Der Rundliche lacht. Die Speckrolle um seine Taille wackelt. »Warum?« wiederholt er und bricht immer wieder in ein glucksendes Gelächter aus. »Komm her, *cielito lindo*, dann zeig' ich dir, warum dein Papi Schlösser an den Türen anbringen muß.« Er winkt Fifi mit gekrümmtem Zeigefinger zu sich. Fifi schüttelt ablehnend den Kopf und fängt an zu weinen.

Yoyo würde auch am liebsten weinen, aber sie ist überzeugt, daß die Männer dann Verdacht schöpfen und ihren Vater, vielleicht sogar die ganze Familie, mitnehmen. Yoyo stellt sich vor, sie säße in einer Gefängniszelle. Dann ginge es ihr so wie Felicidad, Mamitas kleinem Kanarienvogel, in seinem Käfig. Die Wachen würden mit ihren Gewehren hineinstoßen, wie Yoyo Felicidad manchmal mit einem Stock piekst, wenn niemand im großen Haus sie dabei beobachtet. Sie bekommt eine solche Angst und ist den Tränen nahe, als sie das Auto in der Auffahrt hört und weiß, das muß sie sein, das muß sie sein. »Mami ist da!« schreit sie, in der Hoffnung, auf die gute Nachricht hin würde ihre kleine Schwester aufhören zu weinen.

Die beiden Männer wechseln einen Blick und stecken ihre Revolver zurück in die Halfter.

Chucha kommt mit dem gleichen grimmigen Gesichtsausdruck wie immer herein und verkündet laut: »Doña Laura ist gekommen.« Beim Hinausgehen verstreut sie einen feinen Puder. Ihre Lippen bewegen sich unaufhörlich, als gebe sie ihr übliches leises, mürrisches Gebrumme von sich, doch Yoyo weiß, sie spricht einen Bann aus, der die Männer kraftlos und schwach machen soll.

■■■

Als Laura sich der Auffahrt nähert, hupt sie zweimal, um dem Wachposten das Zeichen zum Öffnen des Tores zu geben, aber zu ihrer Überraschung ist es bereits offen. Chino steht vor dem kleinen Pförtnerhaus und spricht mit einem Mann in Khakiuniform. Weiter oben erkennt Laura den schwarzen VW, und ihr Herzschlag setzt vor Schreck aus. Neben ihr auf dem Beifahrersitz sagt Imaculada, das junge Mädchen vom Lande, das sie monatelang überreden mußte, diesen Platz zu benutzen: »*Doña, hay visita.*«

Laura spielt das Spiel mit, versucht das Zittern in ihrer Stimme zu unterdrücken. »Ja, wir haben Besuch.« Sie hält und winkt Chino, zum Wagen zu kommen. »*¿ Qué hay, Chino?*«

»Sie suchen Don Carlos«, sagt Chino nervös. Er dämpft die Stimme und sieht hinüber zu Imaculada, die auf ihre Hände hinunterschaut. »Sie sind schon eine ganze Weile hier. Im Haus warten noch zwei.«

»Ich werde mit ihnen sprechen«, sagt Laura zu Chino, dessen leicht schräge Augen ihm seinen Spitznamen eingebracht haben.

»Und du gehst zu Doña Carmen und sagst ihr, sie solle Don Victor anrufen und ihn bitten, sofort herzukommen und seine Tennisschuhe mitzubringen. Tennisschuhe, hast du verstanden?« Chino nickt. Von ihm kann man erwarten, daß er zwei und zwei zusammenzählt. Chino war schon immer bei der Familie – na ja, nur ein ganz klein wenig kürzer als Chucha, die kam, als Lauras Mutter Laura erwartete. Chino ruft dem Mann in Khaki etwas zu, der daraufhin seine Zigarette hinter sich auf den Rasen wirft und sich dem Auto nähert. Während Laura ihn begrüßt, sieht sie Chino quer über den Rasen auf Don Mundos Haus zugehen.

»Doña, entschuldigen Sie, wenn wir so bei ihnen hereinschneien«, sagt der Mann mit einer Höflichkeit, die klingt, als würde sie wie eine ölige Paste aus einer Tube herausgepreßt. »Wir müssen Doktor García ein paar Fragen stellen, und in der *clinica* hat man uns gesagt, er sei zu Hause. Ihr Boy« – Boy! Chino ist über Fünfzig – »sagt, *el doctor* sei noch nicht zu Hause, deshalb werden wir warten, bis er kommt. Sicher ist er unterwegs –«. Der Posten blickt zum Himmel und hält die Hand schützend vor die Augen: Die Sonne steht genau über ihm, Mittag, Essenszeit, die Zeit, in der sich jedermann zu Tisch setzt, das Brot bricht und Gott sowie Trujillo für den Reichtum dankt, den das Land genießt.

»Natürlich, warten Sie auf ihn, aber bitte nicht in dieser glühenden Sonne.« Laura schaltet auf ihr großzügiges, zuvorkommendes Verhalten um. Mit dieser Liebenswürdigkeit gelingt es ihr häufig, diese armen Schlucker vom Land zu besänftigen, von denen die meisten sich dem SIM angeschlossen haben, um sich die Taschen mit Geld und den Magen mit Essen und Rum zu füllen und eine Pistole an der Hüfte zu tragen. Aber in ihrem tiefsten Herzen sind sie immer noch die zerlumpten Knaben, die Kokosnüsse pflücken für *el patrón*, wenn er sonntags mit der Familie seine *fincas* besucht.

»Kommen Sie herein und trinken Sie etwas Kaltes.«

Der Mann neigt dankend den Kopf. Aber er darf sich nicht von der Stelle rühren, Befehl ist Befehl. Laura verspricht, ihm ein kaltes

Bier bringen zu lassen und fährt zum Haus. Sie fragt sich, ob Carmen Victor schon erreicht hat. Beim ersten Anzeichen von Schwierigkeiten, hat Victor gesagt, sollen sie mit ihm Kontakt aufnehmen, das Code-Wort ist *Tennisschuhe*. Auf sein Wort kann man sich verlassen. Es lag nicht an ihm, daß das Außenministerium aus dem Komplott ausgestiegen ist, das er auf ihre Anweisung hin organisiert hat. Und er hat versprochen, dafür zu sorgen, die Männer heil aus der Sache herauszubringen. Alle bis auf Fernando natürlich. *Pobrecito*, der so schrecklich endete, sich mit seinem Gürtel in einer Zelle erhängte, um die Namen der anderen nicht zu verraten, wenn Trujillos Gefolgsleute ihn folterten. Fernando, der nun schon einen Monat im Grab lag, Heiliger Judas, beschütze uns alle.

An der Tür gibt sie Imaculada die Anweisung, die Lebensmittel auszuladen und dem Mann am Tor ein Presidente zu bringen, das übliche Bier, das sie alle gern trinken. Dann bekreuzigt sie sich und betritt das Haus. Im Wohnzimmer erheben sich die beiden Männer zu ihrer Begrüßung; Fifi rennt tränenüberströmt auf sie zu, Yoyo folgt ihr mit furchtsam aufgerissenen Augen. Laura erzieht ihre Töchter im amerikanischen Stil, sie liest Bücher über moderne Kindererziehung, daher weiß sie, sie hätte Yoyo damals nicht schlagen dürfen, als das Mädchen die Eltern so in Schrecken versetzte. Aber in einer solch höllischen Situation verliert man einfach den Kopf, und es gelten ganz andere Regeln. Jetzt denkt sie zum Beispiel daran, etwas völlig Verrücktes zu tun, in Ohnmacht zu fallen wie die Frauen in den alten Kinofilmen, wenn sie die Aufmerksamkeit von etwas Bestimmtem ablenken wollten, oder aber ihre Bluse aufzuknöpfen und sich den Männern anzubieten, wenn sie dafür ihren Mann und die Kinder ungeschoren ließen.

»Bitte, meine Herren«, fordert Laura sie auf, wieder Platz zu nehmen und bedeutet den Kindern mit einem Blick, das Zimmer zu verlassen. Alle gehorchen, außer Yoyo und Fifi, die stumm rechts und links von ihr stehen bleiben.

»Gibt es ein Problem?« beginnt Laura.

»Wir müssen Don Carlos nur ein paar Fragen stellen. Erwarten Sie ihn zum Mittagessen?«

In diesem Moment fällt ihr eine Möglichkeit ein, die Männer hinzuhalten. Vic, so hofft sie, ist auf dem Weg, und er wird wissen, wie in dieser heiklen Situation zu verfahren ist.

»Mein Mann hat heute mit Victor Hubbard Tennis gespielt.« Sie spricht den Namen langsam, damit sie ihn registrieren. »Wahrscheinlich hat das Spiel ein bißchen länger gedauert. Bitte, fühlen Sie sich wie zu Hause. Mein Haus ist Ihr Haus«, sagt sie und zitiert damit den traditionellen dominikanischen Willkommensgruß.

Sie entschuldigt sich für einen Moment, um ein paar Bissen herzurichten, und die Männer bitten sie, keine Umstände zu machen. Chucha ist allein im Anrichteraum, weil Imaculada weggegangen ist, um dem Posten sein Bier zu bringen. Die alte, schwarze Frau und die junge Hausherrin wechseln einen Blick. »Don Carlos«, formt Chucha unhörbar mit den Lippen, »im Schlafzimmer.« Laura nickt. Sie weiß jetzt, wo er ist, und obwohl es sie schreckt, daß er sich nur ein paar Meter von diesen Männern entfernt eingeschlossen in seinem geheimen Verschlag befindet, ist sie andererseits dankbar, ihn so nah zu wissen, daß sie nur die Hand ausstrecken braucht, um ihn zu berühren.

Wieder im Wohnzimmer, serviert sie den Männern ein Tablett mit gebackenen Bananenscheiben, Erdnüssen und *casabe* und gießt jedem ein Presidente in die billigen Gläser, die sie für das Personal benutzt. Als sie bemerkt, wie die Männer auf die Teller starren, erinnert sie sich an das Gerücht, Trujillo zwinge angeblich seine Köche, sein Essen zu kosten, bevor er es anrührt. Laura bricht ein Stück *casabe* für Fifi ab und ein zweites für Yoyo. Dann nimmt sie selbst eine Handvoll Erdnüsse und steckt sie, wie ein Schulmädchen, eine nach der anderen in den Mund. Die Männer greifen zu und essen.

Als das Telefon bei Doña Tatica klingelt, spürt diese den Ton bis tief in ihren entzündeten Bauch. Schlechte Nachrichten, denkt sie. Candelario, steh mir bei. Sie nimmt den Hörer ab, als hätte er Krallen, und meldet sich mit einer schwachen Stimme, die gar nicht wie ihre eigene klingt: »*Buenos días, El Paraíso, para servirle.*«

Die Stimme am anderen Ende der Leitung gehört der Sekretärin des Amerikaners, eine sachlich-routinierte, geschäftsmäßig klingende Frau, die Taticas *buenos días* nicht erwidert. Eine Botschaftsangelegenheit, sagt die Stimme knapp. »Bitte rufen Sie Don Vic ans Telefon.« Tatica antwortet genauso knapp wie die Sekretärin: »Er darf nicht gestört werden.« Doch die Stimme gibt schadenfroh zurück: »*Urgente*«, und Tatica muß gehorchen.

Sie geht über den Hof auf *casita* Nr. 6 zu. Üppig, wie ihr ausladender, karamelfarbener Körper ohnehin schon ist, betont Tatica ihre Üppigkeit noch, indem sie ausschließlich Rot trägt, eine *promesa*, die sie ihrem *santo* Candelario gegeben hat, damit er sie von dem schrecklichen Brennen in ihren Eingeweiden befreie. Der Doktor hat ihr einen Teil des Magens und den ganzen Frauenkram herausgeschnitten, aber Candelario ist geblieben und hat die verbliebene Leere mit seinem Geist ausgefüllt. Wann immer jetzt Probleme auftauchen, verspürt Tatica wieder etwas von dem alten Brennen in der vielfüßigen Spur, die sich über ihren Bauch zieht. Offensichtlich steht etwas Schlimmes bevor, denn bei jedem Schritt wütet der Schmerz in ihren Eingeweiden, ein Zeichen für das Ausmaß der Probleme.

Unter dem *Amapola*baum vertrödelt der Boy mit dem Chauffeur des Amerikaners die Zeit. Als er sie sieht, beschäftigt er sich rasch damit, die kümmerliche Hecke zu schneiden. Der Chauffeur ruft »*Buenos días, Doña Tatica*«, und grüßt Tatica mit der Hand an der Mütze, die jedoch hoch erhobenen Hauptes an ihm vorbeigeht. *Casita* Nr. 6, Don Victors Stammkabine, liegt direkt geradeaus. Die Klimaanlage ist eingeschaltet. Tatica wird mit aller Kraft – die sie doch gar nicht hat – gegen die Tür hämmern müssen, damit man ihr Klopfen hört.

An der Tür bleibt sie stehen. Candelario, fleht sie, als sie den Arm hebt, um zu klopfen, denn der Schmerz hat zugenommen. »*Urgente*«, ruft sie und meint damit jetzt ihren eigenen Zustand, denn ihr ganzer Körper wird von einem brennenden Schmerz überflutet, als sei ihr flammendrotes Kleid selbst in Brand geraten.

Ein verdammtes Klopfen an der Tür. »*Teléfono, urgente, Señor Hubbard.*« Vic hat alles verstanden, ruft jedoch »*Un minuto*« und beendet erst seine Tätigkeit. Er gebietet dem süßen, kichernden Ding mit einem Kopfschütteln Einhalt und sagt: »*Excusez, por favor.*« Die Hälfte der Zeit weiß er nicht, ob er gerade sein CIA-Intensivkursspanisch, sein Schullatein oder sein Collegefranzösisch benutzt. Aber Schwänze und Dollars sprechen die einzige Sprache, die man in El Paraíso braucht.

Als er dies kleine, heiße Land zum erstenmal betreten hatte, wußte er noch nicht, wie heiß es hier werden konnte. Sofort hatte er seinen alten Klassenkameraden Mundo aufgesucht, der aus einer jener alten, wohlhabenden Familie kommt, die ihre Kinder in den Staaten zur Schule schicken, die Jungen danach noch aufs College. Der alte Kumpel führte ihn überall ein, bis er schließlich alle rebellisch gesinnten Typen aus der Oberschicht kannte, die er auf Anweisung des Außenministeriums für einen Umsturz gewinnen sollte. Die Burschen brachten ihn bei Tatica unter, die ihn immer mit den reizenden, kleinen Mädchen versorgt: heiße, kleine Käfer, so ganz nach seinem Geschmack, dunkel und süß wie die kleinen Tassen *cafecito*, die so voller Koffein und einheimischem Zucker sind, daß man den halben Tag zittert.

Vic zieht sich schnell an, und sowie er angekleidet ist, geht er planmäßig vor. »*Hasta luego*«, sagt er und winkt der Kleinen zu, die sich aufgesetzt hat und einen Schmollmund zieht. »Sei schön brav«, scherzt er. Böse reckt sie ihr zierliches Kinn. Sie ist wirklich zu süß.

Er öffnet die Tür und hält eine zusammensackende Tatica, zweihundert schlaffe Pfund, in seinen Armen. Er blickt auf und sieht über ihre Schulter hinweg: Sein Chauffeur und der Boy eilen ihm zu Hilfe. Hinter sich hört er trotz der dröhnenden Klimaanlage, wie das Mädchen Doña Taticas Namen ruft, und als hätte jemand sie aus der Hölle ihres Schmerzes zurückgerufen, rollt Tatica die Augen und öffnet die Lippen. »*Teléfono, urgente, Embajada*«, flüstert sie Don Vic zu, und er rast davon, während sie in den Armen ihrer eigenen Hilfstruppen zusammenbricht.

Vic geht zuerst zu Mundos Haus, da der Anruf von Carmen kam, und findet sie im Patio mit einer riesigen Kinderschar, die an dem großen Tisch ihr Mittagessen einnimmt. Carmen stürzt ihm entgegen. »*Gracias a Dios, Vic*«, sagt sie zur Begrüßung. Hübsches Ding, diese kleine Lady, gar keine schlechten Beine. Leider haben die Nonnen sie schon früh beeinflußt, und Victor hat sich mehrmals dumm und dämlich genickt während ihrer Abendessen, die eigentlich ein verkappter Katechismusunterricht waren. Er fragt sich, ob man ihm ansieht, wo er gewesen ist und grinst bei dem Gedanken an das süße, kleine Mädchen, das nicht viel älter ist als einige der kleinen Sirenen, die hier um diesen Tisch sitzen. »Tío Vic, Tío Vic«, rufen sie. Ehrlich, bindet mich lieber an einem Laternenpfahl fest, denkt er.

Mit schnellem Blick überfliegt er den Tisch. Mundo ist nicht zu sehen. Vielleicht mußte er in der geheimen Kammer Zuflucht suchen, die zu bauen Vic ihm und den anderen geraten hatte? Er lächelt Carmen beruhigend an, Carmen lächelt mit angstverzerrtem Gesicht zurück. »Im Arbeitszimmer«, weist sie ihm den Weg.

Die Kinder rufen Tío Vic zu, doch zum Eßtisch herüberzukommen, den sie nicht verlassen dürfen. Er winkt ihnen zu und sagt im Vorbeigehen: »Weitermachen, Leute!« Er hört gerade noch, wie Carmen hinter ihm herruft: »Hast du schon gegessen, Victor?« Diese romantischen Frauen, selbst wenn Pistolenkugeln fliegen und Bomben fallen, wollen sie noch wissen, ob man einen vollen Magen, ein gebügeltes Hemd und ein sauberes Taschentuch hat.

Deshalb sind die netten Mädchen aus der guten Gesellschaft so perfekte Gastgeberinnen und Taticas Mädchen so entgegenkommende Liebhaberinnen.

Er klopft leise an die Tür, sagt seinen Namen, wartet, sagt ihn nochmals, diesmal etwas lauter, da die Klimaanlage läuft. Die Tür öffnet sich wie von Geisterhand, da niemand ihn hereinbittet. Er tritt ein, die Tür schließt sich hinter ihm, eine Pistole wird entsichert. »Halt, Jungs«, ruft er und hebt die Hände, um ihnen zu zeigen, daß es sich um ihren unbewaffneten, leibhaftigen Freund handelt. Die Jalousien sind alle heruntergelassen, und die Männer haben sich im Raum verteilt, als hätten sie Beobachtungsposten eingenommen. Mundo kommt hinter der Tür hervor, und Fidelio, der stets Nervöse, steht vor den Bücherregalen, zieht Bücher hervor und stellt sie wieder zurück, als könnten sie die Rettung aus diesem schrecklichen Moment bewirken. Mateo kauert auf dem Boden, als wolle er ein Feuer anzünden. Die übrigen Männer stehen an den verschiedenen Fenstern. Mein Gott, sie sehen aus wie ein Haufen aufgescheuchter Hasen.

»Wir dachten, es wäre vielleicht jemand vom SIM«, erklärt Mundo, auf seine entsicherte Pistole zeigend. Er stellt seinem Kumpel einen Stuhl hin. Die Stühle in seinem Arbeitszimmer tragen das Emblem ihrer Alma mater, Yale, das die Familie, wie Victor festgestellt hat, irrtümlich *jail* ausspricht.★

»Was gibt's?« fragt Victor in seinem Spanisch mit dem starken Akzent.

»Gefahr«, sagt Mundo. »Mit großem G.«

Vic nickt. »Wir sind dran«, sagt er zu der Gruppe. »*Operación Zapatos Tenis.*« Dann tut er das, was er seit seiner Kindheit in Indiana immer getan hat, wenn die Situation brenzlig wurde: Er läßt seine Knöchel knacken und grinst.

---

★ Der Amerikaner mokiert sich darüber, daß die Familie die Universität Yale so ausspricht wie *jail* = Gefängnis.

Carla und Sandi essen bei Tía Carmen zu Mittag, was nicht gegen die Regeln verstößt, erstens, weil Mami ihnen mit großen Augen bedeutet hat zu VERDUFTEN, und zweitens, weil die Regel lautet: Wenn kein ausdrückliches Verbot besteht, darf man bei allen Tanten essen, vorausgesetzt, man sagt Mami vorher Bescheid, was zu Regel eins zurückführt, nämlich: Mami hat ihnen ja bedeutet zu VERDUFTEN, und außerdem ist seit der Zeit, zu der sonst gegessen wird, schon fast eine Stunde vergangen.

Irgend etwas ist faul, etwa so, wie wenn Mami plötzlich bei ihnen hereinschneit und sie rasch etwas verstecken, was sie nicht sehen soll und sie sich mit den Fingern die Nase zuhält und sagt: »Ich wittere Unrat.« Verdächtig ist, daß Tío Mundo zum Mittagessen nach Hause kommt, sich dann nicht einmal hinsetzt, sondern schnurstracks in sein Arbeitszimmer geht, und dann *alle* Onkel auftauchen, als ob eine Party stattfände oder der große Familienrat tagte, um über Mamitas Trinken oder die Regelung von Papitos geschäftlichen Angelegenheiten während seiner Abwesenheit zu sprechen. Tía Carmen springt jedesmal auf, wenn die Türglocke läutet, und wenn sie zurückkommt, stellt sie ihnen genau die gleiche Frage wie vorher: »Also ihr habt ›Statue‹ gespielt, und dann kamen die zwei Männer?« Mundín schwatzt dauernd von der Pistole, die er in die Hand nehmen durfte. Jedesmal, wenn er sie erwähnt, sieht Carla, wie Tía von Kopf bis Fuß erschauert, so als wäre in dem Haus in den Bergen Durchzug und alle Tanten legten ihre hübschen Schals um. Heute allerdings ist es so heiß, und die Kinder mußten schon morgens in den Swimmingpool, bevor sie anfingen, »Statue« zu spielen, und Tía sagt, wenn sie sehr brav wären, dürften sie vielleicht noch einmal hinein, wenn sie fertig verdaut hätten. Zweimal Swimmingpool an einem Tag, und Tía fröstelt bei dieser Hitze. Irgend etwas sehr Verdächtiges geht vor.

Tía läutet mit der kleinen Silberglocke, und Adela kommt heraus, räumt alle Teller ab und bringt das Dessert, wozu immer die Russell-Stover-Dose mit der aufgemalten Schleife gehört. Wenn die Dose herumgeht, müssen alle aufgrund des Äußeren versuchen herauszubekommen, in welcher Praline wohl Nuß, Karamel oder Kokosnuß sind, in der Hoffnung, nicht in ein weiches Inneres zu beißen, das man am liebsten wieder ausspucken möchte.

Die Russell-Stover-Dose ist ziemlich leer, weil in letzter Zeit niemand mehr in den Vereinigten Staaten war, um Pralinen zu kaufen. Papito und Mamita sind wie gewöhnlich nach Weihnachten dorthin abgereist, aber noch nicht zurückgekehrt. Mami sagt, es gehe um Mamitas Gesundheit, sie müsse ein paar Spezialisten aufsuchen, aber Carla hat ein Gerücht gehört, Papito sei von seinem Posten bei den Vereinten Nationen zurückgetreten und deshalb bei der Regierung nicht mehr gut angeschrieben. Von Zeit zu Zeit fahren *guardias* dröhnend in ihren Jeeps vor, springen heraus und umstellen Papitos Haus, und dann kommt Chino immer gelaufen und berichtet es Mami, die dann Tío Vic anruft und ihm sagt, er solle kommen und seine Tennisschuhe mitbringen. Carla hat nie gesehen, daß Tío Vic irgendwelche Schuhe mitgebracht hätte außer den ausgelatschten, die er anhat. Er kommt immer in einer jener Limousinen, die Carla bisher nur bei Hochzeiten gesehen hat oder wenn Trujillo in einem Autokorso vorüberfährt.

Tío Vic spricht mit dem Chefposten und gibt ihm Geld, dann klettern alle zurück in ihre Jeeps und röhren davon. Es läuft alles wie am Schnürchen, wie in einem Film. Aber Mami sagt, sie dürften ihren Freunden nichts davon erzählen. »In einen geschlossenen Mund fliegen keine Fliegen«, sagt sie, wenn Carla sie fragt: »Warum dürfen wir das nicht erzählen?«

Die Russell-Stover-Dose hat einmal die Runde gemacht und ist wieder bei Tía angelangt, die eines der Papierförmchen herausnimmt und seufzt, als die Kinder sich darum streiten, wer es bekommen soll. Tío Vic kommt grinsend aus dem Haus, fährt

Mundín durchs Haar, legt Tía die Hand auf die Schulter und fragt den ganzen Tisch: »Wer von euch möchte nach New York? Wer möchte das Empire State Building sehen?« Tío Vic spricht immer Englisch mit ihnen, damit sie Übung bekommen. »Und wie wär's mit der Freiheitsstatue?«

Zuerst sehen die Cousins und Cousinen sich gegenseitig nur an, weil sie sich nicht blamieren wollen, indem sie rufen »Ich! Ich!«, und dann brüllt Tío Vic »April, April!« Aber dann heben erst Carla, dann Sandi und dann Lucinda die Hände. Wie bei einer Ketten-reaktion geht daraufhin eine Hand nach der anderen nach oben, von denen manche noch eine Russell-Stover-Praline hält. »Ich, ich, ich möchte hin, ich möchte hin!« Tío Vic hebt die Hände und kehrt die Handflächen nach außen, um sie zur Ruhe zu bringen. Als sie alle still sind und darauf warten, von ihm zu hören, auf wen das große Los gefallen ist, blickt er auf Tía Carmen, die neben ihm steht, herunter und sagt: »Wie ist es, Carmen? Willst du hin?« Und alle Kinder singen im Chor »Ja, Tía, ja!« Auch Carla, bis sie bemerkt, wie sehr die Hände ihrer Tante zittern, als sie den Deckel auf die leere Russell- Stover-Dose preßt.

Laura hat schreckliche Angst, etwas zu sagen, was sie nicht darf. Diese beiden Gangster haben sie eine halbe Stunde lang ausgefragt. Zum Glück sind Yoyo und Fifi bei ihr, die nicht von ihrer Seite weichen und unaufhörlich quengeln. Sie macht eine große Aktion daraus, sie zu fragen, was sie möchten, sie zu bitten, dem Besuch etwas aufzusagen und die mürrische, kleine Fifi dazu zu bewegen, den widerlichen, dicken Mann anzulächeln.

Endlich – welche Erleichterung! Vic kommt über den Rasen, Carla und Sandi an der Hand. Die beiden Männer drehen sich um, und beinahe automatisch greifen ihre Hände an die Halfter. Die Geste erinnert sie an einen Mann, der seine Genitalien streichelt. Vielleicht ist es diese vage Sexualität, die sich hinter der Gewalt verbirgt, die Laura in den letzten Monaten um sich herum spürte und sie davon abgehalten hat, mit Carlos zu schlafen.

»Victor!« ruft sie und informiert dann die Männer in ruhigerem Ton, als wolle sie sie nicht in Verlegenheit bringen, weil sie nicht wissen, wer diese bedeutende Persönlichkeit ist. »Victor Hubbard, Konsul an der amerikanischen Botschaft. Entschuldigen Sie mich, Señores.« Sie geht in den Patio hinaus, gibt Vic einen flüchtigen Kuß auf die Wange und flüstert ihm dabei zu: »Ich habe ihnen gesagt, du wärest mit ihm Tennis spielen gewesen.« Victor nickt unmerklich und grinst dabei die ganze Zeit, als ließe er sich die Zähne nachsehen.

Carla und Sandi werden von Laura überschwenglich begrüßt. »Meine Engel, meine süßen Cuquitas, habt ihr etwas gegessen?« Sie nicken und sehen die Mutter prüfend an, und mit einem plötzlichen Schmerz wird ihr bewußt, wie schnell sie die Nationalsprache eines Polizeistaates mitbekommen: jedes Wort, jede Geste möglicherweise ein Minenfeld, paß auf, was du sagst, gib acht, wohin du gehst.

Victor behandelt die Männer jovial, klopft ihnen auf den Rücken und fragt zweimal nach ihren Namen, als wolle er ein Lob oder eine Beschwerde über sie weitergeben. Die Männer treten von einem Fuß auf den anderen, zum erstenmal sind sie nervös, wie Laura schadenfroh feststellt. »Wir sind gekommen, um dem Doktor ein paar Fragen zu stellen, aber er scheint verschwunden zu sein.«

»Keineswegs«, korrigiert Vic sie. »Wir haben gerade noch zusammen Tennis gespielt. Er muß jede Minute hier sein.« Die Männer sitzen aufrecht da, alarmbereit. Vic fährt fort, vielleicht könne er die Sache klarstellen, falls es ein Problem gebe. Schließlich sei der Doktor ein persönlicher Freund von ihm. Laura beobachtet ihre Reaktionen, als Victor ihnen die Neuigkeit mitteilt, die auch sie noch nicht kennt. Dem Doktor sei ein Forschungsstipendium an einem Krankenhaus in den Vereinigten Staaten bewilligt worden, und er, Victor, habe soeben erfahren, daß der Familie von der Einwanderungsbehörde die Einreisegenehmigung erteilt worden sei. Warum sollte der gute Doktor also irgendwelche Schwierigkeiten machen?

So, denkt Laura. Die Einreise ist also genehmigt, und wir verlassen das Land. Unter dem Eindruck des drohenden Verlustes sieht sie plötzlich alles viel deutlicher – die Orchideen in den aufgehängten Strohkörben, die Reihe der Apothekerkrüge, die Carlos in alten Apotheken auf dem Land für sie aufgetrieben hat, die funkelnden, mit goldenem Blütenstaub durchsetzten Sonnenstrahlen. Sie wird dieses wundervolle Licht vermissen, das die Innenseite ihrer Haut wärmt und die Bäume, das Gras und den Seerosenteich jenseits der Hecke mit Juwelen schmückt. Sie denkt an ihre Vorfahren, jene hellhäutigen Konquistadoren, die in diese neue Welt kamen und nicht wußten, daß das Gold, nach dem sie suchten, dieses strahlende Licht war. Und was haben sie angerichtet, denkt Laura, blickt auf und sieht es golden blitzen, als einer der *guardias* den Mund zu einem ängstlichen Lächeln verzerrt.

■■■

Als der Schwule an der Ecke ihnen an diesem Morgen ihre *lotería*-Scheine verkaufte, sagte er: »Paßt auf euch auf, das Feuer eurer *santos* brennt genau über euren Köpfen. Die Hand Gottes greift herab, und einige werden erhoben, aber einige« – er blickte von Pupo zu Checo – »einige werden auch fallengelassen.« Pupo schenkte dem Beachtung und bekreuzigte sich, aber Checo drehte dem Ärmsten den Arm auf den Rücken und drohte ihm, Gottes Hand auf seine Männlichkeit herabsausen zu lassen. Die Gemeinheit, die Checo von sich gibt, erschreckt Pupo, schließlich waren sie doch *campesino*-Cousins, sonntags an den Ohren in die Kirche geschleppt von ihren Müttern, die sie mit dem Glauben und dem bißchen, das in ihrem kleinen, dreckigen Nest gedieh, großgezogen hatten.

Aber der schwule *lotería*-Kerl hatte recht. Der Tag begann mit einer Überraschung. Zuerst ruft Don Fabio sie zu sich. Spezialauftrag: Sie sollen über Kommen und Gehen dieses Doktor García Bericht erstatten.

Als nächstes erlebt Pupo, wie Checo mit dem Jeep direkt zu dem Haus der Garcías fährt und die Nummer mit der Durchsuchung abzieht, das heißt, er hält sich nicht an den Befehl. Der Witz ist nur, wenn bei der Suche was rauskommt, wird ihr Vorgehen gelobt, sie kriegen einen Orden und werden befördert. Wenn nichts rauskommt und die Familie Beziehungen hat, dann geht's zurück in den Gefängnisdienst, die Räume putzen, in denen die Verhöre stattfinden, und die Zellen mit Wasser ausspritzen, die die armen Schweine in ihrer Angst versauen, wenn sie die Kontrolle über sich verlieren.

In dem Augenblick, als sie das Haus betreten, erkennt Pupo am Verhalten der alten haitianischen Frau: Hier wird eine Festung verteidigt, sei es durch Waffen, Geister oder Geld. Als die Frau kommt, ist sie nervös und zappelig, lächelt unaufrichtig und läßt Namen fallen wie Brotkrumen, um eine Spur zu den Mächtigen zu legen. Am meisten erwähnt sie den rothaarigen Gringo von der Botschaft.

Zuerst denkt Pupo, sie bluffe und will sich und Checo schon gratulieren, weil sie auf irgendeine heiße Sache gestoßen sind. Aber dann erscheint doch tatsächlich der rothaarige Gringo mit zwei weiteren dieser Mädchenpuppen an der Hand.

»Wer ist Ihr Vorgesetzter?« Die Stimme des Gringos klingt gereizt. Als Checo es ihm sagt, wirft der Amerikaner den Kopf zurück und ruft: »Ach, Fabio, natürlich!« Pupo sieht, wie sich Checos Mund wie ein Gummiband auseinanderzieht, das zu zerreißen droht. Sie haben eine Dame aus einer bedeutenden Familie aufgehalten. Sie waren vielleicht an der falschen Adresse. Das einzige, was Pupo weiß, ist, daß Don Fabio ihre ohnehin mit Narben übersäten Rücken mit Schlägen traktieren wird.

»Ich will euch was sagen«, bietet ihnen der amerikanische

Konsul an. »Wie wär's, wenn ich den guten Fabio jetzt gleich anrufe?« Pupo hebt die Schultern und zieht den Kopf ein, als würde allein die Erwähnung dieses Namens genügen, um seinen Kopf rollen zu lassen. Checo nickt: »*A sus órdenes.*«

Der Amerikaner ruft von dem Telefon in der Halle aus an, und Pupo hört sein Spanisch, das immer so klingt, als hätte er Murmeln im Mund. Einen Moment ist es still, er muß warten, bis man ihn verbindet, aber dann kommt er in Schwung. »Fabio, es geht um dieses kleine Mißverständnis. Weißt du was, ich spreche persönlich mit der Einwanderungsbehörde und sorge dafür, daß der Doktor in achtundvierzig Stunden außer Landes ist.«

Am anderen Ende der Leitung muß Don Fabio einen Scherz gemacht haben, denn der Amerikaner bricht in lautes Gelächter aus und ruft dann Checo ans Telefon, weil sein Vorgesetzter mit ihm sprechen will. Pupo hört den bedauernden Tonfall seines Kameraden, in dem er nur selten spricht. »*Sí, sí, cómo no, Don Fabio, immediamente.*«

Pupo sitzt unter diesen merkwürdigen weißen Menschen und fühlt sich beschämt und in die Enge getrieben. Schon spürt er die Peitsche wie ein Strafgericht auf seinem bloßen Rücken. Sie sind alle seltsam still, lauschen Checos Stimme, die sich für alles entschuldigt, und als er schweigt, nur noch ihren eigenen Atemzügen, während sich Gottes Hand nähert. Ob sie die Erretteten aufnimmt oder die Verlorenen fallen läßt, ist Pupo noch nicht klar, und er ergreift sein leeres Glas und klirrt zum Trost mit den Eisstücken.

■ ■ ■

Während die Männer sich an der Tür verabschiedeten, blieb Sandi auf der Couch auf ihren Händen sitzen. Fifi und Yoyo hielten sich an Mami fest, wobei sie ihren Rock zerknautschten, und Fifi schrie, als der dicke Mann sich herabbeugte, um sich einen Abschiedskuß geben zu lassen. Carla, die als Älteste schon vernünftig war, gab den Männern die Hand und knickste, wie es sich bei Gästen gehörte. Dann kamen alle zurück ins Wohnzimmer, und Mami warf Victor den gleichen Blick zu, den sie immer aufsetzte, wenn sie mit jemandem telefonieren mußte und keine Lust dazu hatte. Im Nu hatte sie alle auf Trab gebracht: Die Mädchen mußten in ihre Schlafzimmer gehen und ihre besten Kleider herauslegen und das eine Spielzeug aussuchen, das sie auf diese Reise in die Vereinigten Staaten mitnehmen wollten. Nivea, Milagros und Mami würden später alles für sie einpacken. Dann verschwand Mami mit Tío Vic im Schlafzimmer.

Sandi folgte ihren Schwestern in die nebeneinanderliegenden Schlafzimmer. Sie standen zusammen, ein aufgeschreckter kleiner Haufen, und waren seltsam besorgt umeinander. Yoyo wandte sich an sie. »Was nimmst du mit?« Fifi hatte sich schon für ihr Puppenbaby entschieden, und Carla kramte in ihrer Geheimschatulle nach Schmuck und Erinnerungsstücken. Yoyo streichelte zärtlich ihren Revolver.

Es war seltsam, jedoch konfrontiert mit dem unumstößlichen Satz – *das eine Spielzeug, das ich unbedingt mitnehmen will* – gab es nichts, was die große Leere, die sich in Sandi auftat, wirklich hätte ausfüllen können. Nicht die Puppe, deren langes Haar man aufrollen und in richtige Frisuren legen konnte, nicht der Webstuhl, auf dem man die Topflappen herstellen konnte, für die Mami so dankbar war, nicht die Kristallkugel, die man umdrehte, und dann fielen hübsche Flocken auf ein kleines rotes Haus im Wald. Noch Jahre später konnte nichts diese Leere ganz füllen, nicht die überraschende Erkenntnis, daß sie eine hübsche Frau wurde, nicht die Schulpreise und Stipendien, die sie bald für dieses, bald für jenes Studium erhielt, ohne sich endgültig für eines entscheiden zu können, nicht die Männer, die sie in den Armen hielten und sie mit ihren drängenden Küssen fast davon überzeugten, daß es das war, was sie immer vermißt hatte.

Aus der Finsternis seines Verstecks heraus hat Carlos zwar Stimmen gehört, aber nichts verstehen können; er weiß, es sind Leute da, weiß aber nicht, wer. Er überlegt, ob er so als kleines Kind empfunden hat, bevor die Eindrücke, Stimmen und Personen von Erinnerungen überlagert wurden, Erinnerungen, die meist aus Erzählungen anderer Menschen über seine Vergangenheit bestehen. Er ist das jüngste der fünfunddreißig Kinder seines Vaters, fünfundzwanzig davon ehelich, fünfzehn von seiner eigenen Mutter, der zweiten Frau: Er hat keine eigene Vergangenheit und kein Erbe als Jüngster, keine Zukunft. Erstgeburt bedeutet für den Ältesten auch Urzustand, in dem er die Vergangenheit aus nichts als Geflüster, Präsenz und Tönen erschafft. Diese blassen, nebelhaften ersten Eindrücke im Leben sind zerstoben, zersplittert wie das Spiegelbild in einem Teich, das ein älterer Bruder, eine Schwester mit der Hand durcheinanderwirbelten, indem sie sagten: Ich erinnere mich noch an den Tag, als du das Rattengift gegessen hast, Carlos, oder: Ich weiß noch, wie du damals die Treppe heruntergefallen bist . . .

Er hat Laura im Wohnzimmer mit zwei Männern sprechen hören; der eine von ihnen hat eine leise, verschlagene Stimme, der andere spricht derber, lacht breiter, ein großer Mann zweifellos. Fifi ist da und Yoyo. Die beiden anderen Mädchen sind schon vorher mit einer lärmenden Schar Cousinen abgezogen. Fifi weint in regelmäßigen Abständen, und Yoyo hat, wie er aus dem eintönigen Klang ihrer Stimme schließt, den Männern etwas aufgesagt. Lauras Stimme klingt hell und metallisch, wie ein frisch geschliffenes Messer, das jedesmal, wenn sie etwas sagt, ein Stück von ihrer Selbstbeherrschung abschneidet. Carlos denkt, sie wird zusammenbrechen, sie wird zusammenbrechen, Heiliger Judas, laß sie nicht zusammenbrechen.

Dann, in dieser stickigen Finsternis, als er eigentlich in den Nachttopf pinkeln müßte, es aber nicht wagt, aus Angst, die Männer könnten das Tröpfeln hören – obwohl er und Mundo diesen Raum weiß Gott schalldicht gemacht haben, so daß es keinerlei Luftzufuhr gibt – in dieser zunehmenden Klaustrophobie hört er sie deutlich sagen »Victor!« Und tatsächlich nähert sich in diesem Augenblick die monotone, radebrechende Stimme des amerikanischen Konsuls dem Wohnzimmer. Inzwischen weiß natürlich jeder: Sein Konsulat ist nur Tarnung – in Wirklichkeit ist Vic ein CIA-Agent, dessen Befehl sich mitten in der Aktion geändert hat. Von: *Untergrundorganisation aufbauen und diesen Scheiß-kerl loswerden,* in: *Langsam, laßt uns nochmal überlegen, was das Beste für uns ist.*

Die Schlafzimmertür öffnet sich, und Carlos hält sein Ohr an die Vorderwand. Schritte gehen ins Badezimmer, die Dusche wird angedreht, dann der Ventilator, so kann kein Laut der Unterhaltung nach außen dringen. Sofort beginnt die Luft in dem winzigen Verschlag zu zirkulieren. Die Schranktür geht auf, und dann hört Carlos sie dicht neben sich auf der anderen Seite der Wand atmen.

# II

Ich bin diejenige, die nichts mehr von jenem letzten Tag auf der Insel weiß, weil ich die Jüngste bin und die anderen drei mir immer erzählen, was an diesem Tag passiert ist. Sie sagen, fast wäre Papi meinetwegen umgebracht worden, weil ich so gemein zu einem der Beamten von der Geheimpolizei war, die nach ihm suchten. Irgend so ein mieser Typ, der mich auf seinen steifen Penis setzen wollte und so tat, als würde er »Hoppe Hoppe Reiter« mit mir spielen. Aber immer wenn wir anfangen, Erinnerungen an den letzten Tag auf der Insel aufzuwärmen, und jemand sagt: »Fifi, fast wäre Papi deinetwegen umgebracht worden, weil du so frech zu diesem Typen von der Geheimpolizei warst«, dann wirft Yoyo ein, Papi wäre ihretwegen beinahe umgebracht worden, als sie diese Geschichte mit der Pistole erzählt hatte, schon Jahre vor unserem letzten Tag auf der Insel. Als würden wir alle regelrecht wetteifern, welche die Vergangenheit am meisten verfolgte.

Aber an eine Begebenheit kann ich mich noch erinnern, die sich unmittelbar vor unserem Weggang zutrug. Da war diese alte Frau, Chucha, die schon immer im Dienst von Mamis Familie gewesen war, und deren Gesicht aussah, als hätte jemand es ausgewrungen, nachdem er es gewaschen hatte, um das Schwarz herauszubekommen. Ich will damit sagen: Chucha war ganz verrunzelt und haitianisch blau-schwarz, nicht dominikanisch *café con leche-schwarz*. Sie stammte auch wirklich aus Haiti, und deshalb konnte sie bestimmte Wörter nicht aussprechen, zum Beispiel das Wort für Petersilie oder alle Namen, in denen ein j vorkam. Deshalb hatte, wie im Ferienlager, jedes Familienmitglied einen Spitznamen, den Chucha aussprechen konnte. Sie war immer schlecht gelaunt – das heißt, nicht eigentlich schlecht gelaunt, aber man konnte sie nicht zum Lachen oder Weinen bringen. Es war, als hätten sich all ihre Gefühle erschöpft aufgrund eines Erlebnisses, das sie in ihrer Jugend hatte. Vor langer Zeit, Mami war noch nicht einmal geboren, war Chucha eines Nachts an der Tür meines Großvaters aufgetaucht und hatte um Einlaß gebeten. Wie sich später herausstellte, war es die Nacht des Massakers, als Trujillo verfügt hatte, alle schwarzen Haitianer auf unserer Seite der Insel bis zum Morgengrauen umbringen zu lassen. Es gibt einen Fluß, in den die toten Körper damals geworfen wurden, der angeblich noch heute, fünfzig Jahre später, rotgefärbt ist. Sie war aus einem Lager entkommen, in dem Arbeiter der Zuckerrohrplantagen mit ihren Familien hausten, und bat um Asyl. Papito nahm sie auf, das magere, kleine Ding, und ich glaube, Mamita brachte ihr Kochen, Bügeln und Putzen bei. Chucha war wie eine Nonne, die in den Orden des de la Torre-Clans eingetreten war. Sie heiratete nicht und ging niemals aus, selbst nicht an ihren freien Tagen. Statt dessen schloß sie sich in ihrem Zimmer ein und betete für alle de la Torre-Seelen, die möglicherweise im Fegefeuer schmorten.

Jedenfalls befanden wir vier Mädchen uns an jenem letzten Tag auf der Insel in unseren nebeneinanderliegenden Zimmern und legten die Kleider heraus, die wir mit in die Vereinigten Staaten nehmen wollten. Die zwei gräßlichen Spione waren gegangen, und Mami und Tío Vic waren im Schlafzimmer. Sie erzählten Papi, der in seiner Geheimkammer versteckt war, wir müßten alle in Tío Vics Limousine zum Flughafen fahren und dort warten, bis er uns einen Flug besorgt hatte. Ich weiß, ich weiß, es hört sich ganz nach einer Szene aus »Miami Vice« an, aber ich wiederhole nur, was ich von der Familie gehört habe.

Aber hier ist, was ich von *meinem* letzten Tag auf der Insel noch weiß. Chucha kam mit diesem Bündel in der Hand in unsere Zimmer, und Nivea, die uns beim Packen half, sagte barsch zu ihr: »Was willst du, Alte?« Keines der Mädchen mochte Chucha; sie hielten sich für etwas Besseres, da Chucha doch so schwarz und Haitianerin war und so. Aber Chucha sah Nivea nur mit einem ihrer Zauberblicke an, und plötzlich fiel Nivea ein, daß sie noch unsere Kleider für den Flug bügeln mußte.

Chucha begann, ihr Bündel aufzuknoten, und wir dachten alle, sie würde zum Abschied einen kleinen Voodoo-Zauber für uns veranstalten. Chucha war immer mit irgendeinem magischen Zauber beschäftigt, sei es, um einen Bann auszusprechen, einen Geist zu hofieren oder einen Feind zu bestrafen. Ich will damit sagen, man öffnete eine Schranktür, und da, in der Ecke, hinter den Schuhen stand ein Gefäß mit etwas Bösem, das man besser nicht berührte. Oder man fand in ihrem Zimmer direkt vor dem Bild einer bestimmten Person eine brennende Kerze und einen kleinen Teller mit einer Zigarre, und an manchen Tagen waren rote und weiße Kreppstreifen kreuz und quer durch den Raum gespannt. Mami mußte ihr schließlich ein Zimmer für sich allein geben, weil keines der Mädchen mit ihr zusammen schlafen wollte. Ich kann verstehen, warum sie vor ihr Angst hatten. Die Mädchen sagten, sie sei von Geistern besessen. Sie sagten, sie würden von ihr verzaubert. Und außerdem schlief sie in ihrem Sarg. Im Ernst. Es war uns verboten, in ihr Zimmer zu gehen und ihn anzuschauen, aber wir schlichen uns immer wieder hin, um einen Blick darauf zu werfen. Sie hatte ihr Moskitonetz darüber gebreitet, deshalb sah es nicht ganz so komisch aus wie ein offener Sarg mit einer Leiche darin.

Zuerst wollte Mami ihr das nicht erlauben, in ihrem Sarg zu schlafen, meine ich. Sie sagte zu Chucha, zivilisierte Menschen schliefen in Betten, Särge seien für Leichname. Aber Chucha sagte, sie wolle sich aufs Sterben vorbereiten und ob nicht einer der Tischler aus Papitos Fabrik sie messen und einen hölzernen Kasten für sie bauen könne, der ihr jetzt als Bett und später als Sarg dienen würde. Mami sagte immer wieder zu ihr, Unsinn, Chucha, werde nicht theatralisch.

Aber der Witz war, niemand konnte Chucha von etwas abbringen, nicht einmal Mami. Bald fanden sich irgendwelche Gefäße in Mamis Schrank, und das Bild, auf dem Chucha Mami als Säugling in den Armen hält, stand auf Chuchas Altar, daneben ein kleiner Blechteller mit Münzen und eine nie verlöschende, geweihte Kerze. Binnen einer Woche gab Mami nach. Sie sagte, Chucha habe noch kein einziges Mal die Familie um etwas gebeten und sei immer so treu und gut gewesen, und wenn es die alte Frau glücklich machen würde, in einem Sarg zu schlafen, dann, in Gottes Namen, würde Mami ihr einen hübschen Kasten bauen lassen, und das tat sie auch. Er war aus schlichter Kiefer, wie Chucha es wollte, aber innen hatte Mami ihn mit purpurrotem Stoff ausgeschlagen, Chuchas Lieblingsfarbe, und mit einer weißen Spitzenborte gesäumt.

Und jetzt kommt das, was ich von jenem letzten Tag noch weiß. Sowie Nivea das Zimmer verlassen hatte, mußten wir uns alle Chucha gegenüber aufstellen. »Chachas —«, so nannte sie uns immer, von *muchachas*, Mädchen, und deshalb nannten wir sie schließlich Chucha, wie ein ungenaues Echo des Namens, mit dem sie uns anredete.

»Ihr geht in ein fremdes Land.« So etwas Ähnliches, ich meine, ich kann mich nicht mehr an die genauen Worte erinnern. Aber ich kann mich noch an den bohrenden Blick erinnern, mit dem sie mich ansah, als dringe sie wirklich in meinen Kopf ein. »Als ich ein Kind war, habe ich auch mein Land verlassen und bin nie zurückgekehrt. Niemals habe ich Vater, Mutter, Schwestern, Brüder wiedergesehen. Ich habe nur dies hier mitgebracht.« Sie hielt das Bündel in die Höhe und entfernte das weiße Tuch, worin es eingehüllt war. Es war eine holzgeschnitzte Statue, wie ich sie Jahre später in den Lehrbüchern für Anthropologie wiederfand, in die ich mich vertiefte, als ob das Anstarren dieser holzgeschnitzten Talismane irgendwie meine Vergangenheit zurückrufen könnte, so wie Proust angeblich seine verlorene Zeit wiederfand, wenn er die Madeleine genannten Plätzchen aß. Aber die Götter in den Lehrbüchern weckten niemals eine Vielfalt von Erinnerungen bei mir. Nur dieses winzige Bruchstück, das ich hier wiedergebe.

Chucha stellte den braunen Gott auf Carlas Toilettentisch. Sein Gesicht war zu einer Grimasse verzerrt, und er hatte tiefe Furchen um Augen, Nase und Lippen, als müsse er zur Toilette, habe jedoch Verstopfung. Oben auf seinem Kopf befand sich eine kleine Plattform, und darauf stellte Chucha eine kleine Tasse mit Wasser. Sofort begann, vermutlich infolge der Hitze, dieses Wasser zu verdampfen, und Tropfen rannen die geschnitzten Furchen des hölzernen Gesichts herab, so daß die Statue aussah, als weine sie. Chucha nahm nacheinander unsere Köpfe in ihre Hände und sprach ein trauriges Gebet für uns. Von dem täglichen Umgang mit ihr waren wir an eine Menge seltsames Zeug gewöhnt, aber vielleicht spürten wir heute den endgültigen Abschied, der in der Luft lag – jedenfalls fingen wir alle an zu weinen, als wären es Chuchas eigene Tränen, denen sie durch uns nun freien Lauf ließ.

Sie sind fort, Autos fuhren vor, um sie abzuholen, gesteuert von bleichen Amerikanern in weißen Uniformen mit goldenen Litzen auf der Schulter und an der Mütze. Zu bleich, um lebendig zu sein. Die Farbe der Zombies, eine Nation von Zombies. Ich mache mir Sorgen um sie, die Mädchen und Doña Laura, die sich nun unter Menschen bewegen müssen, die die Farbe der lebenden Toten haben.

Die Mädchen haben alle geweint, besonders die Kleine, die sich an meine Röcke klammerte. Doña Laura schluchzte außer sich in ihr Taschentuch, und ich bestand darauf, zurück in ihr Arbeitszimmer zu gehen und ihr ein frisches zu holen. Ich wollte nicht, daß sie ihr neues Land mit einem schmutzigen Taschentuch betritt, denn ich weiß, ja, ich weiß, wie viele Tränen sie dort erwarten. Aber verschonen wir sie mit dieser Erfahrung, die sie noch früh genug machen wird. Sie hatte nie die stärksten Nerven. Sie sind fort – und nur die Stille bleibt, die tiefe und leere Stille, in der ich die Stimmen meiner *santos* vernehme, die sich in den Räumen einrichten, und die meiner *loa*, die mir erzählen, was sein wird.

Nachdem die Mädchen und Doña Laura mit den amerikanischen weißen Zombies abgefahren waren, hörte ich im Elternschlafzimmer eine Tür schlagen und ich ging in den Flur, um nachzusehen, ob jemand ins Haus eingedrungen war. Da sah ich den *loa* von Don Carlos, ganz in Schwarz, wie er den Finger an die Lippen legte und so die Geste nachäffte, die er an jenem Morgen zuletzt mir gegenüber gemacht hatte. Ich winkte ihm zu, fiel auf die Knie und sah, wie er das Haus durch die Hintertür verließ und durch den mit Guaven bestandenen Obstgarten schritt. Kurz darauf hörte ich, wie ein Auto angelassen wurde. Und dann nur noch das tiefe, leere Schweigen des verlassenen Hauses.

Ich muß das Haus abschließen und drüben bei Doña Carmen helfen, bis auch sie gehen, und dann bei Don Arturo, der ebenfalls das Land verlassen muß. Am meisten muß ich mich aber um dieses Haus kümmern. Staub wischen, die Zimmer lüften. Alle anderen bis auf Chino wurden entlassen, und mir hat man die Schlüssel anvertraut. Von Zeit zu Zeit wird Don Victor vorbeikommen – wenn er sich von seinen kleinen Mädchen trennen kann – und nach dem rechten sehen und mir meinen Monatslohn geben.

Jetzt höre ich die Stimmen mir erzählen, wie hoch das Gras auf dem ungepflegten Rasen bald sein wird, wie Doña Lauras Hänge-orchideen die Drahtkörbe sprengen und die zarten Blüten von Käfern gefressen werden: Die Vogelkäfige werden leer sein, weil die Armen die *tórtolas* und *guineas* herausgeholt haben, die Don Carlos mit soviel Mühe großgezogen hat. Die Swimmingpools werden sich mit Abfall, Blättern und verwelkten Pflanzen füllen. Chino und ich werden in diesen verfallenden Häusern zurückbleiben bis zu jenem Tag, den ich schon jetzt – wenn ich die Augen schließe – vor mir sehe. Dem Tag, an dem die *guardias* hier einfallen, Fenster zertrümmern, Silber und Geschirr wegkarren, die Bilder und den Spiegel mit den geflügelten, bogenschießenden Putten, die Stühle mit den aufgemalten Medaillons, den Kasten, der Musik macht und den Zauberkasten, auf dem sogar Bilder erscheinen. Sie werden aus den Regalen in den Kinderzimmern das Spielzeug mitnehmen, das die Großmutter ihnen von dem Ort mitgebracht hat, von dem sie mir immer erzählt haben, wo Blumen aus Talkumpuder aus den Wolken fallen und die Gebäude Damballahs Himmel berühren, ein verhexter, unsicherer Ort, wo sie jetzt ihren Weg machen müssen.

Ich habe zu allen *santos*, den *loa* und der *Gran Poder de Dios* gebetet, alle Räume aufgesucht, das Kännchen mit dem Weihrauch geschwenkt, um die bösen Geister zu vertreiben, die an diesem Tag im Haus geweilt haben und mir die verschiedenen Dinge einge-prägt und den Platz, wo sie hingehören, damit ich weiß, was fehlt, wenn ein Arbeiter einbricht und etwas stiehlt. In den Kinderzim-mern erinnere ich mich an jede einzelne mit einer Schwere im Herzen, auf den Schultern, im Kopf, in den Füßen: Ein Verlust häuft sich auf den anderen, wie Erde, die man schaufelweise auf einen Sarg wirft, nachdem er in die Grube gesenkt worden ist. Ich sehe ihre Zukunft, das schwierige Leben, das vor ihnen liegt. Ihre Erinnerungen werden sie verfolgen, die Erinnerungen, die sie nicht haben, werden sie vermissen. Aber sie besitzen Geist. Sie werden das ersinnen, was sie zum Überleben brauchen.

Sie sind fort, das Haus ist abgeschlossen, die Luft gesegnet. Ich verschließe die Hintertür und durchquere das Zimmer der Mädchen, wo Imaculada, Nivea und Milagros ihre Sachen packen, um im Morgengrauen das Haus zu verlassen. Sie brauchen meinen Abschied nicht. Ich gehe in mein eigenes Zimmer, das Doña Laura extra für mich eingerichtet hat, damit ich in Ruhe mit meinen *santos* sprechen konnte, ohne die Frechheit und Unverschämtheit der jungen Hausmädchen ertragen zu müssen, die nicht an Geister glauben. Ich reinige die Luft mit Weihrauch und zünde sechs Kerzen an – eine für jedes der Mädchen, eine für Doña Laura, der ich schon die Windeln gewechselt habe, und eine für Don Carlos. Und dann tue ich, was ich immer nach einem harten Tag tue: Ich wasche mein Gesicht und meine Arme in *agua florida*. Ich schütte das Wasser aus und bete zu den *loa* der Nacht, die mit strahlenden Augen vom dunklen Himmel herabsehen. Ich ziehe das Moskitonetz beiseite und lege mich in meinen Sarg, das Gesicht nach oben, die Hände über dem Leib gefaltet.

Vor dem Einschlafen versuche ich ein paar Minuten lang, mich an die bevorstehende Beerdigung zu gewöhnen. Ich greife nach dem Deckel, ziehe ihn zu und schließe mich ein. Bis ich den Deckel wieder öffne, um Luft zu schöpfen, schließe ich die Augen und liege so still in dieser heißen, engen Finsternis, daß das Pochen des Blutes und das Klopfen des Herzens, das ich höre, auch von einem Gerät herrühren könnte, das ich versehentlich nicht abgeschaltet habe in dem verlassenen Haus.

# Der menschliche Körper

▼▲▼ ▎▎▎ ▼▲▼▲▼▲▼▲▼▲▼▲▼▲▼▲▼▲▼▲▼▲▼▲▼▲▼▲▼▲

*Yoyo*

Damals lebten wir alle zusammen in aneinandergrenzenden Häusern auf einem Grundstück, das meinen Großeltern gehörte. Jedes Kind der Familie bildete mit einem Cousin oder einer Cousine ein unzertrennliches Paar. Meine ältere Schwester Carla und meine Cousine Lucinda, die beiden ältesten Cousinen, die ständig die Köpfe zusammensteckten und kicherten, hatten eine Mädchenfreundschaft, von der sich jedermann ausgeschlossen fühlte. Sandi hatte Gisela, die wir alle um ihren hübschen Ballerinanamen beneideten. Die kleine Fifi und meine sanftmütige Cousine Carmencita waren die Lieblinge von allen, ein nützliches kleines Paar, gut zu gebrauchen, um Aufträge zu erledigen, das Springseil zu schlagen und sich gefangennehmen zu lassen, wenn der große, gemeinschaftliche Hof, in dem wir spielten, von Mundín und mir, Cowboy und Cowgirl, in den Wilden Westen verwandelt wurde. Wir waren das einzige gemischte Pärchen, und als wir älter wurden, betrieben Mami und Mundíns Mutter, Tía Carmen, unsere Trennung.

Aber das war schwer zu bewerkstelligen. In unserem Familienverbund war es kaum möglich, den einen vom anderen fernzuhalten. Bekam eines der Kinder die Masern oder die Mumps, wurden wir alle zusammen in Quarantäne gesteckt, damit diese Kinderkrankheit ein für alle mal erledigt war. Wir fühlten uns in allen Häusern daheim, nahmen unsere Mahlzeiten dort ein, wo gerade das Essen aufgetragen wurde und gingen nur nach Hause, um zu baden und zu Bett zu gehen (oder um bestraft zu werden wie damals, als unserer Mutter zu Ohren kam, daß Yoyo und Mundín mit ihrem Katapult Tía Mimís Kristallkugel im Garten zertrümmert hatten. »Das ist eine Lüge«, verteidigten wir uns. »Wir haben sie mit der Harke zerbrochen, als wir ein paar Guaven herunterholen wollten!« Oder als Yoyo und Mundín Lucindas und Carlas Nagellack benutzt hatten, um ihre Wunden mit »Blut« zu bemalen. Oder als Yoyo und Mundín Fifi und die winzige Carmencita an den Wasserbehälter gleich hinter dem Grundstück gefesselt und dann vergessen hatten).

Jenseits der Schuppen, hinter dem Garten mit den Guavenbäumen, die Tía Mimi gepflanzt hatte, wohnten meine Großeltern in einem großen, hohen Haus, in das wir sonntags zum Mittagessen gingen, wann immer sie zu Hause waren. Meistens waren sie weit weg in New York, wo mein Großvater einen Posten bei den Vereinten Nationen innehatte. Ein liebenswürdiger, gebildeter alter Herr mit einem großen, weißen Panamahut, dessen größte Sorge seine Verdauung war. Mein Großvater besaß keinerlei politische Ambitionen. Aber der Tyrann, der die Macht ergriffen hatte, war neidisch auf jeden, der Bildung und Geld besaß, und so wurde Papito öfters außer Landes geschickt und mit einem scheinbar wichtigen diplomatischen Amt betraut. Wenn Papito nach Hause zurückkehrte, fiel die *guardia* regelmäßig über das Anwesen her und führte »Routinedurchsuchungen zu Ihrem eigenen Schutz« durch. Nach diesen Durchsuchungen vermißte die Familie stets Silber, Zigaretten, Kleingeld, Manschettenknöpfe und Ohrringe, die herumgelegen hatten. »Besser das, als unser Leben«, tröstete mein Großvater dann meine Großmutter, die das Land am liebsten sofort wieder verlassen hätte.

Aber was bekamen wir Kinder damals von all diesen Dingen

mit? Der Gipfel der Gewalt war für uns der wöchentliche Western im Fernsehen, aus Hollywood importiert und stümperhaft ins Spanische synchronisiert. Rin Tin Tin bellte synchron, aber die Cowboys sprachen noch lange weiter, nachdem sie den Mund zugemacht hatten. Wenn die Pistolenschüsse knallten, lagen die Schurken bereits in einer Blutlache. Mundín und ich reckten den Hals, um zu sehen, ob die Bösewichter auch wirklich tot waren. Was die Gewalt um uns herum betraf, die regelmäßigen Razzien der Wachtrupps, die Onkel, die bei den jährlichen Familientreffen nicht mehr auftauchten, so glaubten wir der Parole in der Meldebehörde: »Gott und Trujillo passen auf dich auf.«

Als man ihm den Posten bei den Vereinten Nationen anbot, hatte sich mein Großvater zuerst gesträubt. Er wollte sich an dem korrupten Regime nicht beteiligen. Aber die tyrannische Natur meiner Großmutter übte auf ihre Weise Druck auf ihn aus. Mit zunehmendem Alter war sie ständig krank: Schmerzen, Migräne, Depressionen, die angeblich nur teure Spezialisten in den Staaten kurieren konnten. Die Krankheiten, so der Familienklatsch insgeheim, wurden dadurch verursacht, daß Mamita als junge Frau sehr schön gewesen war und sich nie davon erholt hatte, ihr gutes Aussehen eingebüßt zu haben. Mein Großvater, den jedermann einen Heiligen nannte, verwöhnte sie in jeder Beziehung und tolerierte ihre Eigenwilligkeit. In der Familie hatte sich deshalb die Redensart eingebürgert, Papito sei so gut, daß er »Weihwasser pinkele«. Mamita, erbost über die Heiligsprechung ihres Mannes auf ihre Kosten, rächte sich. Sie brachte aus der Kathedrale einen großen Krug Weihwasser mit. An einem Sonntag, während des wöchentlichen Familienessens, erwischte meine Mutter sie, als sie seinen Whisky mit Weihwasser aus dem Krug auffüllte. »Ach, zum Teufel!« sagte meine Großmutter schadenfroh. »Ihr sagt doch alle, er pinkele Weihwasser, na bitte, jetzt tut er es wirklich!«

In New York zog sich mein Großvater ein Magenleiden zu, und von da an gab es nur noch zwei Sorten von Nahrungsmitteln für

Papito: diejenigen, die ihm bekamen und die, die ihm nicht bekamen. Meine Großmutter kontrollierte peinlich genau, was er aß, vielleicht, weil sie sich schuldbewußt fühlte wegen der Dinge, die sie seinem Magen-Darm-Trakt in früheren Zeiten zugemutet hatte.

Wenn sie von ihren New York-Reisen zurückkehrten, brachte Mamita ihren Enkeln säckeweise Spielzeug mit. Einmal bekam ich eine Trommel, und einmal einen Kasten mit Wasserfarben und Pinsel in verschiedenen Stärken, um die groben und die feinen Dinge auf der Welt darstellen zu können. Meine amerikanische Cowgirlausstattung entsprach – bis auf den Rock – haargenau Mundíns Cowboyanzug.

Meine Mutter war dagegen. Diese Ausrüstung würde nur dazu führen, daß ich noch häufiger mit Mundín und den anderen Cousins spielte. Es war höchste Zeit, meine wilde Phase hinter mich zu bringen und damit anzufangen, mich wie eine junge Señorita zu benehmen. »Aber es *ist* doch für Mädchen«, machte ich ihr klar. »Jungen tragen keine Röcke.« Mamita warf den Kopf zurück und lachte. »Die ist nicht auf den Kopf gefallen. Sie ist genauso schlau wie Mimí, auch wenn sie ihre Weisheit nicht aus Büchern hat.«

Das letztemal hatte Großmutter ihre unverheiratete Tochter Mimí nach New York mitgenommen. Mimí galt als das »Genie der Familie«, weil sie Bücher las, Latein konnte und zwei Jahre lang ein amerikanisches College besucht hatte, ehe meine Großeltern sie dort aus der Befürchtung heraus abgemeldet hatten, zuviel Bildung könnte sie für die Ehe verderben. Anscheinend hatten die zwei Jahre aber schon genug Schaden angerichtet, denn mit achtundzwanzig war Mimí eine »alte Jungfer«.

»An dem Tag, an dem Mimí heiratet, fliegen die Kühe durch die Luft«, spotteten wir Kinder. Ich hielt darum nicht weniger von meiner Tante, nur weil sie nicht verheiratet war. Tatsächlich hatte ich in meiner wilden Phase fest vor, in ihre Fußstapfen zu treten.

Aber Tía Mimí fing wenig mit ihrer freien Zeit an. Sie hätte ebensogut verheiratet sein können. Sie las und las, bestellte zur Entspannung ihren riesigen Paradiesgarten und las weiter.

»Sie liest tonnenweise Bücher!« Meine Mutter verdrehte die Augen. Sie war anscheinend der Ansicht, die Leistungen ihrer Schwester gingen nach Gewicht, weniger nach Inhalt. Die arme, unverheiratete Tía Mimí! Ich hoffte, sie würde bald von jemandem mit dem Lasso eingefangen werden, der sie heiratete. Ich war nicht im geringsten daran interessiert, einen neuen Onkel zu bekommen oder bei diesem Anlaß ein Kleid anziehen zu müssen, aber eine Kuh durch die Luft fliegen zu sehen, hätte diese beiden lästigen Begleiterscheinungen reichlich aufgewogen.

Wie wir befürchtet hatten, kam Mamita von dieser letzten Reise mit Geschenken zurück, die Tía Mimis Vorstellungen von Spaß entsprachen. Anstelle der üblichen riesigen, billigen, bunten, geräuschvollen, nutzlosen Spielsachen enthielt der Matchsack diesmal Schulmaterial, Illustrationstafeln, Arbeitsbücher und Schachteln in der Größe von Puzzles, auf deren Deckeln stand: WIE LERNE ICH ARABISCHE ZIFFERN?; DIE WUNDER DER NATUR; ABC DES LESENS; SPRECHEN, ABER RICHTIG. Mundín und ich wechselten einen finsteren Blick und nahmen unsere Geschenke mit einem Gesichtsausdruck entgegen, als hätten wir in einen sauren Apfel gebissen.

Ich bekam ein Buch mit Erzählungen auf Englisch, das ich kaum lesen konnte, in dem es jedoch Bilder gab von einem Mädchen mit Büstenhalter, Unterrock und einer kleinen Kappe auf dem Kopf, von der eine Quaste herabbaumelte. Mundín war viel besser weggekommen, dachte ich, mit der durchsichtigen Puppe, deren obere Hälfte man abnehmen konnte. In ihrem Innern hatte sie blaue, rosafarbene und hellbraune Röhren, Spiralen und seltsam geformte Kügelchen, die alle wie die Teile eines Puzzles ineinanderpaßten. Tía Mimí erklärte, das Spielzeug heiße: »Der menschliche Körper.« Sie hatte es für Mundín ausgesucht, weil er vor kurzem während eines dieser endlosen Tischgespräche nach dem Essen, bei denen Onkel und Tanten die Kinder immer fragten, was sie denn einmal werden wollten, wenn sie erwachsen wären, sein Interesse für den Arztberuf bekundet hatte. Alle fanden das sehr edel von ihm und meinten, das beweise doch sein gutes Herz. Aber Mundín hatte mir später anvertraut, am meisten reize es ihn, die Leute zu pieksen und auf dem Operationstisch aufzuschneiden.

Wir untersuchten die Puppe mit dem menschlichen Körper, während Tía Mimí aus einer kleinen, dazugehörigen Broschüre laut vorlas, welches die Funktion der verschiedenen Organe war. Nachdem wir endlich gelernt hatten, sie so zusammenzusetzen, daß das Herz sich nicht in die Gedärme verwickelte und die Lunge sich nicht gegenüber der Wirbelsäule befand, fing Mundín an zu maulen. »Eine Puppe, warum hat sie mir eine blöde Puppe mitgebracht?«

Ich machte mir auch nichts aus Puppen, aber diese hier war besser als ein Lesebuch, und man vergab sich nichts dabei, sie zu besitzen, da es schließlich ein Junge mit seinem Innenleben war. Aber es überraschte mich, daß dieser Junge außer seinen anderen Organen nicht auch das besaß, was ich damals einen »Piemann« nannte. Ich hatte es bei kleinen, nackten Bettlerjungen auf dem Markt gesehen und einmal bei meinem Großvater, der Weihwasser pinkelte, als ich auf die Toilette rannte, wo er gerade einem dringenden Bedürfnis nachkam. Aber diese Puppe war zwischen den Beinen so glatt wie ein weiblicher Säugling.

Mamita, die sich nach ihrer Jugend zurücksehnte, mußte sich daran erinnert haben, was es hieß, jung, dumm und auf Spaß versessen zu sein. Sie hatte heimlich – hinter Mimís Rücken – ein paar Kinkerlitzchen für uns eingeschmuggelt. Ich bekam einen Tischtennisschläger, an dem mit einem Gummiband ein kleiner Ball befestigt war, auf den ich nun einschlug und -drosch, als wäre es mein Lesebuch, und Mundín erhielt ein großes Paket Modelliermasse in leuchtendem Rosa.

Zuerst wußte keiner von uns, was das war. Die Augen meines Cousins blitzten wie funkelnde Münzen. »Kaugummi«, rief er. Aber meine Großmutter sagte nein, das sei eine neue Art von Knetmasse, die besonders leicht zu handhaben sei. Sie machte es uns vor, nahm eine Handvoll davon, formte einen Ball, befestigte daran zwei kleine Ohren, drückte mit einer Haarklammer aus ihrer Frisur zwei Punkte als Augen hinein und gab ihm mit einem winzigen Ball als Schwanz den letzten Schliff. Dann präsentierte sie ihn mir auf dem Handteller.

»Ah«, rief ich, denn auf ihrer Handfläche saß die winzige Gestalt eines Hasen. Doch Mundín war nicht beeindruckt. Hase hin oder her, er konnte jedenfalls keine Blasen damit machen.

Den ganzen Morgen war ich Mundín auf den Fersen und bettelte ihn an, das Paket mit der Modelliermasse mit mir zu tauschen. Aber mein Lesebuch lockte ihn kein bißchen, obwohl er einen Moment bei dem Mädchen mit der Unterwäsche verweilte, bevor er mir das Buch zurückgab. Mit meinem Tischtennisball konnte er auch nichts anfangen. Er könnte sich seinen Schlag beim Kricket verderben, wenn er mit so einem kleinen Kinderball spielte. »Mädchenball«, sagte er dazu.

Daraufhin richtete ich mich in verletztem Stolz auf und zog mich auf »unsere« Seite des Grundstücks zurück. Mundín folgte mir durch ein Loch in der Hecke und trödelte in meiner Nähe herum, während ich in einem Liegestuhl saß und mich mit geheucheltem Interesse in mein Buch vertiefte. Er lief mehrmals an mir vorbei, seinen großen Ball aus Modelliermasse wie einen Baseball von einer Hand in die andere werfend. »Welch schöne Knete,« bemerkte er. »Wunderschöne Knete«, Ich hielt meinen Blick auf das Buch gesenkt.

Nun setzte ein seltsamer Vorgang ein. Ich begann wirklich, für diese dunklen, engbedruckten Absätze Interesse zu entwickeln. Die Geschichte war gar nicht so übel: Es war einmal ein Sultan, der ließ in seinem Königreich alle Mädchen umbringen, ließ sie enthaupten, mit Schwertern durchbohren und aufhängen. Dann aber wurde das Mädchen auf dem Bild mit dem Büstenhalter und dem Unterrock, das Mädchen, dessen Name wie ein Druckfehler aussah – Sche-hera-zade sprach ich es aus – das Mädchen und seine Schwester wurden von dem Sultan gefangengenommen. Sie dachten sich einen Plan aus, um ihn zu überlisten. Als er ihnen gerade die Köpfe abschneiden wollte, fragte ihn die Schwester, ob sie vor ihrem Tod nicht noch eine von Scheherazades wunderschönen Geschichten hören könnten. Der Sultan war einverstanden und ließ Scheherazade bis zum Morgengrauen Zeit. Aber als die Sonne aufging, hatte Scheherazade ihre spannende Geschichte noch nicht beendet. »Ich glaube, es ist Zeit zu sterben«, unterbrach sie sich selbst. »Zu dumm. Denn der Schluß ist wirklich gut.«

»Bei Allah«, gelobte der Sultan. »Ihr werdet nicht sterben, bevor ich das Ende der Geschichte gehört habe.«

Ein Schatten fiel auf die Seite, die ich gerade las. Ich sah auf, wobei ich mit dem Zeigefinger die Textstelle markierte, an der ich war. Ich hätte meinem Cousin einen abfälligen Blick zugeworfen und weitergelesen, wenn er nicht dieses prachtvolle Gebilde geschaffen hätte. Er hatte offensichtlich die ganze Modelliermasse zu einer langen, rosa Spirale gerollt und sie ein paarmal um seine Schulter geschlungen, so daß sie wie die Federboa eines Zirkuskünstlers aussah. Mit erhobenem Kinn ging er dicht an mir vorbei und verschwand durch die Hecke auf seine Seite des Hofes. Anscheinend war er zu Verhandlungen bereit. Ich legte mein Buch mit dem Gesicht nach unten auf den Stuhl und ging hinter ihm her.

Aber Mundín war hinter der Hecke auf unfreiwilliges Publikum gestoßen. Fifi und Carmencita sahen zu, wie Mundín die Schlange von seinem Hals abwickelte und mit dem einen Ende nach seiner kleinen Schwester schlug. Carmencita schrie und flüchtete ins Haus. Binnen einer Minute hörten wir Mundíns Mutter mit einer Stimme, die nichts Gutes verhieß, rufen: »Edmundo Alejandro de la Torre Rodríguez!«

Nun lief Fifí, die es nie lange ohne ihre zweite Hälfte aushielt, auf das Haus zu. »Ich verrate alles«, kündigte sie an. Mundín versperrte ihr den Weg. Er versuchte, sie mit einer Handvoll Knete zu bestechen.

»Das ist gemein!« Ich stürzte auf ihn zu, die kleine Fifí beiseite stoßend. Mit mir, seinem besten Kumpel, hatte er nicht einmal tauschen wollen, und nun gab er es meiner kleinen Schwester umsonst.

»Okay, okay,« Er machte mir ein Zeichen, leiser zu sprechen. Er hielt mir die Schlange hin. »Was bekomme ich dafür?«

Mein Herz schlug höher. Die Chance, daß sich mein Wunsch erfüllte, war greifbar nah. Der Mut der Verzweiflung trieb mich zu meinem Angebot. »Ich gebe dir, was du willst.«

Mundín dachte einen Augenblick nach. Ein hinterhältiges, kleines Lächeln breitete sich in seinem Gesicht aus, als würde eine Flüssigkeit auslaufen und ihre schmutzigen Spuren hinterlassen. Er dämpfte die Stimme. »Zeig mir, daß du ein Mädchen bist.«

Verstohlen sah ich mich um. Mein Blick fiel auf Fifí, die unseren Handel genau verfolgte. »Hier?«

Er wies mit einer knappen Kopfbewegung auf den alten Kohlenschuppen am Ende des Grundstücks, wo Florentino, Mamitas Gärtner, seine Geräte aufbewahrte. Da dieser Teil des Geländes an den *palacio* von Trujillos Tochter und Schwiegersohn angrenzte, hatte mein Großvater es abgelehnt, eine hohe Mauer zu errichten, damit dies nicht als Brüskierung angesehen würde. Tía Mimís leuchtend rote Ingwerhecke bildete einen gewissen Schutz vor dem Anblick des häßlichen Palastes und des Diktators, der an Sonntagnachmittagen mit seinem in eine winzige Generaluniform gekleideten dreijährigen Enkel umherspazierte. Uns Kindern war der Aufenthalt in der Nähe des Kohlenschuppens verboten, seit Mundín und ich einmal einen Knallfrosch losgelassen hatten, gerade als der Miniaturgeneral mit seinen Kindermädchen vorbeiparadierte. Papito mußte die Nacht im Hauptquartier des SIM zubringen und immer wieder versichern, sein siebenjähriger Enkel habe nichts Böses im Schilde geführt. Vielleicht weil wir ihn nicht betreten durften, war der Kohlenschuppen Mundíns und mein Lieblingsort, um Indianer auszukundschaften. Hinter einem Sack Dünger entdeckten wir einmal ein Heft mit Fotos von nackten Frauen mit verschlagenem Gesichtsausdruck, als wären sie gerade dabei erwischt worden, Nagellack zu stehlen oder Menschen an Wasserbehälter zu fesseln.

Ich folgte Mundín in den Schuppen, wobei ich mich andauernd umdrehte und Fifi, die hinter uns hertappte, finster anblickte. An der Tür gab ich ihr einen kleinen Schubs, damit sie weggehen sollte.

»Laß sie rein«, meinte Mundín, »sonst erzählt sie noch alles.«

»Ich erzähl' alles«, pflichtete Fifi ihm bei.

Drinnen war es dunkel und feucht. Ein schwaches Licht fiel durch den schmutzigen Maschendraht der Fenster. Die Luft roch nach der schwarzen Erde, die aus den Bergen heruntergeholt wurde, damit Tía Mimís Riesenfarne noch größer wurden. In einer Ecke lagen aufgerollte Gartenschläuche wie eine Familie schlafender Schlangen.

Fifi und ich stellten uns nebeneinander an eine Wand im hinteren Teil des Schuppens. Mundín baute sich vor uns auf, während seine Hand nervös die Schlange zu einem immer runderen Klumpen formte. »Los«, sagte er. »Zieht sie runter.«

Sofort packte Fifi Hose und Unterhose in einem, zog sie bis zu den Hüften herunter und entblößte das, worum es ihrer Ansicht nach ging, ihren Bauchnabel.

Aber ich war älter und wußte Bescheid. Im Religionsunterricht hatte Sor Juana erzählt, Gott habe Adam und Eva im Paradies mit Kleidern bedeckt, nachdem sie gesündigt hatten. »Euer Körper ist ein Tempel des Heiligen Geistes.« Zu Hause hatten die Tanten die älteren Mädchen beiseite genommen und uns warnend darauf hingewiesen, wir seien nun bald Señoritas, die ihren Körper wie einen verborgenen Schatz hüten müßten und sich von niemandem ausnützen lassen dürften. Es war etwa die Zeit, in der verstärkt Druck auf mich ausgeübt wurde, meine Spiele mit Mundín zu beenden und mich den älteren Cousinen anzuschließen bei ihren Kosmetikspielereien und dem Geschwätz über Jungs.

»Weiter«, befahl Mundín ungeduldig. Fifi hatte kapiert und ließ Hose und Unterhose bis zu den Knöcheln fallen. Ich sah meinen Cousin herausfordernd an, als ich meinen Cowboyrock in die Höhe hob, ihn mit dem Kinn festhielt und meine Unterhosen herunterzerrte. Ich wappnete mich gegen seine aufdringlichen Blicke. Aber Mundíns einzige Reaktion war, enttäuscht die Schultern zu zucken. »Ihr seid ja genau wie Puppen«, bemerkte er und teilte seinen Klumpen aus Knetmasse gleichmäßig zwischen Fifi und mir.

In Sekundenschnelle war ich angezogen und fiel über ihn her. »Du hast mir die Knete versprochen!« schrie ich. Du hast ihr erlaubt, mitzukommen, aber du hast nicht gesagt, daß sie auch etwas abkriegt.«

»Edmundo Alejandro de la Torre Rodríguez!« Wir hörten Mundíns Mutter aus dem rückwärtigen Patio herüberrufen. Mundín versuchte, mein zorniges Gebrüll zu stoppen. Er streckte die Hand aus, um Fifi ihre Hälfte wieder abzunehmen, aber sie fing ebenfalls an zu schreien. »Mundo Alejandro!« Die Stimme war lauter geworden und näherte sich eindeutig unserer Richtung. Nun stand Mundín die blanke Angst im Gesicht geschrieben. »Bitte«, flehte er mich an. »Bitte. Du bekommst auch die durchsichtige Puppe, okay?«

Ich spannte ihn einen endlosen Moment lang auf die Folter, indem ich so tat, als überlegte ich noch, dann nickte ich. Er flüchtete aus dem Schuppen, um das Spielzeug zu holen.

Fifi schniefte, während sie aus ihrer Hälfte der Knetmasse eine kleine Kugel zurechtklopfte. Sie sah auf meine Hälfte und fragte: »Wieviel hast du gekriegt?«

Ich war außer mir vor Zorn über dieses kleine Wesen, das mir die Gelegenheit vermasselt hatte, ein Vermögen an rosafarbener Knete zu besitzen. Ich starrte sie wütend an. Ihre Hosen hingen immer noch in einem Knäuel auf ihren Füßen. An ihrem Kinn klebte der Rest ihres Frühstückseis, und die Augen waren noch trüb von gerade versiegten Tränen. Ich langte hinüber und zog ihr die Hosen hoch. Durch die Heftigkeit der Bewegung geriet sie ins Taumeln. »Wieviel hast du gekriegt?« wiederholte sie hartnäckig. In ihren Augen spiegelte sich ein materialistisches Interesse, das ich nie zuvor bemerkt hatte.

Ich zeigte ihr meine Hälfte. »Soviel wie du, dummes Ding.«

Als sich die Tür knarrend öffnete, nahmen wir an, es sei Mundín, der mit seiner aufklappbaren Puppe zurückkam. Aber zwei Umrisse in Erwachsenengröße tauchten vor uns auf: die schlanke, knochige Gestalt des Gärtners, das dunkle Gesicht von einem durchlöcherten Sombrero verdeckt, und neben ihm Mundíns Mutter, eine kleine, breitschultrige Frau. Sie spähten in das Dunkel des Schuppens.

»Ich meine, ich hätte sie hier gehört, Doña«, sagte Florentino, der Gärtner. »Ich habe ihnen gesagt, sie sollen draußen bleiben. Sie könnten sich verletzen. Aber sie wollten nicht auf mich hören!« Lügner, dachte ich. Mundín und ich hatten ihm das Heft, das wir gefunden hatten, gezeigt, und wir mußten ihm schwören, den Mund zu halten, und er hatte gesagt, er würde »diesen Schund« eigenhändig vernichten. Aber jedesmal, wenn ein Erwachsener der Familie ihn zu sich rief, warf er uns einen unbehaglichen Blick zu.

Meine Tante stürzte auf uns zu. Ihre breiten Schultern verliehen ihrer Erscheinung etwas Offizielles, als trüge sie Epauletten und vertrete alle unsere Eltern in einer Person. »Fifi?« rief sie entsetzt, als sie einen der kleinen Lieblinge der Familie erkannte. Als sie meinen Namen aussprach, klang ihre Stimme schon weniger überrascht. Sie war unsere Lieblingstante: Niemals hatte ich sie so ärgerlich erlebt. »Was, in aller Welt, macht ihr Mädchen hier?«

Auf der Stelle begann Fifi zu weinen, und meine Tante fand natürlich ihren Verdacht bestätigt: Ich hatte meine kleine Schwester gegen ihren Willen an diesen schmutzigen Ort geschleppt. Jetzt richtete sich die Schelte meiner Tante allein gegen mich. »Was hast du —«.

In diesem Augenblick flog die Tür auf, und mein Cousin platzte herein, die Puppe wie eine Siegestrophäe in die Höhe haltend. Es war peinlich mitanzusehen, wie sich das Gesicht meines Cousins veränderte — sein übliches, großspuriges, boshaftes Grinsen wich einem erschreckten, ängstlichen, hilflosen Ausdruck.

»Edmundo Alejandro!« Tía Carmen ergriff seinen Arm und schüttelte ihn. Der »Menschliche Körper« fiel ihm aus der Hand, brach auseinander, und die Eingeweide verstreuten sich über den schmutzigen Boden. Meine Tante stolperte über die einzelnen Teile, als sie Mundín am Arm zur Tür zerrte. »Was hast du hier verloren, junger Mann?« schrie sie.

»Wir haben uns versteckt«, warf ich ein, um ihn zu verteidigen, da ich etwas Zeit zum Nachdenken gehabt hatte. Mundíns Augen blitzten überrascht und in der Hoffnung auf, es gebe vielleicht doch noch einen Ausweg aus unserer mißlichen Lage. »Die *guardia* —« begann ich. Ich wußte, in unserer Familie genügte es, die *guardia* auch nur zu erwähnen, um sofort die ungeteilte Aufmerksamkeit auf sich zu lenken. Ich mußte gespürt haben, daß dies genau der richtige Zeitpunkt war, denn meine Großeltern waren soeben von ihrem Amerikaaufenthalt zurückgekommen, und die Razzien des Diktators standen bevor.

Meine Tante ließ den Arm meines Cousins los. »*Guardia*?« fragte sie mit schwacher Stimme. »Die *guardia* war hier?«

Ich nickte. »Deshalb haben wir uns versteckt.«

Meine Tante sah Florentino an. Der Gärtner kniete auf dem Boden und sammelte die Einzelteile des »Menschlichen Körpers« auf. Er sah zu mir auf, mit einem bohrenden Blick, als wolle er herausfinden, was ich vorhätte. Vielleicht erinnerte er sich an das

Magazin, denn er schlug sich auf unsere Seite. »Diese *guardias*«, sagte er und fluchte, »sie sind so oft über die Ingwerhecke getrampelt, daß Señorita Mimí nicht glaubt, sie könnte sich noch mal erholen.«

Zaghaft lächelnd stand Mundín da und machte den Mund auch dann nicht auf, um mir hilfreich beizuspringen, als ich mit meiner Geschichte in Bedrängnis geriet. Seine Mutter kannte ihn nur zu gut und wußte, daß wir irgend etwas auf dem Kerbholz hatten, aber wenn die *guardia* auf dem Gelände war, traten so geringfügige Vergehen wie die unseren in den Hintergrund. Dann hieß es: alle Mann ins Haus, Schreibtische abräumen und bewegliche Gegenstände befestigen. Meine Tante führte uns aus dem Kohlenschuppen heraus und auf das große Haus zu.

Im Gänsemarsch gingen wir eiligst zurück, mein Cousin vorneweg, seine Mutter direkt hinter ihm, damit sie »ein wachsames Auge auf ihn haben« konnte, dann Fifi, dann ich, und Florentino bildete das Schlußlicht. In jeder seiner riesigen, schwieligen Pranken trug er eine durchsichtige Hälfte der aufgeplatzten Puppe. Wir hätten jetzt keine Zeit mehr, sagte meine Tante, um in der Dunkelheit all die kleinen Teile wiederzufinden. Als Florentino später alles, was er noch gerettet hatte, in der Vertiefung seines Hutes in das große Haus brachte, hatten die meisten Organe ihre Form verloren, weil die Hunde darauf herumgekaut hatten oder meine Tante daraufgetreten war. Es war uns unmöglich, die blauen Nieren von Teilen der Lunge oder das Herz von einem rosa Gehirnlappen zu unterscheiden, und obwohl Mundín und ich versuchten, die Vorlage zu benutzen, gelang es uns nicht, das Innenleben des kleinen Mannes wieder richtig zusammenzusetzen.

# Stilleben

▼▲▼▲ I I I ▼▲▼▲▼▲▼▲▼▲▼▲▼▲▼▲▼▲▼▲▼▲▼▲▼▲▼▲▼▲▼▲

*Sandi*

An Samstagvormittagen von neun bis zwölf nahm Doña Charito uns eingeborene Kinder in ihre Obhut, um uns mit der Kunst vertraut zu machen wie Jesus die Heiden mit dem Christentum. Insulanerin war sie nur durch ihre Heirat mit Don José. Sie selbst war kultiviert, stammte aus Deutschland und hatte die großen Museen Europas besichtigt, um der Kunst ins Antlitz zu sehen. Mit der Hand, die sie uns darbot, hatte sie die kühlen Gliedmaßen der Marmorjünglinge berührt, und jene kurzen, stumpfen Finger waren einst von künstlerischem Talent beseelt. Es hatte keinen Sinn, mit Doña Charito über die Farbe der zinnoberroten Korallen in den umbergetönten Tiefen des aquamarinblauen Ozeans zu diskutieren. Sie riß einem den Pinsel aus der Hand und zeigte einem, wie es auszusehen hatte, wobei sie die ganze Zeit in ihrem gutturalen Spanisch Befehle bellte, die einem das Gefühl vermittelten, man beherrsche seine Muttersprache nicht, weil man sie nicht mit ihrem starken deutschen Akzent sprach.

Sie hatte Don José in Madrid bei einer Besichtigung des Prado kennengelernt. Der junge Mann befand sich dort, weil er ein Auslandsstipendium für Medizinstudenten erhalten hatte, obwohl er nicht im geringsten die Absicht hatte, Arzt zu werden. Jedes Jahr gewährte die Regierung Europa-Stipendien, die an bestimmte Berufsgruppen, in denen Mangel herrschte, gebunden waren, und wenn man eines ergatterte und arm war, dann akzeptierte man es, allein schon wegen der drei Mahlzeiten pro Tag – eine davon warm. Zwischen den Mahlzeiten skizzierte Don José die Leichen mehr, als sie zu sezieren, und seinen Schlaf holte er auf einer Bank im Prado nach, unter einem Gauguin und neben mehreren Van Goghs. Das Geld für die Miete gab Don José für Malutensilien aus.

Drei Jahre inmitten von Sonnenblumen, funkelnden Sternen und tahitianischen Mädchen zu schlafen vollbrachte, was ein ganzes Jahrzehnt akademischer Ausbildung nicht vermocht hatte. Don José fand seinen höchstpersönlichen Stil, einen »hochbarocken, primitivistischen Kirchen-Bildhauer-Stil«, wie unser Inselkunstkritiker später proklamierte. Große, braune Engel mit einem Heiligenschein aus Hibiskusblüten stiegen vom Himmel hernieder, herabgezogen von ihren riesigen, kürbisförmigen Brüsten und üppigen Hintern wie Honigtau. Don José fand auch Doña Charito eines späten Nachmittags im Prado, als sie dabei war, die Falten im Gewand eines Märtyrers auf einem Gemälde von Grünewald zu kopieren. Er war beeindruckt von ihrem großen, flachen, weißen Körper, der einer unvollendeten Skulptur glich. Sie hingegen von seinem rasch hingeworfenen Entwurf, der sie als Madonna zeigte, die sich, das bescheidene Gewand in reichem Faltenwurf, gen Himmel erhebt. Sie heirateten und kehrten in seine Heimat zurück, wo man – wie Doña Charito verärgert mit ihrer rauhen Stimme feststellte – nichts anderes anfangen konnte, als seine Arbeit zu tun.

Sie bauten sich am Rand der Hauptstadt ein zweistöckiges Bilderbuchhäuschen, verziert mit spitzen Giebeln, kleinen Balkonen und Blumenkästen, ein alpenländisches Modell, das in den Tropen etwas fehl am Platz wirkte. Dort lebten sie über zwanzig Jahre, ohne am gesellschaftlichen Leben der Insel teilzunehmen. Tatsächlich hätte man ihre Existenz völlig übersehen, wenn es nicht dieses merkwürdige Haus gegeben hätte, welches die Eltern ihren Kindern auf Landausflügen am Sonntagnachmittag vorführten. »Das ist das Haus von Hänsel und Gretel.« Die Vorhänge waren zurückgezogen, und ein Gesicht spähte aus einem der zahllosen kleinen Fenster wie ein Augapfel, der eine passende Höhle sucht, die Kinder heulten: »Die Hexe, da ist die Hexe!«

Man kann sich also meine Überraschung vorstellen, als ich, etwa im Alter von acht Jahren, eines Samstagmorgens, zum Glück in Gesellschaft von dreizehn meiner Cousinen, vor der Tür jenes Hauses abgesetzt wurde, um meinen ersten Kunstunterricht zu bekommen. Im Grunde lag es an mir oder besser an meinen Zeichnungen, daß wir dorthin mußten. Bis zu diesem Zeitpunkt war ich ein anonymes de la Torre-Kind gewesen, die zweite Tochter der zweiten Tochter meiner Großeltern, Don Edmundo Antonio de la Torre und Doña Yolanda Laura María Rochet de la Torre. Ich war dazu bestimmt, eines der unzähligen, hübschen de la Torre-Mädchen zu werden, das nur dann einmal registriert wurde, wenn die eine oder andere Tante mein Gesicht in die Hände nahm, es prüfend betrachtete und ausrief: Sie hat die Augen ihrer Großtante Graciela und Mamitas Mund! So hatten selbst diese geringfügigen Auszeichnungen noch einen Hauch von Diebstahl an sich. Was auch immer ich, Sandra Isabel García de la Torre war, ich war wie eine Aufziehpuppe, die den berühmten Namen de la Torre auf einer Feier nach der anderen herunterschnurrte. Aber dann wurden an einem Dreikönigstag Buntstiftschachteln und Zeichenblöcke unter den Kindern verteilt, und man stellte fest: Eine kleine, unbekannte Hand war dazu in der Lage, Ähnlichkeiten festzuhalten, Augen mit ein paar Pünktchen Sehkraft zu verleihen und Haare so in Locken herabrieseln zu lassen, daß man sich danach sehnte, sie zu berühren.

»Wer hat dieses Baby gemalt? Von wem stammt diese Katze?« wurde bewundernd gefragt. Die Künstlerin wurde entdeckt, als sie auf dem Boden des Hofes saß und mit brauner, goldener und

purpurroter Kreide den Sohn des Kindermädchens Milagros ver-
ewigte. Das Wort »Begabung« verlieh meinem bis dahin unschein-
baren Wesen etwas Schillerndes.

Ein paar Tage, nachdem mein Talent entdeckt worden war, warf
mir Milagros beim Essen einen besorgten Blick zu. Unter dem
Vorwand, mir mein Fleisch kleinzuschneiden, wisperte sie mir in
abgehackten Worten zu: »Bitte. . . Señorita. . . Sandi. . . Sie müssen. . . zu mir nach Hause. . . kommen.« Nach dem Essen schlich
ich mich in den verbotenen Teil des Geländes, wo die Dienerschaft
mit ihren Familien in kleinen, schäbigen Baracken wohnte. Ihr
kleiner Sohn lag stöhnend auf einem Feldbett. Auf einem Bord
flackerten geweihte Kerzen. Milagros hatte das Kind in Weihwasser
getaucht, nachdem sie es mit in die Kathedrale zum Hochamt
genommen hatte, aber es hatte noch immer Fieber und jammerte,
als beklage es den eigenen nahenden Tod.

»Bitte, bitte, Señorita Sandi, Sie müssen ihn erlösen«, flehte
Milagros und nahm meine Zeichnung von der Wand, wo sie sie
neben ein Kruzifix gehängt hatte.

Ich blickte auf das kleine, braune Kreidegesicht in meiner Hand,
dann knüllte ich es zusammen. Das Baby warf sich unruhig hin
und her. Ich steckte das Papier in den kleinen Küchenherd, und
Milagros und ich sahen zu, wie es erfaßt und zu gelben Flammen
gekräuselt wurde, die wie orangefarbene Buntstiftspäne aussahen.

»Asche zu Asche, Staub zu Staub«, murmelte sie und schlug sich
an die Brust. Von dem Qualm mußte der Kleine husten. Er sah mit
glasigen, weit aufgerissenen Augen zu mir auf. Am nächsten
Morgen beim Frühstück nickte Milagros mir zu. Ihr Baby war
geheilt.

Mit meinen Katzen hatte ich weniger Glück. Ich malte sie auf
die Vorderfront unseres weißen Hauses, worauf ich stundenlang
den Putz abschrubben mußte und nur ein Strafessen bekam – eine
dünne Scheibe ungebuttertes Brot und ein großes Glas warme
Milch, die grünlich aussah, weil sie mit püriertem Gemüse ver-

mischt war. Danach wurde ich früh zu Bett geschickt, um über meinen schlechten Charakter nachzudenken. In dieser Nacht wurden Anrichteraum und Vorratskammer von Ratten heimgesucht. Das genügte. Die Familie entschied, mich in den Malunterricht zu schicken.

Es wurde herumtelefoniert. Kannte irgendwer irgendwen, der Zeichenunterricht erteilte? Doña Charitos Name fiel. Die deutsche Dame, die in dem zweistöckigen Chalet am Stadtrand wohnte. Don Josés Frau, die Bedauernswerte. Kein Mensch hatte in letzter Zeit etwas von ihm gehört oder gesehen. Vor einigen Jahren hatte er den Auftrag erhalten, die Statuen für die neue Staatskathedrale zu schnitzen, aber die feierliche Einweihung hatte in einer leeren Kirche stattgefunden. Es gab Gerüchte, Don José sei verrückt geworden und nicht in der Lage gewesen, dieses kolossale Projekt zu vollenden. Seine Frau mußte Studenten aufnehmen, um die Rechnungen bezahlen zu können.

Wenn ich mich richtig erinnere, war Doña Charito zuerst beleidigt über das Ansinnen der de la Torres: Sie war *artiste*; sie nahm Studenten an, keine Kinder. Aber da sie im voraus und in amerikanischen Dollars bezahlt wurde, machte sie eine Ausnahme in unserem Fall, unserem Fall im Plural, denn die großartige weibliche Demokratie unseres blauen Blutes verlangte es, daß allen de la Torre-Mädchen die gleichen künstlerischen Fertigkeiten vermittelt wurden. Also wurden alle Cousinen, die mehrere Stunden lang ihr Pipi halten konnten und nicht versuchen würden, das Terpentin zu trinken, zu den samstäglichen Malstunden angemeldet.

Insgesamt waren wir vierzehn, als wir an jenem Samstag an dem Haus ankamen, aufgeregt über den Kies der Auffahrt stapften und versuchten, den Türknauf abzureißen, um zu probieren, ob er aus Schokolade und Mandeln bestand. Aber es war dann doch nur Metall, das wir auf der Zunge schmeckten. Dann entdeckte Milagros ein herabhängendes Seil, zog mit einem Ruck daran, und über unseren Köpfen erklang eine kleine Kuhglocke. Daraufhin zogen wir alle der Reihe nach daran.

Die Glocke hatte mehr als ein dutzendmal geschellt, und ich erhob mich gerade auf die Fußspitzen, um den zweiten Durchgang einzuläuten, als die Tür mit Schwung aufflog und die Glocke von selbst klingelte. Vor uns stand eine Frau wie ein Gebirge, die durch das leuchtendbunte Hawaiihemd, das sie trug, noch imponierender wirkte. Exotische, karmesinrote Blumen und Vögel verteilten ihre Stempel, Staubgefäße und Schnäbel über ihren ganzen Körper. Ihr Gesicht war wie ein weißes, von feuerrotem Haar umkränztes Wolkengebilde. So hätte ein Kind malen können, das noch keinen Malunterricht gehabt hatte.

»So eine Unverschämtheit«, sagte sie grollend. »Du!« Sie zeigte auf mich. »Du bist die Missetäterin!«

Ich nickte und knickste. Wir knicksten alle. Aber es war eher so, als verbeugten wir uns vor ihrer Gegenwart. Rasch stellte Milagros uns vor, händigte Doña Charito einen Brief aus und flüchtete in eines der drei schwarzen Autos, die wie große, nervöse, schnaubende Pferde wartend in der Auffahrt standen. Einen Steinhagel verursachend fuhren sie davon, und wir Kinder blieben allein mit Doña Charito zurück, um »die Rudimente der Kunst« zu erlernen.

Sie öffnete den Brief, den sie in der Hand hielt und seufzte ungeduldig über die Anzahl der Blätter. Wir warteten still, während sie las, und unser Aufatmen, als sie endlich den Kopf hob, löste schallendes Gelächter bei ihr aus. Sie hatte überall Lücken zwischen den Zähnen; nichts durfte dieser Frau im Weg sein, nicht einmal, wenn sie lächelte. »Ya, ya«, sagte sie besänftigend. »Ich bin so gutmütig, daß ich auch sowas nicht ablehne.« Sie machte eine Handbewegung über unsere Köpfe hinweg, die wie mir schien, die ganze Welt einschloß.

»Wer von euch ist nun das kleine ·Talent?« Sie nannte einen Namen. Sie wiederholte ihn mehrere Male, bevor ich zaghaft die Hand hob. »Aha! Das hätte ich mir denken können.« Sie lächelte, vielmehr ihre Mundwinkel krümmten sich leicht nach oben. Es sah eher so aus, als bemühe sie sich um ein Lächeln, und es gelinge ihr keines.

»Kommt herein, kommt herein«, sagte sie, als sei sie plötzlich mit ihren Anstrengungen am Ende, »nachdem ihr die Schuhe ausgezogen habt, natürlich.« Natürlich zogen wir sie aus und traten ein. Ich glaube, die Lehmkruste an meinen Schuhen war schuld an dem funkelnden Blick, den sie mir im Vorbeigehen zuwarf.

Unsere Stunde begann mit einem Rundgang durch das Haus, das mehr einem Museum als einem Haus ähnelte. An den Wänden hingen Doña Charitos gesammelte Werke: zum größten Teil Krüge und Obstschalen, Geigen oder Gitarren, die ich nicht unterscheiden konnte, da wir noch keinen Musikunterricht hatten. Es gab mehrere mit flatternder Mähne dahinstürmende Hengste und sturmumtoste Küsten in ihrem Schlafzimmer. Aber das war auch schon alles, keine Taranteln, keine Mangos, keine Eidechsen, keine Geister und keine Menschen aus Fleisch und Blut.

Als wir schließlich das ganze Haus besichtigt hatten, äußerten die älteren Cousinen, die schon mehr Erfahrung im Lügen hatten, wie sehr ihnen die Bilder gefielen. Der Rest von uns nickte.

»Guuut! Guuut!« Wieder lachte sie. Ich brannte auf den Beginn des Unterrichts und darauf, diese elfenbeinfarbenen Zähne und die purpurrote, muskulöse Zunge, die dazwischen sichtbar wurde wie ein fettes Tier, das in ihrem Mund gefangen war, endlich zeichnen und farbig anmalen zu können. Statt dessen jedoch trieb sie uns wie eine Schafherde in einen offenen Patio im Innern des Hauses. Sie forderte uns auf, Platz zu nehmen, aber es gab nur zwei Stühle, und keiner von uns wagte, sich zu setzen.

Eine sehr alte Frau, deren Gesicht so zerfurcht war, als hätte man es als Schreibtischunterlage benutzt, kam heraus mit einem Tablett warmer, saurer Limonade ohne Eis, der Zucker saß auf dem Boden, und es gab keinen Löffel, um ihn umzurühren. Wir tranken, schauderten und warteten auf den Beginn der Stunde. Aber Doña Charito war in die Küche verschwunden, wo sie der alten Frau barsche Befehle erteilte – bestimmt ging es darum, wie sie uns am besten bewirten sollte. Wir sahen uns an, und plötzlich ging uns auf: Wir waren menschliche Wesen, vierzehn hungrige Mäuler, die Doña Charitos Patio bevölkerten und ihre Limonade austranken.

Schließlich führte Doña Charito uns in ihr Atelier. Es war ein großer, heller Raum in einem Seitenflügel des Hauses, dessen Fenster alle offenstanden, um den starken Öl- und Terpentingeruch daraus zu vertreiben. Man hatte ein paar Rohrstühle in Reihen hintereinander aufgestellt, auf jedem Platz lag ein Zeichenbrett, zwischen zwei Stühlen befand sich jeweils ein Kasten mit einem großen Glas Wasser und mehreren Lappen aus alten Handtüchern. (Das war wohl das vereinbarte »Arbeitsmaterial inklusive«.)

»Sucht euch einen Platz«, befahl Doña Charito. Es setzte ein Gerangel um die hinteren Plätze ein, aber ich gehörte nicht zu den Glücklichen. Ich war am Eingang zurückgeblieben, besonders schlau, wie ich dachte, um abzuwarten, was mit den anderen geschah, ehe ich ihnen folgte. Aber schließlich saß ich auf dem vordersten Platz direkt unter Doña Charitos höhlenartigen, kobaltblauen Nasenlöchern.

Der Unterricht begann mit Leibesübungen. »*Mens sana in corpore sano*«, verkündete Doña Charito. »Amen«, sangen wir, denn der Klang von Latein war für uns das Stichwort, mit der Liturgie zu antworten. Doña Charito sah uns böse an.

»Eins, zwei, eins, zwei, eins, zwei«, kommandierte sie. Wir machten Hampelmann. Wir berührten unsere Fußspitzen. Wir bewegten die Finger, »wegen der Blutzirkulation«, und brachten uns so allmählich in einen Zustand gymnastischer Ekstase.

Endlich begann der Malunterricht. Doña Charito führte es mit ihrem Pinsel vor. »Der erste Schritt ist, die genaue Ausrichtung der Borsten zu überprüfen.« Doña Charito tauchte ihren Pinsel in ein Wasserglas, säuberte ihn pedantisch und klopfte ihn auf dem Rand ab wie ein Kindermädchen den Löffel auf dem Tellerrand beim Füttern eines quengeligen Babys.

Gehorsam machten wir es ihr nach.

Sie fuhr in ihrem verdrehten Spanisch fort, das wir kaum verstehen konnten. »Der zweite Schritt ist, den Pinsel auf die richtige Art und Weise zu halten. Nicht so herum, so auch nicht. . .« Sie kontrollierte uns einen nach dem anderen. Sie machte sich über uns alle lustig.

Mir schien es, als käme ich vor lauter Einführung nie dazu, die strahlende, üppige, wilde Welt zu malen, von der ich so übervoll war. Ich bemühte mich, der Demonstration zu folgen, doch irgend etwas begann, mir in den Fingern zu jucken. Es kratzte und klopfte an der Tür meines Willens, und ich mußte es einfach herauslassen. Ich ergriff meinen tropfnassen Pinsel, strich damit über die goldene Farbe in meinem Malkasten, und mit einem blitzschnellen Zug entstand auf meinem Blatt eine Katze mit Schnurrbart, Schwanz, Miau und allem, was dazugehörte!

Ich atmete ein wenig leichter, nun da ich einen katzengroßen Raum in meinem Innern geschaffen hatte. Doña Charito kehrte mir den Rücken zu. Der Kolibri auf ihrem Hawaiigewand stürzte sich zwischen die runden Hügel ihres Hinterteils. Ich hatte Zeit.

Ich rührte mit meinem Pinsel in dem Wasserglas. Die Flüssigkeit nahm die Farbe meines Morgenurins an. Ich strich über mein Purpurrot, und schon huschte erst eine blutrote, dann der Umriß einer braunen Katze über das Papier.

Ich war so in meine Arbeit versunken, daß ich weder ihren warnenden Zuruf noch das Klappern ihrer Sandalen auf dem Linoleum hörte, als sie sich auf mich stürzte. Ihre knallroten Fingernägel rissen mein Blatt von dem Zeichenbrett und zerknüllten es zu einem Ball. »Du, du willst mir trotzen!« schrie sie. Ihr Gesicht hatte das schmutzige Rot meines Wasserglases angenommen. Sie packte mich am Unterarm, zerrte mich quer durch den Raum, schob mich durch eine Tür in ein dunkles Wohnzimmer und stieß mich auf einen harten Stuhl mit Rohrgeflechtrücken.

Ihre grünen Augen funkelten mich wütend an wie die einer

Katze. Sie waren braun gesprenkelt, als hätten sich kleine Fliegen in der Iris verfangen und wären versteinert. »Du rührst dich nicht von der Stelle, bis ich es dir erlaube. Verstanden?« Ich neigte ergeben den Kopf. Aus dem Augenwinkel sah ich, wie meine erschreckten Cousinen brav ihre ersten Pinselstriche ausführten. Doña Charito füllte einen Augenblick mit ihrem großen Körper den Türrahmen, dann schlug sie krachend die Tür zu.

Ich saß so still wie eines ihrer Stilleben, die ringsum an den Wänden hingen. Ich spürte ihre Gegenwart in dem dunklen, stillen, stickigen Raum. Sie konnte mein Haar übermalen, meine Züge auswischen und aus meinem Gesicht eine Schale für Äpfel, Trauben, Pflaumen, Birnen oder Zitronen machen. Ich hatte Angst, mich zu bewegen.

Aber bald begann ich, unruhig zu werden. Ich merkte schon, dieser Zeichenunterricht würde absolut keinen Spaß machen. Es schien, als erweise sich alles, was ich gern tat im Leben, als falsch. Seit kurzem ging ich in den Katechismusunterricht als Vorbereitung auf meine erste Kommunion. Die katholischen Schwestern an der Klosterschule brachten mir bei, die Welt wie schmutzige Wäsche zu sortieren: in falsch und richtig, in das, was verzeihlich war und das, was einen schnurstracks in die Hölle befördern würde, falls man mitten im Genuß sterben sollte. Noch ehe ich anfangen konnte zu leben, arrangierte mein Bewußtsein schon alles wie bei einem Stilleben oder einem Gruppenbild. Aber an diesem Morgen in Doña Charitos Haus war ich noch nicht gewillt, als eines der vorbildlichen Kinder dieser Welt zu posieren.

Ich erhob mich von dem unbequemen Stuhl und ging hinaus in den Flur, in dem unsere Schuhe fein säuberlich aufgereiht standen, als würden sie im nächsten Moment erschossen, weil Schmutz an ihren Sohlen klebte. Als ich das Paar, das mir gehörte, gerade gefunden hatte, hörte ich von der Rückseite des Hauses her eine Männerstimme schreien und fluchen. Normalerweise wäre ich in die entgegengesetzte Richtung geflohen, aber die Flüche, die er brüllte, waren genau dieselben, die ich im Flüsterton gegen Doña Charito ausstieß. Mein Interesse war geweckt.

Der Patio war leer. Darüber hing ein niedriger Himmel, eine Leinwand mit Wolkenwirbeln in dunklem Purpurrot und Sturmgrau. Ich passierte durch ein unverschlossenes Tor eine hohe Hibiskushecke und gelangte in einen schmutzigen Hinterhof, in dem wie bei einem Tischler Holzstämme und -klötze umherlagen. Vorn lag ein Schuppen mit einem einzigen hohen Fenster und einer einzigen Tür, die mit einem großen Vorhängeschloß versperrt war. Das Gebrüll des Mannes war von drinnen gekommen, aber nun fesselte ein anderer Laut meine Neugier, ein Tapp-tapp-tapp, wie wenn wir Cousinen miteinander tanzten. Ich wollte irgend etwas Geheimnisvolles über Doña Charito herausbekommen. Das stellte ich mir in meinem Alter unter Rache vor. Herausfinden, was jemand in seiner Nachttischschublade aufbewahrte, welche Farbe die Unterwäsche einer bestimmten Person hatte, oder wie jemand aussah, der ungeschickt auf einem kleinen Nachttopf hockte. Wenn dieser Jemand mir dann irgendwann mit strengen Vorschriften kam, konnte ich ihn mit einem vernichtenden Blick strafen: Ich weiß über dich Bescheid.

Das Fenster befand sich ein ganzes Stück über meinem Kopf. Ich rollte einen kleinen Baumstumpf bis unter das Fenster, kletterte darauf und spähte ins Innere des Schuppens. Zuerst konnte ich nur mein eigenes Spiegelbild erkennen. Ich hielt mir die Hand über die Augen und spürte, wie das Glas von Hammerschlägen vibrierte, als wäre es lebendig.

Nach und nach konnte ich die Gegenstände in dem Schuppen erkennen. Riesige, halbfertige Geschöpfe wuchsen aus Holzstücken gleich denen, die hinter mir im Hof verstreut lagen. Einige von ihnen hatten Hufe oder Pfoten, Schwänze oder Hörner. Einige besaßen ansatzweise ein Gesicht, einen Mund oder ein Auge, andere hatten Hände mit Fingernägeln. Ein Schafsfell ringelte sich von dem kahlen, nußartigen Rücken eines bleichen Stammes, doch das arme Ding konnte nicht blöken, da es weder Nüstern noch Maul besaß. Ich faßte mir mit der Hand ins Gesicht, um mich zu vergewissern, daß ich unversehrt war.

Mitten auf dem Boden lag eine Frauengestalt auf zwei Böcken, einer unter ihren Füßen, der andere unter ihrem Nacken, so wie meine Großmutter auf den Streben ihres Streckbettes lag, als sie sich das Rückgrat gebrochen hatte. Scharfe Spitzen kamen aus ihrem Kopf, die Strahlen des Heiligenscheins der Jungfrau Maria, obwohl es ebensogut die Hörner einer Dämonin hätten sein können. Ihre Haare fielen in üppigem Lockengeriesel wie Schlangen auf ihre Schultern herab. Ihr Kopf war bereits vollendet, das Gesicht dagegen noch unbearbeitet.

Tapp, tapp, tapp, das Geräusch kam unter ihrem Körper hervor. Holzspäne und feiner Staub fielen an der Stelle auf den Boden, wo sie gerade ihre Füße erhielt. Direkt vor meinen Augen verwandelten sich die hellen Holzstücke in Ferse und Spitze: Die hohen Fußgewölbe formten ihre Fußsohlen zu einem S. Es sah aus, als hätte sie sich auf diese Sohlen stellen und den ganzen Weg nach Bethlehem zurücklegen können.

Als ein brauner Kopf zwischen ihren Beinen auftauchte, glaubte ich zuerst, er sei eine seiner eigenen Schöpfungen. Er war von der gleichen leuchtenden Farbe des Mahagonis wie seine halbfertigen Kreaturen. Um den Hals hatte er einen Strick, der, in eine Kette übergehend, mit einem Eisenring neben der Tür verbunden war. – Das war alles, was er anhatte! Er war ein sehr kleiner Mann, etwa so groß wie ich, wenn ich auf einem Holzklotz stand, wohlproportioniert, mit Ausnahme eines Körperteils. Ich hatte die Zuchtbullen auf der Ranch meines Großvaters während der Fortpflanzungszeit gesehen und beobachtet, was sie mit den Kühen angestellt hatten. Einmal hatte mich ein dreistes Kindermädchen darüber aufgeklärt, daß meine vornehme de la Torre-Mutter mich auf besticktem Laken, bei ausgeschaltetem Licht und laufendem Ventilator auf dieselbe Weise empfangen hatte! Der kleine Mann schwoll an wie jene Bullen auf der Ranch, während er an den Füßen der Heiligen Jungfrau arbeitete. Als er mit diesem Ende fertig war, kletterte er nach oben und setzte sich rittlings auf sie, die rasselnde Kette wie einen großen Schwanz hinter sich herziehend. Er berührte mit einer zärtlichen Geste, wie es schien, die unversehrte Rundung des Gesichts, setzte sein Stemmeisen an und war im Begriff, auf sie loszugehen. Ich schrie auf, um die Frau unter ihm zu warnen.

Doch es war sein Koboldgesicht, das blitzschnell aufsah. Er blickte sich im Raum um, erkannte mein Gesicht am Fenster und machte einen Satz in meine Richtung. Die Kette spannte sich. Aber bevor er das Fenster erreichen, aufreißen und mich in den Schuppen zerren konnte, ließ ich mich von meinem Sockel fallen und landete unsanft auf dem Boden. Ich war zu entsetzt, um einen Schmerz zu spüren, aber ich hörte den kleinen Knochen in meinem Arm knacken, als ich auf der Erde aufschlug.

Sein Gesicht erschien am Fenster. Er sah mich prüfend an, und ein leeres Grinsen breitete sich wie ein Schmutzfleck in seinem Gesicht aus. Tapp, tapp, tapp klopfte seine Hand gegen die Scheibe, als wolle er meine Aufmerksamkeit fesseln, damit er mich noch ein wenig länger betrachten könne, tapp, tapp, tapp. Doch dessen hätte es nicht bedurft, denn meine Augen waren auf sein Gesicht geheftet, und mein Mund öffnete sich zu einem lautlosen Schrei. Dann aber verlieh ich meinem Entsetzen lauthals Ausdruck. Ich schrie und schrie, auch noch, als sein Gesicht schon vom Fenster verschwunden war.

Gleich darauf kam die gesamte Malklasse aus dem Haus in den schmutzigen Hof gelaufen, vorneweg Doña Charito, dahinter auf Strümpfen die Cousinen, zuletzt die alte Frau. Ich hätte es nie für möglich gehalten, daß es einmal einen Tag geben könnte, an dem ich mich so über Doña Charitos Anblick freuen würde.

»Was ist passiert?« schrie sie, aber ihre Stimme verriet echte Besorgnis. »Warum hast du nicht auf sie aufgepaßt?« fragte sie die alte Frau vorwurfsvoll, dann wandte sie sich genauso vorwurfsvoll an mich:»Warum hast du dich in Gefahr gebracht?« Sie warf einen schnellen, ängstlichen Blick in den hinteren Teil des Hofes. Tapp, tapp, tapp klang es aus dem Innern des Schuppens.

Ich hielt meinen pulsierenden Arm in die Höhe, die Darbringung eines gebrochenen Knochens. Mein tränenverschmiertes Gesicht, meinen Körper, der schmutzverkrustet war wie der eines Tieres, die kleinen, feuchten Schluchzer, die aus meinem Mund kamen, konnte ich nicht vor ihr verbergen. »Er ist gebrochen«, jammerte ich. Aber ich wußte, es wäre besser, ihr nicht zu beichten, was ich in ihrem Gartenschuppen gesehen hatte.

Man konnte nicht sagen, daß ihr Gesicht weich wurde, denn Weichheit gehörte nicht zum Repertoire ihrer Ausdrucksmittel. Sie kniete sich neben mich und griff nach meinem Arm. Doch die leichteste Berührung ließ mich vor Schmerz aufheulen.»Gebrrrochen?« Sie blickte auf mich herab. Nun erkannte ich: Die Sprenkel in ihren Augen waren Knochensplitter, Scherben von Dingen, die sie im Lauf der Jahre zerbrochen hatte.

Da sie ohne Aufsicht waren, hatten meine kleinen Cousinen begonnen, auf Holzklötzen herumzubalancieren, Sandtörtchen zu backen und genossen die Gelegenheit, ihre Kleider und ihre weißen Socken schmutzig zu machen. Zwei Cousinen mit Forscherdrang marschierten auf den Holzschuppen zu. Doña Charito erhob sich und schlug Alarm. »Achtung! Alles auf der Stelle ins Atelier!« Sie liefen zurück. Es begann zu regnen, große, schmutzige Tropfen, als klopfte jemand einen nassen Pinsel aus.

Sie hob mich vom Boden hoch. Ich klammerte mich an sie, als wäre ich ihr Kind. Ich legte meinen Kopf an die Stelle, wo ich ihr Herz vermutete und dachte, ich könnte, wie in einer Muschel, den dunklen Atlantik hören, die vom Sturm gepeitschten Wellen, die endlosen Ebenen Mitteleuropas. Die Welt war ein wüster Ort – das wußte sie. Sie trug einen großen, breiten Pinsel bei sich. Sie machte Windrädchen aus den wirbelnden Sternen, die so manchen

Mann zum Wahnsinn getrieben hatten. Sie konnte mich vor dem Verrückten im Schuppen retten. Ich ließ sie nicht los.

Doch es war das letztemal, daß ich Doña Charito sah. Die Autos hielten quietschend in der Auffahrt: Meine Mutter kam ins Haus gerannt, ich begann zu weinen, um sie vom Ernst meines Zustands zu überzeugen. Und als der Schock nachließ, spürte ich einen stechenden Schmerz in meinem Arm, als triebe mir jemand ein Stemmeisen in den Knochen. Im Krankenhaus bestätigte sich der Verdacht: Mein Arm war an drei Stellen gebrochen.

Monatelang mußte ich einen Gipsverband tragen, und als er schließlich entfernt wurde, stellte sich heraus: Mein Arm war schief zusammengewachsen. Es gab keinen anderen Ausweg, als den Knochen nochmals zu brechen und neu zu richten. Die Operation wurde immerhin als sehr gewichtig angesehen, und ich bekam Geschenke sowie für das Krankenhaus einen kleinen Handkoffer mit einem Schloß, dessen Kombination sich aus den Ziffern meines Geburtsdatums zusammensetzte. In der Kathedrale wurde eine Messe für meine rasche Genesung gelesen, und ich bekam Extraportionen Eis zwischen den Mahlzeiten, um mich zu Kräften zu bringen und – so wurde meinen neidischen Cousins und Cousinen erklärt – »um ihre Kalziumzufuhr zu erhöhen.« Ich war überzeugt, ich müßte sterben und das sei der Grund, weshalb alle so nett zu mir waren.

Ich starb nicht. Und der Knochen heilte schließlich nahezu perfekt. Aber ein Jahr lang noch mußte ich den Arm ab und zu in einer Schlinge tragen. Auf dem Gips hatten sich mehrere Dutzend Cousins, Cousinen, Tanten und Onkel verewigt. Ich erschien wie eine Zusammensetzung aus der gesamten de la Torre-Familie. Gisela de la Torre, Mundín de la Torre, Carmencita de la Torre, Lucinda María de la Torre. Es standen Melodien darauf und Verse. Auch bissige Bemerkungen und Totenschädel von Cousinen, die es mir verübelten, nur meinetwegen an dem Unterricht teilnehmen zu müssen. Denn auch wenn meine künstlerische Karriere ein abruptes Ende gefunden hatte, meine Cousinen mußten ihre Samstagvormittage damit verbringen, erst Kreise und dann Ovale zu malen, bis diese Ovale schließlich zu Äpfeln heranreifen durften. Monate später durften sie sich an Gegenstände wagen – einen Krug, einen Korb, ein Messer. Das Abschlußprojekt war ein Stilleben aus all diesen Objekten und zusätzlich einem kleinen Stück Schinken aus Plastik. Sie beklagten sich bitterlich. Sie haßten die Kunst und wollten keinen Unterricht mehr. Aber amerikanische Dollars, klärte man sie auf, wuchsen nicht auf Inselbäumen. Auch im nächsten Jahr würde es Malunterricht geben.

An Weihnachten waren die Stunden zu Ende. Mein Gips war ab. Aber ich war ein völlig verändertes Kind. Während der letzten Monate, in denen ich verwöhnt und von meinen Cousinen verspottet worden war, hatte ich mich in mich selbst zurückgezogen. Wenn mich nun etwas besonders erfüllte, konnte ich es mir nicht mehr von der Seele malen. Ich war mürrisch, eifersüchtig bedacht auf die Zuwendungen meiner Mutter, empfindsam und weinerlich: die typische Künstlernatur, jedoch ohne etwas anderes vorweisen zu können als meinen schlechten Charakter. Ich konnte nicht mehr malen. Meine Hand hatte ihre Geschicklichkeit eingebüßt.

Einen Augenblick des Triumphes gab es jedoch für mich in diesem Jahr des Malunterrichts. Am Heiligen Abend durfte ich mit allen übrigen de la Torre-Kindern zum Krippenspiel in die Staatskathedrale, wo die neue Krippe enthüllt werden sollte. Wir gingen durch das Seitenschiff zum Altar, der mit Weihnachtssternen und Kerzen geschmückt und mit roten und grünen Vorhängen umhüllt war.

Um Mitternacht begannen die Glocken zu läuten. Die Seitentüren der Kathedrale taten sich auf, und herein kam eine Prozession von Priestern, Nonnen und Meßdienern, die mit ihren Weihrauchgefäßen klapperten und den Duft von Myrrhe und Weihrauch verströmten, den die Heiligen Drei Könige aus dem Orient mitgebracht hatten. Zwei der Meßknaben zogen die Vorhänge beiseite –

Vor meinen Augen standen die Riesen, die ich in Don Josés Schuppen gesehen hatte! Aber dies hier waren Heiligenfiguren in kostbaren Samtcapes und glitzernden Gewändern: Die Umhänge der Hirten waren von den Karmeliterinnen kunstvoll mit Flicken besetzt worden, damit sie zerlumpt aussahen. Könige, Schafe, wiehernde Pferde, Dienstmädchen und Bettlerjungen scharten sich zusammen in Bethlehems eiskalter Nacht. Gott nahm die Mühsal der Menschwerdung auf sich, um uns ein Beispiel zu geben. Wind kam auf. Regen klatschte auf das Dach der Kathedrale. In der Ferne bellte ein Hund.

Als das Gitter vor dem Altar geöffnet wurde, drängte die Gemeinde nach vorn, um das Jesuskind zu berühren, damit es im kommenden Jahr Glück brachte. Aber mein Blick ruhte gebannt auf dem Gesicht der Heiligen Jungfrau neben ihm. Ich befühlte mein Gesicht, um mich zu vergewissern, daß es mein Gesicht war. Meine Wange hatte die gleiche Rundung wie ihre Wange, meine Brauen wölbten sich wie ihre Brauen, mit Augen so groß wie die ihren hatte ich zu dem kleinen Mann hinaufgestarrt, als er an das Fenster seines Schuppens geklopft hatte. Ich streckte meinen gekrümmten Arm aus und berührte den Saum ihres königsblauen Gewandes und die dazu passenden Stoffschuhe. Dann stimmte auch ich ein in den Jubel der anderen Gläubigen über die Frohe Botschaft für die Welt.

# Eine amerikanische Überraschung

▼▲▼▲ı ı ı ▼▲▼▲▼▲▼▲▼▲▼▲▼▲▼▲▼▲▼▲▼▲▼▲▼▲▼▲▼▲▼▲▼▲

*Carla*

Den ganzen Morgen hatten meine Schwestern und ich zu Hause gewartet, und als unser Vater endlich zur Tür hereinkam, rannten wir auf ihn zu und riefen »Papi, Papi!« Mami legte den Finger an die Lippen. »Das Baby«, ermahnte sie uns, aber Papi achtete nicht darauf, hob jede einzelne von uns mit einem Ausruf in die Höhe und wirbelte uns im Kreise herum. Der Chauffeur wartete geduldig an der Tür, in jeder Hand eine Tüte. »Ins Arbeitszimmer, Mario«, dirigierte Papi. Dann rieb er sich die Hände und sagte: »Welch herrliche Überraschung ich für meine Mädchen habe!«

»Was ist es?« riefen wir im Chor, und ich dachte, ich hätte es vielleicht erraten und fragte: »Schnee?« Denn gestern abend beim Gebet hatte Mami mir versprochen, eines Tages so etwas zu Gesicht zu bekommen.

»Nicht vergessen, Mädchen«, sagte Mami, und obwohl ich dachte, sie meinte wieder Fifi, fügte sie hinzu, »erst muß Papi sich ausruhen.« Dann flüsterte Mami Papi etwas auf Englisch zu, und er nickte. »Also nach dem Essen«, sagte er. »Mal sehen, wer seinen Teller leer ißt.« Als wir jedoch lange Gesichter machten, munterte er uns auf: »*Ay, ay, ay! Was für eine Überraschung!*«

Sandi und Yoyo wechselten einen triumphierenden Blick und

266

hüpften Hand in Hand davon, um unseren Cousins nebenan zu erzählen, Papi sei mit einer tollen Überraschung aus New York zurück, wo es Winter war und der Schnee vom Himmel fiel wie in der Bibel die kleinen Bröckchen Manna.

Aber ich hatte nicht die Absicht zu verschwinden, denn angenommen, nur angenommen, Papi würde sein Glas austrinken und sich doch entschließen, seine Taschen gleich zu öffnen. Da ich als einzige anwesend wäre, könnte ich mir auch als erste von der Überraschung etwas aussuchen. Wenn er mir doch nur ein kleines Stichwort gäbe!

Aber mein Vater dachte an alles andere, als mir ein Stichwort zu geben. Er lag ausgestreckt neben meiner Mutter, die Arme auf der Couch ausgebreitet, als wolle er alles umarmen, was ihm gehörte. Sie sprachen in jenem selbstvergessenen Ton, den Erwachsene anschlagen, wenn sie nachdenklich sind.

»Die Preise sind sprunghaft angestiegen«, sagte er. Meine Mutter strich ihm mit der Hand durch das Haar und sagte »Mein armer Liebling«, und schon waren sie auf dem Weg ins Schlafzimmer, um vor dem Essen ein kleines Schläfchen zu halten.

Das Haus wurde still und einsam. Ich lungerte um den Kaffeetisch herum, kippte die Reste aus den Gläsern in mich hinein, bis die Eiswürfel wie Klatschbasen in meinen Mund rasselten, und mußte aufgrund der Schärfe von Papis Whisky mit Soda die Augen zusammenkneifen. Unten aus der Diele hörte man Besteck klappern und das Scharren eines zurechtgerückten Stuhles. Dann begann Gladys, das neue Serviermädchen, zu singen:

*Yo tiro la cuchara,*
*Yo tiro el tenedor*
*Yo tiro to'lo'plato'*
*Y me voy pa'Nueva Yor'.*

Ich hörte gern zu, wenn Gladys mit ihrer hübschen, hohen Stimme ihre Lieblingssänger im Radio imitierte. Eines Tages würde sie eine berühmte Schauspielerin sein, sagte Gladys. Aber meine Mutter sagte, Gladys sei nur ein Mädchen vom Land, das nichts anderes im Kopf hätte, als im Haus Schlager zu singen, ihr krauses Haar die Woche über auf Lockenwickler zu drehen und es dann für die Sonntagsmesse in Frisuren zu legen, die sie aus amerikanischen Zeitschriften abguckte, die meine Mutter weggeworfen hatte.

Gladys' Gesang endete abrupt, als ich das Eßzimmer betrat. »*Ay*, Carla, wie hast du mich erschreckt!« Sie lachte. Sie war dabei, den Tisch zu decken, nahm Löffel aus dem Bündel Silberbestecke in ihrer linken Hand, führte phantasievolle Tanzschritte auf, bevor sie bei jedem Gedeck haltmachte und sich in Erinnerung rief: »Löffel zur Rechten, besser zum Messer.« Wenn keine Schwestern oder Cousinen da waren, machte es auch Spaß, mit Gladys zusammen zu sein.

Sie trat vom Tisch zurück und hielt prüfend den Kopf schräg, schob dann einen Stuhl vor und gab dem Messer einen kleinen Stups, wie wenn man ein Bild zurechtrückt, das ohnehin gerade hängt. Mit einer Kopfbewegung wies sie in den rückwärtigen Teil des Hauses. Ich folgte ihr durch den Anrichteraum, wo alles schon für das Essen bereitstand: Die leeren Servierplatten warteten darauf, gefüllt zu werden, die Vorlegelöffel waren aufgereiht wie eine Familie, erst die großen, dann immer kleinere.

In dem Durchgang, der das Zimmer der Hausmädchen mit dem übrigen Haus verband, blieb Gladys stehen und hielt die Tür auf. »So! Dein Vater ist also aus New York zurück!«

Ich nickte glücklich und trat hinter Gladys ein. Im Zimmer war es dunkel und heiß. Die meisten Fenster waren geschlossen, zum Schutz gegen die glühende, karibische Nachmittagssonne. Durch ein hohes, halboffenes Fenster drang diffuses, gedämpftes Licht. Auf einem Rohrstuhl drehte sich summend ein Ventilator.

Als sich meine Augen langsam an das Dämmerlicht gewöhnt hatten, erkannte ich die Plastikstatuen und Heiligenbilder, die in

268

großer Zahl auf der Kommode standen. Auf dem Boden eines alten Mayonnaiseglases mit Schlitz im Deckel funkelten ein paar Kupferpfennige. Als der Ventilator sie erfaßte, zitterte und flackerte die geweihte Kerze. Zwei der drei Bettstellen waren besetzt. Auf dem einen lag Chucha, die alte Köchin, und schlief fest, einen zufriedenen Ausdruck im Gesicht, wenn der kühle Luftzug sie streifte. Auf einem anderen Bett saß Nivea im Unterrock, den Kopf gesenkt, und betete leise einen Rosenkranz, als hätte sie etwas auszusetzen an den Perlen, die zwischen ihren Knien baumelten.

Als die Tür ins Schloß fiel, öffnete Chucha ein Auge, um es sofort wieder zu schließen. Ich hoffte, sie sei wieder eingeschlafen, da die alte Köchin gern schimpfte. Tatsächlich wurde die alte Chucha schwierig, und Mami hatte beschlossen, ihr ein eigenes Zimmer zu geben. »Du weißt, daß deine Mutter es nicht gern sieht, wenn ihr euch hier herumtreibt«, legte Chucha los. Ich sah Gladys hilfesuchend an.

»Keine Bange, Köchin«, sagte Gladys munter. Sie führte mich zu ihrem Bett und forderte mich auf, neben ihr Platz zu nehmen. »Doña Laura hat heute bestimmt nichts dagegen, da Don Carlos gerade nach Hause gekommen ist.«

»Zeig mir die Henne, die nicht pickt, wenn der Hahn kräht«, sagte Chucha mit anzüglichem Sarkasmus. Sie stieß einen verdrießlichen Seufzer aus und drehte sich mit dem Gesicht zur Wand. Sanft kitzelte der Luftzug ihre rosa Fußsohlen. »Ich habe schon Doña Lauras Windeln gewechselt, als du noch gar nicht auf der Welt warst!« nörgelte sie. »Ich weiß, wie der Hase läuft, das kannst du mir glauben.«

Gladys sah mich mit einem Blick an, der besagte: »Hör nicht auf sie.« Dann sagte sie beschwichtigend: »Du bist bestimmt schon lange hier.«

»Zweiunddreißig Jahre.« Chucha gab ein trockenes Lachen von sich.

»Wer weiß, wo ich in zweiunddreißig Jahren bin«, sagte Gladys nachdenklich. Ihr Blick wurde starr, sie lächelte. »New York«, sagte sie träumerisch und begann, den Refrain der beliebten New York-Schnulze zu trällern, die man Tag und Nacht im Radio hörte.

»Träum weiter«, sagte Chucha. Und jetzt lachte sie. Das Fett unter ihrer Tracht wackelte. Ihr Körper wiegte sich hin und her. »Du hast den Kopf in den Wolken, Mädchen. Paß auf, daß es kein Gewitter gibt!«

»*Ay*, Köchin.« Gladys streckte die Hand aus und tätschelte der alten Frau die Füße. Sie schien von Chuchas Fröhlichkeit ebenso wenig beeindruckt wie von ihrer schlechten Laune. »Ich bete jede Nacht«, sagte sie und wies mit dem Kopf auf den behelfsmäßigen Altar. Gladys hatte mir einmal erklärt, jeder Heilige auf ihrer Kommode habe eine spezielle Fähigkeit. Santa Clara war für das Augenlicht zuständig. San Martin war für Geld und Wohlstand zuständig. Die Muttergottes war für alles zuständig. Nun holte sie eine Postkarte hervor, die meine Mutter vor ein paar Tagen weggeworfen hatte. Es war das Foto einer Frau in einem Gewand, mit einem scharfkantigen Stern als Heiligenschein und einer Fackel in der erhobenen Hand. Hinter ihr lag eine Stadt wie aus dem Märchen, in der es vor Weihnachtskerzen nur so funkelte. »Dies hier ist eine mächtige amerikanische Jungfrau Maria.« Gladys reichte mir die Karte. »Du wirst sehen, sie bringt mich nach New York.«

»Apropos New York«, begann Nivea. Sie bekreuzigte sich rasch und küßte das Kruzifix ihres Rosenkranzes. Nivea, das jüngste der Waschmädchen, war »schwarz-schwarz«: Meine Mutter sagte es immer doppelt, um die dunkle Farbe so richtig zum Ausdruck zu bringen. Sie trug den Spitznamen Nivea, nach einer amerikanischen Gesichtscreme, mit der ihre Mutter sie eingerieben hatte, in der Hoffnung, die milchigweiße Paste würde die schwarze Haut ihres Babys aufhellen. Das Weiße ihrer Augen, die sie nun auf mich richtete, schien die einzige Stelle zu sein, wo die Zaubercreme gewirkt hatte. »Zeig uns, was dein Vater euch mitgebracht hat.«

»Die haben Glück«, fuhr Nivea fort, ehe ich etwas sagen könnte. »Diese Mädchen haben wirklich Glück. Was für ein Vater! Er geht nie auf Reisen, ohne ihnen etwas Kostbares mitzubringen.« Sie zählte Gladys, die erst seit einem Monat bei uns war, alle Schätze auf, die *el doctor* seinen Mädchen mitgebracht hatte. »Erinnerst du dich noch an die Tanzpuppen beim letzten Mal?«

Ich nickte. Nivea durfte man nicht verbessern, sonst riskierte man, als Fräulein Naseweiß bezeichnet zu werden. Aber die Tanzpuppen waren von der vorletzten Reise. Das Mitbringsel von der letzten Reise waren Schnürschuhe gewesen, die gut für unsere Füße waren, eine ausgesprochen schlechte Wahl, aber das kam dabei heraus, wenn meine Mutter für die Überraschung verantwortlich war. Jedesmal wenn er zu einer Reise aufbrach, fragte mein Vater: »Mami, was können die Mädchen gebrauchen?« Manchmal, so wie in diesem Fall, antwortete Mami: »Überhaupt nichts. Sie haben alles, was sie für die Schule brauchen.« Und dann, ach dann gab es bestimmt ganz herrliche Überraschungen, denn, wie Papi zu Mami sagte: »Mir ist absolut nichts eingefallen, was ich ihnen mitbringen könnte. Also ging ich zu Schwarz, und die Verkäuferin empfahl mir. . .« Und aus der Verpackung kamen drei empfohlene Tanzpuppen oder drei empfohlene Paar Rollschuhe oder noch heute abend drei wundervolle Überraschungen!

Gladys nahm die Postkarte wieder an sich und betrachtete sie lächelnd. »Was hat dein Vater euch mitgebracht?« fragte sie. »Noch nichts.« Ich seufzte enttäuscht, weil ich ihre Neugier nicht befriedigen konnte, denn selbst Chucha hatte sich halb umgedreht, um zu hören, woraus die Überraschung diesmal bestand. »Wir müssen erst zu Abend essen.«

»Apropos Abendessen«, sagte Nivea, sich und die beiden anderen an ihre Pflichten erinnernd, »unsere Arbeit hört nie auf.« Dann setzte sie hinzu: »Tag und Nacht, und welche Überraschung bekommen wir?« Sie brummte weiter vor sich hin, als sie ihr krauses, schwarzes Haar in Dutzende von kleinen Zöpfen flocht. Ihre Klagen hatten einen anderen Unterton als die Chuchas. Sie klangen bitter und wurden noch während des freundlichsten Gesprächs angebracht. Chuchas Klagen dagegen ähnelten einer täglichen Litanei, mal schimpfte sie mit dem Hund, mal zankte sie mit dem Reistopf, den sie scheuern mußte, mal schalt sie leise über Doña Laura, deren Windeln sie schon gewechselt hatte und deren Handlungen sie demzufolge mit Recht kritisieren durfte.

Das Essen bestand an diesem Abend zum Glück aus Spaghetti und Fleischklößchen, so fiel es einem nicht schwer, den Teller zu leeren. Ich wickelte die Fäden um meine Gabel und rollte meine beiden Fleischklößchen hin und her, bis ich es leid war und sie aufaß. Mami war gut gelaunt und erlaubte Milagros, dem Kindermädchen, das Baby mit hinauszunehmen. Für gewöhnlich bestand Mami darauf, daß das Baby in seinem Hochstuhl sitzenblieb und brüllte, damit die Familie wenigstens eine offizielle Mahlzeit gemeinsam einnahm, wie »zivilisierte Menschen«. Heute abend blieben der Familie die Qualen der Zivilisation erspart, sogar die Qualen des Gemüses, denn Mami erlaubte uns, uns selbst zu bedienen, woraufhin ich mir gerade so viele Erbsen nahm, wie auf eine Kette gereiht um meinen Hals gepaßt hätten. Meine Schwestern und ich aßen schweigend und lauschten voller Staunen den Erzählungen unseres Vaters über Taxis und böse Schneestürme (wieso konnte ein Schneesturm böse sein?!) und die Weihnachtsdekoration in den Straßen. Wir empfanden die Seligkeit der vor uns liegenden Wochen: heute abend noch eine herrliche Überraschung, und in weniger als zwanzig Tagen, wenn man dem kleinen Adventskalender glauben durfte, dessen Türen wir jeden Abend mit Mami beim Beten öffneten – Weihnachten. Und weitere Überraschungen! Wir hatten wirklich Glück, Nivea hatte recht, und was für ein Glück wir hatten.

272

Endlich wandte sich Papi an Gladys, die den Servierwagen um den Tisch schob und die Teller einsammelte. »Äh – «. »Gladys«, kam ihm Mami zu Hilfe: Aber sie war schließlich noch neu, und Papi hatte noch nicht häufig Gelegenheit gehabt, ihren Namen auszusprechen.

»Gladys«, fragte Papi. »Würden Sie bitte meine Aktentasche holen?«

»Im Arbeitszimmer«, wies Mami sie an. »Auf dem Schreibtisch neben der Rauchgarnitur.«

Schon eilte Gladys hektisch trippelnd davon, hocherfreut, mit einem so wichtigen Auftrag betraut worden zu sein: Dann kam sie zurück, die lederne Aktentasche wie ein Kind in den Armen wiegend.

»Braves Mädchen!« Papi bedachte Gladys mit einem strahlenden, beifälligen Lächeln und ließ die Schlösser aufschnappen. Der Deckel sprang auf wie ein Stehaufmännchen. In der Tasche befanden sich, eng beieinanderliegend wie Eier in einem Nest, drei in weißes Seidenpapier gewickelte Päckchen. Papi gab jedem von uns eines davon und holte dann eine winzige Schachtel aus der Seitentasche und lächelte meine Mutter an.

»Du Schatz.« Mami streichelte ihm die Hand. Sie öffnete das Kästchen, holte ein Parfümfläschchen in Puppengröße hervor, zog den Pfropfen heraus und schnupperte. »Genau das ist es! Ich konnte die alte Flasche einfach nicht mehr finden. Aber du hast dich daran erinnert, obwohl du nicht einmal den Namen wußtest!« Sie beugte sich zu Papi hinüber und küßte ihn auf die Wange.

Man hörte das Geräusch zerreißenden Papiers und Papi, der uns anfeuerte: »*Ay, ay, ay*!« Gladys trödelte mit ihrem Wagen herum und häufte das schmutzige Geschirr zu ordentlichen Stapeln, ehe sie sie in die Küche rollte, wo Nivea und Chucha sie abwaschen würden. Aber als wir endlich die Schachteln aufgerissen hatten, sahen meine Schwestern und ich uns verblüfft an. Mami beugte sich vor und nahm aus Yoyos Kästchen eine kleine Blechfigur: Ein alter Mann saß in einem Boot und sah auf einen Walfisch herab, der drohend sein Maul aufsperrte. Sandi stellte ihr Geschenk auf den Tisch und versuchte erfreut auszusehen: Es war ebenfalls eine Blechstatue, ein kleines Mädchen, dessen Springseil mitten in der Luft stehengeblieben war. Ich machte mir gar nicht erst die Mühe, mein Päckchen auszupacken. Ich starrte auf ein Mädchen in einem blauweißen Nachthemd, das seinerseits zu einem dichten Wolkenhimmel aufstarrte. Was hatte sich die Verkäuferin bei Schwarz wohl diesmal bei ihrer Empfehlung gedacht?

»Was in aller Welt ist das, Papi?« fragte Mami und nahm Sandis kleine Seilspringerin in die Hand und sah ihr in die aufgemalten Augen.

»Ratet. . .« sagte Papi verlegen und fügte dann hinzu: »Sie sind zur Zeit der letzte Schrei. Das Mädchen bei Schwarz sagte, sie hätte an jenem Tag schon ein halbes Dutzend verkauft.«

Mami drehte die Figur um und las laut vor, was auf der Unterseite stand: »Made in the U.S.A.« Dann entdeckte sie ein Schlüsselloch für einen winzigen Schlüssel. »Ach« – sie sah Papi an – es ist eine Sparbüchse, ja?«

Mein Vater strahlte. Er nahm das Springseilmädchen und stellte es vor sich auf den Tisch. Sie stand gelassen auf ihrem Sockel, ein Bogen aus Draht spannte sich über ihren Kopf und endete jeweils in zwei nadelöhrgroßen Löchern in ihren Fäusten. Die Tupfen auf ihrem Kleid und das Gelb ihres Haares waren auf das Blech aufgemalt. »Paßt auf«, sagte er und nahm einen Penny von dem Berg Kleingeld, das er auf den Tisch geschüttet hatte. Die Münze paßte genau in die Kerbe eines Pfostens neben dem Mädchen. Papi zog an einem Hebel an der Unterseite des Sockels, der Hebel schnellte zurück, die Münze fiel klappernd und klingelnd, und dann waren wir alle perplex – meine Schwestern, Mami, Gladys und ich – denn das Mädchen vollführte einen Hopser, und das Seil machte eine Umdrehung.

Ein bewunderndes Raunen ging durch den Raum.

»Automatische Sparbüchsen.« Papi grinste und nahm einen weiteren Penny von dem Berg. »Damit meine Töchter anfangen zu sparen und für uns sorgen können, Mami« – er zwinkerte ihr zu – »wenn wir alt und grau sind.«

»Jetzt mit meiner«, bettelte Yoyo, und Papi steckte einen Penny zwischen die geschlitzten Hände des alten Mannes, so daß die Münze wie das Steuerrad eines Bootes aussah. Als er den Hebel zog, drehte der Seemann sich um und die Münze rollte in das Maul des Wales.

Meine Schwestern und ich brachen in Gelächter aus. »Jonas' Sparbüchse.« Mami las den Namen, der auf der Seite des Bootes stand und sagte dann mit schalkhaftem Blick: »Ay, Lolo, ich möchte wissen, was die Ordensschwestern dazu sagen würden.«

Papis Augenbrauen hoben sich. »Wart ab, bis du das hier gesehen hast.« Er lachte und holte meine Spardose aus der Schachtel. »Eigentlich sollen diese Jonas-und-Maria-Sparbüchsen die Kinder dazu anhalten, für ihre Spenden in der Kirche zu sparen. Dagegen können die Nonnen doch wohl nichts einwenden?« Er steckte einen Penny in einen Spalt in dem Wolkenhimmel und zog den Hebel am Sockel. Die Münze verschwand, während die junge Frau mit dem aufgemalten Heiligenschein gen Himmel stieg, ihre Arme hoben sich bis in Schulterhöhe. Als der Hebel zurückschnellte, kehrte sie auf die Erde zurück.

»Heilige Muttergottes!« wisperte Gladys. Daraufhin fingen alle, einschließlich meiner Mutter, an zu lachen, weil wir vergessen hatten, daß Gladys immer noch im Zimmer war. Und da stand sie, mit vorgerecktem Hals, die Augen rund und kupferfarben wie die Pennies, die jene großartigen Wunder vollbracht hatten.

Papi gab ihr eine Münze. »Hier, Gladys, bring du sie in Schwung.« Aber Gladys wollte nicht und blickte schüchtern auf ihre Schuhe. »Los«, ermunterte meine Mutter sie, und diesmal trat sie vor, wischte sich die Hände an der Schürze ab und nahm die Münze von meinem Vater entgegen, der ihr zeigte, wie sie sie in die Wolken stecken sollte. Wieder fiel die Münze rasselnd herab, und Maria stieg einen Moment empor, um gleich darauf auf die Erde zurückzukehren, bis der nächste Penny gespart würde. Gladys' Gesicht strahlte. Langsam und verwirrt bekreuzigte sie sich.

»Sie sind wie Kinder«, sagte mein Vater mitfühlend, als Gladys den Raum verlassen hatte. »Hast du ihr Gesicht gesehen? Als hätte sie die leibhaftige Jungfrau Maria gesehen.«

Als meine Eltern nach dem Essen bei Espresso und Zigarette saßen und plauderten, tauschten meine Schwestern und ich einen enttäuschten Blick. Ich versuchte, meine Maria zu schütteln, damit die Pennies herausfielen und ich mir ein Päckchen Kaugummi kaufen könnte.

»Nein, nein, nein, Carlita! Die bleiben da drin.« Mein Vater klopfte auf seine Tasche. »Papi hat die Schlüssel.«

Die Sparbüchsen erwiesen sich jedoch nicht als die ganz große Enttäuschung. Mit Sicherheit waren sie weitaus besser als die Schnürschuhe. In der Schule erregten sie bei den anderen Kindern enormes Aufsehen. Die beliebtesten Mädchen aus meiner Klasse drängten sich danach, neben mir zu stehen. Ich durfte mir sogar mein rotes Lieblingsbonbon aus der Rolle nehmen, wenn es das nächste war, das aus dem Papier gewickelt wurde, und war es nicht das nächste, wurden einige andere herausgenommen, damit ich es bekam. Die Schwester las Doña Lauras Brief, in dem stand, es handele sich um eine Spendensparbüchse, und jeder durfte einen Penny in den Wolkenhimmel stecken und zusehen, wie die kleine Figur emporstieg. Dann erzählte die Schwester, deren Aufgabe ja darin bestand, aus allem, was lustig war, eine Belehrung zu machen, die Heilige Jungfrau sei nicht gestorben, sondern nur ihr Körper in den Himmel gekommen, weil sie so gut war. Die Schülerinnen starrten verträumt auf die Sparbüchse, als erwarteten sie, daß sie in einer Rauchwolke an die Decke zischte.

Meine Sparbüchse war schwer von Münzen, als ich sie nach Hause trug. Mein Vater schloß sie an der Unterseite auf, und heraus fielen etwas weniger als hundert Pennies. Großzügig legte er den Rest drauf und gab mir einen Silberdollar, der mehr nach Schmuck als nach Geld aussah. Dann ließ das Geschäft nach. Ab und zu steckten die Canasta-Freundinnen meiner Mutter, die angeblich keine Pennies in ihren Geldbörsen haben wollten, diese gern in das Walfischmaul oder den Wolkenhimmel. Natürlich lag das seilhüpfende Mädchen in der Gunst ganz vorn, glückliche Sandi. Aber Gladys blieb dabei, die Maria-Sparbüchse sei die Schönste von allen und verwendete alle Pennies aus ihrem Mayonnaiseglas dazu, das Wunder zu vollbringen. Ein Jammer war nur, daß keine größeren Münzen hineinpaßten.

Schließlich landeten die Sparbüchsen auf dem Regal, wo schon all unsere anderen vernachlässigten Spielsachen lagen. Weihnachten stand vor der Tür! Meine Mutter klagte, sie breche vor Erschöpfung zusammen – soviel gab es noch zu tun. Unsere Kostüme für das Krippenspiel mußten noch genäht werden. Tía Isa nebenan brauchte Hilfe, um Haus und Garten in Schuß zu bringen für die große Weihnachtsparty, die in diesem Jahr bei ihr stattfand, weil es das erste Weihnachtsfest nach ihrer Scheidung war und sie beschäftigt werden sollte. Dann galt es, den Weihnachtsbaum unten an der Küste zu schlagen, ihn weiß zu bestäuben und mit silbernen und goldenen Kugeln und Lametta zu behängen. Welch ein Anblick! Besonders am Abend, wenn Mami alle Lampen löschte und der Baum im Glanz der an- und ausgehenden Kerzen erstrahlte; kleine Fläschchen wie die Pipetten von Nasentropfen, die sich erst mit farbigem Wasser füllten, das sich dann wieder verflüchtigte.

Als der Tag näherrückte und die geschlossenen Fenster am Adventskalender immer weniger wurden, waren meine Schwestern und ich kaum noch zu bändigen vor Aufregung, aber die Erwachsenen waren anscheinend zu beschäftigt, um es zu bemerken. Das Haus wurde wie für eine Party herausgeputzt. Die riesigen Weihnachtssterne im Hof waren wie flammende

Fackeln. Auf dem Tisch und dem Tafelaufsatz des Buffets standen Silberplatten mit Nüssen und Früchten. Ein eleganter Soldat nahm eine Mandel in den Mund und biß sie krachend auf, und jedesmal seufzte meine Mutter und sagte: »Es ist wirklich schade, daß es kein Staatsballett für die Kinder gibt.« Gladys war emsiger denn je, polierte Silber, bereitete Cocktailhäppchen, folgte ihrer Herrin durchs Haus mit Vasen voll Callas und Bougainvilleen. Anstelle der Radioschnulzen sang Gladys nun ein endloses Repertoire an Weihnachtsliedern:

Glo-oh-oh-oh-oh-ohh-
Oh-oh-oh-ohh-
Ria!

Am schönsten war, Mami schien an dem Gesang gar keinen Anstoß mehr zu nehmen, ja, stimmte selbst ein- oder zweimal mit ihrem zarten, tremolierenden Sopran ein Lied an:

A Santa Claus le gusta el vino,
A Santa Claus le gusta el ron. . .

Und natürlich sangen alle Kinder beim Krippenspiel am Heiligen Abend:

Adestes fideles
Laetes triumphantes. . .

Mit einem Nachthemd bekleidet und einer Krone aus Goldfolie auf dem Kopf, mußte ich einen der Hirten, die in der Nacht ihre Schafe hüteten, verkünden:

Fürchtet euch nicht!
Siehe, ich verkündige euch

große Freude:
Das Jesuskind ist geboren!

Aber ich war so durcheinander von dem strahlenden Licht und den vielen Gesichtern in dem bis auf den letzten Platz besetzten Saal, daß ich mich in meinen Versen verhedderte und statt Jesuskind Babypuppe sagte. Mami sagte, niemand außer ihr, die ja wußte, daß ich mir vom Jesuskind eine Babypuppe wünschte, hätte den kleinen Versprecher bemerkt.

Am nächsten Morgen lag die Babypuppe unter dem Baum, ein Band im goldenen Haar und eine Flasche am Handgelenk befestigt. Sie rief »Mama«, wenn ich sie hinlegte und machte ihre Windel naß, nachdem sie durch ein kleines Loch im Mund eine Flasche getrunken hatte. Und das war noch nicht alles! Das Zimmer war eine Schatzkammer voll festlich verpackter Schachteln. »Für jeden etwas«, sagte Papi lachend. Und eine ganze Menge für seine Lieblinge! Jede von uns saß zwischen Bergen zerrissenen Papiers, leeren Schachteln und Spielzeug in knalligen Farben. Selbst das Baby hatte einen ansehnlichen Teil bekommen, obwohl Fifi es vorzog herumzukrabbeln, Papier zu zerreißen und die Fetzen in den Mund zu stecken, während die arme Milagros schimpfend hinterherkroch, damit nicht einer ihrer Schützlinge erstickte und an ebenjenem Tag starb, an dem unser Retter geboren worden war. Alle Hausangestellten waren da – Mario, Chucha, Nivea und Gladys – und öffneten vorsichtig ihre Geschenke, um das schöne, bunte Seidenpapier nicht zu zerreißen. Ihre Augen leuchteten: eine Brieftasche, aus deren Scheinfach etwas Grünes hervorlugte!

Obwohl ich viel später als sonst ins Bett gegangen war, konnte ich in dieser Nacht nicht einschlafen. Selbst wenn ich mich ehrlich bemühte, die Augen zu schließen, sah ich im Geist meine neue Puppe, mein Puzzle oder mein Malbuch riesengroß vor mir, und ich mußte das Licht anknipsen und meine Geschenke betrachten, um mich zu vergewissern, ob sie noch da waren. Mami kam auf einen Sprung von der lärmenden Party nebenan vorbei, in einem langen, silbernen Kleid, mit nackten Armen, den einen Arm unter den von Tío Mundo geschoben. Sie drohte mir mit dem Finger, weil mein Licht noch brannte, aber sie schien es nicht allzu ernst zu meinen und schüttete sich aus vor Lachen, als mein Onkel sich mehrmals mit Yoyos neuem Revolver erschoß. Eine ganze Zeit später kam Gladys herein, die von ihrer Arbeit nebenan zurückkehrte. »Es ist schon nach Mitternacht, Fräulein!« Aber anstatt das Licht auszudrehen, ließ sie sich auf meinem Bett nieder, schlüpfte aus ihren Schuhen und begann, ihre müden Füße zu massieren. In der Ferne hörten wir die Onkel und Tanten sowie Mami und Papi Weihnachtslieder singen. »Es geht lustig zu nebenan«, sagte Gladys. Doña Laura hatte mit Don Carlos einen Bolero getanzt, der so gut wie im Kino gewesen sei. Don Mundo hatte sein Hemd ausgezogen und auf dem Eßtisch einen wilden Tanz aufgeführt. Die verrückte Doña Isa war in den Swimmingpool geworfen worden, vielleicht war sie auch selbst hineingesprungen, das konnte man nie so genau sagen.

Gladys' Blick wanderte durch den Raum, erfaßte das Durcheinander an neuem Spielzeug, ehe er auf das Regal fiel. Ein hoffnungsvoller Ausdruck trat in ihr Gesicht. Sie zog ihre neue Brieftasche hervor, öffnete sie und entnahm ihr die zehn Pesos. »Ich kaufe die dir Sparbüchse ab«, sagte sie zögernd.

Die Sparbüchse! Aber dieses alte Ding war bestimmt keine zehn nagelneue Pesos wert. Schon gar nicht, seitdem es verrostet war, weil es über Nacht draußen im Patio liegengeblieben war. Die Hälfte der Zeit funktionierte der Mechanismus überhaupt nicht. »Lieber nicht, Gladys«, riet ich ihr ab.

Gladys' Blick flatterte. Sie steckte den Geldschein in die Brieftasche zurück und hielt sie mir hin. »Du bekommst die Brieftasche noch dazu.«

Einen Moment wußte ich nicht, wie man es anstellte, gut zu sein.

Meistens war Mami da und gab mir Verhaltensmaßregeln: Geschenke, die man selbst bekommen hatte, verschenkte man nicht. Gladys sollte ihre Brieftasche behalten. Aber das würde bedeuten, daß ich diese alte Sparbüchse behalten müßte, die zu verschenken doch ein großzügiger Akt wäre. Ratlos blickte ich in das Regal.

»Du kannst sie umsonst haben«, sagte ich. Gladys' Unterkiefer fiel herab. Die Überraschung in den Augen des jungen Mädchens bestätigte meinen Verdacht, etwas getan zu haben, wofür ich bestraft würde, falls es herauskäme, deshalb fügte ich hinzu: »Sag es nicht weiter, Gladys, ja?« Das Mädchen nickte bereitwillig, als sie das Zimmer verließ, die Spardose in ihre Schürze gewickelt und unter den Arm geklemmt.

Aber Mami entging nie etwas. Weder der Fleck, den man auf sein Tischset gemacht hatte, noch der blaue Fleck am Arm einer der kleinen Cousinen, die man heimlich gezwickt hatte, noch die leere Stelle auf dem Spielzeugregal im Schlafzimmer. »Dabei fällt mir ein«, sagte meine Mutter ein paar Wochen nach Neujahr, als der ganze Haushalt damit beschäftigt war, ihre Lesebrille zu suchen, die sie auf dem Kopf hatte. »Wo ist eigentlich deine Maria-Sparbüchse, Carla?« Genau in dem Moment, als Gladys und ich einen schuldbewußten Blick wechselten, entdeckte Mami die Brille auf ihrem Kopf und ließ sie auf ihre Nase gleiten. Neugierig sah sie von mir zu Gladys.

»Meine Sparbüchse?« fragte ich, als hätte ich noch nie von dergleichen gehört.

»Komm, komm«, sagte meine Mutter und wieder sah sie erst mich und dann Gladys an.

»Ach, *diese* Sparbüchse«, antwortete ich und erklärte, sie sei »irgendwo«.

Mami war sehr geduldig und sagte freundlich: »Gut, dann wollen wir sie suchen, ja?« Und als wir sie natürlich nirgendwo in meinem Zimmer fanden – obwohl ich eine wirklich überzeugende, gründliche Suche vorgenommen und selbst in meinen Schnürschuhen nachgesehen hatte – beharrte Mami nicht weiter und ließ die Sache auf sich beruhen.

An diesem Sonntag inspizierte meine Mutter, nachdem die Mädchen zur Frühmesse aufgebrochen waren, deren Zimmer, während mein Vater am Fenster Wache hielt. Später hörte ich die erregten Stimmen meiner Eltern durch die geschlossene Tür des Arbeitszimmers. Dann wurde die Tür aufgerissen, mein Vater eilte den Flur entlang, gefolgt von meiner finster dreinblickenden Mutter, und ich konnte mich gerade noch rechtzeitig hinter den Korbstuhl ducken, als sie vorbeigingen. Dann kamen sie im Gänsemarsch zurück, mein Vater, eine brummelnde Chucha, und meine Mutter am Schluß. Derselbe Aufmarsch hin und zurück erfolgte mit Nivea, dann mit Milagros und schließlich mit Gladys, deren Augen ängstlich geweitet waren. Die Tür schloß sich. Man hörte laute Stimmen aus dem Arbeitszimmer. Ich beobachtete eine Staubflocke, die von einem Luftzug hin- und hergetrieben wurde. In der Ecke glitzerte ein Stückchen Lametta wie ein letzter Hauch Festtagsstimmung. Schließlich öffnete sich die Tür, und Gladys rannte, heftig in ihre Schürze schluchzend, den Flur entlang.

Mir rutschte das Herz in die Hose. In dem großen Haus braute sich ein Gewitter zusammen. Auf Gladys war es bereits herniedergegangen, und es war zwecklos, sich zu verstecken, denn früher oder später würde es auch mich treffen. Ich stand auf und legte die Puppe auf das Stuhlkissen, ohne auf ihre Mamarufe zu achten.

In der Tür des Arbeitszimmers blieb ich stehen, wie immer überwältigt von den hohen Regalen voller Bücher, wie in einer Bibliothek, und dem dunklen Holz der Wände und Jalousien. Meine Mutter ging im Raum auf und ab, als könne sie sich für keine Richtung entscheiden und zog heftig an ihrer Zigarette. Mein Vater saß mit gesenktem Kopf auf der Kante seines Lehnstuhls, seine Hände hingen zu beiden Seiten der Armstützen herab. Auf dem kleinen Tisch mit den Rauchutensilien neben dem Pfeifenständer erkannte ich die Sparbüchse, in eine Schürze gewickelt. Ich tat einen Schritt in den Raum. Doch niemand bemerkte mich. »Es war ein Geschenk«, stieß ich hervor. Meine Mutter unterbrach ihre Wanderung und sah mich abwesend an.

»Ich habe sie ihr überlassen«, gestand ich.

Mein Vater sah mich an und wechselte einen Blick mit meiner Mutter.

»Wenn dein Vater dir das nächstemal ein Geschenk mitbringt«, begann meine Mutter zu schimpfen, aber Papi fiel ihr ins Wort. »Wir müssen eben bessere Mitbringsel kaufen, Mami«, sagte er und zwinkerte mir zu. »Mir ist noch nicht aufgefallen, daß die Tanzpuppen je draußen im Regen liegengeblieben oder einem der Mädchen geschenkt worden wären!«

Mein Herz schlug höher bei dem Gedanken an eine Überraschung, die noch besser wäre als alle bisherigen. Was könnte das sein? Ich sah mich überall im Zimmer um, ob mir etwas einfiele, irgend etwas. Mein Blick fiel auf die Sparbüchse.

Meine Mutter drückte mit einer kleinen, nervösen Bewegung ihre Zigarette aus. »Ich glaube, ich erkläre es jetzt besser den anderen.« Sie seufzte und huschte an mir vorbei. Die Tür schlug krachend hinter ihr zu. Ein Gestell mit Pfeifen klirrte und rasselte. An den Schrankwänden sausten alle Jalousien auf einmal herunter.

In der Auffahrt hatte Mario das Auto vorgefahren. Er ging ins Haus und kam gleich darauf mit einem Pappkarton und mehreren Tüten wieder heraus, die er auf den Rücksitz stellte. Dann kam Gladys, ein Taschentuch auf dem Kopf, um ihre Kirchenfrisur in Form zu halten, während sie sich mit einem anderen Taschentuch die Augen tupfte. Sie stieg ins Auto und setzte sich neben ihre Tüten, und mit einem Aufblitzen des Chroms, den Mario den ganzen Tag poliert hatte, fuhr das Auto die Auffahrt hinunter, an dem Wachposten am Tor vorbei, hinaus in die Welt.

»Papi«, schrie ich und fuhr herum. »Bitte schick Gladys nicht weg.«

Mein Vater streckte die Hand aus und zog mich auf seinen

Schoß. Seine Augen waren trübe, als wären sie braun angemalt und dann verwischt worden. »Wir können ihr nicht trauen – «, begann er, dann aber hielt er es anscheinend für besser, es auf folgende Weise zu erklären. »Es war Gladys, die gehen wollte, verstehst du. . . Sie findet im Handumdrehen wieder eine Stelle, vielleicht sogar in New York.« Aber sein bedrückter Gesichtsausdruck hielt mich davon ab, ihm zu glauben. Er sah an mir vorbei aus dem Fenster. In der Ferne hörte man das Aufheulen eines Motors, das in gleichmäßiges Summen überging.

Sein Blick fiel auf die kleine Sparbüchse. Er lächelte, griff in die Hosentasche und holte ein paar Pennies heraus. »Bring sie in Schwung«, sagte er.

Mir war nicht nach Spielen zumute. Aber auch mein Vater schien traurig, und es war meine Sache, ihn jetzt aufzuheitern. Daher nahm ich einen Penny aus seiner Hand, steckte ihn in den vorgesehenen Spalt und zog den Griff so weit wie möglich zurück. Die Münze fiel mit einem Klirren in die Büchse. Der Hebel klemmte und wollte nicht wieder in die Rille zurückgleiten. Die kleine Figur stieg empor, sie hob die Arme. Dann hielt sie inne und blieb auf halbem Wege, genau zwischen Himmel und Erde, stecken.

# Die Trommel

*Yoyo*


Es war eine Trommel, die Mamita aus New York mitgebracht hatte, eine prachtvolle Trommel, die Seiten leuchtend rot, kreuz und quer mit goldenem Draht bespannt, der mit goldenen Knöpfen befestigt war, Ober- und Unterseite weiß. Sie hatte einen breiten, blauen, gepolsterten Riemen, an dem man sie mit der flachen Seite nach oben um den Hals hängen konnte, denn es war die Trommel eines Tambours. Mamita schenkte sie mir, streifte mir den Riemen über den Kopf und nahm die Oberseite ab. »Ah«, seufzte ich begeistert, denn in ihrem hohlen Innern befanden sich zwei Trommelstöcke. Sie nahm sie heraus, drückte den Deckel wieder fest und überreichte sie mir. Obwohl sie als erste mit der Hand daraufgeschlagen hatte, wollte sie mich nicht des Vergnügens berauben, den ersten tollen, donnernden Trommelwirbel zu vollführen.

Barra-bam, barra-bam, barra-barra-barra BAM!

»Ah« – meine Großmutter verdrehte die Augen –, »ein neuer Beethoven!«

»Was sagst du zu deiner Großmutter?« fragte Mami stolz.

»Barrabarrabarrabarrabarrabarra BUM! BUM! BUM! BUM!«

»Yoyo!« rief meine Mutter, und ich hörte so abrupt mit dem Trommeln auf, daß sie in die jäh eingetretene Stille des Zimmers brüllte: »DAS REICHT JETZT!«

»Laura!« sagte meine Großmutter vorwurfsvoll zu ihrer Tochter. »Warum schreist du denn das Kind an?«

»Danke, Mamita«, sagte ich brav.

»Danke reicht nicht, schmier Butter aufs Brot«, knurrte meine Mutter.

»Vielen herzlichen Dank«, butterte ich. Und dann ließ ich einen apokalyptischen, apoplektischen, schmetternden Trommelwirbel vom Stapel, und Mamita warf den Kopf zurück und brach in ihr lautes, mädchenhaftes Lachen aus. Meine Mutter steckte die Finger in die Ohren wie Hans auf dem Deich, eine Flut zürnender Worte auf den Lippen, die ich mit meinem Trommelwirbel erstickte, bis sie mir die Stöcke aus der Hand riß und sagte, sie würde sie an sich nehmen, bis ich vernünftig genug sei, meine Trommel wie ein Erwachsener zu spielen. Ich vergaß alle Versprechen, die ich gegeben hatte – bevor ich die Trommel bekam –, mein Benehmen zu bessern und heulte. Ich wollte sie wiederhaben! Ich wollte sie wiederhaben! Mamita vermittelte, die Stöcke kamen zurück in den Hohlraum, und mir wurde ein weiteres Versprechen abgenommen, nämlich, die Trommel nicht im Haus, sondern nur draußen im Hof zu spielen.

Meine Großmutter zog mich an sich. Sie war einmal die schönste Frau im ganzen Land gewesen, wie Mami erzählte. Wir nannten sie Mamita, »kleine Mutter«, weil sie kleiner als Mami war. Sie hatte das zarte Gesicht eines jungen Mädchens, braune Rehaugen und weißes, welliges zu einem Knoten geschlungenes Haar, das manchmal in einem Zopf auf ihren Rücken fiel. Sie sah aus wie ein Mädchen, dessen Haar weiß geworden war, weil es sich furchtbar erschreckt hatte.

»Diese Trommel stammt aus einem Zauberladen«, sagte sie zu mir, um mich zu trösten.

»Ja?« fragte meine Mutter, die sich auch an der Unterhaltung beteiligen wollte. »Wo hast du sie gekauft?«

»Schwarz«, sagte Mamita. »F.A.O. Schwarz.« Und sie versprach, mich eines Tages, vielleicht schon bald, wenn ich brav wäre und meine Mutter mit meiner Trommel nicht verrückt machte, mein Milchglas bis auf den Boden leerte, meine Zähne von oben nach unten anstatt von rechts nach links putzte, nicht an Lippenstifte und Parfums ginge und dann nach Paris riechend durch das Haus liefe, mit einem *Je-ne-sais-pas*-Ausdruck auf dem Gesicht, der besagen sollte: keine Ahnung, was mit dem kleinen Fläschchen mit der Schleife passiert ist – daß sie, meine Großmutter, mich dann im Flugzeug mit in die Vereinigten Staaten nehmen und mir Schwarz zeigen würde – und Schnee. Und da konnte ich nicht mehr anders, ich hob den Deckel, nahm die Trommelstöcke heraus und ließ tippi-tap, ein bescheidenes, wohlerzogenes Getrommel hören, worauf Mamita zwinkerte, Mami lächelte und beide übereinstimmend feststellten, mein Spiel sei in den letzten fünf Minuten tatsächlich zu einem vernünftigen Trommeln herangereift.

Ba-bam,-ba-bam, den ganzen Tag schlug ich im Hof die Trommel. Das sah meiner Mutter ähnlich, mir eine Trommel zuzugestehen, dann aber zu verbieten, daß ich richtig schwungvoll darauf trommelte, ba-bam, ba-bam. Und wie sollte ich lernen, die Wirkung einer Trommel zu beurteilen, wenn sich stets mindestens ein Erwachsener die Ohren zuhielt? Und wie sollte ich, ohne daß es ein Geräusch gab, ein Gefühl für diesen Rhythmus entwickeln, der in meinen zehn wippenden Zehen begann, sich fortsetzte in meinen dünnen Beinen, die eines Tages wohlgeformt sein würden, meinen Hüften, die ich schwenken würde, wenn sie erst weiblich waren, den Brustkasten hinauf, wo das Herz selbst wie eine blutrote Trommel zwischen Trommelstöcken aus Elfenbein saß und dann zu einem vibrierenden Dröhnen anschwoll, das meine Schultern erzittern, die Arme hochgehen, die Handgelenke emporschnellen ließ – und herab sausten die Trommelstöcke, BUM, BUM, Barraba, BUM!

»Yolanda Altagracia, denk an dein Versprechen«, sagte meine Mutter mit ihrer Mach-einen-Knicks-wenn-du-Guten-Tagsagst-Stimme, ihrer Du-bekommst-nur-Erbsenpüree-Stimme. »Wir haben einen herrlichen Hof – viele andere Kinder würden ihren rechten Arm dafür geben, in so einem Hof zu spielen.«

Und so kam es, daß ich einen ganzen Tag lang vor dem Hibiskus auf und ab marschierte, vor der Bougainvillea salutierte und trommelte, bis die Spottdrosseln freiwillig Mitte Dezember in die Vereinigten Staaten geflogen wären. Die ganze Woche und dann noch eine und noch eine und noch eine schritt ich trommelnd im Hof auf und ab, auf und ab, auf und ab. Dann, wie es bei so einem Spielzeug kommen muß, verlor ich einen Trommelstock. Und dann stolperte unsere verrückte Tía Isa, die unglücklich mit einem Amerikaner verheiratet war und immer kurz vor der Scheidung stand und daher niemals darauf achtete, wohin sie trat, über meinen zweiten Trommelstock, zerbrach ihn und klebte ihn mit einem Leim, der, wie sie versprach, ein Haus zusammenhalten würde. Aber ich wußte gleich, kein Klebstoff könnte je Trommelstöcke zusammenhalten, auch wenn er sich bei Porzellantassen, Schäferinnen und ähnlichem Erwachsenenkram bewährt hatte, der ständig in meiner Gegenwart auf dem Boden zerschellte. Es war noch kein Monat vergangen, und ich besaß nur noch eine Trommel, aber keine Trommelstöcke mehr. Mamita, Mami und Tía Isa, die nicht begriffen, daß Trommelstöcke die einzigen Stöcke waren, mit denen man trommeln konnte, rieten mir zu Bleistiften oder Holzlöffeln, die zum Teigrühren verwendet wurden. Ich probierte alles aus, aber der Klang war nicht derselbe, und ich verlor den Spaß am Trommeln. Ich ging dazu über, den Riemen schräg über der Brust zu tragen, und die Trommel saß so lässig an meiner Hüfte wie der Revolver eines Desperados.

Damals hatten wir einen herrlichen Hof, viele andere Kinder hätten *wirklich* ihren rechten Arm dafür gegeben, um darin zu spielen. Hinter der Waschküche auf der Rückseite des Hauses erstreckten sich Rasenflächen, die so weich und kurz abgemäht waren, daß die Erde selbst grün zu sein schien, und nicht mit Gras bewachsen. Am Ende des Grundstücks stand ein Schuppen, in dem die Kohlen aufbewahrt wurden, die man zum Kochen der weißen Wäsche in den Waschkesseln brauchte. In diesem Schuppen spukte es, wie man munkelte. In jener Zeit war es ein Abenteuer, in den Kohlenschuppen zu gehen, auf die großen Brikettkästen hinunterzustarren und den Kohlenstaub einzuatmen; dann allen Mut zusammenzunehmen und eine leere Kiste umzudrehen und den Teufel auszukippen, den ganzen Weg zurück zum Haus zu rennen, die Hintertreppe zur Waschküche heraufzuklettern, wo die einäugige Pila den Kopf heben und fragen würde: »Was ist denn los? Ist der Teufel hinter dir her, Kind?«

Diese alte Waschfrau, Pila, war das seltsamste Mädchen, das wir jemals hatten, denn alles, was bei einem Menschen schiefgehen konnte, war bei ihr schiefgegangen. Sie hatte ein Auge verloren, das linke, oder, Moment, war es das rechte? Man konnte es nicht so genau sagen. Die beiden Augen blickten abwechselnd starr in den Himmel. Aber was ist schon ein Auge? Ein kleines bißchen Gallertmasse und ein zweites Exemplar daneben. Aber wer achtete schon auf ein fehlendes Auge angesichts ihrer auffallenden Haut. Ihre dunkelbraunen Arme und Beine waren von oben bis unten mit rosigweißen Flecken übersät. Das Gesicht war davon verschont geblieben: Es war gleichmäßig braun, die braune Haut dabei äußerst glatt, und es sah aus, als hätte man sie mit einem heißen Bügeleisen geglättet. Nur die Augenpartie, die die Spitze des Bügeleisens nicht erreichte, war voller Fältchen – vom Lachen. Sie war Haitianerin, wenn auch offensichtlich nur zur Hälfte. Die hellhäutigen dominikanischen Mädchen fürchteten sich vor ihr, denn Haiti war für sie gleichbedeutend mit Voodoo. Sie war eine Kuriosität und ich, ein kurioses Kind, das die Aussicht auf Schnee im Herzen trug und manchmal vom Wunder der Welt überwältigt wurde und verbotenerweise Porzellantassen berühren oder eine kleine Cousine würgen oder den Kopf eines Hundes so heftig streicheln mußte, daß er aussah, als wäre er gerade auf die Welt gekommen, ich wollte nichts lieber, als meine gute Erziehung eine Weile vergessen und unverblümt und ausgiebig auf ihre gefleckten Arme starren.

Wie gesagt, in dem Kohlenschuppen spukte es. Und das lag an Pila. Es gab eine Zeit – vor Pila – als der Kohlenschuppen einfach ein Kohlenschuppen war. Aber dann kam Pila und außer fünf Papiertüten mit ihrer Habe brachte sie ihre Geschichten von Teufeln, Geistern, Trancezuständen und Besessenheiten mit: »Ich sehe einen Schein um deinen Kopf, hüte dich heute vor Wasser!« All diese Geister, behauptete sie, lebten in dem Kohlenschuppen. Und so spukte es in der Zeit der Trommel im Kohlenschuppen. Zur Zeit der Trommel, sollte ich noch ergänzen, war Pila nicht mehr da. Sie war zwei Monate bei uns gewesen, als sie eines Sonntags verschwand. Das Haus wurde in einen rechnerischen Aufruhr versetzt. Bettwäsche wurde gezählt. Kleidungsstücke inventarisiert. Die anderen Mädchen und Mami zählten, addierten, und das Ergebnis war: Knapp zwei Monate lang hatte sich eine Diebin unter unserem Dach aufgehalten!

»Ihr Pech ist«, sagte meine Mutter, »daß sie mit dieser Haut nicht weit kommen wird.«

Tatsächlich wurde sie am nächsten Tag von der Polizei gefaßt. Bis dahin hatte meine Mutter sich auf ihre amerikanische Erziehung besonnen und entschieden, es sei grausam, auf einer Anklage zu bestehen. Die arme Frau hatte nicht anders gekonnt. Sollte sie sich ruhig mit ihren zehn Einkaufstüten davonmachen. Und sie machte sich davon: Zurück aber blieb ein Kohlenschuppen voller Teufel und Kobolde, und wenn man sich in der Zeit der fehlenden Trommelstöcke in den Schuppen traute, so war man im wahrsten Sinne des Wortes ein Teufelskerl.

An dem Tag, als ich in den Kohlenschuppen ging, um meinen Mut zu beweisen, hatte ich die Trommel an der Hüfte und zwei kleine Holzpflöcke als Trommelstöcke. Pila war schon mehrere Wochen fort. Ich spazierte hinein und stieß die Tür so weit auf, daß die Angeln kreischten wie Teufel, sich den Daumen gequetscht oder die spitze Nase geklemmt hatten. Ich blieb einen Augenblick im Türrahmen stehen, geblendet von dem Lichtstrahl, der wie eine Messerklinge in die Dunkelheit stach. Nach und nach erkannte ich die Kästen, acht oder neun standen aufrecht, ein paar waren umgekippt. Ich zertrat Kohlenstücke mit den Füßen. Ich traute mich weiter vor. Ich stand am Ende des Lichtstrahls, dann streckte ich kühn eine Fußspitze in das Dunkel. Mein Herz pochte wie wild. Ich beugte mich über den ersten stehenden Kasten und sah mit dem Gefühl hinein, durch einen langen Schacht dem Teufel ins Auge zu blicken. Der Kasten war halbvoll, nichts als Kohlen. Die nächste Kiste war zu einem Viertel mit Briketts, ansonsten mit Kohlenresten gefüllt. Das neue Wäschemädchen, Nivea, verbrauchte die Kohlen offensichtlich wie sie dalagen, ohne System.

Die letzte Kiste stand versteckt hinter den anderen. Sie war bis obenhin voll. Plötzlich bemerkte ich eine kleine Bewegung, ein Wimmern, ein kleines rosa Maul, das sich zu einem Gähnen öffnete. Dieses Maul war so rosig und feucht, daß es in einem Kohlenschuppen eigentlich unvorstellbar war. Das Mäulchen schloß sich, ein anderes wurde aufgesperrt, ein Schrei war zu hören: »Miau.« Zwei, drei andere fielen jämmerlich ein: »Miau, miau.« Sofort suchte ich eines heraus, das vier kleine, weiße Pfoten und einen weißen Fleck auf dem Kopf hatte, komplett angezogen sah es aus, im Gegensatz zu den anderen, die unachtsam gewesen waren und Schuhe sowie Mütze verloren hatten. Diese Katze, wirklich drollig, hatte ich mir auserkoren.

Aber ich berührte oder streichelte sie nicht, ebensowenig wie ihre Brüder oder Schwestern. Zu jener Zeit bestanden meine Kenntnisse von der Natur aus ein paar wenigen Regeln, die ich alle durcheinanderwarf. Traf eine bestimmte Situation ein, wußte ich zwar, daß ich etwas tun mußte, aber nie genau, was. Wenn es blitzte, mußte ich mich zum Beispiel entweder unter einen Baum stellen oder aufs offene Feld laufen, damit der Baum nicht auf mich fiele. Wenn ich ein Nest mit Eiern von Nachtigallen oder Küken fand, mußte ich es in Ruhe lassen, sonst würde die Mutter das Nest verlassen und die Küken sterben. Aber galt das für Küken oder Kätzchen? Ich war mir nicht sicher. Dunkel erinnerte ich mich an eine Horrorgeschichte über eine Katzenmutter, die böse geworden war auf jemanden, der ihre Jungen bedrohte, und ihm die Augen ausgekratzt hatte. Ich hatte keine Lust, den falschen oder richtigen Umgang mit kleinen Katzen am eigenen Leibe auszuprobieren. Also mußte ich einen Erwachsenen fragen, der sich mit allem auskannte, und zwischen Blitz und Küken könnte ich dann eine Frage über Kätzchen einfließen lassen. Aber wen könnte ich fragen, der sich mit Katzen auskannte? Und wen könnte ich fragen, der sich ganz bestimmt mit Katzen auskannte, aber mein Geheimnis nicht erraten würde? Mami war in beiderlei Hinsicht ungeeignet; Mamita wüßte von allem, was mit der freien Natur zu tun hatte, mit Sicherheit nichts, denn sie war dagegen allergisch, behauptete sie. Deshalb mußte sie ja auch zu Einkaufsreisen immer nach New York, wo man zwar draußen, aber nicht im Freien war, wie sie sagte, ein Rätsel, das eines Tages zu lösen ich mir fest vornahm. Tía Isa zu fragen, taugte ebenfalls nichts: Sie würde ihr ausgelassenes Lachen anstimmen, umherhuschen, piepsen und miauen und so tun, als wäre sie Küken, Nachtigall und Kätzchen in einem, bis die ganze Familie herausbekommen würde, was ich vorhatte. Und Pila, die sich mit allem auskannte, was es in dieser Welt und darüber hinaus gab, Pila war natürlich nicht mehr da.

Unschlüssig, was ich tun sollte, aber wohl wissend, die Katzenmutter könnte kommen und mir die Augen auskratzen, wenn ich noch lange so dastünde und meine Möglichkeiten abwog, verließ ich den Kohlenschuppen und trödelte im Hof herum. In meinem Ärger hob ich den Deckel von meiner Trommel und wollte gerade meine Pflöcke herausholen und so laut lostrommeln wie noch nie in meinem Leben, als ich einen Mann erblickte, den ich noch nie zuvor gesehen hatte. Er überquerte unseren Hof und ging auf den

Obstgarten mit den wilden Orangenbäumen zu, der sich bis jenseits des Zaunes erstreckte. Er war in Begleitung eines Hundes, oder besser, der Hund rannte vorneweg, lief langsamer, schnüffelte am Boden, bellte, jagte einem Schmetterling nach und machte dem Mann noch auf viele andere Arten klar: Die Welt war in Ordnung. Der Mann war ein flotter, gutaussehender Bilderbuchmann, mit Reithosen und Stiefeln bekleidet. Er hatte einen Spitzbart und einen Schnurrbart, deshalb überlegte ich, ob er vielleicht der Teufel wäre, aber die Art, wie er mit dem Hund sprach, voller Zuneigung und Humor, überzeugte mich vom Gegenteil. Er hatte mich nicht gesehen und ging im Abstand von etwa zehn Metern an mir vorbei, als der Hund sich plötzlich auf der Stelle drehte, die Schnauze hob und eine Pfote anzog. Der Mann blieb stehen und blickte zum Himmel. Da erst bemerkte ich den Schulterriemen und das daran befestigte Gewehr, das er mit dem Lauf nach oben trug. Der Hund bellte.

»Schön ruhig«, sagte der Mann zu dem Hund. »Wo bleiben denn deine Manieren?« Dann wandte er sich an mich. Seine Schnurrbartenden hoben sich, als er lächelte. »Guten Tag, kleines Fräulein. Ich hoffe, Kaschtanka hat dich nicht erschreckt.«

Ich beäugte den Mann, sein Gewehr und den Hund, der nun mit der Nase an der Stelle schnüffelte, wo Hunde Leute immer beschnüffeln. Mit der Intuition eines Kindes wußte ich, daß der Mann in Ordnung war, denn manchmal kamen Fremde, die mein Großvater auf seinen Reisen kennengelernt hatte, zu Besuch und spazierten auch über unser Gelände. Aber ich war besorgt über das freie Umherlaufen eines Hundes, in dessen unmittelbarer Nähe sich sieben winzige Kätzchen befanden.

Der Hund beschnüffelte meine Trommel. »Donnerwetter«, sagte der Mann, »was hast du denn da?«

»Es ist eine Trommel«, antwortete ich und verlagerte sie von der Hüfte nach vorn, »aber ich habe die Trommelstöcke verloren.« Und ich nahm das Oberteil ab und hielt die Trommel schräg, damit er die zwei Holzpflöcke darin sehen konnte. »Ich muß die hier nehmen, und der Klang ist nicht derselbe.«

»Das kann er auch nicht sein«, pflichtete der Mann mir bei, was ich ihm hoch anrechnete. Er kniete sich neben den Hund. Seine Reitstiefel knarrten.

»Weil wir gerade über Trommelstöcke reden«, sagte ich. Und dann, in der festen Überzeugung, meinen Mann gefunden zu haben, stieß ich meine Fragen hervor: »Kann man mit einem ganz jungen Kätzchen spielen oder läßt die Mutter es dann im Stich oder kratzt einem die Augen aus, wenn sie einen erwischt, und ab wann kann man ein Kätzchen der Mutter wegnehmen und als Haustier halten?«

»Nun!« sagte der Mann und betrachtete mich eingehend, aber freundlich. »Weil wir gerade über Trommelstöcke reden, hm? Nun, genauso wie deine Trommelstöcke in die Trommel gehören und nicht durch Holzpflöcke zu ersetzen sind, gehört ein Kätzchen zu seiner Mutter, die durch niemand anderen zu ersetzen ist.«

»Aber Schmusetiere«, protestierte ich und streifte Kaschtanka mit einem Blick.

Der Mann legte seinem Hund zärtlich die Hand auf den Kopf. »Mit Schmusetieren ist es natürlich etwas anderes. Aber das kleine Geschöpf muß alt genug sein, um ohne seine Mutter überleben zu können«, schloß er und stand auf.

In diesem Augenblick machte Kaschtanka einen Satz nach vorn. Der Mann packte den Hund am Halsband und zog ihn zurück, so daß seine Vorderpfoten in der Luft weiterstrampelten. »Trommelstöcke, hm?« Er lachte über etwas hinter meinem Rücken. Ich drehte mich um und sah eine große, schwarze Mutterkatze mit rosafarbenen, herunterhängenden Zitzen in den Kohlenschuppen schleichen. Kaschtanka bellte erregt. Die Katze huschte hinein.

»Bei Fuß, Kaschtanka!« sagte der Mann und zog mit einem Ruck an dem Halsband. Der Hund blieb neben ihm und winselte leise, um sein Gekränktsein kundzutun. »Apropos Trommelstöcke«, sagte der Mann und zwinkerte lange mit einem Auge, und ich begann mich zu fragen, ob es, wie das von Pila, vielleicht auch nicht echt war. »Solange ein Junges noch gesäugt wird, kann man es doch seiner Mutter nicht wegnehmen, nur weil man es als Lieblingstier haben möchte, oder?«

Ich mußte ihm recht geben.

»Es wegzunehmen wäre . . .« Der Mann wog seine Worte. »Es wegzunehmen, hieße, es seines natürlichen Rechtes auf Leben zu berauben.« Der Mann merkte, daß ich ihn nicht verstand. »Es würde sterben«, sagte er kurz. »Also mußt du warten«, er strich mir übers Haar, und Kaschtanka warf mir einen eifersüchtigen Blick zu, »du mußt warten, bis das Kätzchen selbständig ist. Habe ich recht?«

Ich drehte mich zu dem Schuppen um.

Der Mann fuhr fort. »Ich würde sagen, ein Kätzchen ist nach einer Woche, das heißt eins, zwei, drei, dann ist Sonntag, sieben ist Donnerstag – es ist am Donnerstag, selbst wenn es erst heute geboren wurde, groß genug, um von da an einer reizenden jungen Dame mit einer Trommel zu gehören.«

Ich trommelte mit den Fingern auf meine Trommel, eins, drei, fünf, sieben ist Donnerstag.

»Das ist eine sehr schöne Trommel«, bemerkte der Mann, »und ein guter, stabiler Tragriemen.«

In diesem Moment flog ein Vogelschwarm über unsere Köpfe hinweg. Der Hund sah nach oben und gab ein erregtes Jaulen von sich. »Wir müssen weiter«, sagte der Mann. Und weg waren sie, bevor ich bis sieben zählen konnte. Den Rasen hinunter auf ein quietschendes Gittertor zu, durch das sie den Obstgarten betraten, dann verschwanden sie zwischen den Bäumen.

Eins, zwei, ba-bam, drei ist Sonntag. Die Katzenmutter war in den Schuppen gegangen, um ihre Jungen zu füttern. Ba-Bam. Meines war am besten gekleidet. Ich würde es Schwarz nennen. Sieben ist weniger als die Finger an zwei Händen, aber sieben war sieben mehr als jetzt, und wie zur Bestätigung hörte ich in der

Ferne die donnernde Salve aus dem Gewehr des Mannes. Man vernahm ein klapperndes Geräusch im Schuppen, und Sekunden später jagte die Katzenmutter, aufgescheucht vom Lärm des Gewehres, über den Hof. Ich beschloß, solange die Luft rein war, noch einmal in den Schuppen zu gehen und Schwarz von unserem Plan für nächsten Donnerstag zu erzählen. Ich trat ein und sah über den Rand des Kohlenkastens. Schwarz miaute entsetzt. »Ganz ruhig«, redete ich der kleinen Katze zu. Aber »ganz ruhig« half gar nichts. Ich hob sie hoch und wisperte in die süßen, kleinen Ohrmuscheln: »Ganz ruhig, ganz ruhig«. Ich legte sie über die Schulter und ließ sie ein Bäuerchen machen, ich setzte sie in meine Armbeuge und kitzelte ihr den Bauch, ich stupste sie mit dem Finger unter den Pfötchen, und sie miaute, zum Zeichen des Wohlbehagens, und ich solle es doch wiederholen. Und ganz ruhig, ganz ruhig, tat ich es auch.

Es war Freitag, und bis zum Donnerstag mußten noch sieben Tage vergehen. Ich hatte die feste Absicht, sie zurück zu den anderen zu legen. Doch dann, Zufall oder Absicht, knallte in der Ferne erneut das Gewehr des Mannes, und ich bemerkte, daß er im Orangenwäldchen jagte. Er jagte! Einige der Vögel, auf die er in diesem Moment zielte, waren Mütter, auf der Suche nach Würmern für ihre Jungen. Damals kannte ich noch nicht das richtige Wort, um auszudrücken, wenn jemand das Gegenteil von dem tat, was er sagte, aber ich kannte eine Menge Erwachsene, die sich so verhielten: Und ich sollte jetzt die Ausnahme von der Regel darstellen und mich um eine gutangezogene Katze betrügen lassen, nur weil jemand an meine Moral appelliert hatte!

Das Kätzchen namens Schwarz auf der Schulter, stolzierte ich aus dem Schuppen. Als wir den Hof überquerten, miaute es seinen Brüdern und Schwestern ein Lebewohl zu. Plötzlich blieb ich stehen. Oberhalb von mir saß die dicke, schwarze Katzenmutter und ließ sich die warme Sonne auf ihren dicken, schwarzen Rücken scheinen, während sie sich eine Pfote leckte, als hinge

Eierkuchenteig daran. Sie hatte mich noch nicht entdeckt, aber ich wußte, es war eine Frage von Sekunden, bis Schwarz' Miauen sie erreichte. Im gleichen Moment verdichtete sich meine verschwommene Erinnerung zu einem klaren Bild. Ich sah eine Katze vorwärtsschleichen. Ich sah, wie sie sich duckte und zum Sprung ansetzte. Ich sah sie springen und auf dem Gesicht einer Frau landen. Ich sah, wie ihre Krallen ein Auge herausrissen. Ich sah die Gallertmasse auslaufen – und plötzlich sah ich mit entsetzlicher Klarheit Pila vor mir, als sie die Geschichte vom Verlust ihres Auges erzählt hatte.

Während meine linke Hand das Kätzchen streichelte, um es zu einer Unterbrechung seines Gemaunzes zu bewegen, hob ich langsam mit der rechten den Deckel meiner Trommel. Schwarz' Mutter streckte die eine Pfote aus und hob eine andere, um sie zu lecken. Ich ergriff Schwarz und schleuderte es mit einer schnellen, geschickten Bewegung in den Hohlraum meiner Trommel, schnappte dafür meine Trommelstöcke, klappte den Deckel zu, schob die Trommel vor meinen Bauch, und als die Katzenmutter herumfuhr und erst mich und dann meine wütend miauende Trommel erblickte, ließ ich, um sie abzulenken, einen lauten Trommelwirbel erschallen:

BARRA BARRA BARRA BUM BUM! (Miau!)
BARRA BUM! (Miau! Miau!) BUM
BUM
BUM
(Miau!)

Ich marschierte geradewegs auf das Haus zu, wobei ich wie eine Majorette die Beine in die Luft warf. Die verblüffte Katzenmutter sah mich mißtrauisch an und folgte mir miauend in sicherer Entfernung. Die Trommel miaute zurück. Ich trommelte wie verrückt. Mein Herz hämmerte. Und als die Katze mich fast eingeholt hatte, rannte ich wie besessen los, kletterte die Hinter-treppe hinauf und schlug die Tür zu, die von der Waschküche ins Haus führte. Ein tiefes Becken voll tropfnasser, weißer Wäsche verriet mir, daß die Waschfrau nur für einen Moment hinausge-gangen war. Mit dem Rücken zur Wand schob ich mich langsam zum Fenster und spähte vorsichtig hinaus. Die Katzenmutter schlich vor der Tür umher. Sie blieb stehen und schnüffelte am Boden.

»Schwarz!« miaute sie.

Schwarz miaute aufgeregt aus dem Innern der Trommel. Die Mutter sah suchend in alle Richtungen, zur Tür, in den Himmel, aber sie fand nicht heraus, woher die Laute kamen.

»Schwarz! Wo bist du?« miaute sie.

»DONNER, DONNER!«' donnerte das Gewehr. Die Katzen-mutter flüchtete erschreckt.

Ich nahm das miauende Junge aus meiner Trommel. Sein kleines menschliches Gesicht war ein einziges zuckendes Miau. Ich konnte den anklagenden Ton des Miaus nicht ertragen. Ich hatte Lust, es in das Becken zu tauchen und sein Miau zu ersticken. Statt dessen schob ich das Fliegenfenster hoch und warf das miauende Knäuel hinaus. Ich hörte einen dumpfen Aufschlag und sah Sekunden später, wie es aus dem Schatten des Hauses heraustaumelte und miauend vorwärtsstolperte. Von der Katzenmutter war nichts zu sehen.

Ich ging an diesem Morgen wohl ein dutzendmal zum Fenster und beobachtete, wie das verletzte Kätzchen vergeblich versuchte, sich über den Rasen zu bewegen. Ich war versucht, hinunterzuge-hen und es vor die Tür des Kohlenschuppens zu legen, aber meine Mutter hatte mir verboten, das Haus zu verlassen. Irgendein Verrückter jagte unerlaubterweise im Orangenwäldchen. Man hatte die Polizei gerufen. Kurz vor dem Mittagessen verstummten die Schüsse. Ich blickte aus dem Fenster der Waschküche. Das Kätzchen war verschwunden.

In jener Nacht erwachte ich jäh aus einem bösen Traum, an den ich mich nicht erinnern konnte. Wir schliefen damals unter Moskitonetzen, die an allen vier Bettpfosten befestigt waren. Durch den weißen Schleier bekam in der Dunkelheit alles ein geisterhaftes Aussehen: ein Geisterschreibtisch, eine Geisterspielzeugkiste, Geistervorhänge. In jener Nacht saß am Fußende meines Bettes die schwarze Katzenmutter und streckte ihren Kopf so vor, daß das dünne Netz aus ihren Gesichtszügen eine grauenhafte Totenmaske formte. Ich erstarrte vor Schreck. Sie stierte mich mit ihren fluoreszierenden Augen an. Sie miaute leise und kläglich. Ich schloß die Augen und öffnete sie wieder. Sie blieb bis zum Morgengrauen sitzen und wimmerte. Dann sah ich, wie sie sich erhob, sprang und mit einem dumpfen Aufprall auf dem Boden landend den Flur entlang – und die Treppe hinunterschlich. Am nächsten Morgen erzählte ich meiner Mutter unter Tränen von der Katze, die die ganze Nacht auf meinem Bett gesessen hatte. »Unmöglich«, sagte sie, und um es mir zu beweisen, kontrollierten wir im ganzen Haus Riegel und Fenster. »Möglich«, sagte Mami, als wir in der Waschküche ein geöffnetes Fenster erblickten. Diese neue Waschfrau, Nivea, war beinahe genauso unzuverlässig wie die alte, klagte Mami.

Obwohl es unmöglich war – alle Fenster waren verriegelt und das Haus so sicher wie eine Festung – erschien die Katze in der nächsten Nacht wieder an meinem Bett. Und von nun an jede Nacht. Manchmal miaute sie. Manchmal starrte sie mich nur an. Manchmal schrie ich und weckte das ganze Haus. »Es ist eine Phase«, sagte Mami besorgt. »Eine völlig normale Alptraumphase.« Die Phase dauerte an. Ich schenkte meine Trommel einer kleinen Cousine, und die Geisterkatze obendrein. Aber die Katze tauchte immer wieder auf, jahrelang.

Dann zogen wir in die Vereinigten Staaten. Die Katze verschwand. Ich sah Schnee. Ich löste das Rätsel, wie man draußen sein konnte und doch nicht im Freien war; denn in New York bestand ›draußen‹ fast nur aus Beton. Meine Großmutter wurde steinalt und erinnerte sich nicht mehr, wer sie war. Ich ging zur Schule. Ich las Bücher.

Sie verstehen, daß ich die Zeit jetzt raffe, um so die Lücken in meiner Geschichte zu schließen? Ich begann zu schreiben, Pilas Geschichte, die Geschichte meiner Großmutter. Ich sah Schwarz nie wieder. Der Mann mit dem Spitzbart und dem Hund schwand aus meiner Erinnerung. Ich wurde erwachsen, eine eigenartige Frau, eine Frau mit Geschichten von Gespenstern und Geschichten von Teufeln, eine Frau, die von Angstträumen und Schlaflosigkeit geplagt wird. Noch immer gibt es Zeiten, in denen ich um drei Uhr morgens aufwache und in die Dunkelheit spähe. Dann höre ich sie, in dieser Stunde und in dieser Einsamkeit, ein schwarzes, pelziges Wesen, das in den verborgenen Winkeln meines Lebens auf der Lauer liegt, sein magentarotes Maul aufreißt und über eine Wunde klagt, die die Seele meiner Kunst ist.

**Julia Alvarez**
*Die Zeit der Schmetterlinge*
Roman. Aus dem Amerikanischen von Carina von Enzenberg
und Hartmut Zahn. 463 Seiten. Geb.

Die Familie Mirabal, mit ansehnlichem Wohlstand gesegnet,
lebt auf einem karibischen Herrschaftssitz, umgeben von üppigen tropischen Wäldern und stattlichen Ländereien. Sie läßt
nach außen nichts auf ihren Präsidenten kommen. Doch Patria,
Minerva, Dedé und Maria Teresia, den vier schönen Töchtern
Mirabal entgehen nicht die dunklen Schatten, die die grausame
Diktatur Trujillos auf das Volk gesenkt hat.

»Im Dezember 1960 wurden drei Schwestern, die im Unter-
grund tätig waren, auf der Heimfahrt auf einer einsamen
Gebirgsstraße im Norden der Dominikanischen Republik
ermordet. Sie hatten ihre inhaftierten Männer besucht, die
man tückischerweise in ein abgelegenes Gefängnis verlegt
hatte, um die jungen Frauen zu zwingen, die gefährliche Reise
auf sich zu nehmen. Nur die vierte Schwester, die nicht mitge-
fahren war, blieb verschont. Ich war noch ein junges Mädchen,
als ich von dem ›Unfall‹ hörte, und seitdem gingen mir die
Schwestern Mirabal nicht mehr aus dem Sinn.«
*Julia Alvarez*

# Jorge Amado

## Die Abenteuer des Kapitäns Vasco Moscoso
Roman. Aus dem brasilianischen Portugiesisch von Curt Meyer-Clason. 348 Seiten. SP 1187

## Die Auswanderer vom São Francisco
Roman. Aus dem brasilianischen Portugiesisch von Andreas Klotsch. 330 Seiten. SP 1910

## Dona Flor und ihre zwei Ehemänner
Eine Geschichte von Moral und Liebe. Roman. Aus dem brasilianischen Portugiesisch von Curt Meyer-Clason. 478 Seiten. SP 666

## Die drei Tode des Jochen Wasserbrüller
Erzählung. Aus dem brasilianischen Portugiesisch von Curt Meyer-Clason. 77 Seiten. SP 1341

## Die Geheimnisse des Mulatten Pedro
Roman. Aus dem brasilianischen Portugiesisch von Kristina Hering. 377 Seiten. SP 1504

## Jubiabá
Roman. Aus dem brasilianischen Portugiesisch von Andreas Klotsch. 355 Seiten. SP 687

## Leute aus Bahia
Zwei Romane. Aus dem brasilianischen Portugiesisch von Johannes Klare. 271 Seiten. SP 1596

## Nächte in Bahia
Roman. Aus dem brasilianischen Portugiesisch von Curt Meyer-Clason. 443 Seiten. SP 411

»Ich habe Bahia durch Jorge Amado kennengelernt, aber auch Brasilien kenne ich durch ihn.«
Pablo Neruda

## Tieta aus Agreste
Roman. Aus dem brasilianischen Portugiesisch von Ludwig Graf Schönfeldt. 581 Seiten. SP 926

## Tote See
Roman. Aus dem brasilianischen Portugiesisch von Erhard Engler. 371 Seiten. SP 697

## Das Verschwinden der heiligen Barbara
Roman. Aus dem brasilianischen Portugiesisch von Kristina Hering. 469 Seiten. SP 1568

## Viva Teresa
Roman. Aus dem brasilianischen Portugiesisch von Ludwig Graf von Schönfeld. 452 Seiten. SP 2098

»Wahrscheinlich muß man in Lateinamerika leben, um so ungebrochene Lebensfreude, so hemmungslose Lust am Fabulieren zu produzieren, wie Jorge Amado.«
Mannheimer Morgen